Diogenes Taschenbuch 24778

AF202753

DENNIS LEHANE, irischer Abstammung, geboren 1965 in Dorchester, Massachusetts, hat bisher 14 Romane veröffentlicht, vier davon wurden verfilmt, darunter die Weltbestseller *Shutter Island* und *Mystic River*. Lehane unterrichtete Kreatives Schreiben unter anderem an der Harvard University und ist erfolgreicher Produzent und Drehbuchautor, zuletzt für die Apple-TV+-Serie *In with the Devil*. Dennis Lehane lebt in Südkalifornien.

Dennis Lehane
Sekunden der Gnade

ROMAN

Aus dem amerikanischen Englisch
von Malte Krutzsch

Diogenes

Titel der 2023 bei Harper, einem Imprint von HarperCollins, New York,
erschienenen Originalausgabe ›Small Mercies‹
Copyright © 2023 by Dennis Lehane
Die deutsche Erstausgabe erschien 2023 im Diogenes Verlag
Covermotiv: Design by Diogenes Verlag unter Verwendung
einer Fotografie von Christopher Anderson (Schatten)
und knape (Auge)
Copyright © Diogenes Verlag, Christopher Anderson / Magnum
Photos, knape / iStock

Die Übersetzung des Mottos aus Joseph Conrad,
Mit den Augen des Westens, stammt von Ernst Wolfgang Freissler,
S. Fischer Verlag, Frankfurt a. M. 1951.

Veröffentlicht als Diogenes Taschenbuch, 2025
Alle deutschen Rechte vorbehalten
Copyright © 2023
Diogenes Verlag AG Zürich
info@diogenes.ch · www.diogenes.ch
In Fragen zur Produktsicherheit (GPSR):
truepages UG (haftungsbeschränkt)
Westermühlstraße 29, 80469 München
info@truepages.de
60 / 25 / 44 / 1
ISBN 978 3 257 24778 7

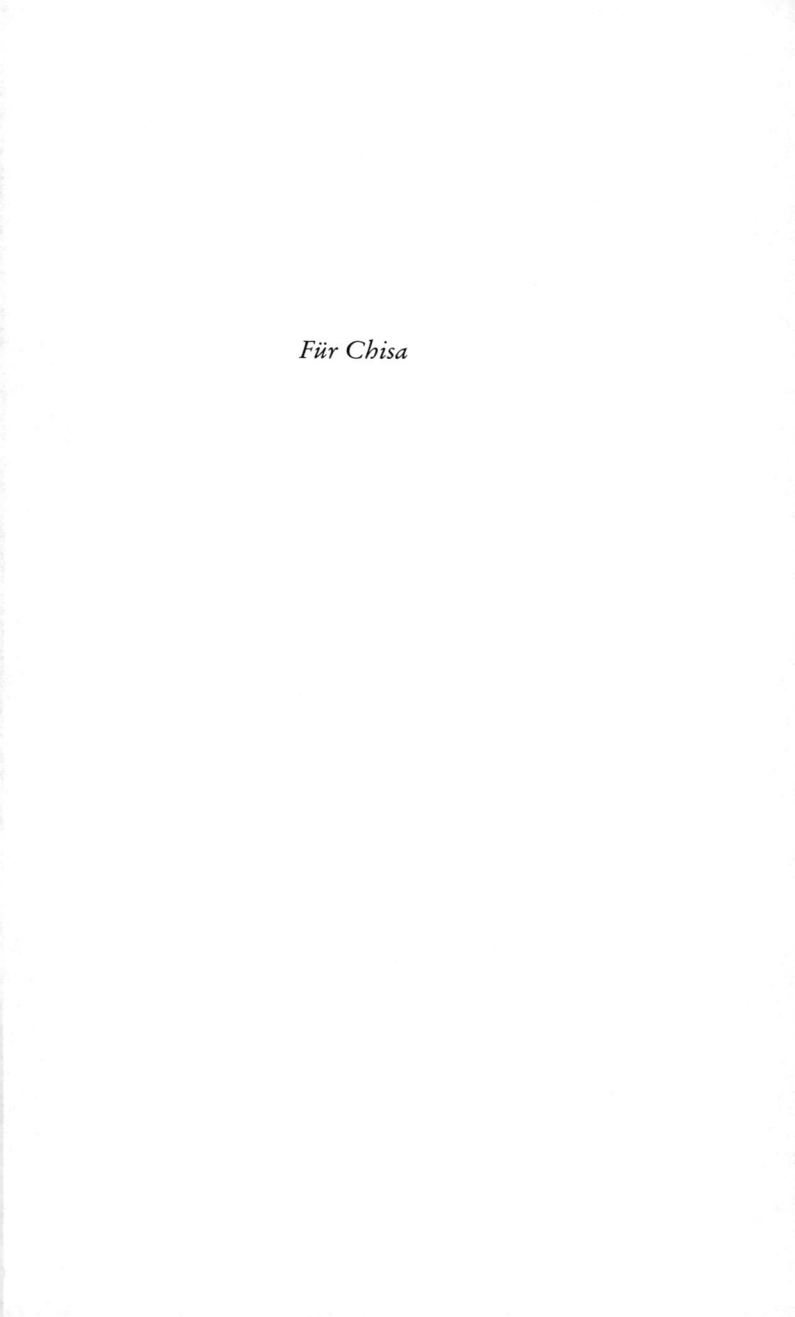

Für Chisa

Sich gänzlich von seinesgleichen abzuschließen ist unmöglich.
Um in einer Wüste zu leben, muss man ein Heiliger sein.
— Joseph Conrad, *Mit den Augen des Westens*

Dennis Lehane setzt sich in diesem Roman mit dem Hass und dem Kampf zwischen schwarzen und weißen Bürger:innen Bostons im Jahr 1974 auseinander. Im Roman werden das einer sensiblen Sprache nicht angemessene englische n-Wort und andere Begriffe verwendet, die in der deutschen Übersetzung weder ersetzt noch abgeschwächt werden können, ohne den Gegenstand des Romans ad absurdum zu führen. Weder der Autor noch der Verlag oder der Übersetzer heißen die Verwendung solcher Ausdrucksweisen gut. Der Übersetzer dankt Peter Torberg für die Durchsicht des Manuskripts.

Historische Notiz

Am 21. Juni 1974 entschied US-Bezirksrichter W. Arthur Garrity, Jr. in der Rechtssache Morgan gegen Hennigan, dass der Bostoner Schulausschuss im öffentlichen Schulsystem »schwarze Schüler systematisch benachteiligt« habe.

Abhilfe versprach nach Auffassung des Richters nur, Schüler aus überwiegend weißen Stadtvierteln mit Bussen in überwiegend schwarze Stadtviertel zur Schule zu bringen, um die Rassentrennung an den öffentlichen Highschools aufzuheben.

Die Schule mit der größten afroamerikanischen Schülerschaft im Viertel war die Roxbury High School. Die Schule mit der größten weißen Schülerschaft war die South Boston High School. Ein wesentlicher Teil der Schüler würde künftig die Schulen tauschen.

Diese Regelung sollte zu Beginn des neuen Schuljahrs am 12. September 1974 in Kraft treten. Schülern und Eltern blieben vom Datum des Beschlusses an keine neunzig Tage, um sich darauf vorzubereiten.

Es war sehr heiß in Boston in diesem Sommer, und es regnete selten.

Liebe Leserinnen, liebe Leser,

gegen Ende des Sommers 1974, als ich neun Jahre alt war, nahm mein Vater auf der Heimfahrt nach Dorchester in South Boston eine falsche Abzweigung, und wir fanden uns auf dem Broadway, Southies Hauptgeschäftsstraße, wieder, wo eine Protestaktion gegen die Einführung von Schulbustransporten zur Aufhebung der Rassentrennung stattfand. Es war Abend, und Puppen, die mit Garrity, Kennedy und Taylor die bekanntesten Befürworter dieser Desegregation darstellten, hingen brennend an Laternenpfählen, wobei sich die Flammen gelb, blau und rot lodernd in der Windschutzscheibe und den Fenstern vom Chevy meines Vaters spiegelten. Der Mob rief Parolen – teils gewalttätig und rassistisch, teils nicht –, und das Auto meines Vaters wurde auf der Kriechfahrt durch das Meer wütender Menschen gerüttelt und geschüttelt. Niemand schien uns zu beachten, und doch hatte ich noch nie im Leben solche Angst gehabt.

Der Roman handelt von dieser Zeit. Und vielleicht auch von der Zeit, in der wir leben. Es geht um die Suche einer Mutter nach ihrer Tochter in den verrückten letzten Tagen des Sommers 1974 in South Boston, als ein erster Schultag bevorstand, wie es in der Geschichte der Stadt noch nie einen gegeben hatte, ein Schulbeginn, der sich, je nachdem, auf welcher Seite man stand, wie die lange aufgeschobene Erfüllung eines Versprechens ausnahm oder wie die Pointe eines Witzes, den niemand lustig fand. Es ist eine Geschichte, die, so hoffe ich, endlich in Worte fasst, was ein verängstigter Neunjähriger zu begreifen versuchte, als sein Vater falsch abgebogen und mitten ins empörte Herz einer Gemeinschaft geraten war.

Dennis Lehane
Los Angeles, Kalifornien
27. Juli 2022

I

Irgendwann vor Tagesanbruch fällt der Strom aus, und ganz Commonwealth erwacht von der Hitze. Die Fensterventilatoren der Fennessys haben mitten im Drehen den Geist aufgegeben, und der Kühlschrank schwitzt Kondenswasser. Als Mary Pat den Kopf bei Jules reinsteckt, liegt ihre Tochter mit fest geschlossenen Augen und halb offenem Mund auf der Bettdecke und pustet kurze Atemstöße in ein feuchtes Kissen. Mary Pat geht durch den Flur in die Küche und zündet sich die erste Zigarette des Tages an. Sie schaut aus dem Fenster über der Spüle und riecht die aufgeheizten Backsteine der Fensterlaibung.

Dass sie keinen Kaffee kochen kann, wird ihr erst klar, als sie es tun will. Sie würde welchen auf dem Herd kochen – es ist ein Gasherd –, aber das Gasunternehmen war ihre Ausreden leid und hat ihnen letzte Woche den Hahn zugedreht. Um die Schulden zu bezahlen, hat Mary Pat zwei Extraschichten in dem Lager der Schuhfabrik übernommen, in dem sie ihren Zweitjob hat, aber sie ist trotzdem noch drei Schichten und einen Gang zu Boston Gas davon entfernt, Wasser zu kochen oder ein Hähnchen zu braten.

Sie trägt den Mülleimer ins Wohnzimmer und fegt die Bierdosen hinein. Leert die Aschenbecher auf dem Beistelltisch und dem Couchtisch und entdeckt noch einen auf dem Fernseher. Ihr Blick fällt auf den Bildschirm und ihr Spiegelbild darin, und sie sieht ein Geschöpf, das sie beim besten Willen nicht mit dem Bild von sich in ihrem Kopf zusammenbringen kann, zu wenig Ähnlichkeit damit hat dieser verschwitzte Trampel in Tanktop und Shorts, mit verfilztem Haar und schlaffem Kinn, der da vor ihr steht. Selbst im matten Grau des Bildschirms erkennt sie die blaue Äderung außen an den Oberschenkeln, was irgendwie doch gar nicht sein kann. Noch nicht. Sie ist erst zweiundvierzig, was ihr vielleicht mit zwölf vorkam wie mit einem Fuß in Gottes Wartezimmer, aber jetzt, wo sie selbst so alt ist, fühlt sie sich wie immer. Sie ist zwölf, sie ist einundzwanzig, sie ist dreiunddreißig, sie ist alle Lebensalter gleichzeitig. Aber sie altert nicht. Nicht im Herzen. Nicht in ihrer Vorstellung.

Sie betrachtet ihr Gesicht im Fernseher und wischt sich die feuchten Haarsträhnen aus der Stirn, da klingelt es an der Tür.

Nach einer Serie von Hausfriedensbrüchen zwei Jahre zuvor, im Sommer '72, hat das Wohnungsamt Türspione spendiert. Mary Pat schaut jetzt durch ihren und sieht Brian Shea draußen im minzgrünen Hausflur, die Arme voller Holzlatten. Wie die meisten Leute, die für Marty Butler arbeiten, kleidet sich Brian ordentlicher als ein Diakon. Keine langen Haare, kein Schnäuzer bei den Butler-Leuten. Weder Koteletten noch Schlaghosen noch Plateauschuhe. Schon gar kein Paisley oder Batik. Brian Shea zog sich an wie jemand aus dem vorherigen Jahrzehnt – weißes T-Shirt unter einer dunkelblauen Baracuta-Jacke (Baracuta-Blousons, dunkelblau, hellbraun, gelegentlich auch dunkelbraun, sind das Markenzeichen der Butler-Jungs, sogar an Tagen wie heute, wenn das Thermometer um neun Uhr morgens schon sechsundzwanzig Grad anzeigt. Im Winter steigen sie auf Mäntel oder dick wollgefütterte Autocoats aus Leder um, doch im nächsten Frühjahr holen alle am selben Tag die Baracutas wieder aus dem Schrank). Brians Wangen sind glatt rasiert, die blonden Haare zu einem Bürstenschnitt gestutzt, und zur cremefarbenen Chino trägt er abgewetzte schwarze Stiefeletten mit seitlichem Reißverschluss. Brians Augen sind blau wie Glasreiniger. Die funkeln und glitzern sie ein wenig dreist an, als wüsste er über alles Bescheid, was sie zu verbergen glaubt. Und das Verborgene amüsiert ihn.

»Mary Pat«, sagt er. »Wie geht's?«

Sie stellt sich ihre Haare wie pappige Spaghetti auf dem Kopf vor. Spürt jeden Fleck auf ihrer Haut. »Wir haben keinen Strom, Brian. Und bei dir so?«

»Marty kümmert sich darum. Er hat schon telefoniert.«

Sie sieht auf die dünnen Holzlatten in seinen Armen. »Soll ich dir die abnehmen?«

»Das wär klasse.« Er dreht sie in den Armen und stellt den Stapel senkrecht neben ihre Tür. »Für die Schilder sind die.«

Ihr fällt ein, dass sie am Abend Bier auf ihr Tanktop verschüttet hat, und sie fragt sich, ob Brian Shea das schale Miller High Life riechen kann. »Was für Schilder?«

»Für die Demo. Tim G bringt sie noch vorbei.«

Sie stellt die Latten in den Schirmständer an der Tür. Sie teilen sich den Platz mit dem einsamen Regenschirm mit der kaputten Speiche. »Die Demo findet also statt?«

»Am Freitag. Wir ziehen zur City Hall. Machen ein bisschen Radau, Mary Pat. Wie versprochen. Dafür brauchen wir das ganze Viertel.«

»Klar«, sagt sie. »Ich bin dabei.«

Er hält ihr einen Stoß Flugblätter hin. »Die sollen bis heute Mittag verteilt werden. Du weißt schon, bevor es hier heiß wie im Backofen wird.« Er wischt sich mit der Handkante den Schweiß von der glatten Wange. »Auch wenn's dafür wohl schon zu spät ist.«

Sie nimmt die Flugblätter. Wirft einen Blick auf das oberste:

BOSTON WIRD BELAGERT!!!!!!!!
BEENDET GEMEINSAM MIT DEN BESORGTEN ELTERN
UND STOLZEN BÜRGERN VON SOUTH BOSTON
DIE JUSTIZDIKTATUR:
DEMO AM FREITAG, 30. AUGUST, AUF DER CITY
HALL PLAZA
PUNKT 12 UHR!
KEINE UMVERTEILUNG PER BUS! NIEMALS!
WEHRT EUCH!
WIDERSETZT EUCH!

»Jeder übernimmt bestimmte Straßen. Für dich hätten wir …« Brian langt in die Brusttasche seiner Baracuta, zieht eine Liste heraus, sucht sie mit dem Finger ab. »Ah ja. Für dich die Mercer zwischen Eighth und Dorchester Street. Plus Telegraph bis zum Park. Und dann, na ja, alle Häuser rings um den Park.«

»Das sind ne Menge Türen.«

»Es geht um die Sache, Mary Pat.«

Immer wenn jemand von der Butler-Crew auftaucht und die Hand aufhält, geht es um Schutzgeld. Nur dass sie es nie so nennen. Sie verpacken es in ein edles Motiv: die IRA, die hungernden Kinder in Weiß-der-Geier-wo, Veteranenfamilien. Ein Teil des Geldes kommt vielleicht sogar da an. Aber die Sache mit dem Widerstand gegen die Busbeförderung wirkt, bisher zumindest, völlig legitim. Die gute Sache schlechthin. Und sei es nur, weil sie bisher keinen Cent von den Leuten in Commonwealth verlangt haben. Lediglich Laufarbeit.

»Ich helfe gern«, sagt Mary Pat zu Brian. »Hab dich nur verarscht.«

Darauf verdreht Brian müde die Augen. »Hier verarscht einen jeder. Wenn ich das hinter mir hab, *bin* ich am Arsch.« Er tippt sich an eine unsichtbare Mütze, ehe er den Flur runtergeht. »War schön, dich zu sehen, Mary Pat. Hoffe, ihr habt bald wieder Strom.«

»Warte mal«, ruft sie. »Brian!«

Er dreht sich zu ihr um.

»Was passiert nach der Demo? Was ist, wenn sich, was weiß ich, gar nichts ändert?«

Er breitet die Hände aus. »Das sehen wir dann.«

Warum knallt ihr diesen verfluchten Richter nicht einfach ab?, denkt sie. *Ihr seid die gottverdammte Butler-Crew. Wir zahlen euch ›Schutzgeld‹. Jetzt schützt uns gefälligst. Schützt unsere Kinder. Setzt dem ein Ende.*

Aber sie sagt nur: »Danke, Brian. Grüß Donna.«

»Mach ich.« Noch ein Tippen an die unsichtbare Mütze. »Grüß Kenny.« Sein glattes Gesicht erstarrt für einen

Moment, als ihm vermutlich der neueste Nachbarschafts-klatsch einfällt. Er sieht sie mit Rehaugen an. »Ich meine, ich wollte –«

Sie erlöst ihn mit einem schlichten »Mach ich«.

Er lächelt schmal und geht.

Sie schließt die Tür und geht in die Küche, wo ihre Tochter am Tisch sitzt und eine ihrer Zigaretten raucht.

»Der Scheißstrom ist weg«, sagt Jules.

»Wie wär's mit ›guten Morgen‹«, sagt Mary Pat. »›Guten Morgen‹ tut's auch.«

»Guten Morgen.« Jules wirft ihr ein strahlendes Lächeln zu, das kühl wie der Mond ist. »Ich muss duschen, Ma.«

»Dann dusch doch.«

»Das Wasser ist kalt.«

»Und draußen ist es brühwarm.« Mary Pat zieht das Päckchen Slims vom Ellbogen ihrer Tochter zu sich rüber.

Jules verdreht die Augen, nimmt einen Zug, bläst den Rauch langsam und gleichmäßig Richtung Decke. »Was wollte er?«

»Brian?«

»Ja.«

»Woher kennst du denn Brian Shea?« Mary Pat zündet sich ihre Zweite an diesem Tag an.

»Ma«, sagt Jules mit großen Augen: »Ich kenne Brian Shea nicht. Ich weiß, wer Brian Shea ist, so wie alle im Viertel wissen, wer er ist. Was wollte er?«

»Es soll eine Demo geben«, sagt Mary Pat. »Einen Protestmarsch. Am Freitag.«

»Ändert eh nix.« Ihre Tochter klingt betont beiläufig, doch Mary Pat sieht, wie die Angst, die in ihren Augen schwimmt, die Ringe darunter noch dunkler macht. Dabei war Jules immer so ein hübsches Mädchen gewesen. So hübsch. Und jetzt altert sie. Mit siebzehn. Von was nicht alles – weil sie in Commonwealth aufgewachsen ist (kein Ort, der Schönheitsköniginnen und Models hervorbringt, mögen sie anfangs auch noch so hübsch sein); weil sie einen Bruder verloren hat und ihr Stiefvater gegangen ist, als sie endlich daran geglaubt hat, dass er bleibt; weil sie per Bundeserlass in ihrem Abschlussjahr in eine neue Schule in einem fremden Viertel wechseln soll, in dem weiße Jugendliche besser nicht nach Sonnenuntergang herumlaufen, ganz abgesehen davon, was sie mit gerade mal siebzehn mit ihren schwachköpfigen Freunden so treibt. Gras und Acid gibt's an jeder Ecke. Alkohol sowieso. Hier in Southie kamen die Kinder doch schon mit einer Dose Schlitz und einem Päckchen Lucky in der Hand zur Welt. Und dann die größte Plage, das widerliche braune Pulver und die verdammten Nadeln, die gesunde Teenager in weniger als einem Jahr ins Grab befördern oder lebende Tote aus ihnen machen. Wenn Jules es beim Alk und den Zigaretten und hin und wieder einem Joint belässt, verliert sie nur ihr gutes Aussehen. Und das verlieren alle in den Siedlungen. Aber Gott verhüte, dass sie zum H greift. Sonst stirbt Mary Pat noch einmal.

Jules, das ist ihr in den letzten Jahren klar geworden, hätte nicht hier aufwachsen dürfen. Mary Pat – da reicht ein Blick auf ihre Babyfotos und die Schnappschüsse aus ihrer Kindheit – der angriffslustige Gesichtsausdruck, die breiten Schultern, der kräftige kleine Körper, wie gemacht fürs Rollerderby – sieht aus, als käme sie vom Fließband für taffe irische Weiber. Die meisten Leute würden sich eher mit einem bissigen Köter anlegen, als einer Frau aus den Projects von Southie blöd zu kommen.

Aber das ist Mary Pat.

Jules ist groß und sehnig, mit langem, glattem Haar in der Farbe eines Apfels. Jeder Zentimeter von ihr ist weich und weiblich und wartet auf ein gebrochenes Herz wie Bergleute auf eine schwarze Lunge – sie weiß einfach, dass es kommt.

Verletzlich ist sie, diese Frucht aus Mary Pats Schoß – verletzlich ihr Blick, verletzlich ihr Leib, verletzlich ihre Seele. Darüber können die harten Sprüche, die Zigaretten, die Kunst, wie ein Seemann zu fluchen und wie ein Scheuermann zu spucken, nicht ganz hinwegtäuschen. Mary Pats Mutter, Louise »Weezie« Flanagan, ein legendäres taffes Irenweib von einem Meter fünfzig, die selbst klatschnass und nach einem Thanksgiving-Gelage nur 43 Kilo auf die Waage brachte, hatte es Mary Pat ein paarmal gesagt: »Du bist entweder ein Kämpfer oder ein Wegrenner. Wegrenner wissen irgendwann nicht mehr, wohin.«

Mary Pat wünscht sich manchmal, sie hätte einen Weg gefunden, Commonwealth mit ihr zu verlassen, bevor Jules herausfindet, was von beidem sie ist.

»Wo soll denn diese Demo sein?«, fragt Jules.

»In der Innenstadt.«

»Ah ja?« Das entlockt der Tochter fast ein Lächeln, als sie ihre Zigarette ausdrückt. »Nägel mit Köpfen und alles.« Jules hebt und senkt die Augenbrauen. »Sieh mal an.«

Mary Pat tätschelt über die Tischplatte hinweg ihre Hand, damit Jules sie anschaut. »Wir gehen zur City Hall. Die können uns nicht ignorieren, Jules. Die kriegen uns zu sehen, und die kriegen was zu hören. Ihr Kids seid nicht alleine.«

Jules lächelt hoffnungsvoll und unsicher zugleich. »Nein?« Sie senkt den Kopf. Ihre Stimme hört sich belegt an, als sie flüstert: »Danke, Ma.«

»Schon gut.« Mary Pat spürt, wie sich in ihrer Kehle etwas zusammenzieht. »Ist doch klar, Süße.«

Seit Monaten hat sie nicht mehr so lange mit ihrer Tochter zusammengesessen und geredet. Sie hat vergessen, wie schön sie das findet.

Ein kurzer Ruck lässt den Boden unter ihren Füßen erzittern, schüttert durch die Wände, und über dem Herd geht das Licht an. Die Fensterventilatoren legen los. In den Nachbarwohnungen übertrumpfen sich die Radios und Fernseher wieder gegenseitig. Irgendwer jubelt.

»Meine Dusche!«, schreit Jules und springt von ihrem Stuhl hoch, als ob sie ihm Geld schuldet.

Mary Pat macht Kaffee. Bringt ihn zusammen mit einem der frisch geleerten Aschenbecher ins Wohnzimmer und schaltet den Fernseher ein. Die Nachrichten haben nur ein Thema – South Boston und das kommende Schuljahr. Schwarze Kinder, die mit dem Bus nach Southie gebracht werden sollen. Weiße Kinder, die mit dem Bus nach Roxbury rausgebracht werden sollen. Glücklich ist niemand darüber.

Außer die Anstifter, die Schwarzen, die den Schulausschuss verklagt haben – ihn seit neun Jahren verklagen, weil man es ihnen einfach nicht recht machen kann.

Mary Pat hat in Meadow Lane Manor und der Schuhfabrik mit zu vielen Schwarzen zusammengearbeitet, um sie für schlecht oder von Natur aus faul zu halten. Viele gute, fleißige, aufrechte Schwarze wollen dasselbe wie sie – regelmäßigen Lohn, Essen auf dem Tisch, Kinder, die ruhig schlafen können. Ihren beiden hat sie gesagt, in ihrem Beisein sollen sie das Wort »Nigger« nur für Schwarze benutzen, die weder aufrecht noch fleißig sind noch die Ehe achten und bloß Kinder in die Welt setzen, damit die Schecks von der Sozialhilfe weiterhin kommen.

Kurz bevor Noel nach Vietnam ging, meinte er einmal: »Das trifft auf die meisten zu, die ich so kenne, Ma.«

»Und wie viele kennst du?«, wollte Mary Pat wissen. »Hier auf dem West Broadway spazieren sicher eine Menge Farbige herum, was?«

»Nein«, antwortete er, »aber ich seh sie in der Stadt. In der U-Bahn.« Mit der einen Hand tat er, als würde er nach einer Halteschlaufe greifen, mit der anderen kratzte er sich wie ein Affe unterm Arm. »Die steigen immer in Fo'-rest Hills aus.« Er gab Schimpansenlaute von sich, und sie schlug nach ihm.

»Werd nicht blöd«, sagte sie. »Zum Blödsein hab ich euch nicht erzogen.«

Er lächelte sie an.

Gott, wie fehlt ihr das Lächeln ihres Sohnes, schief und breit, zuerst gesehen, als er muttermilchtrunken an ihrer Brust lag, und da hat es in ihrem Herzen eine Tür aufgestoßen, die sich nicht schließen will, sosehr sie auch dagegen drückt.

Er gab ihr einen Kuss auf den Haaransatz. »Du bist zu nett für die Projects, Ma. Hat dir das schon mal jemand gesagt?«

Und weg war er. Wieder auf der Straße. Alle Southie-Kinder liebten die Straße, aber die aus den Projects ganz besonders. Sie blieben nicht gern drin, wie die Reichen nicht gern arbeiteten. Drinbleiben hieß, das Essen der Nachbarn durch die Wände riechen, ihnen beim Streiten, beim Sex und auf dem Klo zuhören zu müssen, mitzubekommen, was sie im Radio hörten, welche Platten sie auflegten und was sie im Fernsehen schauten. Manchmal hätte man schwören können, dass man sie sogar selbst riechen kann, ihren Körpergeruch, den Zigarettenatem, ihre geschwollenen Schweißfüße.

Jules kommt in ihrem Bademantel mit dem Schottenkaro, der ihr mittlerweile gut zwei Nummern zu klein ist, wieder ins Wohnzimmer und rubbelt sich die Haare trocken.

»Wollen wir los?«

»Los?«

»Ja.«

»Wohin?«

»Du wolltest mit mir Klamotten für die Schule kaufen.«

»Wann denn?«

»Wie wär's mit heute?«

»Und du zahlst?«

»Ma, verarschen kann ich mich selbst.«

»Ich verarsch dich nicht. Ist dir klar, dass der Herd nicht geht?«

»Wen juckt das? Du kochst doch nie.«

Das bringt Mary Pat mit blutunterlaufenen Augen von der Couch hoch. »Ich? Ich koche nicht?«

»In letzter Zeit nicht.«

»Weil das Gas abgestellt worden ist.«

»Ja, und wer ist schuld daran?«

»Such dir erst mal Arbeit! Ich schlag dir den Schädel ein, wenn du so mit mir redest«, sagt Mary Pat.

»Ich hab Arbeit.«

»Teilzeit zählt nicht, Schätzchen. Teilzeit reicht nicht für die Miete.«

»Und hält auch nicht den Herd in Gang, wie's scheint.«

»Ich schwör dir, ich hau dich in die übernächste Woche!«

Jules hebt die Fäuste und tänzelt in ihrem albernen Bademantel hin und her wie ein Boxer im Ring. Breit grinsend.

Mary Pat muss unwillkürlich lachen. »Nimm die Hände runter, sonst triffst du dich noch selbst am Kopf und brabbelst nur noch dummes Zeug.«

Jules lacht leise und zeigt ihr beide Mittelfinger, ohne ihren albernen Tanz in dem albernen Bademantel zu unterbrechen. »Zu Robell's also.«

»Ich hab kein Geld.«

Jules hört auf zu tanzen. Wickelt sich das Handtuch wieder um ihren Kopf. »Doch, doch. Vielleicht nicht für die Gasrechnung, aber für Robell's schon.«

»Nein«, sagt Mary Pat. »Irrtum.«

»Ich soll also zu den Wilden in die Schule und ärmer aussehen als die?« Ihre Augen werden feucht, und sie fährt sich mit dem Handtuch heftig über den Kopf, um die Tränen aufzuhalten. »Im Ernst, Ma?«

Mary Pat stellt sich ihre Tochter am ersten Tag dort in der Schule vor, dieses zittrige weiße Mädchen mit den großen braunen Augen.

»Ein paar Dollar hab ich noch«, bringt sie heraus.

Jules sinkt erleichtert in die Hocke. »Danke.«

»Aber erst musst du mit mir an ein paar Türen klopfen.«

»Wie bitte?«, sagt Jules.

Sie fangen mit den Heights an. Klopfen an sämtliche Türen rings um den Park und das Denkmal. Eine Menge Leute sind nicht zu Hause (oder tun so, weil sie Mary Pat und Jules für Anhängerinnen der Christian Science halten, die ihre Heilsbotschaft verbreiten wollen), aber viele machen auf. Und kaum jemand muss überredet werden. Sie bringen die Empörung, die Wut, das Gefühl, ungerecht behandelt zu werden, schon mit. Sie werden am Freitag da sein.

»Da können Sie Gift drauf nehmen«, sagt ihnen eine alte Dame mit Gehgestell und Raucheratem. »Garantiert.«

Die Sonne sinkt schon, bis sie fertig werden. Wobei sie weniger untergeht als zwischen die braunen Rauchbänder taucht, die ständig vom Kraftwerk am Ende des West Broadway herüberwehen. Mary Pat geht mit Jules zu Robell's, und sie kaufen ein Notizbuch, ein Viererpack Kulis, eine blaue Nylonschultasche und eine weit ausgestellte, hoch sitzende Jeans. Bester Laune geht Jules dann mit ihrer Mutter zu Finast, wo sich Mary Pat ein Fertiggericht kauft. Auf ihre Frage, was Jules zu Abend essen möchte, antwortet Jules, dass sie mit Rum verabredet ist. Als sie mit einem Fertiggericht und einem *National Enquirer* durch die Kasse gehen, denkt Mary Pat, sie hätte sich gleich *Einsam, alt und pummelig* auf die Stirn schreiben können.

Auf dem Nachhauseweg sagt Jules aus heiterem Himmel: »Fragst du dich manchmal, ob es auch was anderes gibt?«

»Wie meinst du das?«

Jules tritt auf die Straße, um einer Ameisenschar auszuweichen, die sich um ein zerbrochenes Ei sammelt. Sie dreht sich um einen jungen Baum und tritt wieder auf den Gehsteig. »Ich meine, hast du nicht manchmal das Gefühl, etwas sollte so und so sein, aber es ist anders? Und du weißt nicht, wie es sein soll, weil du irgendwie nie etwas anderes gekannt hast als das, was du siehst? Und was du siehst, na ja« –, sie winkt zur Old Colony Avenue hin, »ist *das hier?*« Sie schaut ihre Mutter an und weicht ihr auf dem unebenen Boden etwas aus, damit sie nicht zusammenstoßen. »Man weiß es aber.«

»Was weiß man?«

»Dass wir dafür nicht gemacht sind.« Jules tippt sich an die Mulde zwischen ihren Brüsten. »Hier drin.«

»Tja, Süße«, sagt ihre Mutter, die keinen blassen Schimmer hat, wovon Jules redet, »wofür bist du denn gemacht?«

»So meine ich das nicht.«

»Wie meinst du es nicht?«

»So wie du es sagst.«

»Wie meinst du's denn?«

»Ich meine nur, dass ich nicht verstehe, warum andere anscheinend nicht so denken wie ich.«

»Worüber?«

»Über alles. Alles.« Ihre Tochter hebt die Hände. »Scheißdreck!«

»Was denn?«, möchte Mary Pat wissen. *»Was?«*

Jules winkt in die Luft. »Ma, ich weiß ... ich bin ... na gut ... schon gut.« Sie bleibt stehen und setzt den Fuß auf den Sockel einer alten Notrufsäule. Ihre Stimme wird ein Flüstern. »Ich weiß nicht, warum alles so ist, wie es ist.«

»Die Schule, meinst du? Der Bustransfer?«

»Was? Nein. Na ja, schon. Irgendwie. Ich weiß nicht, wo es mit uns hingeht.«

Redet sie von Noel? »Wenn wir sterben, meinst du?«

»Dann, ja. Aber auch, wenn wir … vergiss es.«

»Nein, komm.«

»Nein.«

»Bitte.«

Ihre Tochter sieht ihr direkt in die Augen – eine Seltenheit seit ihrer ersten Menstruation vor sechs Jahren, und ihr Blick ist hoffnungslos und sehnsüchtig zugleich. Einen Moment lang erkennt Mary Pat sich selbst in diesem Blick … aber wie? Welche Mary Pat? Wie lange ist es her, dass sie sich nach etwas gesehnt hat? Dass sie an so etwas Albernes geglaubt hat wie die Vorstellung, irgendwer irgendwo wüsste die Antwort auf Fragen, die sie nicht mal in Worte fassen kann?

Jules wendet sich ab, beißt sich auf die Lippe, eine Angewohnheit von ihr, wenn sie mit den Tränen kämpft. »Wohin geht's mit uns, Ma? Nächste Woche, nächstes Jahr. Ich meine, was soll das, verdammt noch mal«, stößt sie hervor, »warum machen wir das?«

»Was denn?«

»Rumlaufen, einkaufen, aufstehn, schlafen gehn, wieder aufstehn? Was wollen wir eigentlich damit erreichen?«

Mary Pat möchte ihrer Tochter am liebsten eine Spritze verpassen wie die, mit denen man Tiger betäubt. Was quasselt sie da bloß? »Kriegst du deine Tage?«

Jules lacht schnaubend auf. »Bestimmt nicht, Ma.«

»Was denn dann?« Sie umfasst die Hände ihrer Tochter. »Ich bin doch hier, Jules. Was ist los?« Sie massiert Jules' Handteller mit den Daumen, wie sie es immer getan hat, wenn sie als Kind Fieber hatte.

Jules lächelt sie traurig und wissend an. Aber was wusste sie? »Ma«, sagt sie.

»Ja?«

»Es geht mir gut.«

»So klingst du aber nicht.«

»Trotzdem.«

»M-m.«

»Ich bin nur …«

»Ja?«

»Ich bin's nur leid«, sagt ihre Tochter.

»Was denn?«

Jules beißt sich innen auf die Wange, auch das eine Angewohnheit von ihr, und sieht auf die Straße.

Mary Pat knetet weiter die Hände ihrer Tochter. »Was bist du leid?«

Jules schaut ihr ins Gesicht. »Die Lügen.«

»Tut Rum dir weh? Belügt er dich etwa?«

»Nein, Ma. Nein.«

»Wer denn dann?«

»Niemand.«

»Du hast es doch gerade gesagt.«

»Ich bin's leid, hab ich gesagt.«

»Die Lügen.«

»Das hab ich nur gesagt, damit du Ruhe gibst.«

»Wieso?«

»Weil ich dich leid bin.«

Eine Axt ins Herz von Mary Pat. Sie lässt die Hände ihrer Tochter los. »Nächstes Mal kannst du deine Schulsachen alleine kaufen. Ich bekomme zwölf Dollar zweiundsechzig von dir.« Sie geht den Gehsteig entlang.

»Ma.«

»Leck mich.«

»Hör zu, Ma. Ich hab nicht gemeint, dass ich *dich* leid bin, sondern, dass ich's leid bin, so ins Kreuzverhör genommen zu werden.«

Mary Pat fährt herum und geht so schnell auf ihre Tochter zu, dass Jules einen Schritt zurückweicht. (*Mach nie einen Schritt zurück,* möchte Mary Pat am liebsten schreien. *Nie und nirgends.*) Sie zeigt mit dem Finger auf sie. »Ich nehm dich ins Kreuzverhör, weil ich mir Sorgen um dich mache. Du redest lauter Blödsinn, kriegst Tränen in die Augen und wirkst ganz verloren. Ich hab nur noch dich. Ist dir das nicht klar? Und du hast nur noch mich.«

»Mag sein«, sagt Jules, »aber ich bin jung.«

Hätte sie nicht gleich darauf gelächelt, hätte Mary Pat sie womöglich umgehauen. Mitten auf der Old Colony.

»Geht's dir gut?«, fragt sie ihre Tochter.

»Eigentlich nicht.« Jules lacht. »Aber eigentlich schon. Verstehst du das?«

Ihre Mutter wartet und sieht sie unverwandt an. Jules weist mit ausholender Geste auf Old Colony, auf die vielen Schilder – SOUTHIE BLEIBT; WILLKOMMEN IM PER DEKRET REGIERTEN BOSTON; KEINE WAHL = KEINE RECHTE – und auf die Trottoirs und die Parkplatzmauern mit ihren Graffiti-Botschaften – NIGER RAUS; WHITE POWER; ZURÜCK

NACH AFRIKA ZUM UNTERRICHT. Einen Moment lang kommt es Mary Pat so vor, als bereiteten sie sich auf einen Krieg vor. Fehlten nur die Sandsäcke und Geschütztürme.

»Das ist mein letztes Schuljahr«, sagt Jules.

»Ich weiß, Baby.«

»Und nichts ergibt einen Sinn.«

Mary Pat nimmt ihre Tochter auf dem Gehsteig in die Arme und lässt sie an ihrer Schulter weinen. Die Blicke der Passanten sind ihr egal. Je länger sie gaffen, desto stolzer wird sie auf das schwache Kind, das sie zur Welt gebracht hat. *Wenigstens hat Commonwealth ihr nicht das Herz genommen,* möchte sie sagen. *Zumindest das hat sie sich bewahrt, ihr dummen und kalten irischen Arschlöcher.*

Ich bin vielleicht eine von euch. Sie nicht.

Als sie sich voneinander lösen, wischt sie mit dem Daumen die Augen ihrer Tochter trocken. Es sei schon gut, sagt sie ihr. Eines Tages werde ihr der Sinn aufgehen.

Wenn sie auch selbst noch auf diesen Tag wartet. Wenn sie auch annimmt, dass jeder auf Gottes grüner Erde darauf wartet.

2

Jules duscht noch einmal, als sie wieder zu Hause sind, und dann kommen ihr armseliger Freund Ronald »Rum« Collins und Brenda Morello vorbei, die seit dem zweiten Schuljahr ihr Schatten ist. Brenda ist klein und blond, mit großen braunen Augen und einer so üppigen Figur, als hätte Gott sie eigens entworfen, um Männer aus dem Konzept zu bringen. Sie weiß das natürlich, und es scheint ihr unangenehm zu sein; dass sie sich wie ein Junge anzieht, hat Mary Pat schon immer an ihr gefallen. Jules ruft Brenda in ihr Zimmer, um zu fragen, was sie anziehen soll, und so bleibt Mary Pat in der Küche auf Rum sitzen, der wie schon sein Vater und seine Onkel die Gesprächsfertigkeit von gebackenem Schinken hat. Allerdings hat er gelernt, gegenüber den Mädchen und Mitschülern an der Southie High den Mund zu halten und den von Natur aus stumpfen Ausdruck seiner Augen durch eine träge Arroganz zu ersetzen, die viele Kids für ein Anzeichen von Coolness halten. Und ihre eigene Tochter ist darauf reingefallen.

»Äh, hübsch sehen Sie heute aus, Misses F.«

»Danke, Ronald.«

Er blickt sich in der Küche um, als hätte er sie nicht schon hundertmal gesehen. »Meine Ma sagt, sie hat Sie vorige Woche im Supermarkt gesehen.«

»Echt?«

»Ja. Sie hätten Müsli gekauft.«

»Na, wenn sie es sagt.«

»Welche Sorte?«

»Müsli?«

»Ja.«

»Weiß ich nicht mehr.«

»Ich ess gern Froot Loops.«

»Am liebsten, was?«

Er nickt mehrmals. »Außer, wenn sie zu lange in der Milch liegen, und die verfärbt sich.«

»Das ist unschön.«

»Deshalb beeile ich mich.« Er sieht sie an, als hätte er ihr gerade das Firmengeheimnis von Kellogg's enthüllt.

»Mitdenken ist alles«, sagt sie, und ihr Kopf sagt: *Zeug bloß keine Kinder!*

»Ich mag nun mal keine bunte Milch.« Er zieht die Brauen hoch, als hätte er gerade etwas Kluges gesagt. »Nicht. Mein. Ding.«

Sie lächelt angespannt. *Und zeugst du doch, dann bitte nicht mit meiner Tochter.*

»Milch an sich mag ich schon. Unbunt.«

Sie lächelt ihn weiter an, weil sie zu gereizt ist, um etwas zu sagen.

»Ach, hallo!«, sagt er, und sie dreht sich um und sieht Jules und Brenda in die Küche kommen. Rum geht an Mary Pat vorbei, legt Jules eine Hand auf die Hüfte und gibt ihr einen Wangenkuss.

Sag ihr wenigstens, dass sie nett aussieht. Hübsch.

»Dann mal nichts wie raus hier«, sagt er, klatscht ihrer

Tochter auf die Hüfte und lässt ein schrilles Gackern hören, für das ihm Mary Pat sofort eins mit dem Nudelholz überziehen möchte.

»Tschüss, Ma.« Jules beugt sich vor, gibt ihr ein Küsschen, und Mary Pat bekommt einen Hauch von Zigaretten, »Gee, Your Hair Smells Terrific«-Shampoo und ein paar Tupfern »Love's Baby Soft« hinter den Ohren ihrer Tochter mit.

Sie möchte Jules am Handgelenk packen und sagen: *Such dir jemand anderen. Einen, der was taugt. Der von mir aus dumm ist, aber nicht fies wird. Der hier wird fies, weil er nur zwei Stufen von debil entfernt ist, aber denkt, er sei irgendwie clever, und die so sind, werden fies, wenn ihnen aufgeht, dass sie keiner für voll nimmt. Du bist zu gut für den Kerl, Jules.*

Aber sie sagt nur: »Sieh zu, dass du zu einer annehmbaren Zeit nach Hause kommst«, und erwidert den Schmatz auf die Wange ihrer Tochter.

Und dann ist Jules weg. In der Nacht verschwunden.

Als sie ihr Fertiggericht erwärmen will, wird Mary Pat wieder daran erinnert, dass kein Gas da ist. Sie stellt das Essen zurück in den Gefrierschrank und geht die Straße hoch zu Shaughnessy's. In Southie bekommt alles einen Spitznamen, so sicher wie das Amen in der Kirche, und deswegen wird Shaughnessy's, das Michael Shaughnessy gehört, niemals Shaughnessy's genannt, sondern schlicht Mick Shawn's. Mick Shawn's ist für seine Samstagabendschlägereien bekannt (mit dem Schlauch hinterm Tresen wird das Blut vom Boden entfernt) und für sein Schmorfleisch, das den ganzen Tag in einem Topf in der kleinen Küche am Ende des Tresens schmort, gleich hinter dem Schlauch.

Mary Pat setzt sich an den Tresen und isst einen Teller davon. Sie trinkt zwei Old Mill vom Fass und quatscht mit Tina McGuiggan. Mary Pat kennt Tina seit dem Kindergarten, wenn sie sich auch nicht nahestehen. Tina erinnert Mary Pat immer an eine Walnuss. Hart und in sich gekehrt, trocken und schwer zu knacken. Männer fanden sie allerdings schon immer »süß«, vielleicht weil sie klein und blond ist und hilflos wirkt, Männer aber nicht glauben können, dass sie nur so aussieht. Ricky, Tinas Mann, sitzt in Walpole sieben bis zehn Jahre ab wegen eines von Anfang an schiefgelaufenen Raubüberfalls mit einem Panzerwagen; Blei flog, aber Gott sei Dank wurde niemand verletzt. Da Ricky für sich behält, dass Marty das Ding finanziert hat, schiebt er eine ruhige Haft, was Tina aber kein Geld für die Miete bringt, auch nicht für die Schuluniformen der vier Kinder und ihre Zahnkontrollen.

»Aber was willst du machen?«, beschließt sie ihre kurze Wutrede zum Thema gegenüber Mary Pat.

»Genau«, sagt Mary Pat. »Was willst du machen?«

Ein Refrain, der ihnen allen teuer ist. Ähnlich wie *So ist es nun mal* und *Dumm gelaufen*.

Sie sind nicht arm, weil sie sich keine Mühe geben, nicht hart arbeiten, es nicht besser verdient hätten. Wohin Mary Pat auch schaut hier in Commonwealth oder in Southie allgemein – nichts als Fleißbolzen, Malocher, Leute, die tonnenschwere Lasten wie einen Golfball stemmen, die tagaus, tagein arbeiten gehen und ihren undankbaren Scheißchefs jeden Achtstundentag zehn Stunden Arbeit servieren. Sie sind nicht arm, weil sie faulenzen, das steht fest.

Sie sind arm, weil es nur ein bestimmtes Maß an Glück auf der Welt gibt und sie nie welches abbekommen haben. Wenn es nicht vom Himmel fällt und auf dir landet, dich nicht findet, wenn es morgens aufwacht und schaut, an wen es sich hängen kann, stehst du da. Es gibt weit mehr Menschen auf der Welt als Glück, also bist du entweder zur rechten Zeit am rechten Ort, genau in der Sekunde, in der sich einmal und nie wieder das Glück zeigt. Oder Pustekuchen. Dann ist es …

Dumm gelaufen

Ist es, wie es ist.

Was willst du machen?

Tina trinkt einen Schluck Bier. »Wie war dein Schmorfleisch?«

»Das war gut«, sagt Mary Pat.

»Ich hab gehört, es lässt nach.« Tina blickt sich in der Bar um. »Wie alles heutzutage.«

»Nee«, sagt Mary Pat. »Probier's doch mal.«

Tina wirft ihr einen langen, nachdenklichen Blick zu, als hätte sie vorgeschlagen, sie solle ihren BH verbrennen oder so was. »Wieso meinst du, ich müsste was probieren?«

Mary Pat schaut Tina in die Augen und sieht an deren trübem Schimmer, dass Tina vor ihrer Ankunft wohl schon Stärkeres getrunken hat. »Dann lass es doch.«

»Nein, das will ich jetzt mal wissen.«

»Was willst du wissen?«

»Na, was schon?«, sagt Tina. »Warum willst du, dass ich den Eintopf probiere?«

»Der Eintopf« – Mary Pat spürt, wie ihr das Blut am Hals hochsteigt und ihr Kinn umspült – »ist kein Eintopf. Das ist Schmorfleisch.«

»Du weißt, was ich meine. Tu nicht so, als wüsstest du nicht, was ich meine.«

»Und« – sie ist kurz davor, Tina den Finger ins Gesicht zu stecken – »da ist nichts Neues dran. Es ist immer noch das olle Schmorfleisch.«

»Dann iss es doch.«

»Hab ich gerade.«

»Warum nervst du mich dann noch damit?«

Mary Pat wundert sich über die Müdigkeit in ihrer eigenen Stimme. »Ich nerve dich nicht, Tina.«

Tina hat sich mit offenem Mund und gestrafftem Hals vorgebeugt. Doch bei Mary Pats Worten wird ihr Blick plötzlich sanft. Sie entspannt sich, zieht feucht an ihrer Zigarette und stößt den Rauch aus. »Ich weiß nicht, was ich rede.«

»Schon gut.«

Tina schüttelt den Kopf. »Ich dreh einfach durch. Und ich weiß nicht mal, warum. Irgendjemand – und ich kann dir nicht mal sagen, wer – irgendein Typ meinte, das Schmorfleisch ist hier nichts mehr, und ich dachte, *das halt ich nicht aus, es geht nicht mehr.*« Sie legt Mary Pat die Hand auf den Unterarm, und sie sehen sich in die Augen. »Verstehst du, Mary Pat? Ich halt es manchmal einfach nicht mehr aus.«

»Ich weiß«, sagt Mary Pat. Auch wenn das gar nicht stimmt.

Und andererseits stimmt es doch.

Als sie eine halbe Stunde später wieder zu Hause ist, bringt Timmy Gavigan die Schilder vorbei. Timmy G stammt aus einer neunköpfigen Familie in der K Street. In der Highschool hat er ganz ordentlich Hockey gespielt, aber nicht gut genug, um irgendwo ein Stipendium zu bekommen, und so arbeitet er jetzt in einem Auspuffladen und springt, wenn ihm die Butler-Crew einen Knochen hinwirft. Aber sie hält Timmy für zu weich, im Kern zu anständig, als dass er dort aufsteigen könnte wie die harten Jungs, Brian Shea oder Frankie Toomey. Sie schaut ihm nach, wie er durch den Flur zum Ausgang geht, und hofft, er besinnt sich, ehe fünf Jahre Knast ihm das abnehmen.

Zwei Stunden lang befestigt sie mit Timmy Gs Nägeln die Schilder an den Holzstangen, die Brian Shea gebracht hat. Dass sie einen Hammer besitzt, wurde offensichtlich zu Recht vorausgesetzt. Die Nägel sind klein und dünn, von der Sorte, die man schlecht senkrecht halten kann, ohne dass der Daumen dem Hammer in die Quere kommt, aber sie schafft es. Zum ersten Mal an diesem Tag, wenn nicht zum ersten Mal in der Woche kommt sie sich nützlich vor, hat sie eine Aufgabe. Auch sie trägt ein wenig dazu bei, sich gegen die Tyrannei zu wehren. Anders kann man es nicht nennen. Nichts anderes passt. Die an der Macht schreiben ihr vor, wo sie ihr einziges Kind zur Schule schicken soll. Auch wenn das die Bildung des Kindes und sogar sein Leben gefährdet.

So ein Blödsinn. Und um Rasse gehts auch nicht. Sie wäre genauso sauer, wenn ihr gesagt würde, dass sie ihr Kind quer durch die Stadt nach Revere, ans Nordend oder in ein überwiegend weißes Viertel schicken soll. Na gut, vielleicht nicht ganz so sauer, vielleicht ginge es ihr nur gegen den Strich, aber dann nagelt sie das nächste Schild an die nächste Stange und denkt, *Scheiß drauf, ich sehe keine Farben. Ich sehe Ungerechtigkeit.* Die reichen Säcke in ihren Vorortfestungen (in den rein weißen Städten) wollen nur wieder denen sagen, wo es langgeht, die arm sind und an die Stadt gefesselt. In dem Augenblick fühlt sich Mary Pat den Schwarzen überraschend verwandt. Sind sie nicht alle Opfer derselben Sache? Bekommen sie nicht alle gesagt, *Wie es ist?*

Nein, eben nicht, denn viele Farbige wollen genau das. Sie haben vor Gericht dafür gekämpft. Und wenn man aus einem Drecksloch wie Five Corners oder den Hauruck-Wohnsiedlungen an der Blue Hill Avenue oder in Geneva kommt, wäre man natürlich gern an einem schöneren Ort. Aber Southie ist nicht schöner, es ist nur weißer. Die Southie High ist genauso ein Elend wie die Roxbury High. Explodierende Toiletten, geplatzte Heizungsrohre, Wasserschäden an den Wänden, Schimmel, abblätternde Farbe, veraltete Schulbücher mit losen Seiten. Dass sie aus ihrem Drecksloch rauswollen, kann sie den Farbigen nicht verdenken, aber es gegen Mary Pats Drecksloch einzutauschen, ergibt keinen Sinn. Und der Richter, der das Ganze angeordnet hat, wohnt in Wellesley, wo sein Gesetz keine Anwendung findet. Hätten die Schwarzen den Besuch der Wellesley High, der Dover Middle School eingeklagt, würde Mary Pat für *sie* auf die Straße gehen.

Worauf die Gegenstimme fragt: *Ist das wirklich so? Wie viele Namen kennst du für Schwarze, Mary Pat?*

Leck mich.

Wie viele? Sei ehrlich.

»Schwarze« kenn ich und »Nigger«.

Wer's glaubt. Sag mir die Wahrheit. Und nicht nur die Ausdrücke, die du kennst, sondern alle, die du schon benutzt hast. Die dir über die rissigen Lippen gekommen sind.

Aber das sind doch nur Wörter, verteidigt sie sich vor einem imaginären Richter. *Arme Leute, die Scheiß über arme Leute reden. Hat mit Rasse nichts zu tun. Wir sollen uns wie Köter um Tischabfälle zanken, damit wir nicht merken, wie sie mit dem Festschmaus abhauen.*

Sobald sie durch ist und die Schilder links und rechts vom Eingang gestapelt sind, setzt sie sich bei offenem Fenster an den Küchentisch, lauscht den Geräuschen von Commonwealth an einem warmen Sommerabend und wünscht sich, ihre Tochter wäre bei ihr. Sie hätten Hearts spielen oder fernsehen können.

Irgendwo in den Projects ruft jemand nach Benny. Schreiend wacht ein Baby auf. Ein einzelner Feuerwerkskörper explodiert. Ein paar Leute, die unter ihrem Fenster vorbeigehen, reden von jemandem namens Mel und einer Fahrt zum Thom McAn in Medford. Sie riecht das Meer. Und den Feuerwerkskörper.

Sie ist hier geboren. Drei Häuser weiter im Hancock. Dukie ist im Rutledge geboren. (Alle Gebäude in Commonwealth sind nach Unterzeichnern der Unabhängigkeitserklärung benannt: Jefferson, Franklin, Chase, Adams, Wolcott, wo sie jetzt wohnt, und einige andere.) Sie kennt jeden Stein, jeden Baum.

Ein junges Pärchen läuft im gallegelben Licht einer

Straßenlaterne vorbei, und der Junge sagt, er hat es satt, es steht ihm bis hier. Das Mädchen kontert: »Du kannst nicht einfach kneifen. Du musst es versuchen.« – »Das ist ein Scheißdeal«, sagt er. »Es ist der einzige Deal«, sagt sie. »Du musst es versuchen.«

Kurz bevor sie außer Hörweite sind, glaubt Mary Pat, den Jungen tatsächlich noch sagen zu hören: »Na gut.«

Ihre Augenlider zucken vor Müdigkeit. Endlich schleppt sie sich ins Bett. Sie hat noch die Stimme des Mädchens im Ohr – *Du kannst nicht einfach kneifen. Du musst es versuchen* – und fragt sich, wo Ken Fen jetzt sein mag (hat aber so ihre Vermutung, wenn sie es auch definitiv nicht wissen möchte). Sie fragt sich, ob er noch sauer auf sie ist und warum es ihn einen Dreck zu kümmern scheint, dass sie genauso sauer auf ihn ist, dass er sie verlassen hat, weil sie sich nicht geändert hat, er aber schon. Und wofür hält er sich, dass er sich nach fast sieben Jahren Ehe ändert? Wer zieht denn so was ab?

»Warum hast du aufgehört, mich zu lieben, Kenny?«, fragt sie die Dunkelheit. »Wir haben ein Gelübde vor Gott abgelegt.«

Sie hofft unwillkürlich, dass Kenny aus der Dunkelheit erscheint, zumindest sein Gesicht, aber es bleibt bei der Dunkelheit.

Und dann hört sie im Kopf eine Stimme, die seine sein könnte, doch sie sagt lediglich: »Es reicht, Mary Pat. Es reicht.«

»Was reicht?«, flüstert sie.

»Lass es«, sagt er. »Lass gut sein.«

Heiß strömen die Tränen. Sie laufen von ihren Wangen

aufs Kopfkissen und in den Kragen ihrer Schlafanzugjacke. »Was denn?«

Nichts. Er sagt kein Wort mehr.

Als sie einschläft, kann sie es hören. Oder meint es zu hören. Es ist unterm Asphalt, unter den Kellern und Unterböden.

Das Netz.

Das Netz aus Schaltkreisen, Leitungen und Verbindungen, das den Strom, das Wasser und die Wärme durch die Kabel, Rohre und Schläuche lenkt und ihre Welt mit Energie versorgt. Oder wie an diesem Morgen eben nicht. Sie sieht es in ihrem nachlassenden Bewusstsein als einen Vorhang aus sanftem Licht. Es zittert unter ihren Augenlidern.

Alles hängt zusammen, meint sie jemandem zuzuflüstern. *Alles.*

3

Jules kommt in der Nacht nicht nach Hause.

Das gab es schon öfter. Keine große Sache. (Auch wenn es eine Ader in Mary Pats Hals zum Pochen bringt und ihr bis zum Mittag auf den Magen schlägt.) Jules ist siebzehn. Erwachsen in den Augen der Welt. Wäre sie ein Junge, könnte sie Soldat werden.

Dennoch ruft Mary Pat, bevor sie zur Arbeit fährt, bei den Morellos an. Brendas Vater Larry meldet sich mit einem brummigen »Hallo«.

»Hey, Larry«, sagt sie, »hat Jules bei euch übernachtet? Ist sie da?«

Larry sagt, er schaut nach, meldet sich kurz darauf wieder. »Beide nicht da.« Sie hört, wie er Kaffee oder so etwas hinunterstürzt, sich eine anzündet und einen tiefen Zug nimmt. »Wenn sie Geld brauchen, kreuzen sie auf. Muss Schluss machen, Mary Pat.«

»Das war's auch, Lar, danke.«

»Gottseimitdir«, sagt er noch vorm Auflegen.

Gottseimitdir. Gehört auch zu der Liste mit *So ist es nun mal* und *Was willst du machen?* Sätze, die Trost spenden, indem sie dem Sprecher die Macht nehmen. Die sagen, es liegt an jemand anderem, du bist unschuldig. Unschuldig schon, aber auch machtlos.

Sie fährt zur Arbeit, trifft eine Minute vor Beginn ein und bekommt trotzdem diesen Blick von Schwester Fran ab, als wäre eine Minute zu früh nicht besser als eine Minute zu spät. Schwester Fran sieht aus, als wollte sie eine ihrer »Gott liebt«-Weisheiten vom Stapel lassen wie etwa »Gott liebt die Frommen, denn in den Frommen lebt die Weisheit der Demut«, oder »Gott liebt die Reinlichen, denn in der Reinlichkeit erscheint Gottes Bild klarer«. (Das bringt sie oft den Fensterputzern zu Gehör.) Doch Schwester Fran schnaubt nur, als sie hinter Mary Pat vorbeigeht, und überlässt sie ihrem Tagwerk.

Mary Pat arbeitet als Krankenhaushelferin im Meadow Lane Manor in Bay Village, einer Gegend, die sich nicht entscheiden kann, ob sie schwarz, weiß oder schwul sein will, zwei U-Bahn-Stationen von Commonwealth entfernt am Rand der Innenstadt. Meadow Lane ist ein von den Sisters of Charity of Saint Vincent de Paul geführtes Seniorenheim (»Senilenheim« nannten sie und ihre Kolleginnen es nach ein paar Bier). Sonntags bis donnerstags hat Mary Pat dort die Morgenschicht, von sieben bis fünfzehn dreißig, mit einer halben Stunde Mittagspause. Seit fünf Jahren macht sie das. Es ist kein schlechter Job, wenn man sich einmal an das demütigende Reinigen von Bettpfannen, das tägliche Baden erwachsener Menschen und an die durchgehend unterwürfige Haltung nicht nur gegenüber verschrobenen alten Weißen, sondern auch ein paar verschrobenen alten Schwarzen gewöhnt hat. Sicher keine Arbeit, wie sie in den Einschlafträumen ihrer Kindheit vorkam. Aber sie ist vorhersehbar, und meistens kann sie sie erledigen, während sie mit den Gedanken woanders ist.

Sie beginnt den Tag mit dem Weckrundgang, dann verteilt sie mit Gert Armstrong und Anne O'Leary das Frühstück. Den ganzen Morgen sind sie hintendran, weil Dreamy sich krankgemeldet hat und die Morgenschicht ein Viererjob ist. Dreamy ist die einzige Schwarze in der Schicht und war, soweit sich Mary Pat erinnert, noch nie krank. Eigentlich heißt sie Calliope, wird aber, wie sie mal erzählt hat, seit dem ersten Schuljahr Dreamy genannt. Es passt zu ihr – sie guckt immer, als ob sie woanders ist, hat eine helle, schläfrige Stimme und bewegt sich wie ein leichter Sommerregen. Ihr Lächeln breitet sich immer ganz langsam übers Gesicht.

Alle mögen Dreamy. Sogar für Dottie Lloyd, der die Schwarzen leidenschaftlich verhasst sind, ist Dreamy ein »guter Nigger«. »Würden sie alle so schuften«, hat Dotty einmal zu Mary Pat gesagt, »und wären sie alle so höflich – ja Scheiße, dann hätte keiner ein Problem mit denen.«

Mary Pat betrachtet sich als eine Art Freundin von Dreamy, sie haben manche Mittagspause hindurch über ihr Leben als Mütter geredet. Aber es ist eine Freundschaft zwischen Weiß und Schwarz, ohne Telefonnummernaustausch. Mary Pat fragt Schwester Vi, mit der man reden kann, ob sie weiß, was mit Dreamy ist, und Schwester Vi macht ein komisches Gesicht, wie man es eher von Schwester Fran erwartet. Kritisch und distanziert wirkt ihr Blick. »Du weißt doch, dass ich über andere Mitarbeiter nicht sprechen darf, Mary Pat.«

Nach dem Frühstück, immer noch hintendran, nehmen sie sich die Bettpfannen vor oder helfen denen, die es noch auf die Toilette schaffen, wo dann oft ein Hintern abgewischt werden muss, eine Demütigung, die Mary Pat noch mehr widerstrebt als das Säubern der Bettpfannen. Kommen die Alten ohne Begleitung zur Toilette, brauchen sie keine Hilfe, und Mary Pat und Co. (alle Helferinnen sind Frauen) können mit den morgendlichen Bädern anfangen.

In der Mittagspause ruft sie zu Hause an, aber Jules meldet sich nicht. Sie versucht es noch mal bei den Morellos und erreicht Suze, Brendas Mutter. Suze sagt Nein, sie hat beide nicht gesehen, denkt aber, die kommen schon wieder.

»Wie oft, Mary Pat«, sagt Suze, »wie oft haben wir das mit den beiden schon erlebt? Und immer sind sie wieder aufgetaucht.«

»Stimmt«, sagt Mary Pat und legt auf.

Als sie die Tabletts für die Mittagsrunde fertig machen, fängt Dottie Lloyd von einem »Niggerdealer« an, der in der Columbia Station »untern Zug« geraten ist und am Morgen den Pendlerverkehr versaut hat. Konnten sie den nicht einfach vom Gleis nehmen und die Züge durchlassen? Erst macht er mit seinem Dreckszeug die Leute kaputt, dann müssen die Pendler drunter leiden. Schwer zu sagen, welche Sünde unverzeihlicher ist.

»Auf dem Ankunftsgleis ham sie ihn gefunden«, sagt Dottie. »Hätte anstandshalber wenigstens aufs Abfahrtsgleis fallen können. Dann wären nur die in Dorchester angepisst, und ehrlich, scheiß auf Dorchester.«

Mary Pat zieht das große Alutablett mit den Mini-Milchkartons aus dem Kühlschrank, stellt es auf die Anrichte und verteilt die Kartons für die Zimmer auf kleine Plastiktabletts. »Um wen geht's?«

Dottie drückt Mary Pat die Nachmittagsausgabe des *He-*

rald American in die Hand, und sie liest sie über der An-richte. MANN VON U-BAHN ERFASST. Der Artikel führt aus, dass Augustus Williamson, 20, am frühen Morgen tot unter dem Ankunftsbahnsteig der Columbia Station aufgefunden wurde und dass er laut Polizei mehrere Kopfverletzungen erlitten hatte.

Davon, dass der Schwarze ein Dealer war, steht da nichts, aber die Vermutung liegt nahe. Was hätte er sonst da ge-wollt? In ihrem Teil der Stadt? Sie geht ja auch nicht rüber. Sie kennt keinen, der sagt, heute Nachmittag gehen wir mal in der Blue Hill Avenue Klamotten kaufen oder suchen uns im Skippy White ein paar Platten aus. Sie bleibt auf ihrer Seite der Stadt, ihrer Seite der Grenze, und ist es vielleicht zu viel verlangt, dass sie es auch so machen? Warum müs-sen sie querschießen? Gut, okay, man geht ins Zentrum, da vermischen sich alle, Schwarze, Weiße, Puertoricaner. Man arbeitet zusammen, schimpft zusammen über die Chefs, das Leben, die Stadt. Aber dann kehrt man ins eigene Vier-tel zurück und schläft im eigenen Bett, bis man morgens aus den Federn muss und alles wieder von vorne losgeht.

Denn in Wahrheit versteht man einander nicht. Es ist weder von Mary Pat geplant noch gewollt, dass sich ihr Geschmack in Musik, in der Kleidung oder im Essen, das auf den Tisch kommt, unterscheidet. Trotzdem ist es so. Sie mögen andere Autos, andere Sportarten, andere Filme. Sie reden noch nicht mal gleich. Die Puertoricaner beherr-schen kaum die Sprache, aber die meisten Schwarzen, die sie kennt, sind hier aufgewachsen, und doch ist es, als kä-men sie woanders her. Sie reden ihren Slang, der Mary Pat ehrlich gesagt gefällt, vom Rhythmus her, weil andere Wörter im Satz betont werden, als sie es von den Weißen kennt, und weil sie ihre Geschichten gern mit dröhnendem Gelächter abschließen. Kein Vergleich, wenn Mary Pat oder ihre Bekannten loslegen. *Wenn ihr also nicht sprecht wie wir,* möchte Mary Pat sagen, *wenn ihr unsere Musik, unsere Kleider, unser Essen, unsere Art nicht mögt, warum kommt ihr dann zu uns rüber?*

Um unsern Kindern Drogen zu verkaufen und unsre Autos zu stehlen. Darauf läuft's raus.

Etwas an dem Zeitungsartikel nagt jedoch noch immer an ihr. Sie kann nicht den Finger drauflegen, aber die Alarmglocken läuten weiter. Weshalb? Was war denn? Und dann hat sie's. »Wie heißt Dreamy mit Nachnamen?«, fragt sie Gert.

»Calliope«, sagt Gert.

Mary Pat runzelt die Stirn. »Ist das dein Ernst?«

»Bitte?«

»Calliope ist ihr richtiger Vorname«, sagt Anne O'Leary und stößt einen vernichtenden Seufzer aus.

»Und wie heißt sie mit Nachnamen?«, fragt Gert.

»Ihr seid doch befreundet«, wendet sich Anne an Mary Pat. »Wieso weißt du das nicht?«

»Na ja« – Mary Pat merkt, wie sie rot wird, »ich kenne sie nur als Dreamy.«

Eine nicht direkt peinliche, aber auch nicht ganz peinlichkeitsferne Stille tritt ein und wird erst unterbrochen, als ausgerechnet Dottie sagt: »Williamson.«

»Bitte?«

»Dreamys Nachname. Williamson heißt sie.«

»Woher weißt du das denn?«

»Die Pedantin in mir.«

Mary Pat geht an der Anrichte entlang zum *Herald*. Sie schlägt den Artikel für die Kolleginnen auf und zeigt auf den Namen des toten Dealers – Augustus Williamson.

»Und?«, fragt Gert.

Gert ist dümmer als ein von einem Dummkopf gefahrener Bus voller Dummköpfe.

»Und Dreamy«, sagt Mary Pat, »redet immer von ihrem Sohn Auggie.«

Die anderen Frauen brauchen einen Moment.

»Ach du Scheiße«, sagt Anne O'Leary.

Dottie sagt: »Deshalb ist sie nicht zur Arbeit gekommen.«

4

Auf der Heimfahrt gesteht sich Mary Pat nicht ein, dass sie besorgt ist, aber sie trödelt auch nicht. Kein Halt, kein Abstecher in irgendeine Bar. Schnurstracks nach Hause.

Jules ist nicht da. Und Mary Pat erkennt auf einen Blick, dass sie tagsüber nicht in der Wohnung war.

Sie ruft zum dritten Mal bei den Morellos an, erreicht wieder Suze, und die sagt sofort: »Sie ist da. Ich hol sie.«

Mary Pat merkt, wie sie an der Wand heruntergleitet, weiß aber nicht, ob vor Erleichterung oder was sonst. Hat Suze gesagt: »Jules ist da«? Oder »Sie ist da«? In dem Fall wäre »sie« wohl –

Brenda. Deren Stimme jetzt in die Leitung kommt. »Hey, Misses F.«

»Hey, Brenda.« Eine bleierne Furcht füllt ihren Bauch. »Ist Jules da?«

»Jules hab ich seit gestern Abend nicht gesehn.« Brendas Worte kommen etwas zu schnell, als hätte sie sie einstudiert.

»Nein? Mit wem hast du sie denn zuletzt gesehen?« Mary Pat steckt sich eine Zigarette an.

»Na ja, Rum war bei ihr und, na ja, Rum.«

»Rum und Rum? Gibt's den jetzt doppelt?«

»Nein, nur Rum, wollte ich sagen. Sie hatte Rum bei sich.«

»Und wo?«

»Carson.«

Carson ist der nächste Strand. Nicht der tollste. Keine Gezeiten. Die Bucht gehört zum Hafen, nicht zum Meer dahinter. Hauptsächlich treffen sich da Kids hinter der alten Badeanstalt zum Saufen.

»Wann hast du sie und Rum zuletzt gesehen?«

»So um Mitternacht.«

»Und sie sind einfach davonspaziert?«

»Na, so ungefähr, Sie wissen schon.«

»Ich weiß gar nichts.« Mary Pat hört ihren scharfen Unterton selbst. Der Brenda hoffentlich nicht so auffällt, dass sie dichtmacht. Sie spricht sanfter. »Ich möchte sie nur finden, Brenda.« Mit einem verlegenen Lachen beruhigt sie die Stimmung weiter. »Eine dumme Mutter eben, die sich Sorgen macht.«

Vom anderen Ende der Leitung nichts als Schweigen. Mary Pat beißt sich so fest auf die Unterlippe, dass sie Blut und Nikotin schmeckt.

»Sie ist mit Rum weg«, sagt Brenda, »und danach hab ich sie nicht mehr gesehen.«

»Hat sie getrunken?«

»Nein!«

»Blödsinn«, sagt Mary Pat. Legt die Samthandschuhe kurz ab. »Verkauf mich nicht für dumm, Brenda, dann bist du für mich auch kein Lügenmaul. Wie betrunken war sie?«

Zisch- und Knackgeräusche in der Leitung. Weiter weg

von Brenda bellt ein Hund. »Na ja, sie war blau. Ein paar Bier, etwas Wein.«

»Pot?«

»Auch.«

»War sie sturzbesoffen?«

»Nein, nein. Nur angeheitert, Misses F. Ich schwör's.«

»Und als du sie zuletzt gesehen hast, war Rum bei ihr.«

»Ja.«

»Und seitdem hast du nichts mehr von ihr gehört?«

»Nein.«

»Wenn sie sich aber meldet …«

»Ruf ich Sie gleich an.«

»Ich zähl drauf, Brenda.« Sie packt etwas Stahl in den Satz, ehe sie »Danke« sagt.

Brenda legt auf, und Mary Pat, den Hörer in der Hand, spürt, wie sie ein kreischender Zug der Hilflosigkeit durchbraust. Jules ist siebzehn, kann tun und lassen, was sie will. Wenn Mary Pat die Cops ruft, können die auch nichts machen, bis zweiundsiebzig Stunden vorbei sind. *Mindestens.* Und das ist nichts für Mary Pat. Sie kann nur entweder auf ihren Händen sitzen oder Kette rauchen, bis ihre Tochter zur Tür hereinkommt.

Eine Weile versucht sie das, denkt unwillkürlich an Dreamy Williamson, die jetzt ohne ihr Kind leben muss, und erinnert sich an die schöne Karte, die Dreamy ihr nach Noels Tod geschrieben hat. Sie kramt in der Schublade, in der sie die meisten Sachen aufbewahrt, die mit Noels Tod zu tun haben – seine Hundemarke, seine Kriegsmedaillen, seine laminierte Traueranzeige, die Beileidskarten –, und findet schließlich auch die Kondolenz von Dreamy. Vornedrauf ein Kreuz und die Worte *Gott der Herr gebe Dir Kraft in der Stunde der Not.* Innen schrieb sie über beide Seiten an Mary Pat:

Liebe Mrs. Mary Patricia Fennessy,

für eine Mutter ist es schrecklich, ihr Kind zu verlieren. Ich kann mir nicht vorstellen, wie weh Ihnen das tut. Auf der Arbeit haben Sie mir mit Geschichten über Ihren geliebten Noel oft ein Lächeln aufs Gesicht gezaubert oder mir die Zeit verkürzt. Was für ein Schuft er war! Was für ein Schlitzohr! Er hat seine Mama geliebt, keine Frage, und seine Mama ihn. Ich weiß nicht, warum der Herrgott einer lieben Frau wie Ihnen solch ein Leid zufügt, aber ich weiß, er macht unsere Herzen so groß, dass unsere Toten darin leben können. Dort ist jetzt Ihr Noel. Er lebt im Herzen seiner Mutter, wie er einst in Ihrem Schoß gelebt hat. Wenn ich jemals etwas für Sie tun kann, wenden Sie sich bitte an mich. Sie waren immer gut und nett zu mir, und Ihre Freundschaft ist mir teuer.

Mein aufrichtiges Beileid,
Calliope Williamson

Mary Pat starrt am Küchentisch auf den Brief, bis die Wörter verschwimmen. Die Frau hat ihr geschrieben, als wären sie wirklich befreundet. Sie hat ihren Nachnamen hinzugefügt, der Mary Pat am Nachmittag nicht mal mehr eingefallen war. Sie hat Mary Pat eine liebe Frau genannt und von einer

Freundschaft gesprochen, die Mary Pat gar nicht in den Kopf will. Sie geht zwar freundlich mit Dreamy um, aber Freundschaft ist doch etwas ganz anderes. Weiße Southie-weiber sind nicht mit schwarzen Frauen aus Mattapan befreundet. So läuft die Welt nicht.

Einen Moment lang sucht Mary Pat nach Papier und Stift, um Dreamy einen Beileidsgruß zu schreiben, aber sie findet nur einen Stift und Schmierpapier. Sie beschließt, morgen eine richtige Beileidskarte zu kaufen, und legt den Stift wieder in die Schublade.

Mit einem Bier, ihrem Päckchen Slims und einem Aschenbecher geht sie ins Wohnzimmer, stellt den Fernseher an und erwischt prompt die Nachrichten und die Meldung über Auggie Williamson. Die Ermittler glauben, er wurde zwischen null und ein Uhr früh tödlich von einem Zug erfasst und durch den Aufprall unter den Bahnsteig geschleudert. Der Zugführer bekam von dem Aufprall nichts mit. Bis Dienstschluss rasten Züge an der Leiche vorbei und auch am Morgen noch, ehe ein Schaffner sie in dem Spalt unterm Bahnsteig bemerkte. Die Polizei möchte weder bestätigen, dass Drogen bei dem Toten gefunden worden sind, noch erklären, was ihn am Abend auf den Bahnsteig geführt hat und ob oder wieso er vor den Zug gesprungen oder vor ihn gestoßen worden war.

Sein Gesicht erscheint auf dem Schirm, und sie erkennt Dreamy in seinen Augen, deren Braun beinah goldhell ist, wie auch in seinem Kinn und seinen Lippen. Er sieht so jung aus. Doch der Reporter sagt, dass er vor zwei Jahren die Highschool abgeschlossen und zuletzt an einem Management-Trainee-Programm im Zayre teilgenommen hat.

Highschool-Abschluss? Management-Trainee-Programm? Absolvieren Dealer Management-Trainee-Programme?

Aber ach, denkt sie beim Blick durch den Fernseher in seine Augen, *du bist ja noch ein Baby.* Ihre eigene Mutter hat immer gesagt, dass sich ein Kind mit jedem Schritt, den es tut, weiter und weiter von seiner Mutter entfernt. Mary Pat betrachtet das Foto von Dreamys Sohn in der letzten Sekunde, ehe es vom Bildschirm verschwindet, und stellt sich vor, dass morgen oder übermorgen in den Nachrichten das Bild ihrer Tochter erscheint.

Wo *steckt* sie bloß?

Sie schaltet den Fernseher aus. Ruft bei Rum an, erreicht seine Mutter. Da sie und Mary Pat sich nicht grün sind, ist das Gespräch kurz: »Nein, Ronald ist nicht da, er arbeitet bis zehn im Purity Supreme. Nein, Jules hab ich schon seit mindestens ner Woche nicht gesehn. Sonst noch was?«

Mary Pat legt auf.

Sie sitzt da. Und sitzt da. Ob eine Stunde oder eine Minute, sie weiß es nicht.

Ehe sie's sich versieht, schnappt sie sich ihre Zigaretten und ihre Schlüssel von der Ablage neben dem Sessel und verlässt die Wohnung. Sie läuft hinten ums Haus herum und folgt dem Fußweg, bis sie vor der Tür ihrer Schwester im Franklin steht. Big Peg hat eine Tochter im gleichen Alter wie Jules; die Mädchen stehen sich nicht allzu nah, aber sie werden gern zusammen high. Fast dasselbe ließe sich von Mary Pat und Big Peg sagen – sie stehen sich nicht allzu nah, aber das hat sie noch nie davon abgehalten, sich zusammen zu betrinken, wenn sie sich über den Weg laufen.

Mary Pat, die es nicht so mit dem Reisen hat, hat es immerhin geschafft, schon Teile von New Hampshire, Rhode Island und Maine zu sehen. Big Peg dagegen hat zwei Tage nach dem Abschlussball Terry »Terror Town« McAuliffe geheiratet. Sie sind seit dem ersten Jahr an der Highschool zusammen, und beide haben nach allgemeiner Kenntnis keinen Ehrgeiz außer dem, Southie niemals zu verlassen. Es ist schon ein großer Tag, wenn sie es nach Dorchester schaffen, und Dorchester liegt nur sechs Straßenzüge entfernt. Und falls man ihre Sicht der Welt zu eng findet, muss man wissen, dass Big Peg und Terror Town die Welt nicht die Bohne schert, sie schert nur Southie. Sie haben sieben Kinder großgezogen, die den Stolz der Eltern auf ihr Viertel übernommen haben wie die Botschaft Christi (wenn Christus in Commonwealth aufgewachsen wäre und es für angebracht hielte, jeden platt zu hauen, der woanders herkam). Ihrem Alter entsprechend regieren diese Kinder – Terry junior, Little Peg, Freddy, JJ, Ellen, Paudric und Lefty (der eigentlich Lawrence heißt, aber noch nicht einen Tag im Leben so angeredet worden ist) – die Straßenecken, die Hauseingangsstufen und die Spielplatzsandkästen mit einem so hehren und unbeugsamen Stolz, dass es unweigerlich kracht, wenn auch nur daran gekratzt wird. Aus ihrer eigenen Erfahrung als Siedlungsratte weiß Mary Pat genau, was passiert, wenn der Verdacht, nicht gut genug zu sein, in die verzweifelte Überzeugung umschlägt, dass die Welt sich in einem täuscht. Und wer sich in uns täuscht, liegt wahrscheinlich auch in allem anderen falsch.

Big Peg öffnet die Fliegengittertür in einem verwaschenen Hauskleid, ein Bier und eine glimmende Zigarette in der anderen Hand. »Alles in Ordnung?«, fragt sie ihre Schwester misstrauisch.

»Ich suche Jules.«

Big Peg stößt die Tür weiter auf. »Komm rein, komm rein.«

Mary Pat betritt den Flur, und sie bleiben direkt hinter der Tür stehen, die beiden Schwestern, die sich nie nahestanden. Pegs Dreizimmerwohnung beherbergt zurzeit neun Personen, der Flur geht durch vom Eingang bis zur Küche, die Zimmer zweigen ab. Der Geräuschpegel liegt wie immer mehrere Dezibel über dem Punkt, wo menschliche Wesen klar denken können.

»Du lieber Gott, immer ziehst du diese Hose an!«

»Gar nicht!«

»Aber ja, sie riecht doch nach deinem Furzarsch!«

»Leck mich!«

»Ich geb's dir mit dem Baseballschläger!«

»Tust du nicht, weil du keinen findest.«

»Freddy hat einen.«

»Halt sie auf, Mom!«

Jane Jo alias JJ kommt aus einem der Zimmer geschossen und prescht durch den Flur in ein anderes. Ihre kleine Schwester Ellen hechtet hinter ihr her, und beide kreischen. Dann scheint das Zimmer, in das sie rennen, zu explodieren. Da kippt etwas, fliegt um, dumpf hallt es von den Wänden.

»Verdammt, was willst du in meinem Zimmer?«

»Ich brauch deinen Schläger.«

»Was für einen Schläger? Raus hier!«

»Gib mir den Schläger!«

»*Ich hau dir den scheiß Schläger auf die Rübe!*«

»*Nein, hilf mir beim Suchen.*«

»*Was willst du mit dem Schläger?*«

»*Ellen verhauen.*«

Es wird kurz still, und dann:

»*Cool.*«

Ellen fängt an zu heulen.

Big Peg geht mit Mary Pat in die Küche und schließt die Tür. »Wann hast du sie zuletzt gesehen?«, fragt sie.

»Gestern Abend. Genau um diese Zeit.«

Big Peg schnaubt. »Terror meldet sich manchmal für zweiwöchige Sauftouren ab. Er kommt immer wieder.«

Er/sie/xy kommt immer wieder. Wenn Mary Pat das heute Abend noch einmal hört, schlägt sie irgendwem mit der blanken Faust den Schädel ein.

»Jules ist nicht Terry«, sagt Mary Pat. »Sie ist Jules. Sie ist siebzehn.«

»Little Peg!«, schreit Big Peg ohne Vorwarnung, und zwanzig Sekunden später kommt ihre Älteste, ein Mädchen, das schon immer gleichzeitig nervös und teilnahmslos sein konnte, zur Tür herein und fragt: »Was ist denn?«

»Benimm dich mal. Sag deiner Tante Guten Tag.«

»Hey, Mary Pat.«

»Hallo, Süße.«

Big Peg fragt: »Hast du Jules gesehen? Sieh deine Tante an, wenn du mit ihr sprichst.«

»In letzter Zeit nicht.« Little Pegs teilnahmslos nervöser Blick zuckt teilnahmslos zu Mary Pat. »Warum?«

»Ist gestern nicht nach Haus gekommen«, sagt Mary

Pat. Das hilflos-hoffnungsvolle Lächeln hinter ihrer Zigarette wird ihr bewusst. »Ich mach mir ein bisschen Sorgen.«

Little Peg sieht sie aus leeren Augen, mit halb offen stehendem Mund an. Sie hätte eine Puppe im Schaufenster sein können.

Mary Pat erinnert sich an Little Peg mit fünf, als sie gelegentlich auf sie aufgepasst hat. *Diese* Little Peg war lustig und hat Funken gesprüht wie ein durchgebranntes Kabel im Gewitter. Sie war immer voll dabei und mittendrin, so *fröhlich.*

Wie geht ihnen das verloren?, fragt sich Mary Pat.

Durch uns?

»Du hast sie also länger nicht gesehen?«

»Mhm.«

»Seit wann denn nicht?«

»Gestern Abend war sie noch im Park.«

»In welchem?«

»Park? Columbia.«

»Wann?«

»So um elf. Oder auch Viertel vor zwölf. Später nicht.«

»Wieso nicht?«

»Weil Ma mich verdrischt, wenn ich um zwölf nicht daheim bin.«

Mary Pat sieht ihre Schwester an, die zur Bestätigung stolz die Brauen hochzieht.

»Irgendwann zwischen elf und zwölf also?«

»Ja.«

»Wer war bei ihr?«

Jetzt macht das zappelige Mädchen mit den leeren Augen, den strähnigen Haaren und der von Akne entzündeten Stirn dicht. »Weißt schon.«

»Weiß ich nicht.«

»Doch.«

»Ehrenwort, nein.« Mary Pat geht so nah ran, dass sie ihr eigenes Auge in dem ihrer Nichte gespiegelt sieht. »Rum?«

Ein Nicken.

»Und wer noch?«

»Weißt schon.«

»Hör auf mit dem ›Weißt schon‹.«

Little Peg blickt zu ihrer Mutter, aber Big Pegs Nasenlöcher blähen sich, und ihr Atem geht so schwer, dass er alle anderen Geräusche im Haus übertönt. Seit Big Pegs Kindheit das Signal für einen sich anbahnenden Vulkanausbruch.

»Antworte meiner Schwester.«

Little Peg wendet sich wieder Mary Pat zu, schlägt aber die Augen nieder. »Na ja, Rum hatte George D. dabei.«

Big Peg gibt ihr eine Ohrfeige. Little Peg zuckt kaum zurück. »Willst du uns verarschen?«

»Du meinst George Dunbar«, sagt Mary Pat.

»Ja.«

»Den Dealer«, sagt Mary Pat.

Noch ein Schlag von Big Peg, selbes Tempo, selbe Stelle. »Der Typ, der deinem Cousin Noel den Stoff verkauft hat, an dem er *gestorben* ist? Der Typ? Mit dem Drecksack treibst du dich rum?«

»Ich treib mich nicht mit ihm rum.«

»Pass auf, wie du mit mir redest.«

»Ich treib mich nicht mit ihm rum«, sagt Little Peg leise. »Nur Jules.«

Mary Pat spürt, wie sie sich verkrampft – Herz, Hals, der Bauch, alles in ihr krampft sich zusammen.

Das Einzige, was Marty Butlers Bande bei aller Macht nicht in den Griff bekommt, ist der Drogenhandel in Southie. Sie bemühen sich drum; alle möglichen Storys über in Tenean Beach verbuddelte oder mit nadeldurchstochenen Augen in leeren Lagerhäusern entdeckte kleine Dealer sind in Umlauf, und trotzdem kommt Nachschub. Er kommt natürlich von den Schwarzen in Mattapan und Jamaica Plain und dem wuchernden Dorchester, aber Weiße wie George Dunbar verkaufen es den eigenen Leuten. Und George bringt keiner von der Butler-Bande um, wie es heißt, weil Georges Mutter Lorraine die Freundin von Marty Butler ist. Auch Marty selbst soll sich George schon vorgeknöpft, ihm sogar mal ein blaues Auge verpasst haben, hat Mary Pat gehört, aber der Junge bleibt stur. Und da er nicht der Einzige ist, kommen immer Drogen nach.

»So lief das schon, als die Japse meinem Vater und seinen Brüdern in Dubaya Dubaya Two massenhaft Kamikazes auf den Hals gehetzt haben«, meinte Brian Shea einmal zu Mary Pat. »Wenn sie genug loslassen, kommen immer ein paar durch. Die hält auch die größte Seemacht der Welt nicht auf. Und wir sind ja nur ein Team, Mary Pat, ganz abstellen können wir das nicht.«

Das war damals, als Mary Pat von Brian (und damit von Marty) Gerechtigkeit für Noels Tod verlangt hat. »Ihr könnt aber doch die Leute bestrafen, von denen ihr wisst, dass sie's machen«, argumentierte sie.

»Tun wir auch, wenn wir sie erwischen. Sie werden streng bestraft. Manchmal endgültig.«

Aber nicht George Dunbar. Denn der ist unantastbar.

Und jetzt treibt sich dieser unantastbare Giftverkäufer mit ihrer Tochter herum?

So sanft wie möglich fragt sie Little Peg: »Und warum hängt Jules mit Greg Dunbar herum?«

»Er ist mit Rum befreundet.«

»Das ist mir neu.«

»Und du weißt schon, er –«

»Sag nicht noch mal ›du weißt schon‹«, schnappt Mary Pat.

»Er geht mit Brenda.«

»Was heißt, er geht mit ihr?«

»Er ist ihr Freund.«

»Seit wann?«

»Seit was weiß ich – Anfang des Sommers?«

»Du hast sie also alle vier zusammen im Park gesehen?«

»Ja, nee. Was?« Einen Moment lang sieht Little Peg verwirrt aus. Mary Pat kennt diesen Gesichtsausdruck von Leuten, die den Faden einer Geschichte verlieren, die sie sich zurechtgelegt haben. »Ja und nein, meine ich, denn Brenda und George haben sich gestritten, deshalb ist sie weg, und dann sind Rum und George und Jules weg, und dann bin ich weg.«

»Und das war in Carson Beach?«

»Was? Nee. Im Columbia Park, hab ich doch schon gesagt.«

»Brenda hat mir nämlich erzählt, ihr wart alle in Carson Beach.«

»Dann ist sie ein dreckiges Lügenmaul.«

Ihre Mutter gibt ihr noch einen Klaps auf den Kopf. »Reiß du nicht so das Maul auf.«

»Wir waren im Columbia Park«, sagt Little Peg. »Da hab ich sie gesehn. Keine Ahnung, ob sie danach zum Carson ist, ich bin nach Hause.«

Mary Pat und Big Peg wechseln einen Blick – den Blick aller Eltern, denen ihr Spross eine Geschichte vorgesetzt hat, bei der er fürs Erste bleiben wird. Drängen hilft da nicht, sonst geht das Lügen erst richtig los.

»Okay«, sagt Mary Pat. »Danke, Liebes.«

Little Peg zuckt die Achseln.

»Du kannst gehn«, sagt Big Peg.

Als Little Peg fort ist, holt Peg ihnen zwei Bier aus dem Kühlschrank, und sie setzen sich an den Küchentisch und trinken. Nach kaum einer Minute sind alle Themen durch bis auf die Gewitterwolke, die über dem Viertel schwebt.

Von Big Pegs älteren Kindern hat eins die Highschool hinter sich und drei sind noch drin. Alle haben im Lotto gewonnen und bleiben auf der Southie High. Reines Losglück. Kein Roxbury für sie. Keine Angst vor den Klos, den Gängen und den Klassenzimmern.

Wie sich herausstellt, genügt Big Peg das nicht. Oh nein.

»Ich lass sie nicht gehn«, sagt Peg.

»Bitte?«

»Ich lass sie nicht gehn.«

Sie trinkt einen Schluck Bier und nickt dabei. »Ich lass sie nicht gehen. Wir schließen uns dem Boykott an. Weeze würde sich im Grab umdrehn, wenn sie an der *South Bos-*

ton High School eine Horde Darkies durch denselben Gang laufen sähe wie ihre Enkeltochter, Mary Pat. Hab ich recht?«

»Weeze« (oder »Weezie«) nannten sie ihre verstorbene Mutter Louise. So hatte sie sonst nie jemand genannt, nur ihre Kinder, und die auch nur unter dem Siegel der Verschwiegenheit, solange Weezie lebte.

»Du hast recht«, stimmt Mary Pat zu, »aber wo bleibt dann ihre Bildung?«

»Die kriegen sie schon. Das geht doch hier nur einen Monat, höchstens zwei. Wenn die Stadt schnallt, dass wir nicht nachgeben und nur das wollen, was uns zusteht?« Big Peg zwinkert vielsagend. »Dann lenken die ein.«

Die Worte – und Big Pegs Zuversicht – klingen hohl. Und damit kehrt die Furcht zurück, die den ganzen Tag an Mary Pats Magenschleimhaut geknabbert hat.

Big Peg sieht das, sieht die Tränen hochsteigen. »Das wird alles gut«, sagt Peg.

Mary Pat schaut ihrer Schwester zum ersten Mal seit wer weiß wann in die Augen und hört selbst, wie rau ihre Stimme ist: »Noch eins darf ich nicht verlieren. Das geht nicht. Ich darf … nichts mehr verlieren.« Sie wischt sich eine Träne ab, ehe sie den Wangenknochen erreicht, trinkt von ihrem Bier.

»Du musst dich zusammenreißen, Schatz«, sagt Big Peg. »Den Kids aus Southie passiert nichts Schlimmes, solange sie in Southie bleiben.«

Mary Pat schlägt mit der Faust auf den Tisch, dass die Bierdosen scheppern. »Noel hat sich seine Überdosis auf dem Spielplatz *auf der anderen Straßenseite* gesetzt!«

Big Peg beeindruckt das nicht. »Noel war in einem kaputten Land auf der anderen Seite der Welt und danach total neben der Spur, weil er sein Zuhause verlassen hatte.« Ihre Augen beschwören Mary Pat einzusehen, wie schlüssig ihre Ansicht ist.

Mary Pat schaut ihre Schwester an. Denken die Leute das wirklich über ihren Sohn? Dass er durch Vietnam auf die Drogen gekommen ist? Eine Zeit lang wollte Mary Pat das auch glauben, hat sich dann aber der ernüchternden Wahrheit gestellt, dass er das Heroin nicht in Vietnam entdeckt hat – den Thai-Stick ja, Smack nein –; Noel wurde vom Heroin in den Sozialbauten Südbostons entdeckt.

»In Vietnam hat Noel kein Heroin angerührt«, sagt sie, und es klingt nach einem schwachen Argument, als es ihr über die Lippen kommt. »Hier ist er süchtig geworden. Hier.«

Big Peg seufzt, als bestätige sich wieder mal, dass mit manchen Leuten einfach nicht zu reden ist, und ihr Blick gleitet von Mary Pats Gesicht. Sie steht auf, trinkt in einem einzigen langen Zug ihr Bier aus und sagt: »Also, ich muss morgen früh arbeiten.«

Mary Pat nickt. Steht auf.

Big Peg bringt sie durch den lauten Flur, wo die sieben Kinder sich um irgendetwas streiten und zanken, ohne vom größeren Krieg etwas begreifen zu können.

An der Tür sagt Big Peg: »Sie taucht schon wieder auf.«

Mary Pat ist zu niedergeschlagen, um sich zu ärgern. »Ich weiß.«

»Schlaf erst mal.«

Mary Pat lacht über die Vorstellung.

»Du darfst sie nicht dein Leben bestimmen lassen«, sagt Big Peg und schließt die Tür hinter ihr.

5

Sie findet Rum an der Laderampe hinterm Purity Supreme. Zehn Uhr abends und immer noch heiß wie unter einer Heizdecke. Die Rampe riecht nach welkem Salat und aus der Schale gelaufenen Bananen. Rum raucht eine Zigarette und trinkt Tallboys mit den anderen Supermarktpunks, die gerade von der Gemüse- oder Feinkosttheke oder vom Eintüten kommen. Dass sie so viele sind, lässt ihn mutig zu ihr rüberschauen, als Mary Pat aus Bess aussteigt, und der mutige Ausdruck wird zu einem belustigten, als Bess' Tür quietscht und der Motor stotternd zum Stehen kommt.

Bess ist Mary Pats Schrottkarre, die sie wird fahren müssen, bis das Auto den Geist aufgibt. Viel fährt sie nicht, aber manchmal kommt sie nicht drum herum. Hierhin hätte sie laufen können, aber sie hatte sich in die Vorstellung hineingesteigert, dass ihre über die Laderampe streichenden Scheinwerfer die Supermarktjungs wie Ratten in die Flucht jagen bis auf Rum, den sie dann mit einem Kotflügel oder einer Wagentür rammt. Wobei sie vergaß, dass Bess auf so ziemlich jeden komisch und nicht bedrohlich wirkt. Bess ist ein zweifarbiger 1959er Ford Country. Sein Heck hängt durch wie ein alter Hundearsch, Rost und Streusalz haben die Radkästen und das untere Drittel des Lacks zerfressen, der Dachträger ist längst verschwunden (niemand weiß, wie oder wohin), beide Rücklichter sind gesprungen (tun's aber noch), und den Auspuff halten nur zerfranstes Metzgergarn und schieres Glück. Eigentlich spricht für Bess nur noch, dass sich die beiden Kinder damit prima herumkutschieren ließen, dass sie einen 352 V8 unter der Haube hat, der sie auf der Autobahn zur Rakete macht, und dass das Radio geht. Früher hatte Bess zwei verschiedene Grüntöne – »April« und »Sherwood« –, aber beide sind inzwischen so verblasst, dass man es Mary Pat einfach glauben muss.

Als sie aussteigt, hampeln die Jungs im Scheinwerferlicht umher bis auf Rum, der an seinem Tallboy nuckelnd zusieht, wie sie näher kommt und dem sie die hochgezogene Augenbraue gern aus dem Gesicht reißen möchte.

Auf Vorreden verzichtet sie. »Wo ist Jules?«

»Scheiße, woher soll ich das wissen?«

»Lass dich vom Bier nicht noch blöder machen, Ronald, sonst hältst du das am Ende noch für Mumm.«

»Bitte?«

»Wo ist meine Tochter?«

»Das weiß ich nicht.«

»Wann hast du sie zuletzt gesehen?«

»Gestern Abend.«

»Wo?«

»Carson Beach.«

»Und dann?«

»Was denn?«

»Wo ist sie dann hin?«

»Sie ist nach Haus gegangen.«

»Du hast meine Tochter da um ein Uhr früh allein nach Hause gehen lassen?«

»Es war Viertel vor.«

»Du hast meine Tochter da um Viertel vor eins zu Fuß nach Hause gehen lassen?«

Er hebt das Bier an die Lippen. »Äh –«

Sie schlägt ihm das Bier aus der Hand. *»Allein?«*

Keiner kaspert mehr auf der Rampe herum. Sie kennt ihre Mütter. Die kennen sie. Alle sind so still wie auf der Kirchenbank kurz vorm Beichten.

»Nein, nein«, sagt Rum schnell. »Sie war nicht allein. George hat sie nach Hause gefahren.«

»George Dunbar?«

»Ja.«

»Der Dealer?«

»Was? Ja.«

»Er hat meine Tochter nach Hause gefahren.«

»Ja. Ich war zu kaputt.«

Sie tritt einen Schritt von ihm weg und begutachtet ihn ausgiebig. »Wo bist du in einer Stunde?«

»Was?«

»Ich hab dich was gefragt, Mann.«

»Da bin ich wohl zu Hause.«

»Wohl zu Hause? Oder zu Hause?«

»Zu Hause. Ich fahr nach Hause.«

Sie sieht seinen vier Jahre alten orangefarbenen Plymouth Duster auf dem Mitarbeiterparkplatz. Den Wagen konnte sie noch nie ausstehen, als hätte sie schon immer gewusst, dass sein Besitzer nichts als Ärger bringen würde.

»Wenn George deine Story nicht bestätigt, komm ich noch mal zu dir.«

»Gern«, sagt er auf eine Art, die ihr verrät, dass er etwas zu verbergen hat.

»Du kannst es mir auch gleich sagen.«

»Ich wüsste nicht, was.«

»Es wär besser für dich.«

»Geht schon.«

»Okay.« Sie breitet die Arme aus, als wollte sie sagen: Du hattest in der Hand, wie es jetzt weitergeht.

Sie sieht seinen Adamsapfel im Hals hüpfen, als er schluckt, aber dann schaut er auf seine Schuhe und die Bierdose, die sie ihm aus der Hand geschlagen hat.

Sie steigt wieder ins Auto, und alle schauen ihr mit großen Augen nach, als sie zurücksetzt und vom Parkplatz runterfährt.

»Mir scheißegal, was er Ihnen erzählt hat«, sagt ihr George Dunbar eine halbe Stunde später. »Es stimmt nicht.«

Sie sieht sich den gut aussehenden, sicher auftretenden Kerl mit den herzlosen Augen an, der ihrem Sohn den Tod in einer kleinen Plastiktüte verkauft hat. Sein gänzlich ausdrucksloser Blick wäre sogar bei einer Schaufensterpuppe unheimlich gewesen.

George hatte etwa zehn Jahre lang zum Gefüge des Fennessy-Haushalts gehört, dauernd kam Noel mit ihm an. In der ganzen Zeit hatte sie keinen klaren Eindruck von ihm bekommen. Ein Teil von ihm – ein wesentlicher Teil – schien sich dem Gegenüber immer zu entziehen. Ken Fen, den sie einmal darauf ansprach, meinte: »Die meisten Leute, die

wir kennen, sind wie Hunde – es gibt treue, fiese, freundliche. Aber das alles, gut wie böse, stammt aus dem Herzen.«

»Was für ein Hund ist George Dunbar?«

»Gar keiner«, sagte Kenny. »Der ist eine Katze.«

Jetzt sieht sie diese Katze an, die es nicht mal für nötig
gehalten hatte, zu Noels Beerdigung zu kommen. »Warum
sollte Rum lügen?«

»Ich habe keine Ahnung, was im Kopf eines anderen
Menschen vorgeht.«

George Dunbar war zwei Jahre auf dem College. Haupt-
fach Wirtschaft. Er hat nicht hingeschmissen, weil es ihm
zu hoch war, sondern weil er mit den Drogen zu gut verdient hat. Seine Onkel haben eine Betonfabrik, und George
soll das Drittel der Firma erben, das seinem verstorbenen
Vater gehörte. Aber er dealt lieber. Und obwohl er aus
Southie ist, spricht er wie die paar Reichen, die ihr im Lauf
der Jahre begegnet sind – als kämen seine und Gottes Worte
aus derselben Quelle, während ihre eigenen von einem Ort
stammen, den man auf keiner Karte findet.

»Du hast sie also nirgendwo hingefahren?«

»Nein. Sie hat sich gegen Viertel vor eins zu Fuß auf den
Heimweg gemacht.«

»Und du lässt ein Mädchen ihres Alters durch diese Gegend allein nach Hause laufen?«

George wirft ihr einen völlig verblüfften Blick zu. »Ich
bin doch nicht ihr Hüter.«

Sie sitzen im Aussichtspavillon des Marine Park. Die
Pleasure Bay hinter dem Day Boulevard ist in diffuses
Mondlicht getaucht. George Dunbar war leicht zu finden.
Abends sitzt er meistens dort im Pavillon. Jeder in Southie,

ob Cop oder Kid, weiß das. Auch das zeigt, dass er unter Schutz steht. Wer Drogen will, fährt zum Aussichtspavillon und spricht mit George Dunbar oder einem der Kids, die für ihn arbeiten.

Sie wünscht sich, dass seine Mutter mit irgendwem beim Vögeln erwischt wird und Marty Butler sie auf die Straße setzt. Und dass zwei Tage später jemand George Dunbars perfekte Frisur versaut, indem er ihm eine Kugel in die Scheißbirne jagt.

»Was habt ihr gestern Abend getrieben?«, fragt sie ihn.

Er zuckt die Achseln, aber sie kriegt mit, wie er kurz rüber zu den Bäumen schaut, ein Zeichen, dass er sich die Antwort überlegt, statt einfach zu antworten

»Alle haben am Ring im Columbia Park ein paar Bier getrunken. Dann sind wir nach Carson rüber.«

»Wann?«

»Um Viertel vor zwölf.«

Dass Kids es so genau nehmen, ist ihr neu. Normalerweise runden sie auf oder ab: *Ich war um zwölf da. Um eins. Um zwei.*

Aber die hier – Little Peg, Rum und jetzt George Dunbar – sagen andauernd »Viertel vor zwölf« oder »Viertel vor eins«. Als hätten sie am fraglichen Abend alle auf die Uhr geschaut, die sie nicht tragen.

Zwei Kids auf Fahrrädern und ein Hippie in einem vw stehen vor dem Pavillon, beobachten sie und warten darauf, dass Mary Pat geht, damit sie kaufen können.

George bemerkt sie. »Ich muss los.«

»Er war dein Freund.«

»Was?«

»Noel«, sagt sie. »Er hat dich als Freund betrachtet.«

»Ich war sein Freund.«

»Du bringst deine Freunde um?«

»Lassen Sie mich gefälligst in Ruhe«, sagt er leise. »Und kommen Sie nicht wieder, Mrs. Fennessy.«

Sie tätschelt ihm das Knie. »Wenn meiner Tochter was passiert ist, George, und du hast was damit zu tun –«

»Sie sollen mich in Ruhe lassen!«

»Dann kann Marty dich nicht retten. Dann kann dich keiner retten. Sie ist mein Herz.« Sie drückt sein Knie ein wenig fester. »Bete also heute Abend auf den *Knien,* George, dass mein Herz heil und gesund auftaucht, sonst kann es sein, dass ich wiederkomme und dir deins aus der dreckigen Brust reiße.«

Sie starrt ihm in die ausdruckslosen Augen, bis er blinzelt.

Sie fährt mit Bess am Haus der Collins vorbei, aber Rums orangefarbener Duster steht da nicht. Egal. Southie ist klein, wenn man so ein Auto hat.

Zwanzig Minuten später sieht sie den Duster vor dem Fields of Athenry stehen (nach bester Southie-Manier nur »das Fields« genannt). Das Fields ist Marty Butlers Stützpunkt. Man betritt es nur, wenn man aus Southie ist, und wer sich auch nur ein bisschen danebenbenimmt, verlässt es nicht auf eigenen Beinen. In den zehn Jahren seiner Existenz war hier noch nie Betrieb, auch nicht am St Patrick's Day, und man hat von nicht einer Prügelei gehört. Dem Einzigen, der sich dort auf der Toilette jemals eine Line reingezogen hat, wurde von Frankie Toomey alias Tombstone, dem Oberkiller in Marty Butlers Bande, mitten im Hochziehen die Nase gebrochen.

Sie stellt Bess an der Tuckerman ab und läuft zu Fuß zurück. Sie sieht Rum bei einem Bier mit Whiskey am Thekeneck sitzen. Alle hängen sie da ab, die Jungs, die ohne Plan die Highschool geschmissen haben und Marty hin und wieder nützlich sein können, weil sie über mehr Mumm als Grips verfügen. Sie bestellt dasselbe wie Rum. Während sie auf die Getränke wartet, beachtet sie ihn nicht, merkt aber, dass er sie flach durch den Mund atmend anstarrt. Sie sieht sich in der Bar um. Tim Gavin ist da, der Junge, der ihr die Schilder gebracht hat; hinten meint sie Brian Shea zu sehen, sicher ist sie sich bei Head Sparks, der ehedem einige Dinger mit Dukie gedreht hat. Ein paar andere kennt sie auch noch, weiß aber aus dem Stand ihre Namen nicht, Halbwelttypen.

Der Barmann, Tommy Gallagher aus der Baxter Street, bringt ihre Getränke, kassiert, überlässt sie und Rum sich selbst. Sie kippt den Whiskey. Wendet sich Rum zu. Trinkt einen Schluck Bier. »Du hast mich angelogen.«

»Nein.«

»Doch. George hat Jules nicht nach Haus gefahren.«

»Erst hab ich Ihnen gesagt, sie ist zu Fuß nach Hause, aber weil Sie sauer geworden sind und ich meine Ruhe haben wollte, hab ich gesagt, George hat sie nach Hause gefahren.« Er hebt und senkt die Augenbrauen, während er Bier schlürft.

»Sie ist also zu Fuß nach Hause?«

Er guckt auf sein Bier. »Hab ich doch gesagt.«

»Und du bleibst dabei.«

»Dabei bleib ich. Lassen Sie mich doch –«

Als sie ihm mit der rechten Faust die Nase bricht, hört es sich an, wie wenn beim Billard die weiße Kugel in den Pulk kracht. Die ganze Bar hört es. Er schreit wie ein Mädchen, und sie schlägt durch seine weichen, die Nase beschirmenden Hände noch einmal auf dieselbe Stelle. Dann setzt sie ihm die linke Faust ins Auge.

Er sagt etwas wie »Warten Sie« und »Scheißdreck«, aber da hagelt es schon Kombinationen auf seinen dicken, dummen Holzkopf, linkes Auge, rechtes Auge, linke Wange, rechte Wange, zweimal schnell die Faust aufs linke Ohr, dann einmal noch aufs Kinn. Drei Zähne, nikotingelb, blutigrot, fliegen ihm aus dem Mund.

Man reißt sie von ihm los. Packt energisch zu. Das Eingreifen ist eine Botschaft: *Wir fackeln nicht.*

Aber sobald sie ihre Arme haben, nimmt sie die Beine. So schnell sie kann, tritt sie ihm ins Gesicht, gegen den Brustkorb, in den Bauch. Dann treffen ihre Füße Luft.

Sie zerren sie zu einem Barhocker. Eine Stimme, die sie kennt, sagt: »Hör auf, Mary Pat. Schluss. Bitte.«

Sie schaut in die Glasreinigeraugen von Brian Shea.

»Komm schon«, sagt er. »Hm?«

Sie stößt die Luft aus.

Die Männer, die sie festhalten, lockern ihren Griff, lassen sie aber nicht los.

»Tommy«, sagt Brian Shea zum Barmann, »gib Mary Pat noch mal dasselbe. Und dann eine Runde für uns alle.«

Rum versucht, auf die Knie zu kommen, fällt aber um.

»Ihr könnt mich loslassen«, sagt Mary Pat leise.

Brian neigt den Kopf, um ihr in die Augen zu sehen. »Ja?«

»Ja. Ich bin okay.«

»Du bist okay.« Darüber muss er lachen. »Sie ist okay!«, gibt er fröhlich an ihre Bewacher weiter, und die ganze Bar lacht viel zu laut.

Er nickt jemandem zu, und die Hände – es waren mindestens sechs – lösen sich von ihrem Körper.

Diesmal kommt Rum auf die Knie, doch er übergibt sich, und das Erbrochene ist rot.

»Sie hat ihm vielleicht die Lunge punktiert«, sagt Pat Kearns.

»Bringt ihn zu dem Arzt in der G«, sagt Brian. »Steckt aber dem Doc, dass das keine Cadillac-Behandlung ist. Das ist ein Dodge. Ein gebrauchter Dodge.«

Sie machen sich dran, ihn rauszubringen.

»Durch die Hintertür, ihr Pfeifen«, sagt Brian.

Sie ziehen ihn in die andere Richtung. Schließlich gelangen sie zur Hintertür und raus, und die Lautstärke in der Bar findet ihr normales Level wieder, auf dem Angst und Reizbarkeit mitschwingen, das Mary Pat jedoch schon immer auch als angenehm empfand.

»Das war jetzt keine Kleinigkeit, Mary Pat.«

Sie kippt ihren zweiten Whiskey und sieht Brian in die Augen. »Ich weiß.«

»Du hast bei Marty eine Schlägerei angefangen. In seinem Allerheiligsten.«

»Das war keine Schlägerei«, sagt sie.

»Ach nein?«

Sie schüttelt den Kopf. »Es war eine Tracht Prügel. Der Bubi hat nicht einen Treffer gelandet.«

»Du kannst bei Marty keine *Prügel* austeilen. Wenn du

ein Mann wärst, wärst du jetzt tot. Oder lägst mindestens in einem Gipskorsett.«

»Dann verpasst mir eben ein Gipskorsett, aber wartet, bis ich meine Tochter gefunden habe.«

Seine Augen werden schmal. Er kippt seinen Whiskey. »Jules?«

»Ja.«

»Wo steckt sie denn?«

»Das ist die Frage. Seit gestern Abend hat sie keiner mehr gesehn.«

»Warum hast du das denn nicht gesagt?«

»Hab ich.« Sie weist mit dem Daumen auf das Blut und das Erbrochene, das Rum hinterlassen hat. »Ihm.«

Er verzieht das Gesicht. »Diesem Deppen? Ehe du von dem eine Auskunft kriegst, bringt dir ein Telefonmast ein Steak mit Käse.« Er zeigt mit zwei Fingern auf seine Brust. »*Wir* helfen. *Wir* stehen diesem Viertel zu Diensten. Wir hätten schon den ganzen Tag nach Jules suchen können, wenn du uns drum gebeten hättest. Keiner vergisst, was du für uns getan hast, was Dukie für uns getan hat – wir sind für dich da, Mary Pat.« Er zieht einen kleinen Notizblock und einen Bleistift hervor. Befeuchtet die Bleistiftspitze und klappt den Notizblock auf der Theke auf. »Sag mir alles, was du weißt.«

Als sie fertig ist, sagt er: »Was du heute Abend hier gemacht hast, regle ich mit Marty.« Er steckt Notizblock und Stift wieder in die Tasche seiner Baracuta. »Aber du musst uns vierundzwanzig Stunden geben.«

»*Vierundzwanzig Stunden?*«

»So lange wird's nicht dauern. Wahrscheinlich eher drei, aber du kannst nicht rumlaufen wie Billy Jack alias Mary Pat Jack und den Leuten die Scheiße aus dem Leib prügeln. Das geht nicht. Das erregt Aufmerksamkeit.«

»Ich kann auch nicht vierundzwanzig Stunden stillhalten.«

Er stößt laut die Luft aus. »Dann gib uns, sagen wir, bis morgen um fünf. Einen vollen Tag. Gib uns den, um sie für dich zu suchen. Du rüttelst an keinem Käfig, schon gar nicht gehst du zu den Cops, du lässt uns für dich arbeiten.«

Sie steckt sich eine Zigarette an und dreht und dreht sie zwischen den Fingern. Schließt die Augen. »Das ist sehr viel verlangt.«

»Ich weiß, aber wegen der Schulbuskacke und dem toten Schwarzen letzte Nacht darf jetzt keine Aufmerksamkeit mehr auf unser Viertel gelenkt werden. Sonst fangen die noch an zu fragen, was hier wirklich abgeht, wie's hier wirklich läuft, und das darf nicht sein, Mary Pat. Auf keinen Fall.«

Sie schaut sich in der Bar um, spürt, dass alle sie gerade beobachtet haben und das jetzt überspielen. Sie sieht wieder Brian Shea an. »Morgen um fünf. Bis dahin bleibe ich brav.«

Brian bestellt wortlos noch eine Runde. »In Ordnung.«

6

Sie schläft die ganze Nacht nur drei Stunden, und die auch nicht am Stück, sondern in Viertelstundenraten, zwischen denen sie alarmiert wach liegt und hoffnungslos ins Dunkle starrt, bis zwei Stunden später die nächste Viertelstunde Schlaf kommt, nach der sie wieder ins Dunkle starrt.

Sie schaut hinauf in die Schwärze und hat das Gefühl, von dem, was auf sie herabschaut, gesehen, aber nicht gehört zu werden. Schließlich lassen die Augen sie los, und sie ist allein im Universum.

Auf der Arbeit ist sie ein Zombie, stolpert durch ihre Schicht, hofft, dass kein Patient einen Herzstillstand erleidet, denn dem wäre sie nicht gewachsen. Dreamy nimmt sich wieder frei, es fehlt also an Personal. Klatsch schwirrt durch die Gänge – Auggie Williamson hat Selbstmord begangen. Nein, er hat sich eine Überdosis gesetzt und ist vor einen Zug gefallen. Es gibt Zeugen, aber die haben sich noch nicht gemeldet. Er wurde auf den Bahnsteig gejagt. Ein geplatzter Drogendeal zwang ihn zu flüchten, er ist auf dem Bahnsteig ausgerutscht und vor einen Zug gestürzt. *Kwwwetsch.*

Aber keins dieser Gerüchte erklärt, wieso der Zugführer von dem Anprall nichts mitbekommen hat. Gesehen hatte er Auggie vielleicht nicht, aber er musste den Schlag *gespürt* haben. In allen Zeitungen stand, dass Auggie irgendwann zwischen Mitternacht und eins gestorben war, seine unter den Bahnsteig gedrückte Leiche aber erst im morgendlichen Pendelverkehr entdeckt wurde. Wie ist das also, wenn man Feierabend macht, acht Stunden schläft und am Morgen dann erfährt, dass man mit seiner U-Bahn jemandem den Kopf zertrümmert hat? Der arme Lokführer, meint jemand, muss bis ans Ende seiner Tage damit leben.

Nach der Arbeit zieht Mary Pat in der Umkleide ihre Uniform aus und die Sachen an, in denen sie gekommen ist, und dann tut sie etwas, das sie sogar sich selbst erst eingesteht, als sie mit der Red Line den Charles River überquert – sie nimmt die U-Bahn nach Cambridge.

An der Harvard Station steigt sie aus, kommt auf den Harvard Square, und der ist so schlimm, wie sie befürchtet hat – alles voller scheiß Hippies, die Luft riecht nach Pot und Waschen-war-mal, alle zehn Meter spielt jemand Gitarre und singt entweder von Liebe, Mann, oder von Richard Nixon, Mann. Nixon hat fast drei Wochen zuvor per Hubschrauber das Weiße Haus verlassen, aber für diese verhätschelten, übergebildeten, wehrdienstverweigernden Weicheier ist er immer noch der Buhmann. Sie kann gar nicht zählen, wie viele da barfuß durch den Straßendreck turnen mit ihren zerfransten Schlaghosen, bunten Hemden, Perlenketten und langen Haaren, die Mädchen ohne BH, mit aus den abgeschnittenen Shorts quellenden Arschbacken, umweht von Zigaretten-, Gras- und Nelkenzigarettenqualm und allesamt eine Peinlichkeit für ihre Eltern, die es eine Unmenge Geld gekostet hat, sie auf die weltbesten Schulen zu schicken – Schulen, auf die ums Verrecken kein Armer kommt –, und die revanchieren sich, indem sie mit dreckigen Füßen rumlaufen und beschissene Folksongs von Liebe, Mann, Liebe trällern.

Als sie den Campus betritt, sinkt das Verhältnis von Hippies zu normal aussehenden Studenten auf etwa ein Drittel, das beruhigt dann doch. Diese Studierenden sehen aus wie Hochschulstudenten im Film – kantiges Kinn und biedere Frisur, die Mädchen in Rock und Bluse, mit glattem, glänzendem Haar, die Jungs in Oxfordschuhen und Chinohose, mit dem selbstbewussten Auftreten der Oberschicht.

Beide Gruppen eint die tiefgreifende Verunsicherung darüber, was *sie* auf ihrem Campus macht.

Wie eine Schlampe aus den Projects ist sie nicht angezogen. Sie läuft herum wie viele Hausfrauen aus Südboston (oder Dorchester, Rozzie und Hyde Park) um diese Tageszeit – rote Polyesterbluse, hellbraune Hose und karierte Hemdjacke trotz der Hitze. Damit ist sie heute Morgen zur Arbeit gekommen, um allen, die hinschauten, klarzumachen: *Ich hab's im Griff. Ich krieg meinen Scheiß geregelt. Achtet nicht auf die aufgeschürften Fingerknöchel, sondern schaut euch die elegante Frau an, die vor euch steht.* Aber irgendwie muss sie auch geahnt haben, dass sie nach der Arbeit nicht gleich nach Hause fahren, sondern einen Ausflug auf die andere Flussseite machen würde, in eine Welt, die ihr fremder ist als ein anderes Land. Als Irland zumindest. Kanada vielleicht. Sie hatte gedacht, sie sähe elegant aus, stark, aber nach den Seitenblicken der Rotznasen und Hippies auf dem Unigelände fällt sie genau als das auf, was sie ist – eine Arbeiterin von der anderen Flussseite, die in ihrem edelsten Kaufhauskatalog-Outfit bei ihnen gestrandet ist. Sie wird in die falsche U-Bahn gestiegen sein und irrt nun auf dem Campus von Harvard herum, bis sie in ihre Schmuddelwelt zu ihren Schmuddelkindern zurückkehrt und ihnen von all den Wunderdingen erzählt, die sie gesehen hat, aber nicht anrühren durfte.

Einmal war sie hier schon mit Ken Fen gewesen, vor zwei Jahren im Advent, am Tag, nachdem er offiziell den Job in der Poststelle bekommen hatte. Es war ein Samstag mitten im Winter, mit nur wenigen, dick eingemummten Studenten auf dem Hof, und bei minus zehn Grad hingen auch keine Hippies rum. Sie hatten sich mit seinem Chef getroffen, an dessen Gesicht sie sich nicht mehr erinnerte, und er hatte Ken die Büroschlüssel und den Hauptschlüssel zu den Postfächern in die Hand gedrückt und ihm die Aufgaben für seine Schicht erklärt, die jeden Werktag von zwölf bis halb neun abends ging. Dann hatte er ihnen den Laden überlassen.

Die Poststelle lag im Keller unter der Memorial Hall, einem so imposanten Prachtgebäude, dass die Vorstellung schwerfiel, jemand wie Ken Fen könne dort tagaus, tagein arbeiten, ohne innerlich vor der schieren Erhabenheit zu erzittern.

Kenny Fennessy war in der finsteren D-Street-Siedlung aufgewachsen, der gegenüber Commonwealth und Old Colony sich wie Back Bay und Beacon Hill ausnahmen. Ein Hüne. Eins neunzig. Hände, die sich in gerollten Betonstahl verwandelten, wenn er sie zu Fäusten ballte. Wer sich mit ihm anlegte, tat das am besten zu dritt, denn er gab erst auf, wenn der Leichenbeschauer dazwischenging. Legte man sich aber nicht mit ihm an, war alles gut. Ken Fen suchte keinen Streit und pöbelte auch nicht herum. Viel lieber hörte er dir zu, leistete dir Gesellschaft, fragte, was du gern tust, und tat es mit dir zusammen. Von Geburt an hatte Ken Fen keine andere Wahl gehabt, was Gewalt anging. Aber er hatte eine Wahl, was den Hass anging.

Als sie ihn kennenlernte, war er frisch geschieden und zahlte einen Riesenunterhalt an eine Ex, die ihm einmal voll bitterem Stolz gesagt hatte, sie sei nicht fähig zu lieben, und wäre sie es doch, würde sie die Liebe nicht an ihn verschwenden. Er und Mary Pat waren ein Jahr zusammen, ehe sie heirateten. Ken Fen hatte nie einen Cent für sich gehabt bis zu dem Poststellenjob in Harvard und der Hoffnung, dass er sie vielleicht in ein paar Jahren, wenn er erst mal seine Schulden beglichen hatte, aus der Sozialwohnung herausholen könnte. Außerdem durfte er als Angestellter kostenlos Vorlesungen besuchen. Noten bekam er keine, aber er konnte teilnehmen. Damit fing der Ärger an. Plötzlich bringt er Bücher mit nach Hause (an *Siddharta* erinnert sie sich, an *Die Blechtrommel,* plötzlich zitiert er Leute, von denen sie nie gehört hat. Nicht, dass sie viele Namen kennen würde, aber auf einmal *zitiert* er, und Kenny war nie ein Zitierer.

Sie findet ihn allein an einem Tisch in der Mitte der Poststelle.

Sie hat es so eingerichtet, dass sie in seiner Mittagspause zu ihm kommt, aber er hat kein Essen vor sich, er sitzt nur da und liest (na klar), aber er hebt strahlend den Kopf, als sie eintritt. Das Lächeln vergeht prompt, als hätte eine Zauberhand es ihm aus dem Gesicht gewischt, und sie begreift, dass er jemand anderes erwartet hatte.

»Hi«, sagt sie.

Er steht vom Tisch auf. »Was machst du denn hier?«

»Hast du Jules gesehen?«

Er schüttelt den Kopf. »Wieso sollte ich Jules gesehen haben?«

»Ich dachte, sie kommt vielleicht zu dir. Ich kann sie nicht finden.«

»Seit wann?«

»Seit vorgestern Abend.«

»Himmel, Mary Pat.« Er geht die paar Schritte zu ihr. Nimmt sie am Ellbogen. »Komm, setz dich.«

Obwohl er sie nicht hatte sprechen wollen, obwohl er ihr noch böse ist (oder sind seine Gefühle für sie etwa schlimmer als Zorn?) und obwohl er bei ihrem letzten Gespräch so ungehalten und gereizt gewesen war, ist er im Augenblick der Not sofort für sie da. Kenny ist ein Fels. Immer schon gewesen. Der Erste, der Beistand anbietet, der Letzte, der ihn fordert.

Sie sackt ein wenig zusammen, als er sie zum Tisch führt und einen Stuhl herauszieht. Die Angst, die sie so sehr unter Verschluss gehalten hat, dringt durch, und ein leises Stöhnen entweicht ihren Lippen, als er ihr auf den Stuhl hilft und sich auf einen zweiten ihr gegenüber setzt.

Sie braucht ein paar Sekunden, um zu Atem zu kommen, und als sie dann spricht, ist es, als könnte sie nicht mehr aufhören. Alles bricht aus ihr hervor.

»Seit vorgestern Abend hab ich sie nicht mehr gesehn, und ich hab so ein *Gefühl*. Ich hab so ein Gefühl, Kenny, das ist ganz schlimm, so schlimm hatte ich das im ganzen Jahr nicht, als Noel in Vietnam war, und auch nicht an dem Tag, als Dukie, Gott hab ihn selig, aus dem Haus ging und ich ihn nie wiedergesehen habe. Es ist, als ob ein Teil von ihr nie meinen Schoß verlassen hat, verstehst du? Er ist zu etwas anderem geworden, hat sich meinem Körper … *angepasst*. Dem Inneren, mit dem Blut, den Organen und dem ganzen anderen Kram, den man zum Überleben braucht. Da hat ein Teil von ihr immer gelebt. Aber … aber … aber zum ersten Mal, seit sie geboren wurde, spüre ich sie da nicht mehr!« Sie klopft sich fester an die Brust, als sie wollte. »Sie ist nicht mehr *hier drin*.«

Er reicht ihr Papiertaschentücher, die er irgendwo entdeckt hat, und sie benutzt sie und ist überrascht, dass sie gleich klatschnass sind. Er nimmt ihr das Knäuel ab und gibt ihr ein paar neue und dann noch ein paar, bis ihr Gesicht trocken ist und ihre Nase frei.

»Du hast sie also nicht gesehen und nichts von ihr gehört?«, fragt sie.

Ein kummervoller Blick. »Nein.«

»Sie würde sich an dich wenden, wenn sie in irgendwelchen Schwierigkeiten steckte, von denen ich nichts wissen soll.«

»Wahrscheinlich schon.«

»Sie liebt dich.«

»Ich weiß.«

»Hat sie deine Nummer?«

»Ja.«

Das versetzt ihr einen kleinen Stich. Sie hat seine Nummer nicht, aber ihre Tochter hat sie.

»Okay dann«, sagt er. »Der Reihe nach. Erzähl mir, was du weißt.«

Dazu braucht sie fünf Minuten.

»Gut«, sagt er in dem analytischen Ton, den er manchmal anschlägt, wenn er einen Football-Spielzug erklärt, den sie nicht verstanden hat, oder, später in ihrer Ehe, ein von ihm angeführtes Zitat. »Sie ist also bis Mitternacht mit den andern im Park. Danach noch eine Dreiviertelstunde in Carson. Und geht zu Fuß nach Hause. Das ist deren Story.«

Sie nickt. »Und sie bleiben dabei.«

»Hört sich nach Bockmist an.«

»Wieso?«

»Die sind doch hinüber. Saufen, kiffen und alles?«

»Ja.«

»Aber alle wissen die Uhrzeit.«

»Auf die Minute«, sagt sie. »Das hat mich auch gestört.«

Er denkt eine Weile nach, und wieder strahlt aus seinen Augen die Intelligenz, die er nie ganz verbergen konnte, sosehr er sich auch bemühte, und die sie nur einen Hauch weniger an ihm liebte als seine Freundlichkeit.

»Warte mal«, sagt er. »Das ganze Geheimnis, oder wie wir es nennen wollen, hat sich zwischen Mitternacht und samstagfrüh um eins abgespielt, ja?«

»Ja.«

»Hm, und was liegt direkt gegenüber dem Columbia Park, Mary Pat?«

Sie zuckt die Achseln.

»Eine Menge Sachen.«

»Die Columbia Station«, sagt er. »Wo der junge Schwarze umgekommen ist.«

Sie kann nicht ganz folgen. »Jaja ...«

»Zwischen Mitternacht und eins«, sagt er. »So steht's in der Zeitung.«

»Aber was hat das eine mit dem anderen zu tun?«

»Ich weiß nicht, vielleicht haben die Kids was gesehn.«

Sie lässt sich das durch den Kopf gehen.

»Oder«, sagt Ken Fen, »sie waren irgendwie darin verwickelt.«

Sie sieht ihn mit zusammengekniffenen Augen an, und in dem Moment kommt eine junge Schwarze mit einem Afro von der Größe eines Kleinkinds herein, die einen Beutel mit Essen trägt. Mary Pat kann es riechen – da ist etwas Gebackenes drin – und sieht an der anderen Hand der jungen Schwarzen zwei Flaschen Cola baumeln. Sieht die Wärme in ihrem Lächeln, als sie Kenny anschaut.

Aha, denkt Mary Pat, und Scham und Ekel sind wie ein Schock, *das ist sie.*

Wegen der hast du mich sitzenlassen.

Diesem Nigger.

Die Frau – *verdammt, sie ist umwerfend, denkt Mary Pat unwillkürlich* – lächelt jetzt unsicher Mary Pat an, und aus irgendeinem Grund ist das Erste, was Mary Pat zu sagen einfällt: »Wie *alt* sind Sie?«

»Du lieber Gott!« Ken Fen stößt seinen Stuhl von Mary Pat weg.

Die Frau kommt jetzt mit einem kleinen Lächeln im Gesicht auf sie zu. »Ich bin neunundzwanzig.« Sie stellt das Essen auf den Tisch und tritt hinter Kenny. »Und Sie?«

Mary Pat muss innerlich lachen, lässt es sich aber nicht anmerken.

Eine eigenartige Stille breitet sich aus. Je länger sie anhält, desto unangenehmer wird sie, und doch unterbricht sie keiner von ihnen.

Bis Mary Pat aufsteht und sagt: »Gib mir Bescheid, wenn du von Jules hörst.«

Kenny verzieht das Gesicht. Er deutet auf die schwarze Kindfrau, die jetzt neben ihm steht. »Mary Pat, das ist –«

»Ich will ihren Scheißnamen nicht wissen!«

Die schwarze Kindfrau stößt einen verblüfften Lachschrei aus und reißt die Augen auf.

Mary Pat spürt, wie der Zorn in ihr rast. Wie ihre Augen sich röten. Sie sieht die beiden vor sich auf der Broadway Bridge, ihre kleine schwarze Hand in seiner großen weißen. Ein fast unerträgliches Bild – was sie für Blicke abbekommen! Die Demütigung, die sich zu einer Welle türmen, auf Mary Pat und Jules niedergehen und sogar – Gott sei seiner Seele gnädig – die Erinnerung an Noel beflecken wird!

Kenny Fennessy aus der D Street kehrt als Rassenverräter, als blöder Dschungelhäschenlover nach Southie zurück.

Ob Ken Fen und die schwarze Kindfrau ihren kleinen Spaziergang überlebten oder nicht – und Mary Pat glaubte kaum, dass sie es zur C Street schafften, ganz bestimmt nicht weiter als bis zur E –, die damit verbundene Schande würde Mary Pat und Jules anhängen, solange sie am Namen Fennessy festhielten, wenn nicht Jahrzehnte darüber hinaus, und unmöglich zu überwinden sein.

Aber Kenny und die schwarze Kindfrau starren *sie* voller Verachtung an. Was ist denn jetzt los?

»Weiß der Geier«, faucht sie Kenny an, »wie du mit dir klarkommst.«

»Wie ich mit *mir* klarkomme?«, sagt Kenny, und die Frau packt ihn am Arm, aber er tritt direkt vor Mary Pat.

Plötzlich schwimmt sie. *Das* wollte sie nicht. Einen Moment lang weiß sie nicht, was sie sagen soll, sie möchte sich einfach davonschleichen und weiter nach Jules suchen. Aber da hat sich so viel angestaut, seit Kenny sie verlassen hat, und die Worte fallen ihr schlicht aus dem Mund.

»Wir waren glücklich.«

»Wir waren *glücklich?*«, wiederholt er.

Waren sie nicht, wird ihr klar. Sie war glücklich. Aber er anscheinend nie.

»Es gab ein paar Meinungsverschiedenheiten.«

»Das waren keine Meinungsverschiedenheiten, Mary Pat. Wir sind ein Leben lang *verkümmert.* Seit ich laufen kann, habe ich immer nur Hass und Wut erlebt und Leute, die saufen, damit sie's vergessen. Am nächsten Tag stehen sie auf, und die Kacke geht von vorne los. Jahrzehntelang. Ich bin mein Leben lang gestorben. Die Zeit, die mir noch bleibt, will ich leben. Das Absaufen hab ich satt.«

Die schöne Schwarze betrachtet sie beide mit einer Ruhe, die Mary Pat zugleich bewundernswert und beleidigend findet.

Mary Pat blickt wieder zu Kenny und sieht durch seinen (und ihren eigenen) Zorn hindurch den kleinen, aber blitzhellen Funken Hoffnung in seinen Augen, der zu sagen scheint: *Leb du dieses neue Leben mit mir.*

Und etwas in ihr sagt beinah: »Ja, gehen wir.« Etwas in ihr packt beinah sein Gesicht, presst ihre Lippen auf seine und sagt mit zusammengebissenen Zähnen: »Auf geht's.«

Aber was sie dann wirklich von sich gibt, ist: »Ach, du bist zu gut für uns?«

Ein Laut der Verzweiflung entweicht seinen Lippen. Etwas zwischen einem leisen Aufschrei und einem Stoßseufzer. Das in seinen Augen erwachte Fünkchen Hoffnung hat den Überlandbus genommen, und jetzt sieht er sie mit toten Pupillen, toter Iris und totem sonst was an.

»Mach, dass du rauskommst«, sagt er leise. »Wenn Jules auftaucht, schick ich sie zu dir.«

7

Fünf Uhr kommt und geht ohne ein Wort von Brian Shea.

Sechs und sieben Uhr genauso.

Sie geht zum Fields. An der Tür hängt ein Schild: *Wegen Privatveranstaltung geschlossen.*

Was soll das denn?, möchte sie schreien. Die ganze Bar ist eine Privatveranstaltung.

Mary Pat klopft an die Tür. Mindestens ein Dutzend Mal. Genug, um die Schmerzen in ihrer rechten Hand aufzuwecken, die da sind, seit sie den armseligen Freund ihrer Tochter vermöbelt hat.

Niemand macht auf.

Als Nächstes versucht sie es bei Brian Shea, der am Telegraph Hill in einem der alten Reihenhäuser mit Blick auf den Park wohnt. Seine Frau Donna öffnet. Donna und Mary Pat (und auch Brian) waren an der Grundschule ebenso wie an der Southie High in derselben Klasse. Eine Zeit lang waren Mary Pat und Donna dick befreundet gewesen, doch dann gingen ihre Lebenswege auseinander, und während Mary Pat zwei Kinder in den Projects großzog, heiratete Donna Shea (geborene Dougherty) einen Marinesoldaten, bereiste die Welt und kam nach Hause, als besagter Marinesoldat an einem Ort namens Binh Thúy von den eigenen

Leuten mit einer Splittergranate getötet wurde. Sie kehrte kinderlos zurück, zog zu ihrer senilen Mutter und schien selbst einem langsamen Abstieg in die Demenz entgegenzusehen, bis sie sich mit Brian Shea einließ und ihrem Leben eine völlig neue Richtung gab. Ihre Mutter starb, Brian wurde zum zweiten Mann bei den Butlers befördert, sie zogen in das Haus am Telegraph Hill, und Brian kaufte ihr vom Fleck weg einen zweifarbigen Mercury Capri. Keine Kinder, keine Tiere, kein Abrackern. Donna Shea lag dreimal richtig. Sorgen zu machen braucht sie sich jetzt nur noch wegen abgesagter Maniküretermine und rätselhafter Knoten in der Brust.

Donna sieht Mary Pat von der anderen Seite der Schwelle an und sagt: »So unangekündigt?«

Als hätte Mary Pat wegen einer Versicherung angeklopft.

»Hey«, sagt Mary Pat. »Wie geht's?«

»Ganz gut.« Donna sieht gelangweilt aus. Guckt an Mary Pat vorbei auf die Straße. »Was gibt's?«

»Ich suche Brian.«

»Der ist nicht da.«

»Weißt du, wo er ist?«

»Warum willst du wissen, wo mein Mann ist?«

»Er wollte sich für mich um was kümmern.«

»Um was?«

»Wo meine Tochter sein könnte. Sie ist seit vorgestern Abend verschwunden.«

»Was hat das mit ihm zu tun?«

»Er hat mir angeboten, sich umzuhören.«

»Dann warte, bis er sich meldet.«

»Er hat gesagt, er meldet sich bis heute um fünf.«

»Na, er ist nicht da.«

»Okay.«

»Okay.«

»Hm.«

»Hm.«

»Ich versuche nur meine Tochter zu finden, Donna.«

»Dann finde sie.«

»Will ich ja«, obwohl sie eigentlich sagen/schreien möchte: Warum benimmst du dich so arschig? Da sie nicht weiterweiß, dreht sie sich um und geht die Stufen hinunter.

»Mary Pat«, sagt Donna leise.

Mary Pat schaut zu ihr hoch. »Ja?«

»Entschuldige. Ich weiß nicht, was in mich gefahren ist.« Sie bittet Mary Pat ins Haus.

»Ich habe keine Ahnung, warum ich nicht glücklich bin«, sagt Donna, nachdem sie beiden ein Bier geholt hat. »Bloß bin ich es nicht. Dabei hab ich doch alles. Oder? Sieh dich hier um. Brian ist ein guter Kerl, er sieht auch immer gut aus. Er kümmert sich um mich. Er hat mich noch nie geschlagen. Ich wüsste nicht, dass er mich auch nur mal angebrüllt hätte. Warum bin ich also nicht glücklich?« Sie winkt ins Esszimmer. Die Porzellanvitrine ist so groß wie der Gefrierschrank einer Metzgerei, der Kronleuchter über ihnen so riesig, dass sein Schatten sich wie Efeu an den Wänden hinunterrankt, der Parketttisch, an dem sie sitzen, bietet Platz für zwölf. Sie sagt es noch einmal: »Warum bin ich nicht glücklich?«

»Woher soll ich das wissen?«, sagt Mary Pat und lacht verlegen.

Donna zieht an ihrer Zigarette. »Recht hast du, recht hast du, recht hast du.«

»Na, ob ich *so* recht habe?«, sagt Mary Pat. »Ich weiß nur eben nicht, warum du nicht glücklich bist.«

»Ich werde gut gevögelt«, sagt Donna. »Ich werde gut versorgt. Er kauft mir alles, was ich will.«

Mary Pat schaut auf die antike Großvateruhr in der Ecke des Zimmers: zwanzig nach acht. Fast dreieinhalb Stunden nach der von Brian Shea versprochenen Frist.

»Donna«, sagt sie, »ich finde Jules nicht. Und Brian wollte da nachhören. Deshalb muss ich ihn sprechen.«

»Du willst nicht mit ihm ins Bett?«

»Nein, ich will nicht mit ihm ins Bett.«

»Wieso nicht?«

»Weil ich an der Highschool mit ihm im Bett war und es nicht so toll fand.«

Donna nimmt die Farbe einer gekochten Kartoffel an – durchscheinend weiß. Ihre Augen werden baseballgroß. »Du hast meinen Brian gefickt?«

»An der Highschool.«

»*Meinen* Brian?«

»Da war er noch nicht deiner.«

»Aber wir waren befreundet.«

»Ja.«

Sie stupst ihre Zigarette aus, ohne Mary Pat aus den Augen zu lassen. »Warum hast du mir das nicht gesagt?«

»Weil du in ihn verknallt warst.«

»War ich nicht.«

»Doch.«

»Ich war mit Mike Atardo zusammen.«

»Stimmt. Aber verknallt in Brian.«

»Das hab ich dir nie erzählt.«

»Ich wusste es aber.«

»Du hast also den Typ gefickt, von dem du wusstest, dass ich in ihn verknallt war?«

»Ich hatte einen sitzen. Er auch.«

»Aha.«

»Ja.«

»Und wo war ich?«

»Auf Castle Island mit Mike Atardo.«

Sie kreischt auf. »Die Nacht, in der ich entjungfert worden bin?«

»Ja.«

Donna kreischt noch einmal. Mary Pat kreischt mit. Es tut gut, sich einen Moment daran zu erinnern, wer sie waren, bevor sie wieder werden, die sie sind.

Nach ein paar leisen Lachern sagt Donna: »Ach Scheiße, Mary Pat, was ist bloß los? Wie ist es dazu gekommen?«

»Wozu?«

»Hierzu. Wir sind wie Fremde. Dabei waren wir Freundinnen.«

»Du bist weg.«

»Stimmt.«

»Hast in Japan gelebt.«

»Pfui!«

»Deutschland.«

»Noch schlimmer.«

»Hawaii, hab ich gehört.«

Donna steckt sich wieder eine Zigarette an. »Das war schön.«

»Tut mir leid, dass dein Mann gestorben ist.«

»Und mir, dass deiner gestorben ist.«

»Nein, er hat mich nur verlassen.«

Donna schüttelt den Kopf. »Der erste. Dukie?«

»Ach so.« Mary Pat nickt. »Das ist lange her.«

»Tut sicher trotzdem weh.«

»Er hat mich oft geschlagen.«

»Oh. Und der zweite?«

»Nie. Er war ein Gentleman.«

»Aber er hat dich verlassen.«

»Mhm.«

»Weshalb?«

Bis Mary Pat schließlich antwortet, ist Donna mit ihrer Zigarette fertig, und das Licht im Raum hat sich geändert.

»Ich war ihm peinlich.«

»Wieso denn?«

»Keine Ahnung.«

»Deine Haare?«

Ich habe schlimme Haare?

»Dein Gesicht? Deine Titten? Dein … was?«

»Mein Hass.« Jetzt steckt sich Mary Pat eine Zigarette an.

»Versteh ich nicht.«

»Ich auch nicht.« Mary Pat bläst einen langen Strom Rauch aus. »Aber das hat er am Tag gesagt, als er gegangen ist: ›Dein Hass ist mir peinlich.‹«

Donna schnaubt durch die Nase. »Klingt ziemlich eingebildet.«

»Das ist er.«

»Dann scheiß auf ihn. Und er, er hasst gar nichts? Ist das ein Heiliger?«

»Genau.«

»Sei froh, dass du ihn los bist.«

»Hm.«

»Nein?«

»Ich bin allein. Mit zweiundvierzig.«

»Du lernst schon jemanden kennen.«

»Ich hatte ihn gern.«

»Einen Besseren.«

Mary Pat zuckt die Achseln.

»Doch, doch.«

»Ich könnte vielleicht jemanden kennenlernen, der besser für mich ist, aber einen besseren Kerl bestimmt nicht.«

Sie schweigen eine Weile. Mary Pat ist das Haus zu groß und selbst mitten in einer Hitzewelle zu kühl, als dass hier Freude aufkommen könnte. Hat sie Donna beim Eintreten beneidet, wird, wenn sie geht, davon vermutlich nichts mehr übrig sein.

»Warum vergeudest du Zeit mit Brian?«, fragt Donna unvermittelt. »Geh doch direkt zur Quelle.«

»Marty?«

»Nein. Zur Quelle. Jules' Freund.«

»Bei Rum war ich zweimal. Beim zweiten Mal hab ich ihn verdroschen. Ich weiß nicht, ob er mir jetzt noch, äh … was erzählt.«

»Rum ist nicht Jules' Freund.«

»Was?«

»Komm, Mary Pat, das weißt du doch.«

»Ich weiß nichts.«

»Verdammt. Verdammt, verdammt, verdammt. Scheiße!«
Donna wird so blass, dass ihre rosa Lippen scharlachrot erscheinen.

Mary Pat beobachtet sie, wie man einen Topf beobachtet, der kurz vorm Überkochen ist. »Wer ist Jules' Freund, Donna?«

Sie lauschen eine Weile dem Ticken der großen Uhr. Der Raum fängt neue Schatten ein. Draußen raschelt trockenes Laub den Gehsteig entlang.

»Sie ist mit Frank zusammen.«

»Welchem Frank?«

»Frank-komm-verarsch-mich-nicht. Was meinst du wohl?«

Mary Pat möchte nicht mal seinen Namen aussprechen. »Frank Toomey?«

»Äh, ja.«

»Tombstone Frankie?«

»Ja.«

Frankie Toomey ist verheiratet und hat vier Kinder. Der Familiensinn gilt neben seinem guten Aussehen und seiner schönen Singstimme seit Langem als seine wertvollste Eigenschaft. (Und er sieht wirklich gut aus, filmstarmäßig; seine Ähnlichkeit mit James Garner ist auffällig. Darüber hinaus besitzt er Charisma, das er aber nur im Umgang mit den Kindern des Viertels nutzt. Kauft ihnen Süßigkeiten, Eiscreme, steckt den wirklich armen ein paar Extradollar »für eure Mama« zu. Wie Frankie, nicht wie Marty wollen die Jungs werden, wenn sie groß sind. Und Frankie, nicht Marty wollen die Mädchen anscheinend haben, wenn sie groß sind. Er geht durch die Straßen, als gehörten sie ihm nicht nur, sondern als hätte er sie gebaut. Er ruft jeden beim Namen, und sein herzliches Lachen trägt etliche Blocks weit. Das ist der Frank Toomey, den alle Heranwachsenden zu sehen bekommen.

Die Erwachsenen wissen, dass er Tombstone genannt wird, weil er mehr Leichen im Keller hat als die Ortsgruppe der Hells Angels. Tötet er nicht für die Iren, wird er an die Italiener ausgeliehen. Im McLaughlin-Krieg Anfang der Sechziger hat er so viele Typen umgelegt, dass der Friseur Al Coogan, als er Frankie auf seinen Salon zukommen sah, auf die belebte Straße geflüchtet ist und ihm die Hüfte kaputt gefahren wurde. Dabei wollte Frankie nur einen Haarschnitt.

»Meine Tochter?«, flüstert Mary Pat.

Donna sieht gequält aus. »Ich dachte, du wüsstest es. Alle wissen es.«

»Wer, *alle*?«

»Na ja. Alle.«

»Außer mir.«

»Es tut mir leid.«

»Wirklich?«

»Ob's mir leidtut? Klar. Wenn wir in Martys Welt, Brians Welt sind, leben wir nur da. Bleiben wir unter uns. Wissen wir sonst nichts.«

»Du wusstest aber, dass Frankie Toomey mit meiner Jules zusammen war, einem Mädchen, das sieben Jahre älter sein müsste, um *halb* so alt wie er zu sein.«

»Ja.«

»Und das war okay?«

Sie sehen sich in die Augen, und Zeit vergeht, und die

Mädchen, die sie einmal waren, könnten vielleicht, vielleicht zu Engeln auf den Schultern der Frauen werden, die sie jetzt sind.

Doch Donnas Augen gehen auf Distanz. »Ich bin niemandes Hüter, Mary Pat.«

»Das hat mir diese Woche schon mal jemand gesagt.« Mary Pat steht auf. »Wir sagen doch immer, wir setzen uns für Sachen ein. Wir haben vielleicht nicht viel, aber wir haben das Viertel. Wir haben einen Kodex. Wir geben aufeinander acht.« Sie schnickt mit den Fingern und stößt die Bierdose um. Sieht zu, wie das Bier über Donnas Parketttisch läuft. »So ein Schwachsinn!«

Sie geht zur Tür hinaus, während Donna schnell die Geschirrtücher holt.

8

Die beiden Typen, die an dem mattbraunen Wagen vor ihrem Haus lehnen, sehen derart nach Cops aus, dass sie die Uniform hätten anbehalten können. Der jüngere und größere der beiden hat einen Oberlippenbart und lange Koteletten. Sein dichtes Haar reicht bis zu den Schultern seines schwarzen Ledermantels, und die Goldkette an seinem Hals fängt das Licht der Straßenlaterne ein und zwinkert ihr zu, als sie herankommt. Mary Pat würde wetten, dass er *Serpico* mindestens dreimal gesehen hat.

Der andere ist kleiner, fülliger und im Begriff, dick zu werden, wenn er nicht aufpasst. Er hat ein Gesicht, wie sie es sonst mit Kredithaien und Boxern assoziiert. Er trägt einen Strohhut. Seine Sachen sind ihm zu eng, und die Krawatte sitzt schief seit dem Tag, an dem er sie gekauft hat. Geschieden, nimmt sie an, jede Menge Fertiggerichte und trinkt allein. Eine Beschreibung, die auch auf sie passen würde, aber das schiebt sie ebenso schnell weg, wie es ihr klar wird. Bei genauerem Hinsehen schätzt sie ihn auf Mitte dreißig, zehn Jahre jünger als zunächst angenommen, aber da haben sich einige schwierige Phasen eingebrannt.

Sie zücken ihre Dienstmarken. Der Jüngere stellt sich als Detective Pritchard vor. Der Ältere ist Detective Coyne.

»Ist Julie da?« Coyne hat eine überraschend sanfte Stimme, die zum Rest von ihm nicht passt.

»Nein.«

»Darf ich fragen, wo sie sein könnte?« Wieder ist sein Ton ausgesprochen höflich.

»Das weiß ich nicht. Ich suche sie selbst.«

»Seit wann?« Die Frage kommt von dem jungen Cop im Ledermantel. Sein schroffer Ton entbehrt jeder Freundlichkeit.

»Hab sie seit« – als ihr das klar wird, bleibt es ihr fast im Hals stecken –, »seit achtundvierzig Stunden nicht gesehn.«

»Haben Sie das gemeldet?«

»Wem denn?«

»Uns?«

»Was machen Sie dann? Würden Sie wirklich nach ihr suchen?«

»Ohne klaren Hinweis auf ein Verbrechen?« Der Ältere schüttelte den Kopf. »Nein, das machen wir nicht.«

»Was würde eine Anzeige also bringen?«

Sie sehen sich an, und beide nicken und zucken gleichzeitig die Achseln. Guter Punkt.

»Dürfen wir reinkommen?«, fragt Coyne.

Mary Pat lässt nicht freiwillig zwei Cops ins Haus. Das wäre ungefähr so, als ob man einen Pornografen zum Weihnachtsessen einlädt. »Da herrscht ein Chaos.«

Coyne lächelt höflich, aber sein Blick besagt, dass er ihr nicht glaubt.

»Da drüben steht eine Bank.« Sie weist mit einer Kopfbewegung hin. Sie setzen sich auf eine Bank vor einem Basketballfeld ohne Körbe, nur mit Stangen und Zielbrettern, unter einer Beleuchtung, die der Luft die Farbe braunen Senfs verleiht. Ab und an fliegt eine Fledermaus in wilden Bögen über sie hin wie ein sturmgezerrter Drachen.

Coyne sagt: »Als Sie Julie also zuletzt gesehen haben –«

»Jules.«

»Bitte?«

»Niemand nennt sie Julie. Sie heißt Jules.«

»Gut. Wann haben Sie sie zuletzt gesehen?«

»Vorgestern Abend. Gegen acht.«

Pritchard notiert das.

»Können wir uns dieses Hin und Her schenken?«, fragt sie.

»Natürlich«, sagt Coyne leichthin, und ihr gefällt seine Leichtigkeit. Er ist vielleicht der erste Cop in ihrem Leben, der nicht als versoffener Aufreißer rüberkommt. Oder er hat einfach die Kunst perfektioniert, als anständiger Mensch zu erscheinen.

Mary Pat steckt sich eine Zigarette in den Mund, und Coyne ist mit seinem Zippo da, ehe sie ihr Bic findet. Auf dem Feuerzeug sind neben dem Marineinfanterie-Logo – Adler, Globus, Anker – die Dienstdaten zu sehen, die sie aber nicht erkennen kann. Als die Zigarette glimmt, nickt Mary Pat, und er zieht das Feuerzeug mit einem leisen Klicken zurück.

»Meine Tochter«, beginnt sie, »ist Samstagabend nicht nach Hause gekommen. Seitdem suche ich sie. Herausbekommen habe ich, dass sie mit mehreren Leuten zusammen war, die behaupten, zwischen elf und Viertel vor eins erst im Columbia Park und dann am Carson Beach gewesen zu sein. Diese Leute sind Ronald Collins, Brenda Morello, George Dunbar und meine Nichte Peg McAuliffe.«

Sie wartet, bis Pritchard die Namen in sein kleines Notizbuch geschrieben hat, ehe sie fortfährt.

»Es waren noch andere Jugendliche dabei, aber ich weiß nicht genau, wer. Meine Nichte ist vor Mitternacht weg. George Dunbar und Ronald Collins behaupten, Jules sei um Viertel vor eins von ihnen weggegangen, um sich auf den Weg nach Hause zu machen, und danach hat sie keiner mehr gesehen.«

»Glauben Sie die Story?«, fragt Pritchard, der noch in sein Notizbuch schreibt.

»Nein.«

»Haben Sie deshalb gestern Abend in Marty Butlers Bar Ronald Collins verprügelt?«

»Ich habe keine Ahnung, wovon Sie reden.«

Coyne lacht. »Das ist Stadtgespräch, Mrs. Fennessy.«

»Haben Sie ihm dann auch gleich die scheiß Eier abgeschnitten?«, sagt Pritchard.

»Hey!«, fährt ihn Coyne an.

»Was ist denn?«

»Im Beisein einer Frau wird man nicht ausfällig. Man spricht nicht von Genitalien.«

»Geni-was?«

Mary Pat wirft Coyne einen dankbaren Blick zu. So ist das im Viertel: Wenn man eine Frau nicht kennt, gebraucht man in ihrer Gegenwart keine Kraftausdrücke, auch wenn sie selbst wie ein betrunkener Trucker schimpft. Das gehört sich nicht. Ebenso wenig redet man von Geschlechtsteilen.

»Wo kommen Sie her?«, fragt sie Coyne, denn jetzt weiß sie, dass er irgendwo hier aus der Ecke ist.

Er bewegt den Kopf Richtung Dorchester. »Savin Hill.«

»Stech-und-Kill«, sagt sie.

»Wer im Glashaus sitzt«, entgegnet er mit einem Blick auf die Backsteinwüste von Commonwealth.

Touché, sagt ihr Lächeln. »Jules hat sich bei niemandem gemeldet, weder bei mir noch bei ihrem Stiefvater noch bei ihren Freunden – laut ihren Freunden jedenfalls. Eine Mutter weiß über ihre Kinder Bescheid.«

»Und was wissen Sie?«

»Dass sie in Schwierigkeiten ist. Weshalb suchen Sie sie?«

»Was meinen Sie wohl?« Coynes Blick weicht nicht von ihrem.

Sie blickt auf das leere Basketballfeld, hört irgendwo über sich die Fledermaus verzweifelt kreisen. Sie weiß, was ihr klar war, seit Ken Fen die Möglichkeit angesprochen hat. »Es hat etwas mit Auggie Williamson zu tun. Dem Jungen, der in der Columbia Station gestorben ist.«

Coynes Miene ist undurchdringlich. »Wie kommen Sie darauf?«

»Weil sie mit ein paar von ihren arschigen Freunden in der Gegend war und Sie jetzt nach ihr fragen. Eins und eins.« Sie schnickt ihre Zigarette durch den Maschendrahtzaun auf den leeren Platz.

Coyne zündet seine Zigarette an und legt das Feuerzeug zwischen ihnen auf die Bank. Aus dem Schatten, der auf die Bank fällt, sticht ihr das halbe Wort »Viet« ins Auge. »Wo haben Sie gedient?«

Einen Moment lang kommt er nicht mit, dann sieht er,

wo ihr Blick hingeht. »Ich war überall. Der Krieg kam erst noch. Ich war ›Berater‹.«

»Aber das Land war schon kaputt?«

»Allerdings«, sagt er. »Nur schöner. Wir hatten es noch nicht so zerbombt. Der Vietcong auch nicht. Aber schon zweiundsechzig war klar, dass das danebengeht. Kennen Sie jemanden, der da gedient hat?«

Sie nickt. »Mein Sohn.« Sie bekommt den Weiter-im-Text-Blick mit, den Pritchard Coyne zuwirft, aber Coyne zwingt den Jüngeren einfach, wegzusehen.

»Ist er nach Hause gekommen?«, fragt Coyne sie.

»Irgendwie schon«, sagt sie.

»Was heißt ›irgendwie‹?« Er schaut sich auf dem Basketballplatz um, als könnte Noel da gerade herumhängen.

»Er hat sich eine Überdosis gesetzt.« Sie sieht Coyne an. »Irgendwie ist er also nach Hause gekommen, aber irgendwie auch nicht.«

Einen Moment lang ist es, als hätte er vergessen, wie man sich bewegt. Seine kreideweiße Haut findet tatsächlich noch einen weißeren Ton, und sie vermutet, dass er jemand Nahestehenden – einen Sohn oder einen Bruder – an das braune Pulver verloren hat. Als er das Feuerzeug von der Bank nimmt und einsteckt, fällt ihr auf, dass seine Hand ganz leicht zittert. Er bläst einen Strom Rauch aus. »Das tut mir leid, Mrs. Fennessy.«

»Wissen Sie«, sagt sie, »aus welchem Stadtteil die meisten Kids nach Vietnam gekommen sind?«

»Southie?«, rät er.

Sie schüttelt den Kopf. »Charlestown. Aber Southie stand an zweiter Stelle. Dann Lynn. Dann Dorchester.

Roxbury. Eine Kusine von mir arbeitet bei der Einberufungsbehörde. Sie hat mir das gesagt. Und wissen Sie, wer nicht viele Kids nach Vietnam geschickt hat?«

»Ich kann's mir denken«, antwortet er mit einer so alten Bitterkeit, dass es sich apathisch anhört.

»Die Leute in Dover«, sagt sie. »In Wellesley, Newton und Lincoln – deren Kids verstecken sich an der Schule und im Studium und lassen sich ärztlich bescheinigen, dass sie Tinnitus, Senkfüße, Knochensporne oder sonst irgendeinen geeigneten Scheiß haben. Das sind genau die Leute, die wollen, dass mein Kind mit dem Bus nach Roxbury chauffiert wird, aber nicht dulden würden, dass ein Schwarzer auch nur zwei Schritte in ihr Viertel macht, wenn erst der Rasen gemäht ist und die Sonne untergeht.«

»Ich kann Ihnen nicht widersprechen«, sagt Coyne. »Was hält Jules von der Schulbusanordnung?«

Sie starrt ihn so lange an, dass er seine Zigarette zu Ende raucht und nur noch unbehaglich dasitzt.

»Mrs. Fennessy?«

Sie sieht, wo die Reise hingeht. »Ein junger Schwarzer läuft vor einen Zug, und Sie denken, ein paar junge Weiße haben damit zu tun, weil sie wegen dem Bustransfer sauer sind?«

»Das habe ich nicht gesagt.«

»War auch nicht nötig.«

»Und der Junge ist auch nicht vor einen Scheißzug gelaufen«, sagt Pritchard.

Coynes Kinn strafft sich, und die gutmütigen Augen blitzen seinen Partner kalt und unfreundlich an.

»Wie ist er gestorben?«, sagt Mary Pat.

»Da warten wir noch auf die endgültige Bestätigung«, sagt Coyne.

»Fragen Sie doch mal Ihre Tochter«, wirft Pritchard ein.

»Vince«, sagt Coyne zu seinem Partner. »Hältst du bitte mal die Klappe? Tu mir den Gefallen.«

Pritchard verdreht die Augen und zuckt die Achseln wie ein Teenager.

Coyne wendet sich wieder an Mary Pat. »Wir haben Zeugen, die Auggie Williamson um Mitternacht am Rand des Columbia Parks beim Wortwechsel mit einer Gruppe weißer Jugendlicher gesehen haben. Diese Jugendlichen haben ihn dann in die Columbia Station gejagt, wo er gestorben ist. Wir können nicht feststellen, ob Ihre Tochter zu diesen weißen Jugendlichen gehört hat, aber es wäre sehr klug von ihr, wenn sie zu uns käme, bevor wir zu ihr kommen. Sollten Sie also wissen, wo sie ist, Mrs. Fennessy, tun Sie sich selbst einen Riesengefallen und sagen Sie es uns.«

»Ich *weiß* nicht, wo sie ist«, sagt Mary Pat. »Ich suche sie doch selbst wie eine Wahnsinnige.«

Er hielt ihren Blick fest. »Ich möchte Ihnen glauben.«

»Ob Sie mir glauben, ist mir so was von egal, ich will nur meine Tochter finden. Wenn ihr also vorhabt, nach ihr zu fahnden, bitte sehr.«

Coyne nickt. »Haben Sie eine Idee, wo sie sich versteckt halten könnte?«

Wenn sich Jules versteckt, dann in ihrem geheimen Leben. Dem, das vielleicht mit Frank Toomey zu tun hat. Indirekt also auch mit Marty Butler. Und einem Cop etwas zu sagen, das die Cops zu Marty Butler führt, wäre ungefähr so, als ob man den Kopf in einen Backofen steckt, das Gas andreht und eine letzte Zigarette anzündet.

»Nein.«

Sie versucht sich ihre Hoffnung nicht anmerken zu lassen, denn endlich ergibt etwas Sinn: Wenn Jules in irgendeinen Mist verwickelt war, der zum Tod des jungen Schwarzen geführt hat, dann könnte sie sich durchaus im Umkreis von zehn Blocks um Mary Pats jetzigen Standort aufhalten. Und dann kann Mary Pat ihrem Kind auch aus der Patsche helfen, das kriegt sie schon hin.

Coyne gibt ihr eine Visitenkarte – *Det. Sgt. Michael Coyne*, BPD, *Mordkommission*.

Mordkommission. M-o-r-d. Kein Alltagsdelikt also, das die Polizei auf den Plan ruft. Es geht nicht um eine Anzeige wegen Ladendiebstahl oder Scheckreiterei. Das hier ist so ernst wie ein Eierstocktumor.

Coyne zeigt auf die Karte. »Wenn sie den Kopf rausstreckt, rufen Sie die Nummer an und lassen sich durchstellen. Oder Sie fragen direkt nach mir.«

»Detective Michael Coyne.«

»Bobby«, sagt er. »Alle nennen mich Bobby.«

»Wieso?«

Er zuckt die Achseln.

»Wie ist denn Ihr zweiter Vorname?«

»David.«

»Und alle nennen Sie Bobby?«

Er zuckt die Achseln. »Das Leben. Soll einer draus schlau werden.«

»Okay, Bobby.« Sie steckt die Karte ein.

Er steht auf und streicht die Knitter in seiner Hose glatt. Pritchard klappt sein Merkbuch zu.

»Wenn Sie Ihre Tochter sehen«, sagt Coyne, »tun Sie das einzig Richtige, Mrs. Fennessy.«

»Und das wäre?«

»Sehen Sie zu, dass sie uns gleich anruft.«

Sie nickt.

»Ist das ein Ja?«

»Es ist ein Nicken.«

»Heißt, Sie denken drüber nach?«

»Heißt, ich habe gehört, was Sie gesagt haben.«

Sie schnappt sich ihre Zigaretten, geht zum Haus und schließt sich auf.

9

Sie schläft im Liegesessel ein und erwacht eine Stunde später, als jemand mit der Faust gegen die Tür schlägt. Sie läuft hin und reißt die Tür auf, ohne nachzusehen, wer da draußen ist, ihr Körper durchpulst von dem Hoffnungsschrei, dass *sie* es ist, dass es Jules ist, Jules.

Aber es ist nicht Jules. Es ist niemand. Da ist keiner. Sie guckt den Flur rauf und runter. Immer noch keiner. Schaut wieder in ihre Wohnung. So leer war sie nicht mal nach dem Abschied von Dukie, von Ken Fen, auch nicht nach Noel. Sie ist so leer, wie Friedhöfe leer sind, zum Bersten voll mit den Überresten von dem, was nie mehr sein kann.

Damals im siebten Schuljahr hat Schwester Loretta immer gesagt, auch wenn die Hölle nicht die Feuergrube mit den gehörnten Teufeln sei, die sich die Leute im Mittelalter ausmalten, müsse man sie sich auf jeden Fall als Leere denken.

Sie sei die ewige Trennung von der Liebe.

Welcher Liebe?

Gottes Liebe.

Deiner und meiner Liebe.

Aller Liebe.

Der Schmerz, den eine Heugabel oder selbst ein ewiges

Feuer bereitet, ist mit dem Schmerz dieser Leere nicht zu vergleichen.

»Immerwährendes Exil«, sagte Schwester Loretta, »das für immer unberührte und verlassene Herz.«

Mary Pat geht noch mal kurz rein, um ihre Kippen und ihr Feuerzeug zu holen.

Als sie zum Fields kommt, hängt das Schild – *Wegen Privatveranstaltung geschlossen* – noch da, und das Licht hinter dem einen hohen Fenster ist gedämpft, aber sie fängt an zu klopfen und hört nicht auf. Sie benutzt die linke Hand, weil die rechte noch vom Kontakt mit Rums Holzkopf brennt. Sie klopft eine geschlagene Minute, bis jemand drinnen die Riegel zurückschiebt. Drei Riegel. Nacheinander. Dann nichts mehr. Es ist die letzte Warnung für sie – wenn du reinwillst, machst du auf. Letzte Chance wegzugehen.

Die Angst ist nicht ohne. Plötzlich ist sie das Einzige, was sie spürt. Eine unausweichliche Präsenz. So real und konkret, als stünde ein anderer Mensch neben ihr auf dem Gehsteig. Sie weiß, dass schon andere durch diese Tür gegangen und nie wieder herausgekommen sind. Es ist nicht nur eine Eingangstür; es ist eine Grenze zwischen zwei Welten.

Sie sieht Jules vor sich, wie sie neulich morgens scheinboxend im Bademantel durch die Küche getänzelt ist mit ihrem schiefen Grinsen, und stößt die Tür auf.

Der Kerl hinterm Tresen hat eine brennende Zigarette zwischen den Lippen und zwinkert den Rauch weg, der ihm ins Auge zieht, als er sich einen Schuss Rum einschenkt. Er wird von allen Weeds genannt, weil er dürr ist und unangenehm aussieht. Hasenscharte, links ein Wanderauge, und angeblich hat er, als sie Kinder waren, seinen kleinen Bruder vom Dach gestoßen, nur um zu hören, wie das arme Kerlchen unten ankommt. Er trägt heute Abend nicht seine Baracuta-Jacke, nur ein T-Shirt, das in dem trüben Licht dreckig aussieht.

Larry Foyle sitzt an einem Tisch vor der Wand. Larrys Körper sieht aus wie ein Satz aufeinandergestapelter Reifen, und sein Hals ist nicht viel schmaler. Sein Kopf ist riesig, wie das Haupt einer Statue. Mit seinen Händen könnte er jeweils einen Elch festhalten. Er wohnt noch bei seinen Eltern, und oft sieht man ihn seinen Großvater im Rollstuhl den Day Boulevard entlangschieben. Larry ist normalerweise umgänglich, ein Schlaukopf, aber heute schaut er bloß auf sein Bier und sieht Mary Pat nicht an. Wie Weeds trägt er lediglich ein T-Shirt. Wie sauber das ist oder auch nur, welche Farbe es hat, kann sie nicht ausmachen, aber ihn riecht sie auf sieben Meter.

Nur diese beiden sind im Raum. Am Ende des Tresens steht die Hintertür offen; Mary Pat sieht Weeds an.

Seine Augen flackern in dem schwachen Licht kurz auf, ein Zeichen, dass sie nach hinten gehen soll. Dann kippt er seinen Drink und gießt sich nach.

Auf dem Weg durch die Bar horcht sie auf das Schrappen von Stuhlbeinen, Rascheln von Kleidern, herbeieilende Schritte. In ihrem Hals klopft eine Ader, von deren Existenz sie bis heute nichts wusste. An die Bar schließt ein schmaler, dunkler Flur an, der zu den Toiletten und der Hintertür führt. Es riecht nach Lysol und Klosteinen. Die Abendluft streicht ihr feucht und warm ums Gesicht.

Brian Shea wartet draußen. Da war sie noch nie, und es überrascht sie ein wenig, dass sie eine Art Grotte daraus gemacht haben, mit Pflastersteinen am Boden und Lichterketten zwischen der Außenwand der Bar und der Karosseriewerkstatt nebenan. Ein paar schmiedeeiserne Tische und Stühle teilen sich den Platz mit Topfpflanzen und dem einen oder anderen Bierfass. Am anderen Ende steht ein dreigeschossiges blaues Haus mit weißer Verkleidung. Um dieses Haus ranken sich seit Jahren zahlreiche Gerüchte – es ist Marty Butlers eigentliche Wohnung; es ist ein Drogenversteck; es ist ein Edelcasino; es ist ein Edelbordell; hier bewahren sie die ganzen 1971 aus dem Fogg-Museum gestohlenen Gemälde auf. Bis heute hat sie es noch nie ganz gesehen, immer nur das Obergeschoss von der Straße aus. Es macht nicht viel her, ein Haus wie jedes andere dreistöckige in Southie und Dorchester, nur gut instand gehalten.

Brian Shea bietet ihr keinen Platz an, aber sie setzt sich ihm trotzdem gegenüber. Das Erste, was er mit einem Hauch von Grausamkeit in dem kleinen Lächeln zu ihr sagt, ist: »Du warst bei mir *zu Hause*?«

»Ja.«

»Wie kommst du dazu?«

»Du hast nicht Wort gehalten.«

»Nicht was?«

»Wort gehalten. Du wolltest dich bis um fünf bei mir melden. Hast du aber nicht.«

Das Lächeln wird ein bisschen breiter, ein bisschen grausamer. »Du bist alt genug, Mary Pat, um zu wissen, dass jemand wie du an jemanden wie mich keine Forderungen stellt.«

»Und du, Brian, bist alt genug, um zu wissen, dass es mir scheißegal ist, was du meinst, wozu ich alt genug bin.«

Er legt die Hand ans Genick und sieht sie mit seinen Glasreinigeraugen an. Sein T-Shirt ist nicht so verschmutzt wie das von Weeds, aber ihr fallen kreidige Streifen an seinen Armen und ein weißer Fleck an seiner Wange auf.

Sind die Jungs in eine Schule eingebrochen? Haben sie einen Zementmischer geklaut?

»Wusstest du, dass meine Jules eine Affäre mit Tombstone hat?«

»Den Spitznamen mag er nicht.«

»Wäre ihm Kinderschänder lieber?«

»Sie ist siebzehn.«

»Du wusstest es also.«

Ein kurzes Senken der Augenlider. »Ich wusste es.«

Einen Moment wird ihr schwindlig. Als könnte sie vom Stuhl fallen. »Ist sie jetzt bei ihm? Bei Frankie?«

Er schüttelt den Kopf. »Frank hat sie seit Tagen nicht gesehen.«

»Woher weißt du das?«

»Er hat's mir gesagt. Ich hab dir doch versprochen, dass ich mich umhöre.«

»Ich frage ihn selbst.«

»Das tust du nicht«, sagt er. In seiner Stimme liegt eine Andeutung von Wut, und sie weiß, dass sie es nicht nur mit einer Drohung, sondern etwas viel Gefährlicherem zu tun hat, nämlich einem Versprechen. »Frank hat Frau und Kinder und wird wahrscheinlich rund um die Uhr von der Bostoner Polizei oder dem FBI überwacht. Du gehst nicht hin und machst Frank Toomey eine Szene. Hast du verstanden?«

»Wo ist sie denn dann?«

»Ob du mich verstanden hast.«

»Ich hab dich verstanden.«

Seine Halssehnen entspannen sich. Er lehnt sich zurück.

»Und wo ist sie?«

»Ich weiß es nicht.«

»Du hast gesagt, du hörst dich um.«

»Ja.«

»Was hast du denn gehört?«

»Dass sie, als sie zuletzt gesehen wurde, nach Hause gehen wollte.«

»Ich glaub dir nicht.«

»Mir egal.«

»Die Cops waren bei mir.«

»Bist du sicher, dass du nicht bei ihnen warst?«

Sie verzieht das Gesicht.

Er macht große Augen. »Also ich weiß nicht, Mary Pat. So komm ich nicht klar mit dir. Du bist völlig von der Rolle.«

»Meine Tochter ist verschwunden.«

»Mädchen in ihrem Alter verschwinden andauernd. Vielleicht ist sie per Anhalter nach San Francisco oder, was weiß ich, nach Florida.«

»Die Cops sagten –«

»Hältst du's jetzt mit den Cops?«

»Die sagten, sie sei in die Sache verwickelt, bei der der Junge gestorben ist.«

»Welcher Junge?«

»Der vom Bahnhof.«

»Der Dealernigger?«

»Woher weißt du denn, dass er gedealt hat?«

Ein Schnauben. »Ah, okay, er hat das Büro des Friedens-corps gesucht und sich verlaufen. So besser?«

»Die Cops sagten –«

»Hör auf mit dem ›die Cops sagten‹, ›die Cops mein-ten‹. Hast du sie noch alle? Wir reden hier nicht mit den Cops.«

»Ich hab nicht mit ihnen geredet. Sie haben mit mir ge-redet. Mir gesagt, dass eine Gruppe weißer Jugendlicher den Schwarzen in den Bahnhof gejagt hat. Sie glauben, diese weißen Jugendlichen könnten George Dunbar, Rum, Brenda Morello und meine Tochter gewesen sein.« Sie steckt sich eine Zigarette an.

Brian beobachtet sie mit einem erwartungsvollen Ge-sichtsausdruck, der langsam nachlässt. »Das war's? Die Cops sagen dir, ein paar weiße Kids, die deine Tochter und ihre Freunde gewesen sein *könnten, könnten* einen drogen-dealenden Nigger in die Columbia Station gejagt haben, wo er auf seine schwarze Birne gefallen sein *könnte* und abgekratzt ist? Und was willst du mit dieser Information anfangen?«

»Feststellen, ob sie stimmt, weil mir das hilft, meine Tochter zu finden.«

Er bemerkt die Streifen an seinen Armen und wischt sie mit den Händen weg. Dann zeigt er auf etwas, das sie noch gar nicht bemerkt hat – einen Vorschlaghammer, der an der Eingangstreppe zu Martys blauem Haus an einer Werk-zeugkiste lehnt.

»Den ganzen Tag hab ich dem Chef wie blöd beim Renovieren geholfen und bin groggy. Fix und fertig. Derweil gehst du zu mir nach Hause, nervst meine Frau und schüttest wie eine ungehobelte Schlampe auf meinem Esszimmertisch ein Bier aus. Dann kommst du gleich zweimal hierher, während wir uns krummlegen, um dem Chef das Wohnzimmer zu verschönern. Und warum, Mary Pat? Warum? Weil deine dämliche Tochter sich wahrscheinlich zudröhnt oder rumbumst und vergessen hat anzurufen. Oder sie hat sich gesagt, wisst ihr was? Mir reicht's hier. Mir reicht's mit dieser Stadt, mit dem Palaver von den Bussen, die mir einen Haufen Schimpansen in die Schule bringen sollen, ich geh nach Florida. Denn ich wette einen Tausender aus meiner eigenen Tasche, da will sie hin. Ich wäre also dafür, du denkst dir deine Tochter in Florida, wo sie einen kühlen Drink schlürft und an ihrer Bräune arbeitet. Du denkst daran, dass Kinder weggehen, das haben sie so an sich, nur Nachbarn sind für immer. Sie schaufeln für dich Schnee, wenn du krank bist, sagen dir Bescheid, wenn jemand komisch auf dein Haus guckt, und alles.« Er steckt sich auch eine Zigarette an, und seine hellblauen Augen fixieren sie durch die Flamme. »Aber *du*, du erweist dich gerade nicht als gute Nachbarin. Und das haben wir so langsam satt.«

»Ihr habt es langsam satt?«

»Alle hier.«

»Tja, dann sag allen, ich lauf mich gerade erst warm.« Sie steht auf.

Er schnickt ihr seine Zigarette an die Brust. Wie nebenbei tut er das und sieht dann ausdruckslos zu, wie sie die

Funken und glühenden Aschestäubchen wegwischt, ehe sie den Stoff ihrer Bluse ansengen können.

»Scheiße passiert denen, die sich scheiße benehmen«, sagt er und zieht eine neue Zigarette aus der Packung.

Ihr fällt keine Entgegnung ein – sie kann jetzt eigentlich an gar nichts denken, ihr Kopf schwimmt –, und sie geht.

10

Auf der Arbeit am nächsten Morgen fühlt sie sich so überreizt, als steckten lauter angespitzte Federkiele in ihrer Haut. Die anderen Frauen wissen inzwischen alle, dass sie seit drei Tagen ihre Tochter nicht gesehen hat, und machen einen großen Bogen um sie. Ein paar sehen aus, als würden sie gern ihr Mitgefühl oder so was bekunden, trauten sich aber nicht, sie anzusprechen.

Beim Kaffee im Pausenraum reden alle nur von Auggie Williamson.

Die Reporter haben inzwischen einige Fakten von dem Abend zusammengestückelt. Der Wagen von Auggie Williamson, ein 63er Rambler, ist auf der Columbia Road liegen geblieben. Auggie hatte zwei Möglichkeiten, beide nicht ideal. Die erste war, gut anderthalb Kilometer die Columbia Road entlangzulaufen, bis er nach Upham's Corner und von dort zur Dudley Street und zu seinen Leuten kam. Aber das wären lange anderthalb Kilometer durch eine weiße und eine leicht gemischte Gegend bis zu einer überwiegend braunen.

Die zweite Möglichkeit, und für die entschied er sich, waren die paar Hundert Meter zu Fuß zur Columbia Station. Dort konnte er die U-Bahn nach Süden nehmen und, wenn er auf den vier Stopps bis dahin keiner weißen Gang über den Weg lief, in der Ashmont Station in einen Bus nach Mattapan umsteigen, wo er wieder unter seinesgleichen und in Sicherheit wäre.

Dafür entschied sich Auggie Williamson, doch auf den besagten paar Hundert Metern hatte er entweder zu den falschen Leuten was Falsches gesagt oder irgendeinen Niggerscheiß abzuziehen versucht wie etwa, ein Auto zu kapern, um heimzukommen, oder jemandem das Fahrgeld abzuknöpfen.

Und bekommen, was er verdiente.

Darauf liefen jedenfalls die Theorien der Frauen im Pausenraum hinaus.

Sie liest die Zeitungen, während die Frauen schwätzen.

Auggie Williamson war auf dem Heimweg von seinem Job im Kaufhaus Zayre am Morrissey Boulevard gewesen. Er hatte bis Mitternacht gearbeitet, weil sie an dem Wochenende Inventur machten und er ein Management Trainee war. Den Zeitungen zufolge war Auggie Williamson zwanzig. Er hatte sich am Boston English Center im Baseball ausgezeichnet und über die vier Jahre einen Durchschnitt von B-Minus gehalten. Nach dem Abschluss hatte er ein Jahr in einer Pizzeria am Mattapan Square gejobbt, bevor er ins Management-Programm des Zayre aufgenommen wurde.

Einige dieser Informationen kommen Mary Pat halb bekannt vor, weil sie sie im Lauf der Jahre von Dreamy gehört hat. Halb bekannt, weil sie nur halb zugehört hat.

Dreamy hat zwei Töchter, soweit Mary Pat weiß, Ella und Soria, auch wenn sie sich die Namen nie merken konnte. Aufgewachsen im selben Haushalt wie Auggie, gezeugt vom selben Mann, Dreamys Ehepartner, dem netten, respektvollen, höflichen Reginald. Dreamy ist Kollegin von Mary Pat, Reginald ist Sachbearbeiter beim DPW, Ella geht auf die Highschool, Soria ist in der siebten Klasse. Klingt ganz nach einer aufstrebenden Arbeiterfamilie. Auggie war nicht vorbestraft.

Im *Herald American* vom Vortag stößt sie auf ein Bild von Auggie in seinem Baseballtrikot.

»Wie die ihn zum Heiligen küren!« Dottie steht plötzlich vor ihr, eine unangezündete Kippe im Mund. Die steckt sie jetzt an. »Seitenlang, wie schwer er gearbeitet hat, wie schwer sein Vater arbeitet, bla, bla, bla. Wir werden sehen.« Sie nickt den anderen Frauen zu. »Wir werden sehen.«

»Aber«, sagt Mary Pat leise.

»Aber was?« Dottie beugt sich vor, um sie zu hören.

»Aber er ist Dreamys Sohn. Und Dreamy kennen wir alle und wissen, wie sie schuftet.«

Die anderen Frauen murmeln und tauschen Blicke, als wären sie geneigt zuzustimmen.

Dottie lässt das nicht gelten. »Die Mütter können Heilige sein – das kennen wir aus den 10-Uhr-Nachrichten. Aber die Söhne, die Söhne, Mary Pat, sind geborene Verbrecher. Sie haben keine Väter, darum –«

»Er hatte einen Vater.«

»Hat ihm ja viel gebracht.« Dottie schnaubt und fasst die übrige Belegschaft ins Auge. »So nett Dreamy auch sein mag, würde eine von uns ihren Sohn hier mit ihrer Handtasche allein lassen? Na?«

Alle schütteln den Kopf.

Dottie wendet sich Mary Pat zu. »Und du?«

»Lass sie, Dot«, sagt Suze. »Sie macht viel durch.«

Dot lächelt Mary Pat freundlich an. »Ich frag doch nur – würdest du deine Handtasche bei Auggie Williamson lassen?«

»Nein«, sagt Mary Pat. Aber ehe Dot auftrumpfen kann, fügt sie hinzu: »Die würde ich bei niemandem lassen.«

»Okay. Würde eine von uns ihre *Töchter* mit ihm allein lassen?«

Rundum Kopfschütteln. Dot sieht Mary Pat triumphierend an. Tritt einen Schritt zurück, als sie Mary Pats Blick auffängt.

Mary Pat steht da mit einer zerknüllten Zeitung in der Hand, die sie sich nicht erinnert zerknüllt zu haben. »Ich kann meine Tochter mit niemandem allein lassen, weil ich sie verdammt noch mal nicht *finde*.«

Dottie hebt die Hand. »Es tut mir leid, Mary Pat.«

Worauf Mary Pat den Kopf schräg legt. »Ist das so? Weil, du zerreißt dir ziemlich das Maul, Dottie, über die Nigger, die alle so faul sind und ausm zerrütteten Elternhaus stammen und nur rumvögeln, statt daheim zu bleiben und ihre Kinder großzuziehen.«

Ein böses kleines Lächeln tritt in Dotties kleine grüne Augen. »Weil's stimmt.«

Und eine Frage, die Mary Pat schon länger, vielleicht schon ihr ganzes Leben quält, tritt über ihre Lippen: »Das gilt aber auch für dich, oder?«

Einige Frauen geben Laute zwischen Luftschnappen und Aufstöhnen von sich.

»Scheiße, *was* hast du gesagt?«, fragt Dottie.

»Stammst du nicht aus einem zerrütteten Elternhaus?

Hat dich dein Mann nicht sitzen- und die Kinder allein großziehen lassen? Mir ist aufgefallen, dass die Leute, die am meisten über die Farbigen und ihre schlechten Eigenschaften hecheln, in der Regel selbst diese Eigenschaften haben. Ich meine, wann hast du denn zuletzt auch nur halb so viel gearbeitet wie wir anderen hier?«

Dottie ballt die Faust und baut sich vor Mary Pat auf. »Jetzt hör mal zu –«

»Mach die Faust auf, Dottie, sonst brech ich sie dir am Handgelenk ab und ramm sie dir in den fetten Arsch.«

Dottie blickt zu den anderen Frauen. Nach ein paar Sekunden versucht sie zu lachen. Doch als sie wieder Mary Pat ansieht, steht in ihren Augen die Angst.

»Ich wiederhol das nicht«, sagt Mary Pat.

Dotties Finger lösen sich langsam von ihrer Handfläche. Sie wischt sie an ihrer Hose ab. »Du bist nicht bei dir.« Sie wendet sich an die Frauen. »Sie ist nicht bei sich. Und wer kann es ihr verdenken?« Umfasst den Ellbogen mit der Hand, um das Zittern abzustellen, und nimmt einen Zug von ihrer Zigarette. »Wer kann es dir verdenken?« Verzieht das Gesicht zu etwas, das Mitgefühl ausdrücken soll. Öffnet ein Mal – nur ein Mal – weit die Augen, damit Mary Pat weiß, der Moment wird nicht vergessen. Und nicht vergeben. Dann lächelt sie traurig fürs Publikum. »Du Arme.«

Nach der Pause bleibt Mary Pat noch auf eine Zigarette und liest weiter Zeitung. Wenn die Nonnen was dagegen haben, können sie sie ja darauf ansprechen. So wie sie jetzt drauf ist, wünscht sie ihnen dazu viel, viel Mumm.

Namenlose Zeugen haben um zwanzig nach zwölf einen Schwarzen in die Columbia Station laufen sehen, verfolgt von mindestens vier weißen Jugendlichen. Ein Zeuge sprach von vier langhaarigen Jungs, ein anderer von zwei Jungs und zwei Mädchen. (*War eine davon meine Tochter?*, fragt sich Mary Pat. Aber sie zweifelt im Grunde nicht dran. *Jules. Herrgott noch mal. Jules.*) Ein Zeuge hat deutlich jemanden pfeifen gehört, so wie man einem Hund pfeift. Ein anderer hörte, wie jemand rief: »Wir wollen nur reden.«

Die Polizei hat ermittelt, dass noch andere Personen auf dem Bahnsteig waren, als Auggie Williamson und seine vier Verfolger eintrafen. Sie bittet diese Personen, sich zu melden. Es wird vermutet, ist aber noch nicht erwiesen, dass Auggie Williamson vor den Zug gestürzt oder gestoßen worden ist. Dass der Zug gegen seinen Kopf geprallt ist und ihn auf dem Bahnsteig herumgeworfen hat, sodass er irgendwie von dort auf die Gleise gestürzt und unter den Bahnsteig gerollt ist.

Verdammt faul hört sich das an. Mary Pat kann noch glauben, dass jemand, dessen Kopf gegen eine fahrende U-Bahn knallt, nicht mit dem ganzen Körper vor der Bahn auf die Gleise geschleudert werden muss, aber dass Auggie vor sich hin getaumelt sein soll, bis die Bahn durch war, um erst dann brav vornüber auf die Gleise zu fallen und rückwärts unter den Bahnsteig zu rollen, geht ihr zu weit.

Drogen wurden nicht bei ihm gefunden. Das heben die Zeitungen hervor. Für Mary Pats Nachbarn (und die meisten Weißen in West Roxbury, Neponset, Milton und wo sonst die Stadt oder ihre Umgebung einheitlich weiß geblieben ist) heißt das lediglich, dass diejenigen, die Auggie

Williamson vorsätzlich oder ungewollt umgebracht haben, ihm vorher die Drogen abgenommen haben.

Und hätte das für sie nicht so einen persönlichen Aspekt – wäre Auggie nicht Dreamy Williamsons Sohn, wäre Jules nicht eine »Person von besonderem Interesse« im Zusammenhang mit seinem Tod –, dann hätte Mary Pat das genauso abgetan.

Doch während sie Zeitung liest und eine Virginia Slim nach der anderen raucht, lässt sie in ihrem Kopf das Bild von einem Auggie Williamson entstehen, der vielleicht *keine* Drogen gedealt hat, der bestimmt nicht aus einem zerrütteten Elternhaus kam, der wahrscheinlich nicht versucht hat, ein Auto zu stehlen oder des Fahrgelds wegen jemanden zu berauben, sondern schlicht ein Zwanzigjähriger war, dessen Auto ihn im falschen Viertel in Stich gelassen hatte.

Und welches Viertel ist das, Mary Pat?

Mein Viertel.

Als sie nach Feierabend rausgeht, steht Marty Butlers karamellfarbener AMC Matador am Straßenrand. Weeds wartet hinten am Wagen, und sobald Mary Pat Meadow Lane Manor verlassen hat, öffnet er den Schlag, und sie sieht Marty hintendrin.

Einen Augenblick rührt sie sich nicht, sondern steht auf dem Trottoir und tut, als hätte sie eine Wahl. Als diese kleine Träumerei auf Grund läuft, steigt sie zu ihm ein.

Er lächelt, küsst sie auf die Wange und sagt ihr, dass sie noch genauso reizend aussieht wie an dem Tag, als sie Dukie geheiratet hat, womit er sie daran erinnert, dass er auf ihrer Hochzeit war, dass Dukie für ihn gearbeitet hat, dass ihm also nicht nur die Gegenwart, sondern auch die Vergangenheit gehört.

Marty sieht aus, als wäre er einer JCPenney-Wurfsendung entstiegen. Der Modellpapa in Strickjacke, einen Fußball auf der Hand balancierend oder gestellt lachend mit den anderen Modellpapas. Korrekter Haarschnitt, markantes Grübchenkinn. Augen, die ohne einen Funken Freude lächeln. Nie ein verirrtes Haar, Bartschatten oder Stoppeln. Seine Zähne sind weiß und ebenmäßig. Er sieht auf die farbloseste Art und Weise gut aus und scheint in den letzten zwanzig Jahren nicht gealtert zu sein.

Was Marty zu Marty gemacht hat, ist ein Rätsel. Einige sagen, es war der Dienst in Korea. Andere flüstern ganz leise, dass Marty schon immer einen an der Waffel hatte. Ein Trinkkumpan von Dukie, der mit Marty in der Linden Street aufgewachsen ist, hat Dukie erzählt, dass eine Schwester von Marty an TB gestorben ist, als er auf der Highschool war. Er hat die Beerdigung sausen lassen, um Basketball zu spielen. Vierundzwanzig Punkte geholt.

Während Weeds sie Richtung Southie fährt, fragt Marty Mary Pat: »Kommst du am Freitag zur Demo?«

»Ah ja, klar.« In Wahrheit hatte Mary Pat nicht mehr daran gedacht. Die Empörung über den Bustransfer, die ganz Southie – und bis vor drei Tagen auch sie – umgetrieben hatte, war verloschen.

»Ah ja, klar?« Marty lacht leise. »Da geht es bloß um die Zukunft unserer Lebensweise, Mary Pat.«

»Ich weiß«, sagt sie. »Ich weiß.«

»Weißt du auch, wer die wirklich zufriedenen Länder

sind? Dänemark, Norwegen, Neuseeland, Island. Über die hört man nie was Schlechtes. Sie führen keine Kriege, sie kennen keine Unruhen. Nie siehst du sie in den Nachrichten. Sie haben Einheit und Wohlstand, weil sie einig bleiben. Sie bleiben einig, weil die Rassen sich nicht mischen, da es an Rassen fehlt, die sich mischen könnten.« Er bläst einen Seufzer durch die Lippen. »Erst sagen sie uns, wo unsere Kinder zur Schule gehen sollen, dann sagen sie uns, welchen Gott wir anbeten dürfen.«

»Du betest?« Damit will sie ihn nicht beleidigen, sie wäre nur nie auf die Idee gekommen, dass jemand wie Marty Butler sich fürs Beten interessiert.

Er nickt. »Ich bete jeden Abend.«

»Auf den Knien?« Sie kann es sich schlicht nicht vorstellen.

»Auf dem Rücken. Im Bett.« Er verzieht belustigt das Gesicht. »Meistens um Weisheit, manchmal um besondere Nachsicht für Mitglieder unserer Gemeinde.«

Unsere Gemeinde. Seine und Gottes. Das erklärt's.

»Weißt du noch, wie die kleine Deidre Wall Krebs hatte? Und dabei war sie erst sieben oder acht. Damals habe ich viel gebetet, und was meinst du wohl, der Krebs ging zurück. Der Herr hört uns, Mary Pat. Entscheidend ist, dass man ein reines Herz hat, wenn man ihn um etwas bittet.«

»Bringt mir das meine Jules zurück?«

Er lächelt zerstreut und tätschelt ihr Bein. Kneift fest in das Fleisch oberhalb ihres Knies. Daumen und Zeigefinger drücken richtig zu. Dann tätschelt er sie noch einmal leicht, und als sie die Brücke nach Southie überqueren, zieht er die Hand zurück.

»Was macht dein Wagen?«, sagt er. »Läuft er noch?«

Sie nickt. »So unwahrscheinlich es klingt.«

Er bedenkt sein eigenes Spiegelbild mit dem zerstreuten Lächeln. »Aufgeben will auch gelernt sein.«

»Wozu?«, sagt sie. »Solange er mich noch dahin bringt, wo ich hinwill.«

Er sieht sie an und bewegt die Augenbrauen auf und ab, als wäre ein guter Witz von ihm gut angekommen.

»Und deine Wohnung da? In Commonwealth?«

Sie zuckt die Achseln. »Tut's auch noch.«

»Ich habe nämlich ein paar Eimer Farbe aufgetan, Mary Pat. Ganze Paletten. Stehen in einem Lagerhaus drüben an der West Second. Das ganze Regenbogenspektrum. Wärst du daran interessiert, deine Wände zu verschönern? Bisschen Farbe reinzubringen?«

»Sicher, Marty, wenn ich dir ein paar Eimer abnehmen kann, wär das nett.«

Er wedelt den absurden Vorschlag weg. »Aber nein, Herzchen. Erwartet doch keiner, dass du selber streichst. Fahr ein paar Tage weg, und wir erledigen das professionell für dich. Wenn du zurückkommst, ist die Bude so schick, dass du sie gar nicht wiedererkennst.«

»Was hat es mit dem ganzen Renovieren neuerdings auf sich, Marty?«

»Bitte?«

»Na, erst deine Wohnung und jetzt meine?«

Seinem völlig verblüfften Gesicht entnimmt sie, dass er keine Ahnung hat, wovon sie redet.

»Das Haus hinterm Fields«, sagt sie.

Er staunt sie nur an. Immer noch keinen Schimmer.

»Sie meint, was wir in Ihrer Küche machen, Chef«, sagt Weeds von vorne.

»Ach so!«, erwidert Marty. »Klar doch.« Ein Tätscheln fürs Knie. »Das Haus sehe ich einfach nicht als ›meins‹ an, Mary Pat. Ich wohne wie eh und je in der Linden Street.«

Sie lächelt und nickt und bemüht sich, ihn nicht in die Windung ihres Gehirns schauen zu lassen, die weiß, dass er lügt. Brian Shea hatte behauptet, sie werkelten im Wohnzimmer. Weeds sprach von der Küche. Und Marty wusste überhaupt nicht, um was es ging, bis Weeds ihm den Wink gab.

»Na, überleg dir das jedenfalls mit der Farbe«, sagt Marty. Der Wagen hält am Bordstein vor Kelly's Landing, einem Restaurant noch aus Prohibitionszeiten mit Straßenverkauf und den besten Backmuscheln der Stadt, das vor einem Monat dichtgemacht hat. Mary Pats Eltern hatten dort ihr erstes Rendezvous; ihre Mutter erinnerte sich, dass ihr eigener Vater mit ihr als Kind genauso dort gewesen war wie sie dann mit Mary Pat und Mary Pat mit Jules und Noel. Und jetzt ist es mit Brettern vernagelt. Ein Lokal, das Generationen mit Speisen und Erinnerungen versorgt hat. Die Inhaber, hieß es, wollten sich verändern, etwas Neues ausprobieren.

Veränderung hört sich für die, die da nicht mitzureden haben, nach einem schönen Wort für Tod an. Tod deiner Wünsche, Tod deiner Pläne und Vorhaben, Tod des Lebens, wie du es immer kanntest.

Sie steigen aus und gehen an Kelly's vorbei zur Dammstraße.

»Mir fehlt der Geruch«, sagt Marty. »Der Bratküchengeruch. Mein ganzes Leben lag der in der Luft, wenn ich hier vorbei bin. Jetzt riecht es nur nach Ebbe.«

Mary Pat schweigt.

»Wie sind wir hierhin gekommen?«, möchte Marty Butler wissen.

Er redet nicht von der Dammstraße, die sie entlanglaufen. Er meint den aktuellen Stand ihrer Beziehung. Es war den ganzen Tag bedeckt, die Sonne hat sich für heute hinter eine baumwollgraue Wolkenwand verzogen. Nichts deutet auf Regen, aber auch nichts auf Sonne. Sie und Marty laufen Richtung Sugar Bowl, einen von Bänken umgebenen kleinen Park. Die Sugar Bowl liegt achthundert Meter draußen in der Bucht, wo sich die beiden Dammstraßen treffen. Vom Damm aus wird geangelt. Mary Pat und Marty kommen an Männern und auch einigen Frauen vorbei, die ihre Leinen auswerfen, sei es aus Langeweile oder fürs Abendbrot. Ken Fen hat hier geangelt und ein paarmal zähe Flundern mit nach Hause gebracht. Meistens, gab er zu, wollte er nur für eine Weile den Kopf freikriegen. Die Angler und Anglerinnen nicken Marty zu, aber keiner spricht ihn an oder nähert sich.

»Wie sind wir hierhin gekommen?«, fragt Marty noch einmal. Als ob er das nicht wüsste. Als wüsste er nicht über jeden ihrer Schritte Bescheid, seit sie angefangen hat, Jules zu suchen.

»Ich weiß es nicht«, sagt sie. »Ich will nur meine Tochter finden.«

»Das erscheint mir so unnötig«, sagt Marty. »Dieser ganze …« Er sucht das passende Wort in den Wolken und landet bei »… Konflikt«.

»Mir geht's um keinen Konflikt«, sagt sie. »Ich suche keinen Streit.«

»Sag mir, was du brauchst«, antwortet er.

»Ich brauche Jules. Ich brauche meine Tochter.«

»Und wir brauchen Ruhe um uns herum«, sagt er. »Ruhe und Frieden und dass niemand auf uns aufmerksam wird.«

»Das sehe ich ein.«

»Das siehst du ein, aber du haust in meiner Kneipe einen Jungen windelweich? Du siehst das ein, rennst aber im Viertel herum und machst einen Aufstand?«

»Sie ist meine Tochter, Marty.«

Das tut er schmallippig mit einer Kopfbewegung ab, als wäre es ein ganz anderes Thema, als spräche er Englisch und sie Mandarin.

»Das alles, Mary Patt, ist eine Frage der Ordnung. Alles läuft, wenn alles vorhersagbar läuft. Sieh dir diese Bucht an.« Er deutet mit dem Arm auf das Wasser um sie herum. Pleasure Bay. Eingefasst von den Dammstraßen und dem kleinen Park, wo sie zusammentreffen. »Keine Wellen. Keine Überraschungen. Nicht wie da draußen.« Jetzt deutet er aufs Meer hinaus. »Da draußen gibt es Wellen, Sog und Dünungen.« Er wendet ihr sein Blankogesicht zu. »Meere mag ich nicht, Mary Pat, ich mag Buchten, ich mag Häfen.«

Sie kommen an einer Frau vorbei, die die Möwen füttert. Aus einer weißen Papiertüte mit Fettflecken wirft sie ihnen harte Stücke Brot zu. Sie ist erstaunlich jung für eine Vogelfütterin, nicht älter als Mary Pat, doch in ihren Augen brennt Verlustschmerz. Verlorene Liebe, verlorene Hoffnung, verlorener Verstand – unmöglich zu entscheiden. Aber Verlust. Die Möwen schreien und bremsen verschreckt vor der Frau in der Luft. Zu viel Angst, um nah ranzugehen, zu hungrig, um es nicht doch zu wagen.

»Ich werde keinen Ärger machen«, versichert Mary Pat.

»Den machst du doch schon.« Marty angelt ein Päckchen Dunhills aus seiner Baracuta, zündet sich mit einem schmalen goldenen Feuerzeug eine an und dreht sich dazu vom leichten Wind weg. So bemerkt sie, dass seine braunen Haare oben am Scheitel orange sind, und fragt sich einen Moment lang, ob er ein heimlicher Schwuler ist. Das würde mit einem Schlag vieles an Marty Butler erklären.

»Wenn ich Ärger mache«, sagt sie langsam, »hat das nichts damit zu tun, dass ich *dir* Ärger machen möchte. Es geht mir darum, meine Tochter zu finden.«

»Aber was hat das mit *mir* zu tun?«

»Sie war Frank Toomeys Geliebte.«

Er verzieht das Gesicht, als hätte er auf etwas Unangenehmes gebissen. Kurz wendet er sich dem Meer zu und seufzt leise. »Das ist mir bewusst.«

»Scheiße, Marty«, sagt sie, »das ist dir *bewusst*?«

Er hält sich das Ohr zu, ein Mann, der es verabscheut, wenn Frauen ordinär werden. »Frank versichert mir, dass er deine Tochter seit zwei Wochen nicht gesehen hat. Ich habe alle meine Leute gefragt. Sie war nicht bei Frank, sie war nicht im Fields.«

»Wo ist sie denn dann?«

»Darum geht es doch jetzt gar nicht.«

»Und ob es darum geht!«

Er schüttelt den Kopf. »Deine Tochter ist verschwunden. Mir bricht das Herz für dich. Aber wohin sie auch gegangen ist, das setzt nicht mein Recht auf Geschäftstätigkeit in diesem Stadtteil außer Kraft.«

»Niemand hält dich von deinen Geschäften ab.«

»Du tust das.« Er hebt zwar nicht die Stimme, aber sie wird eindeutig energischer. »Du.«

»Wieso denn?«

»Man beobachtet uns. Wenn dieser scheußliche Bustransfer kommt, wird unser Stadtteil gefilmt, als wäre es die Mondlandung. Und nachdem jetzt der junge Farbige getötet wurde und deine Tochter darin verwickelt sein könnte, werden es noch mehr Kameras. Und was darf ihnen nicht ins Visier kommen? Ich. Und die Meinen. Wenn du dich aber weiter so aufführst, Schätzchen, dann, fürchte ich, bleibt ihnen keine andere Wahl.«

»Ich möchte nur meine Tochter finden.«

»Dann finde sie. Aber such mal woanders als in meiner Organisation.«

»Und wenn jemand in deiner Organisation etwas weiß, das er dir nicht sagt?«

»Das trauen die sich nicht.«

Sie nähern sich der Sugar Bowl, und Mary Pat stellt verwundert fest, dass sie praktisch leer ist. Nur auf der Bank in der Mitte sitzt ein Mann und beobachtet sie im Näherkommen. An Sommertagen ist die Sugar Bowl niemals leer. Aber da sitzt nur dieser eine Mann, sonst niemand.

Sterbe ich hier?, fragt sie sich. *Sind meine Verfehlungen schon so schlimm?*

Sie weiß nur zu gut, es wäre nicht das erste (oder fünfte) Mal, dass Marty Butler ein Problem beseitigt hat, indem er einen Menschen beseitigt hat.

Sie erreichen das Ende des Damms, und den Mann, der jetzt von der Bank aufsteht, hat sie noch nie gesehen. Er trägt einen blauen Freizeitanzug und einen weißen Rollkragenpullover. Sein braunes Haar ist straff zurückgekämmt. Er steht mit einer Arzttasche in der rechten Hand da und schaut auf Mary Pat runter. Er ist sehr groß.

»Das ist ein Freund von mir aus Providence. Du kannst ihn Lewis nennen. Siehst du die Tasche in seiner Hand, Mary Pat?«

Sie nickt. Lewis schaut sie an, wie Raben Würmer anschauen.

»Ich möchte dir die Tasche geben«, sagt Marty. »Lewis wollte dir etwas anderes geben. Denn du schadest mit deinem ganzen Tamtam nicht nur meinem Geschäft. Du schadest auch dem von Lewis. Und dem der Leute, mit denen er in Providence zusammenarbeitet.«

»Ich will doch nur –«

»Sag nicht, du willst *nur deine Tochter finden*. Da hängt mehr dran. Und das weißt du. Lewis würde das also gern auf seine Art beenden. Aber ich habe ihn überredet, es erst mal auf meine zu versuchen.«

Lewis reicht ihr die Umhängetasche.

»Mach sie auf«, sagt Marty.

Zu ihrer nicht geringen Beschämung sieht sie ihre Hand beim Öffnen der Verschlussschnalle zittern, dann reißt sie die Tasche auf. Sie ist halb mit Geldscheinen gefüllt – Stapel gebrauchter, mit Gummiband zusammengehaltener Hunderter.

»Brian hat mir erzählt, Jules sei nach Florida«, sagt Marty.

Der Mann aus Providence starrt sie ohne zu blinzeln an.
»Brian ist sich da ziemlich sicher.«

»Ich weiß davon nichts«, bringt Mary Pat heraus.

»Ah, das musst du dann einfach glauben. Deine Freunde haben für dich nach ihr gesucht, diejenigen deiner Freunde, denen man nichts vorlügt. Und diese Freunde haben sie nicht gefunden. Deshalb musst du mit ihnen davon ausgehen, dass sie hier in der Gegend nicht mehr zu finden ist. Aber ich sage nicht, du sollst es einfach nur glauben. Ich sage, beweis es dir!«

»Wie soll ich das denn machen?«

»Nimm das Geld, das in der Tasche ist, flieg nach Florida, buch ein schönes Hotel, und such in Ruhe nach deiner Tochter. Mit dem Geld könntest du etliche Jahre da unten bleiben.«

Lewis steckt sich eine Zigarette an und betrachtet Mary Pat durch die Flamme.

Marty tritt vor sie hin. Sein Blick ist ganz ruhig. »Ich gehe mit meinem Freund Lewis jetzt wieder dahin zurück, wo wir hergekommen sind. Bleib du erst mal noch hier, sammle dich, und triff eine endgültige Entscheidung. Wenn du dich entschließt, die Tasche zu behalten und ihren Inhalt zu nutzen, bleibst du hoffentlich gesund, und meinen Segen hast du. Entschließt du dich, die Tasche zurückzugeben, weißt du, wo du mich findest. Wie immer du dich entscheidest, auf das Thema unseres Gesprächs kommen wir nie wieder zurück. Hast du verstanden?«

Sie traut sich nicht, etwas zu sagen. Ein Nicken bekommt sie hin.

»Dann sind wir uns ja einig, Schätzchen.« Marty drückt

kurz ihre Schulter, bevor er und Lewis über den Damm zurück zum Land gehen.

Als sie außer Hörweite sind, hört sie auf, ihr Gesicht zu beherrschen, und lässt das wie ein Schwall Galle in ihrer Kehle hochsteigende Schluchzen heraus. Sie schaut auf das Geld in der Tasche, während die Tränen auf das Papier laufen.

Und sie weiß, dass ihre Tochter tot ist.

Sie weiß, ihre Tochter ist tot.

11

Bobby Coyne und Vincent Pritchard fahren durch Southie, um den bisher letzten Zeugen auf ihrer Liste zum letzten Abend in Auggie Williamsons Leben zu befragen. Der Zeuge, ein Turmkranführer namens Seamus Riordan, ist bereit, in seiner Mittagspause am Containerbahnhof Boyd in der Summer Street mit ihnen zu sprechen.

Sowie sie nach Southie kommen, spürt Bobby eine Veränderung in der Luft. Er ist nur einige Kilometer weiter südlich in Dorchester aufgewachsen, in einer gänzlich weißen und vorwiegend irischen Gemeinde, und geht davon aus, dass eine Entfernung von wenigen Kilometern zwischen zwei ethnisch übereinstimmenden Enklaven keine gravierenden Kulturunterschiede mit sich bringt. Wenn er aber die Grenze nach Southie überquert, hat er immer das Gefühl, in den Regenwald eines unbekannten Stammes vorzudringen. Nicht besonders feindselig, nicht von Natur aus gefährlich. Aber im Kern undurchsichtig.

Als sie den Broadway entlangfahren, sieht er, wie ein junger Kerl aus einem Bus steigt und dann einer alten Frau beim Einsteigen in diesen Bus hilft. In seinem ganzen Leben hat Bobby noch nicht mehr Leute gesehen, die sich darum kümmern, dass kleine alte Damen über die Straße kommen, ohne in Pfützen oder Schlaglöcher zu treten, die ihnen die Lebensmittel tragen oder ihnen aus der mit Rosenkränzen und feuchten Papiertüchern vollgestopften Handtasche die Autoschlüssel hervorzuzaubern.

Jeder kennt hier jeden, man bleibt auf der Straße stehen und erkundigt sich nach Partnern, Kindern, um drei Ecken Verwandten. Im Winter schaufelt man zusammen die Gehwege frei, schiebt mit vereinten Kräften Autos aus Schneewehen, lässt bei Glatteis großzügig Säcke mit Salz oder Sand herumgehen. Im Sommer versammelt man sich auf der Veranda oder der Treppe vor der Haustür, wenn nicht in Gartenstühlen auf dem Gehsteig, quatscht, tauscht die Zeitung oder hört sich Ned Martins Kommentar zum Spiel der Sox auf HDH an. Man trinkt Bier wie Leitungswasser, raucht Zigaretten, als würden sich die Päckchen um Mitternacht selbst zerstören, und ruft einander über die Straße hinweg, quer durch den Verkehr und zum höchsten Fenster hinauf, als wäre Ungeduld eine Tugend. Man liebt die Kirche, aber nicht unbedingt den Gottesdienst. Beliebt sind nur Predigten, die Angst machen, Appellen ans Mitgefühl wird misstraut.

Alle hier haben Spitznamen. Kein James kann einfach ein James sein; er muss Jim oder Jimmy, Jimbo oder JJ oder in einem Fall Tantrum heißen. Sullivans gibt es so viele, dass es nicht genügt, jemanden Sully zu nennen. Bobby hat bei seinen diversen Einsätzen hier im Lauf der Jahre einen Sully 1, einen Sully 2, einen Old Sully, einen Young Sully, Sully White, Sully Tan, Two-Time Sully, Sully the Nose und Little Sully (der ein Brocken ist) kennengelernt. Auch Kerle wie Zipperhead, Pool Cue, Pot Roast und Ball Sac

(Sully Tans Sohn) sind ihm über den Weg gelaufen. Ebenso Juggs, Nicklebag, Drano, Pink Eye (der blind ist), Legsy (der humpelt) und Handsy (der keine Hände hat).

Alle Männer haben den Apokalypseblick. Alle Frauen haben Haare auf den Zähnen. Jedes Gesicht ist weißer als das weißeste Weiß, das man je gesehen hat, nur überhaucht von einem zeitlosen irischen Rosa, das sich manchmal in Akne verwandelt und manchmal nicht.

Es sind die freundlichsten Menschen, die er je kennengelernt hat. Bis sie es nicht mehr sind. Dann rennen sie die eigene Großmutter über den Haufen, um deinen elenden Schädel durch eine Mauer zu rammen.

Er hat keine Ahnung, wo das alles herkommt – der Zusammenhalt und die Wut, die Brüderlichkeit und der Argwohn, die Güte und der Hass. Er vermutet aber, es hat mit dem Bedürfnis nach einem sinnvollen Leben zu tun. Bobby ist ein Kind der Vierziger- und Fünfzigerjahre. Damals, erinnert er sich, wusste man noch, wer man war. Ohne Frage.

Und das »ohne Frage« hat ihn seither gestört. Während er durch Vietnam stapfte. Während er mit der Nadel tanzte. Während seiner Patrouillen im Herz der schwarzen Gemeinden der Stadt – Roxbury und Mattapan, Egleston Square und Upham's Corner.

Er möchte fragen. Er *muss* fragen. In einem Club in Saigon war einmal eine vietnamesische Nutte, die er als Freundin ansah, zu ihm gekommen und hatte versucht, ihm mit einer Rasierklinge zwischen den Zähnen die Kehle durchzuschneiden. Bobby dachte bis zur letzten Millisekunde, sie hätte sich vorgebeugt, um ihn zu küssen, hörte dann aber eine Flüsterstimme in seiner Brust schreien: *Nein!*

Nein, verdammt! Noch während er sie von seinem Schoß stieß, empfand er ein eigenartiges Verständnis für sie: Als vietnamesisches Barmädchen hätte er sich auch abmurksen wollen.

Beim Blick auf Southie jetzt, auf das eintönig weiße Broadwaygetümmel – weiße Mutter schiebt weißes Baby im Kinderwagen, drei aus dem Drugstore kommende weiße Muskelprotze in zu engen T-Shirts passieren ein altes weißes Ehepaar, das auf einer Bank sitzt, eine Schar weißer Mädchen läuft auf dem Gehsteig an einem weißen Jungen vorbei, der wie nicht abgeholt auf einem Briefkasten hockt, und rings um sie herum, vorne wie hinten, sind andere Weiße – muss Bobby an das Taxigirl in Hué denken, sie könne nie mehr in ihr Dorf zurück, da jetzt bekannt sei, dass sie mit einem Weißen geschlafen habe. (Nicht Bobby, jemand anders lange vor Bobby.) Die Vorstellung, dass man auf sie herabsehen könnte, weil sie mit einem *Weißen* geschlafen hatte, verblüffte ihn. Wo Bobby herkam, ergab das keinen Sinn. Das sagte er ihr auch. »Wir sind die Leute, die Probleme lösen. Deshalb sind wir hier.«

Sein Taxigirl, Cai, antwortete: »Man sollte die Menschen sich selbst überlassen.«

Ist das die Lösung?, fragt er sich angesichts der Straßenszene. *Sollte jeder jeden verdammt noch mal in Ruhe lassen?*

Seamus Riordan scheint dieser Ansicht zu sein. Es sind die ersten Worte, die ihm über die Lippen kommen, als sie sich im Pausenwagen des Boyd-Containerbahnhofs mit ihm treffen: »Konnten Sie mich nicht einfach in Frieden lassen?«

Seamus Riordan ist aus Southie, also eine harte Nuss. Er wird es ihnen möglichst schwer machen.

»Warum waren Sie an dem Abend auf dem Bahnsteig?«

»Bin nach Haus gekommen.«

»Von wo?«, fragt Vincent.

»Von da, wo ich war.«

»Wo denn?«, überlegt Bobby.

»Unterwegs.«

»Sie waren also unterwegs«, sagt Bobby freundlich. »Mit einem bestimmten Ziel?«

»Jaja«, sagt Seamus und verschränkt die Arme.

»Welchem?«

»Ziel?«

»Ja.«

»Ach, Sie wissen schon.«

»Nein.«

»Ich hab mit jemandem rumgehangen.«

»Mit einem Freund?«

»Klar.«

»Hey!«, sagt Vincent. »Lassen Sie doch den Scheiß!«

Vincent sieht aus, als ob er gleich aus der Haut fährt. Wie viele Zeitgenossen, die zu großen Wert darauf legen, respektiert zu werden, hat er wenig Geduld mit Leuten, bei denen er diesen Respekt ganz richtig vermisst. So gerät er oft in Konfrontationen, was ihm in den letzten anderthalb Jahren zwei Anzeigen wegen übermäßiger Gewalt eingebracht hat. Dass er es in relativ jungen Jahren zur Mordkommission schaffen konnte, an die höchste Spitze der Karriereleiter, heißt also, er ist unerklärlicherweise nach oben gefallen, und das kann nur bedeuten, er hat Beziehungen zu jemand sehr Einflussreichem im Amt. Er ist der Neffe, der Cousin, der Strichjunge von irgendwem.

Er spielt den bösen Bullen allerdings nicht gut. Er kommt eher als krummer Bulle, Jammerbulle oder peinlicher Juniorbulle rüber.

Daher dann auch das schwarze Loch von Seamus Riordans Grinsen. »Was soll ich lassen?«

»Den Scheiß.« Vince steckt sich eine Zigarette an und entlässt den grauen Rauch wie immer durch die Nase, weshalb seine Nasenhaare stärker sprießen, als sie es bei einem Mann von Ende zwanzig eigentlich sollten.

Seamus Riordan sieht Bobby an. »Stehe ich irgendwie unter Verdacht?«

»Überhaupt nicht.«

»Ich bin nur ein potenzieller Zeuge?«

»Der sind Sie.«

»Wenn mir also nicht gefällt, wie sich der Armleuchter da benimmt, kann ich einfach rausgehen und wieder in meinen Kran steigen, oder?«

Bobby legt dem auffahrenden Vincent eine Hand auf den Brustkorb. »Können Sie.«

Seamus Riordan schickt Vincent einen Leckmich-Blick. »Dann reißen Sie sich mal am Riemen, Serpico.«

Jetzt ist Vincent unschlüssig – soll er den Vergleich mit seinem Idol annehmen (nicht mit der Figur Serpico, deren Moral ihm fremd ist, sondern mit seinem Modehelden Al Pacino, der Serpico darstellt), oder soll er ihn als die Beleidigung auffassen, als die ihn Seamus Riordan nach Bobbys Überzeugung gemeint hat?

Vincent entscheidet sich für Ersteres. »Reißen *Sie* sich mal am Riemen, Freundchen.«

Seamus grinst Bobby schief an, als wollte er sagen: »Die Jugend heutzutage …!«

Bobby steckt sich eine an. Hält Seamus das Päckchen hin. Seamus nimmt sich eine, und Bobby gibt ihm Feuer, dann gibt er Vincent Feuer, und auf einmal sind alle drei Freunde. Bereit, zusammen in die Kneipe zu gehen, wenn sie hier fertig sind, so ungefähr.

»Als ich ausgestiegen bin, war's schon vorbei«, sagte Seamus.

»Erzählen Sie«, sagt Bobby.

»Da waren so vier Kids …«

»Weiß?«

»Ja.«

»Männlich oder weiblich?«

»Zwei Jungs, zwei Mädchen. Der Zug stadteinwärts war gerade abgefahren, und sie standen an der Bahnsteigkante, und die Jungs schrien sich an, Idiot nannte der eine den anderen, das hab ich gehört. Und das eine Mädchen schrie einfach nur noch. Wie übergeschnappt. Dann hat die andere ihr eine geknallt, und sie war still.«

Bis dahin sind Bobby und Vincent jetzt in den Ablauf der Nacht vorgedrungen. Von den anderen Zeugen wussten sie:

1. Auggie flüchtete in den Bahnhof.
2. Auggie sprang über die Drehkreuze.
3. Vier junge Weiße – noch nicht eindeutig identifiziert, vermutlich aber George Dunbar, Rum Collins, Brenda Morello und Jules Fennessy – sprangen direkt hinter ihm drüber.

4. Auggie rannte auf den Bahnsteig, als der ankommende Zug sich dem Bahnhof näherte.

5. Die Jugendlichen jagten hinter ihm her.

6. Einer der weißen Jungs rief: »Wir wollen nur mit dir reden.«

7. Ein weißes Mädchen rief: »Für einen Nigger läufst du aber langsam.«

8. Einer der vier (niemand konnte sagen, welcher) warf eine Bierflasche.

9. Die Bierflasche kam neben Auggie Williamsons rechtem Fuß auf, sodass er sich umdrehte. Deshalb verhedderten sich seine Füße.

10. Der Zug fuhr in den Bahnhof ein.

11. Auggie Williamson stolperte.

12. Einer der vier (ein Mädchen) schrie: »Du bist hier im falschen Viertel.«

13. Ein Schlag. Jeder der ersten fünf Zeugen hörte den Schlag. Ein dumpfes Geräusch – Gegenstand trifft Mensch. (Der Zugführer, womöglich im Dienst alkoholisiert und ein Jahr vor der Rente, will rein gar nichts gesehen oder gehört haben.)

14. Auggie Williamson dreht sich auf der Stelle und sackt zu Boden.

Von diesem Moment an werden alle Erinnerungen der ersten fünf Zeugen unscharf. Da waren vier laute, gewalttätige Jugendliche auf dem Bahnsteig. Niemand wollte ihre Aufmerksamkeit erregen. Niemand wollte hineingezogen werden. Als Nächster zu hören bekommen, er sei im falschen Viertel.

Also schauten sie weg.

Drei gingen dann auch weg. Verließen den Bahnhof. Nahmen lieber ein Taxi.

Zwei warteten auf den Zug stadtauswärts, mit dem Seamus Riordan ankam. Konzentrierten sich ganz auf die Schienen, bis sie die Lichter des einfahrenden Zugs sahen. Für die vier Jugendlichen oder das, was sie mit ihrem Opfer machten, hatten sie kein Auge mehr.

Der Zug stadtauswärts kam an. Die beiden Zeugen stiegen ein.

Seamus Riordan stieg aus. Um zwanzig nach zwölf war er der Einzige.

»Und da hab ich die fünf gesehn.«

»Die vier, meinen Sie.«

»Die vier und den Niggie.«

»Moment«, sagte Bobby, »was?«

»Die vier weißen Kids und den Schwarzen«, sagte Seamus. »Vier plus eins macht fünf.«

»Er war doch inzwischen vom Bahnsteig gestürzt.«

Seamus Riordan kniff die Augen zusammen. »Er lag vor ihnen.«

»Nachdem der Zug den Bahnhof verlassen hatte?«

»Ja.«

»Haben Sie sich das jetzt ausgedacht?«, fragt Vincent.

»Scheiße, wer *denkt sich denn so was aus?* Haben Ihre Eltern auch Kinder großgezogen, die nicht geistig behindert sind?«

Bobby Coyne checkt, ob Vincent Anstalten macht, handgreiflich zu werden, aber der ist inzwischen wie ein kastrierter Hund. Wenn Seamus ihn noch lange beleidigt, wirft er sich auf den Rücken, damit er ihm den Bauch krault.

»Der Zug«, sagt Bobby, »ist also weg, das Opfer ist noch auf dem Bahnsteig, und die Kids stehn vor ihm?«

»Mhm.«

»Und dann?«

Seamus reißt die Augen auf. »Hab keinen Schimmer. Ich hab's in dieser Scheißstadt nicht auf dreiundvierzig Jahre gebracht, weil ich bleibe, wenn ich vier Leute um einen am Boden rumstehen sehe.«

»War er denn tot?«

»Das hab ich nicht gesagt.«

»Aber er lag da?«

»Ja. Er hat sich irgendwie hin- und hergewälzt. Das konnte ich sehen. Dann bin ich weg.«

»Aber er war *auf* dem Bahnsteig.«

»Wie oft muss ich das noch sagen? Vielleicht inner andern Sprache, Flämisch oder so, wär das besser? Er lag auf dem Bahnsteig. Hat sich ein bisschen hin- und hergewälzt. Nein, nicht gewälzt. Eher … geworfen.« Er zuckt die Achseln. »Wie so ein, was weiß ich, wie ein Fisch, der grad vom Haken kommt.«

Vincent blickt Seamus Riordan an. »Was denn für ein Fisch?«

»Ein schwarzer Kabeljau«, sagt Seamus. Und er und Vincent lachen sich kaputt.

Nicht zum ersten Mal im Leben hasst Bobby die Menschheit. Fragt er sich, ob es nicht Gottes unverzeihliches Hauptverbrechen war, uns zu erschaffen.

»Und dann sind Sie weg?«, fragt er Seamus Riordan.

Seamus Riordans Lachen verstummt. »Ja, bin ich.«

»Und ein junger Mann ist gestorben.«

In Seamus Riordans Augen zuckt etwas. Ein Funke Scham vielleicht. Oder aber Bobby macht sich zu viel Hoffnung.

Denn im nächsten Atemzug hebt Seamus die Schultern und sagt: »War nicht mein Junge.«

12

Nach seiner Schicht kippt Bobby mit Leuten von der Raubkommission bei J.J. Foley ein paar Kurze und fährt dann heim zu dem Haus in der Tuttle Street, wo er mit seinen fünf Schwestern und seinem Bruder Tim, einem gescheiterten Priester, lebt. Keines der Geschwister Coyne ist verheiratet. Drei, darunter Bobby, waren es eine Zeit lang. Zwei sind dem Traualtar nahe gekommen, aber nicht ganz hin. Die beiden anderen hatten nie auch nur eine längere Beziehung.

Das ist und bleibt ein Rätsel in der Großfamilie der Coynes und den Familien, in die frühere Generationen hineingeheiratet haben – die McDonoughs, die Donellys, die Kearneys und die Mullens –, wie auch sonst in der Nachbarschaft, denn mehrere Coynefrauen waren echte Hingucker oder es jedenfalls in ihrer Jugend gewesen.

Das Haus ist eins der letzten weitläufigen viktorianischen Einfamilienhäuser in der Tuttle Street, das nur eine Familie beherbergt. Die meisten anderen, zwischen den beiden Weltkriegen für große irische Familien gebaut, wurden zu Zweifamilienhäusern umgestaltet, einige sogar in Mehrfamilienhäuser unterteilt. Nicht so das Haus der Coynes. Es ist noch genau so, wie es war, als sie alle hier aufgewachsen sind und mitbekommen haben, wo es knarrt, welche Verstecke es bietet und wo in den herzlosen Winternächten sein trauriges Stöhnen herkommt.

Er findet Nancy und Bridget am Küchentisch, wo sie ihren abendlichen Highball schlürfen und ihre Zigaretten rauchen – Parliament für Nancy, Kent für Bridget. Er holt sich ein Bier aus dem Kühlschrank, schnappt sich einen frischen Aschenbecher und setzt sich zu ihnen. Nancy, die in der Stadtplanung arbeitet, beschwert sich bei Bridget, die Notaufnahmeschwester im City-Krankenhaus ist, über einen Kollegen. Nancy, noch umwerfend mit Anfang vierzig, kann die Tapete von der Wand reden; Bridget, kleinlaut, verhuscht und ständig angesäuselt, wenn sie nicht arbeitet, bringt kaum einen ganzen Satz am Tag heraus.

Nancy schließt ihre Tirade über einen gewissen Felix und die Kaffeemaschine im Pausenraum ab und fasst Bobby ins Auge. »Du musst ein paar Pfund abnehmen, Michael. Meinst du nicht auch, dass er abnehmen muss, Bridge?«

Bridge schaut auf ihre Knie.

»Das ist aber eine ziemlich unfreundliche Begrüßung.« Bobby reißt sein Bier auf.

»Ich möchte, dass du lange lebst.«

»Früher hast du mir gesagt, ich wär zu dürr.«

»Das lag doch am Heroin.«

Bridget entfährt ein überrascht-entsetztes »Oh!«.

»Na, das ist doch kein Geheimnis!«, sagt Nancy.

»Eigentlich schon«, widerspricht Bobby.

»Für die Welt draußen.« Nancy winkt zu den Fenstern hin. »Hier drin nicht.«

Claire kommt zur Seitentür herein und hängt ihren Schirm an einen Haken. »Was ist nicht hier drin?«

»Wir sprechen von Michaels Problem.«

»Der Drogengeschichte?« Claire zieht den Korken aus einer Flasche Rotem, schenkt sich ein Glas ein. Küsst Bobby leicht auf den Scheitel, als sie neben ihm Platz nimmt.

»Ja, die Drogengeschichte«, sagt Nancy. »Er denkt, wir wollen das an die große Glocke hängen.«

»Warum sollten wir das tun?«

»Das hat doch niemand behauptet«, sagt Bobby. »Es ist mir nur unangenehm, darüber zu reden.«

»Du bist ein echter Held«, sagt Claire, und Bobby sieht gerührt, wie Bridget ihn mit großen Augen anschaut und nachdrücklich nickt. »Weißt du, wie viele von dem Dreckszeug loskommen?«

»Nur wenige«, räumt Bobby ein.

»Aber du hast es geschafft.« Claire prostet ihm zu und trinkt.

»Ich hab ihm nur gesagt, er könnte ein paar Pfund abnehmen«, sagt Nancy, »und daraus wird so eine Kiste.«

»Was denn für eine *Kiste?*«, sagt Bobby.

»Da, er regt sich auf.«

»Ich reg mich nicht auf.«

»Tust du ja wohl.«

»Herr Jesus!«

»Sag ich doch. Genervt.«

Bobby seufzt und fragt Claire, wie ihr Tag war.

»Uns«, sagt Claire und dreht ihr Weinglas in einem kleinen Kreis auf dem Tisch, »fliegt demnächst die Scheiße um die Ohren. Ich glaub, das ist noch keinem so richtig klar.«

Claire ist Sekretärin in der Zentrale der Metropolitan District Commission Police in Southie. Die Beamten der

MDC sind für die Strände und Parks zuständig und überlassen die Projects der Stadtpolizei. Die meisten City-Cops halten die MDC-Beamten daher für Weicheier, aber für Bobby waren sie immer schon die zuverlässigste Informationsquelle in allem, was Southie betrifft.

»Geht's um den Bustransfer?«

Claire nickt. »Hässliche Geheimdienstinfos haben wir da. Hässlich wie Massenunruhen.«

»Das geht vorbei«, übt sich Bobby in Optimismus.

»Das glaube ich nicht«, sagt Claire. »Ihr untersucht doch den Tod des farbigen Jungen, oder?«

»Ich, ja.«

»War das ein Dealer?«, möchte Nancy wissen.

Bobby schüttelt den Kopf.

»Was hat er denn da *gemacht*?«

»Sein Wagen war liegen geblieben.«

»Dann hätte er sich besser drum kümmern sollen.«

»Ah, es war also seine Schuld«, sagt Claire und verdreht die Augen.

»Ich sag ja nicht, dass es seine Schuld war«, antwortet Nancy, »sondern nur, wenn er sich besser ums Auto gekümmert hätte, wär's nicht liegen geblieben, und er wäre nicht gestorben.«

»Das klingt aber doch, als ob du sagen willst, es war seine Schuld«, gibt Claire zurück.

»Ich hab genau das Gegenteil gesagt!«

Claire wendet sich an Bobby. »Stehen Festnahmen an?«

»Dazu brauchen wir erst noch ein paar Ergebnisse. Wir glauben zwar zu wissen, wer es ist, aber wissen und beweisen ist längst nicht dasselbe.«

»Na, gib uns Bescheid, wenn du meinst, dass ihr um den ersten Schultag herum irgendwelche Weißen aus Southie hochnehmt. Denn die Stadt ist kurz vorm Explodieren.« Sie schenkt sich Wein nach.

»Ich weiß nicht«, sagt er, plötzlich müde.

»Was weißt du nicht?«, fragt seine Schwester Diane. Von ihrer Schicht in der Stadtbibliothek in Upham's Corner zurück, kommt sie gerade durch den Flur. Geht schnurstracks zum Herd und setzt Wasser für ihren Tee auf.

»Wir sprechen über den toten Jungen in der Columbia Station«, sagt Nancy.

»Hast du den gekriegt?«

»Ja.«

»Ich hab gehört, Marty Butlers Leute seien darin verwickelt.«

»Hm. Eher Möchtegern-Butler-Leute. Aber« – Bobby denkt einen Moment an George Dunbar – »wenn er da ein persönliches Interesse hat, könnte das natürlich für Kopfschmerzen sorgen.«

Die Butler-Leute haben eine Menge Cops auf ihrer Gehaltsliste. Auf lokaler wie auf staatlicher Ebene. Auch wenn man kein korrupter Cop ist, zögert man, diejenigen, die es sind (oder sein könnten; genau weiß man's selten), anzugehen oder bloßzustellen. Macht man aber Ernst und zeigt Marty oder einen seiner Jungs an, verschwinden die Beweise gern, Zeugen erleiden einen akuten Gedächtnisverlust, und die Fälle haben die Tendenz, vor Gericht einen schnellen Tod zu sterben. Woraufhin die Cops, um die es ging, regelmäßig abberufen oder versetzt werden. Wenn man also auf die Butler-Leute losgeht, muss man es richtig machen. Sofern einem die kleinen Dinge des Lebens lieb sind – der Lebensunterhalt, die Rente danach, ein Dach über dem Kopf. Was es da so gibt.

Claire kennt sich unter Polizisten besser aus als die anderen. Sie streichelt Bobby die Hand und sagt: »Sei vorsichtig. Niemandes Leben ist das eigene wert.«

Bobby hat fünfzehntausend Kilometer von zu Hause in einem Krieg – na gut, in einer »Polizeiaktion« – gekämpft, um das Gegenteil zu beweisen.

Nancy, die immer dort ansetzt, wo jemand am empfindlichsten zu treffen ist, stimmt ein. »Du musst auch an Brendan denken.«

Brendan ist Bobbys Sohn. Er ist neun und lebt bei seiner Mutter, nur an den Wochenenden verbringt er achtundvierzig Stunden bei seinem Vater, fünf verrückten, in ihn vernarrten Tanten und seinem sanftmütigen, düsteren Onkel Tim, dem gescheiterten Priester. Bobby liebt Brendan auf eine Weise, die über alles hinausgeht, was er sich je unter Liebe vorgestellt hat, ehe sein Sohn zur Welt kam. Er liebt ihn jenseits aller Fähigkeit zu rationalem Denken. Er liebt ihn mehr als alle anderen Menschen, Dinge und Träume zusammen, auch mehr als sich und das, was ihn ausmacht.

»Niemand«, sagt er seiner Schwester, »auch nicht Marty Butler, ist so bescheuert, einen Cop anzugreifen. Und wenn doch, greift er auf keinen Fall das Kind eines Cops an. Wenn er den nächsten Tag erleben will. Woher nimmst du denn den Scheiß, Nance?«

Nancy, die nie einen Fehler zugeben würde, schwenkt um. »Ich hab nicht von Körperverletzung gesprochen, *Michael*, sondern davon, dass du deinen Job, deine Pension verlieren könntest. Und was würde die hinterhältige Ziege, mit der du mal verheiratet warst, dann mit unseren Brendan-Wochenenden machen?«

»Da ist was dran«, sagt Diane, und auch Bridget nickt zustimmend.

Bobbys Familie liebt seinen Sohn fast genauso wie er. Selbst Tim in seiner Wolke aus Bitterkeit und den esoterischsten Schriften, die Bobby je untergekommen sind, lebt an den Wochenenden sichtlich auf. Und das liegt nicht nur daran, dass Brendan der einzige Neffe (eine Nichte gibt es nicht) wäre. Brendan ist einfach ein wunderbarer Mensch. Neun Jahre alt und rücksichtsvoll, mitfühlend, ungemein neugierig, unerhört lustig und warmherzig. Es ist, als hätte er irgendwie die schönsten Eigenschaften seiner Blutsverwandten, aber keine ihrer Schattenseiten geerbt. Bis jetzt jedenfalls.

Seine Schwestern hätten gesagt: »Das liegt nur daran, dass ihn Shannon nicht für sich alleine hat«, aber in Wahrheit ist Shannon eine gute Mutter. Schreckliche Ehefrau und als Tochter oder Schwester eine Niete, aber sie liebt ihren Sohn und hat sich seiner Erziehung verschrieben wie noch nichts und niemand anderem in ihrem Leben.

»Ich werde weder meinen Job noch meine Pension noch meinen Sohn verlieren«, sagt Bobby seinen Schwestern jetzt.

»Solange du dich nicht mit Marty Butler anlegst.«

»Das ist ein scheiß Krimineller«, sagt Bobby. »Ich bin Polizist.«

»Er ist ein Krimineller mit Beziehungen«, erinnert ihn Claire.

Nicht nur andere Cops hat Marty Butler in der Tasche. Eindeutig auch Richter, wahrscheinlich mindestens einen Abgeordneten oder Staatssenator und wer weiß, dem dunkelsten Gemunkel nach vielleicht sogar jemanden oder ein halbes Dutzend Jemande von der Bundespolizei. Im Lauf der Jahre sind viel zu viele potenzielle Zeugen gegen Marty und Konsorten – wohlgemerkt trotz streng geheim gehaltener Identität – verschwunden oder umgebracht worden.

»Ich weiß«, versichert Bobby ihnen allen. »Ein paar Kids haben Auggie Williamson in den Bahnhof gehetzt. Und egal, was ich rausfinde, nach Mord ersten Grades sieht das nicht aus. Wird eher auf fahrlässige Tötung hinauslaufen.« Er gähnt sich erschöpft in die Faust. »Ich hau mich aufs Ohr, ihr Lieben.«

Er wirft seine Bierdose in den Mülleimer, gibt jeder Schwester ein Küsschen auf die Wange und geht nach oben.

Nach einer Dusche setzt er sich ans Fenster, raucht und schaut in die Nacht hinaus. Er hat seinen Schwestern die Wahrheit gesagt – er bezweifelt, dass den Jugendlichen, die Auggie Williamsons Tod herbeigeführt haben, ernsthafte Freiheitsstrafen drohen. Und ihm wird klar, dass genau das seine plötzliche Erschöpfung ausgelöst hat.

Er hatte neben den Eltern, Reginald und Calliope Williamson gestanden, als sie in der Leichenhalle ihren Sohn identifizierten. Sie hatten nicht geweint oder gewimmert. Sie hatten ihren auf dem Metalltisch liegenden Sohn betrachtet und die Hände an seinen Armen entlanggeführt – Reginald am linken, Calliope am rechten. Dann hatten sie ihm über die Wangen gestrichen. Während ihre Hände am Gesicht ihres Sohnes lagen, sagte Reginald: »Ich liebe dich, mein Sohn«, und Calliope sagte: »Wir sind immer bei dir.«

Bobby hat schon viele Eltern ihren toten Nachwuchs identifizieren sehen. Seit einiger Zeit setzt es ihm nicht mehr zu. Wie aber die Williamsons ihren Sohn betrachtet, seine Arme und sein Gesicht liebkost hatten, als könnten sie ihm damit Wärme für die Reise zur anderen Seite spenden, das ließ Bobby fast den ganzen Tag nicht los.

Vier schwarze Jugendliche, die einen weißen vor einen Zug treiben, müssten mit Lebenslänglich rechnen. Bekannten sie sich schuldig, würden bestenfalls zwanzig Jahre strenger Haft daraus. Aber den Kids, die Auggie Williamson vor den Zug gehetzt hatten, drohten nicht mehr als fünf Jahre. Höchstens.

Und manchmal schlaucht es, an diese Diskrepanz zu denken.

Bobby raucht seine Zigarette zu Ende und steigt ins Bett.

Als er die Augen schließt, sieht er Reginalds und Calliopes Hände langsam über die nackten Arme ihres toten Sohnes gleiten.

Ein Ende, wie man es sich vor zwanzig Jahren, als man ihm zum Aufstoßen auf den Rücken klopfte und seine Windeln wechselte, niemals hätte vorstellen können.

Bobby hat in seinem Leben zwei Menschen getötet. Beide konnten nicht älter als achtzehn gewesen sein. Einer war vielleicht erst fünfzehn, sechzehn. Genau kann Bobby es nicht wissen. Er hat sie beide am selben Tag während der Entlaubung des Buschwalds in der Nähe seiner Basis in Vietnam getötet. Der Vietcong hielt sich in den Wäldern versteckt. Bezog seine Nahrung aus den Wäldern. Also befahl Uncle Sam Bobby und seinem Zug, zusammen mit einem südvietnamesischen Zug die Landschaft rings um ihren Stützpunkt auf Teufel komm raus zu vergiften. Sie hatten Handspritzen und Sprühfahrzeuge. Weiter südlich setzten sie Hubschrauber ein. Demnächst, hatte Bobby gehört, sollte das Zeug aus Flugzeugen versprüht werden.

Die Kids kamen von beiden Seiten der Straße aus dem Busch, dürre kleine Kerle mit eckigen Köpfen und Gewehren und Macheten, die größer waren als sie selbst, und säbelten und schossen um sich, als ginge es um Leben und Tod, jetzt oder nie. Und so war es dann auch. Bobby schoss einem mit seiner M14 ins Gesicht, und auf der Straße packte ihn ein anderer, der eine Machete hatte, aber nicht auf die Idee kam, sie zu benutzen, bis Bobby am Boden lag. Bobby stieß dem Jungen die Mündung seiner 45er in den Bauch und drückte zweimal ab. Zerfetzte ihm die Speiseröhre. Sah ihm in die Augen, als die Kugeln seinen Körper durchschlugen. Sah ihm in die Augen, als der Junge Sekunden später starb, und dachte bei sich: *Warum hast du die Machete nicht benutzt, bevor du mich umgerissen hast?*

Das war in der Zeit, als den Vietcong noch der Überblick fehlte. An dem Morgen töteten Bobby und die anderen fünfzehn von ihnen, den ganzen Trupp. Danach lagen die Leichen auf der Straße, und an ihren Rippenkörben sah man, dass sie sich seit Monaten nicht satt gegessen hatten.

Zwei von ihnen waren tot, weil sie versucht hatten, Corporal Michael »Bobby« Coyne aus Dorchester, Massachusetts, umzubringen. Er wusste aber, dass sie eigentlich tot waren, weil sie im Weg standen. Dem Profit. Der Philosophie. Einer Weltanschauung, derzufolge Regeln nur für die Menschen gelten, die nicht für ihre Aufstellung zuständig sind.

Ob wir sie Gooks, Nigger, Jeckes, Micks, Itaker oder Kanaken nennen, die Auswahl ist groß, Hauptsache, ihnen wird ein Teil ihres Menschseins entzogen, wenn wir so an sie denken. Darum geht es. Wenn uns das gelingt, können wir Kinder dazu bringen, Meere zu überqueren, um andere Kinder zu töten, oder auch daheimzubleiben und es an Ort und Stelle zu tun.

Bobby liegt fünfzehntausend Kilometer von den toten Jungen auf der Straße entfernt in einem bequemen, weichen Bett und beschließt, morgen die vier Kids aus Southie festzunehmen.

13

Am nächsten Morgen schickt Bobby vier Streifenwagen los. Die Uniformierten kommen mit nur zwei von den Kids zurück. Julie Fennessy ist immer noch wie vom Erdboden verschluckt; seit dem Abend von Auggie Williamsons Tod hat sie niemand gesehen. Auf der Straße geht das Gerücht, sie sei in Florida, aber niemand weiß Genaueres. Das nagt an Bobby – die Mutter war offensichtlich besorgt über den Verbleib ihrer Tochter. Aber wenn das Mädchen in einen Todesfall verwickelt war, ergab es vielleicht Sinn, nach Florida zu verschwinden, gerade für eine Siebzehnjährige.

Ebenso fehlt George Dunbar, der Dealer. Er ist der Sohn von Marty Butlers Honigbiene, was bedeuten könnte, dass die Streifenpolizisten nicht allzu gründlich oder auch gar nicht nach ihm gesucht haben.

Was bedeutet, dass die einzigen zwei Pfeifen, die Bobby und Vincent unten in den Vernehmungszimmern antreffen, Ronald Collins und Brenda Morello sind. Ronald Collins, ein Southie-Kid aus einem Zweig der Collins, der bis zur Kartoffel-Hungersnot zurückgeht, ist genauso dumm wie seine älteren Brüder, sein Vater und seine drei Onkel, die nach Bobbys jüngster Recherche mehrheitlich gesessen haben. Ihm ist schwer beizukommen, nicht, weil er besonders taff wäre, sondern weil er zu doof ist, um einzusehen, dass es auch anders ginge.

Brenda Morello hingegen mit ihren feuchten Augen und dem zittrigen Kinn ist der Jackpot. Zum Plaudern bereit, seit sie auf dem Weg zu ihrem Sommerjob bei Sullivan's auf Castle Island angehalten wurde. Als Bobby und Vincent den Vernehmungsraum betreten, sieht sie sie mit ihrem tränennassen Gesicht an, und die ersten Worte aus ihrem Mund sind: »Darf ich bitte nach Hause?«

Bobby setzt sich ihr gegenüber.

Vincent bleibt stehen, was Brenda natürlich noch nervöser macht.

Bobby schenkt ihr sein freundlichstes Lächeln. »Nur ein paar Fragen.«

»Und dann kann ich nach Hause?«

Sie kann jetzt gleich einfach zur Tür hinausspazieren – ihr wurde nichts vorgeworfen –, aber das begreift sie nicht, und es gehört nicht zu den Aufgaben der beiden, ihr das darzulegen.

»Können Sie uns sagen, was Sie am Samstagabend gemacht haben?«

Brenda gibt vor, darüber nachzudenken, und schaut einen Moment zur Decke hoch. »Ich weiß nicht. Rumgehangen.«

»Wo?«

»Das wissen Sie doch.«

»Nein.«

»Irgendwo.«

»Am Columbia Park«, sagt Bobby.

Sie starrt ihn an, und ihr Verstand arbeitet fieberhaft,

jetzt, wo seine Frage all ihre Befürchtungen, warum sie hier ist, bestätigt hat.

»Sie waren mit Ronald Collins, George Dunbar und Jules Fennessy dort.«

»Vielleicht?«, fragt sie halb.

»Von wegen vielleicht!«, sagt Vincent und geht zu ihr hinüber. Tränen steigen Brenda in die Augen. Vincent bleibt hinter ihr stehen, und sie verspannt sich in Erwartung eines Schlages.

»Brenda«, sagt Bobby sanft, »schauen Sie mich an.«

Sie tut es.

»Wir wissen, dass Sie dort waren. Und dann ist etwas passiert.«

»Was denn?«

»Warum sagen Sie es uns nicht?«

Bobby kann sehen, wie es sie plötzlich auffrisst, das schreckliche Wissen, das sie seit fast einer Woche mit sich herumträgt.

Aber sie antwortet: »Gar nichts ist passiert. Ich erinnere mich an nichts.«

Bobby klappt seine Mappe auf, nimmt ein Foto von Auggie Williamson heraus und legt es auf den Tisch. Es ist nicht bloß irgendein Foto. Bobby geht aufs Ganze – es ist das Foto aus der Leichenhalle.

Es hat die gewünschte Wirkung. Brendas Gesicht zieht sich zusammen, sie japst wie ein Fisch im Eimer.

»Nein«, sagt sie. »Nichts ist passiert.«

Jetzt schlägt Vincent zu. Nur ein kurzes Fingerschnippen an den Hinterkopf, und ihr Schrei ist eher Empörung als Schmerz.

Bobby legt einen Finger auf das Foto. »Dieser junge Mann ist tot. Und wir wissen aus sicherer Quelle, Brenda, dass Sie eine der Letzten waren, die ihn lebend gesehen haben.«

Sie schüttelt mehrmals den Kopf. »Nein.«

Vincent stellt sich direkt hinter sie. »Sag noch einmal Nein, du kleines Miststück, und du wirst dich wundern. Hast du schon mal auf ner Intensivstation gelegen?«

Bobby wirft ihm einen Komm-mal-runter-Blick zu und wartet, bis Brenda ihn wieder ansieht, ehe er fragt: »Waren Sie es, die gesagt hat: ›Du läufst langsam für einen Nigger‹?«

Brendas Mund formt ein geschocktes O. »Das hab ich nie gesagt.«

»Nein?« Bobby sieht kurz Vincent an. »Das haben wir aber anders gehört.«

»Na, dann hat irgendjemand gelogen, denn das hab ich nicht gesagt.«

»Aber Sie waren in der Columbia Station auf dem Bahnsteig, als *irgendjemand* es gesagt hat.«

»Ich – was? Nein, ich war auf keinem Bahnsteig. Ich war mit Freunden im Columbia Park, dann hab ich mich mit meinem Typen gestritten und bin weg. Und der Rest ist an den Strand.«

»Wir haben Zeugen, dass Sie auf dem U-Bahnsteig gewesen sind.«

»Na, dann lügen die.«

»Warum sollten sie das tun?«

»Weiß ich nicht. Fragen Sie sie.«

»Wir können eine Gegenüberstellung machen.«

Das bringt ihr Kinn wieder zum Zittern.

»Wenn wir eine Gegenüberstellung machen, wird die Frau, die Sie umgerannt haben, Sie wiedererkennen, Brenda.«

»Ich habe keine Frau umgerannt«, sagt Brenda hörbar entrüstet.

»Das hat sie uns anders erzählt«, sagt Vincent.

»Alle lügen, was, Brenda?«

»Alle vielleicht nicht, aber sie.«

»Sie war ziemlich überzeugend«, sagt Bobby. »Ihr ganzer Ellbogen ist verschrammt. Sie ist aus der Bahn stadtauswärts gestiegen, und Sie sind mit ihr zusammengestoßen.«

»Wir waren nicht auf der Stadtauswärtsseite. Wir standen stadteinwärts.« Sie erkennt ihren Fehler eine Sekunde zu spät. Senkt den Kopf, blickt auf ihre Schuhe.

Als sie den Kopf wieder hebt, sieht Bobby ihr an, dass Vincent und er sie kleingekriegt haben. Jetzt wird sie ihnen alles sagen. Sie wird reden, bis die Sonne aufgeht.

Ein leises Klopfen an der Tür, und als Vincent öffnet, steht Tovah Shapiro, an allen Gerichten zugelassene Anwältin, davor. Noch ehe sie über die Schwelle tritt, sagt sie zu Brenda: »Kein Sterbenswort mehr.«

Tovah Shapiro ist eine Verteidigerin der schlimmsten Sorte – als ehemalige Staatsanwältin weiß sie, wie Cops denken. Planen. Handeln.

»Hat man Ihnen Ihre Rechte vorgelesen?«

Brenda hat keine Ahnung, wer die Frau ist.

»Ja oder nein?«

»Nein«, bringt Brenda heraus.

»Mein Name ist Tovah Shapiro. Ich bin Ihre Anwältin.«
Sie setzt sich zu ihrer »Mandantin« an den Tisch.

»Sind Sie nicht viel mehr Marty Butlers Anwältin?«, fragt Bobby.

Tovah legt den Kopf schräg. »Hey, Bobby. Wie geht's?«

»Gut, Tovah. Und Ihnen?«

»Nie besser. Wohnen Sie noch im Haus von Mama und Papa?« Ehe Bobby antworten kann, wendet sie sich wieder Brenda zu. »Rechtsbelehrung also Fehlanzeige.«

»Bitte?«

»Hat irgendjemand wörtlich ›Sie sind verhaftet‹ zu Ihnen gesagt?«

»Nein.«

»Dann können wir gehen.«

»Jetzt gleich?«

»Jetzt gleich, Süße.«

Im Aufstehen deutet Brenda mit dem Kinn auf Vincent. »Er hat mich geschlagen.«

Tovah stößt einen langen Pfiff aus und sagt zu Vincent: »Trotz anhängiger Verfahren? Ach, Vinny, Sie machen's einem so leicht.«

Bobby hält Brenda das Foto von Auggie Williamson vors Gesicht. Brenda schaut und sieht schnell weg. »Er war ein Mensch, Brenda. Sie wissen, was mit ihm passiert ist. Wir können Ihnen einen Deal anbieten.«

Tovah lacht spitz. »Bevor man jemandem einen Deal anbietet, muss man ihm erst mal was zur Last legen können, Bobby.«

»Das werden wir auch bald.«

Tovah verdreht die rauchigen Augen. Alles an Tovah ist

rauchig. Rauchig und verdammt sexy – wie sie sich bewegt, wie sie lacht, wie sie sich auf die Unterlippe beißt, bevor sie die eine oder andere Bombe platzen lässt.

»Sie haben gar nichts.« Sie sucht in seinen Augen nach Bestätigung.

Bobby hofft, sein Blick ist öd und leer. Er bemüht sich sehr darum. »Wir haben jede Menge.«

Ihre Augen suchen weiter in seinen. Streifen umher. Wenn sie das noch lange macht, braucht er eine kalte Dusche. »Ich wiederhole – Sie haben nichts.«

Sie verlassen den Vernehmungsraum, und im Flur steht Rum Collins neben Boon Fletcher von Fletcher, Shapiro, Dunn & Levine. Boon schaut Bobby an und rollt vernichtend mit den Augen, als wollte er sagen, er hätte Besseres von ihm erwartet, und Bobby reibt sich mit dem Mittelfinger den Nasenrücken.

Er und Vincent bleiben im Flur stehen und sehen zu, wie die beiden Southie-Kids mit zwei Anwälten davongehen, die sie sich nicht mal leisten könnten, wenn sie einen Monat lang jeden Tag den Automatenjackpot gewinnen würden, und Bobby weiß, dass es gerade unendlich viel schwieriger geworden ist, diesen Fall abzuschließen.

Nach Feierabend spürt Bobby, wie ihm die Aale ins Blut kriechen, wie das Jucken anfängt. Früher ist er hauptsächlich mit Nadel, Löffel und dem braunen Pulver dagegen angegangen. Jetzt sieht er es als Anzeichen dafür, dass er zu lange nicht mehr bei einem Meeting war.

Im Keller einer Kirche in Roxbury findet eins statt. Der Raum, den er betritt, riecht wie alle Versammlungsräume von Narcotics Anonymous nach Kaffee, Zigarettenrauch und Donuts.

Er setzt sich in den Kreis. Wenige Teilnehmer heute – neun Leute bei fünfundzwanzig Stühlen –, und niemand ist allzu gesprächig. Ein weißer Geschäftsmann mit Aktenmappe sieht echt sauer aus, eine wie ein Dienstmädchen gekleidete Puerto Ricanerin wirkt verlegen. Ein stämmiger Schwarzer in Baustiefeln, die genauso gipsgepfeffert sind wie seine Haare, ist auch da. Eine Frau, die nach Grundschullehrerin aussieht, ein mittelalter Mann mit den traurigen Augen eines Hundes im Tierheim, ein wahrscheinlich nicht freiwillig anwesender Zwanzigjähriger, der aussieht, als könnte er gerade jetzt drauf sein. Drei kennt Bobby mit Sicherheit von früheren Meetings – die schwarze Pan-Am-Stewardess, den polnischen LKW-Fahrer und die vogelartige Frau, die eins ihrer Kinder durch einen Brand verloren hat. Nur ist heute Abend niemand in Austauschlaune. Schließlich sieht der Leiter des Meetings, Doug R., Bobby an und sagt: »Wie wär's mit dir, Freund? Möchtest du dich mitteilen?«

Es ist Monate her, dass Bobby sich in einem Meeting mitgeteilt hat. Sein Mentor, ein Ex-Polizist namens Mel, hat ihn gewarnt, auch das sei ein Zeichen, dass ein Ausrutscher kommen könnte. Sich in den eigenen Scheiß zu vergraben und abzuschotten ist eine Form von Unaufrichtigkeit.

Nach ein paar trockenen Hustern und einigen Fehlstarts bringt er zwei Sätze heraus. »Neulich hatte ich einen Traum. Meine Mutter und ein Freund von der Marineinfanterie haben auf einer Straße in Hué nach mir gesucht.«

»In Hui?«, fragt eine Frau mit blonden Wuschelhaaren und durchdringend grünen Augen.

»Hué. Das ist eine Stadt in Vietnam. Da war ich eine Zeit lang stationiert. Und genau … Meine Mutter, die starb, als ich klein war, und mein Kumpel Carl Johansen, der starb, als ich da drüben war, die laufen die Straße lang und suchen mich. Und ich sehe sie, weil ich hinter einer leeren Ladenfront bin, deren Fenster über den ganzen Block gehen. Und ich laufe direkt neben ihnen her und schreie: ›Hier bin ich! Hier!‹ Aber sie hören mich nicht. Ich klopfe gegen die Scheiben, und sie hören mich immer noch nicht. Dann komme ich ans Ende des Gebäudes. Und ich kann nicht raus. Meine Mutter und Carl gehen immer weiter und rufen meinen Namen, bis ich sie nicht mehr sehe. Und nach einiger Zeit kann ich sie auch nicht mehr hören. Also drehe ich mich in dem leeren Laden um, und da steht ein Tisch, auf dem mein Feuerzeug, mein Löffel und mein Pulver liegen. Die Spritze ist vermessingt. Ein wirklich gemütlicher Sessel lädt zum Sitzen ein. Ich setz mich also. Und na ja, ich mach mein Besteck fertig und setz mir einen Schuss. Ich will ehrlich sein – es war ein tolles Gefühl.«

Die Leute rutschen auf ihren Stühlen herum. Er spürt, dass ihn Doug R. genau beobachtet und sich fragt, ob es ein Fehler war, Bobby zum Erzählen aufzufordern.

»Ich glaube«, sagt Bobby, »Carl war in meinem Traum, weil ich den Krieg lange als Ausrede fürs Fixen benutzt habe. ›Ich hab hier was Schreckliches erlebt, da was Schreckliches erlebt, und so hab ich den Halt verloren.‹ Bloß lag es nicht am Krieg. Ich bin ohne einen Kratzer zurückgekommen. Und doch hab ich da drüben den Halt verloren. Weil ich wieder wie ein Kind war. Ich wusste nichts, kannte nicht mal die Sprache. Kannte ihre Götter nicht, ihre Bräuche nicht, wusste nicht, wie man sich richtig oder falsch verhält. Ich war bloß ein Zweiundzwanzigjähriger mit einer Knarre.« Er schaut in die Runde, kann ihren Gesichtern, ihrer Körpersprache nicht entnehmen, ob er schon zu lange geredet, ob er irgendwen erreicht hat. Aber er macht weiter, stolpert wie ein Knirps, der gehen lernt, von Satz zu Satz. »Die Stadt hier, sag ich mal, ist immer nur grau, ja?« Er schaut zur Decke. »Jetzt gerade scheint tagsüber die Sonne, aber sieben Monate im Jahr ist es ziemlich grau. Vielleicht war es auch nur bei mir zu Hause grau, als ich aufgewachsen bin. Ich denke an mein Zuhause nach dem Tod meiner Mutter – vielleicht auch schon, als sie noch lebte –, und es kommt mir vor, als ob alles, sogar die Luft, grau wie der Gehsteig war. Aber Vietnam?«

Er blickt sich im Kreis um. »Die Farbe Grün hat erst gesehen, wer Vietnam gesehen hat. Seit Jahren versuche ich umsonst, das zu beschreiben – die Reisfelder am Morgen, wenn der Nebel aufsteigt, und den Blutorangenhimmel abends, wenn die Vögel tief über den Deltas fliegen, also das sieht aus wie ein Urlaubsort für die Götter. Voller Wunder. Aber diese Schönheit kam mit dem Tod durcheinander, und als mir aufging, dass *ich* der Tod war, der da mit einem großen Schießgewehr herumlief, hat mir das den Kopf kaputt gemacht. Ich selbst hab da die ganze Schönheit zerstört.« Er merkt, dass er unwillkürlich den Kopf hat hängen lassen, und korrigiert das. Sieht allen in die Augen. »Aber beim Fixen ging das alles weg, ich empfand nur das Wunder. Fixen war, als ob, als ob …« Er konzentriert sich auf das Gesicht der Blonden, sieht etwas in ihren Augen, das ihm verzweifelt und hoffnungsvoll zugleich erscheint. »Als ob die ganze Schönheit durch meine Adern fließt. Einen Platz in meinem Körper findet. Und ich war vollkommen. Ich war heil.«

Die blonde Frau blinzelt. Eine Träne fällt aus ihrem Auge und teilt sich, als sie auf ihren Wangenknochen trifft, in drei kleinere Tränen, die für Bobby zu einem Trio heiliger Wörter werden – Kommunion, Wandlung, Vollendung.

Die Frau schaut weg, doch die Blicke der anderen im Raum spürt Bobby auf sich. Er zuckt die Achseln und ist plötzlich verlegen, weil er so lange geredet hat.

Doug R. sagt: »Danke fürs Erzählen.«

Hier und da wird höflich geklatscht.

Der Grimmige mit der Aktenmappe sagt laut und deutlich: »Ich bin heroinsüchtig, weil Gott, so es ihn gibt, sich eindeutig freigenommen hat.«

Bobby merkt, wie alle bemüht sind, nicht zu stöhnen.

Die Blonde holt ihn auf der Eingangstreppe ein. »Wissen die Leute da drin, dass Sie ein Cop sind?«, fragt sie.

Er mustert sie, merkt, dass sie ihm vage bekannt vorkommt. »Ich hänge das nicht an die große Glocke.«

»Sie haben mich mal festgenommen. Vor zwei Jahren.«

Mist. Genau deshalb verschweigt Bobby seinen Beruf bei den Meetings.

»Ich hab Sie nie vergessen«, sagt sie. »Das harte Gesicht, die freundliche Stimme.« Sie steckt sich eine Zigarette an und betrachtet ihn beim Ausatmen durch den Rauch. »Haben Sie da auch schon gedrückt?«

»Vor zwei Jahren?« Er nickt. »Das war dann kurz bevor ich aufgehört hab.«

»Sie haben also gedrückt, aber Süchtige wie mich hochgenommen.«

Bobby möchte sich nicht mehr vor den hässlichen Wahrheiten über sich verstecken. »Ja.«

Alle anderen sind in ihre Autos gestiegen. Nur sie beide stehen vor der Kirche. Ein leichter Wind weht durch die Bäume und spielt mit ihren Haaren. Von fern hören sie den Verkehr auf dem Southeast Expressway – ein kurzes Hupen, das Rattern und Klopfen von Lastwagenreifen.

Sie lächelt. Herzlich und unverhofft. »Sie haben mich festgenommen, aber nicht vor Gericht gebracht.«

»Nein?«

Sie schüttelt den Kopf. »Sie haben mich in einen Wagen gesteckt und aufs Revier gefahren. Aber dann haben Sie gefragt, was ich vor meiner Sucht war. Und ich hab geantwortet, dass ich trotz der Drogen funktioniert habe. Hatte einen guten Job als –«

»Sozialarbeiterin.« Er erinnert sich lächelnd. »Ihre Haare waren anders.«

»Von Natur aus haben sie ein recht unscheinbares Braun, deshalb färbe ich sie jetzt. Hab eine Dauerwelle.«

»Sehr kleidsam«, sagt er und hätte sich am liebsten sofort einen Kopfschuss verpasst. *Kleidsam?* Wo zum Teufel kam das denn her?

»Sie haben mich zu einer Klinik in der Huntington Avenue gefahren«, sagt sie. »Wissen Sie noch?«

»So halb.«

»Sie haben mich reingebracht und gesagt: ›Sie können nach wie vor wieder die werden, die Sie eigentlich sind.‹«

»Hat's geklappt?«

»Erst nach einem halben Jahr. Aber jetzt bin ich seit vierhundertundeinundachtzig Tagen clean.«

»Schön für Sie.«

»Aber immer noch unheimlich. Für Sie auch?«

»Oh ja.«

Sie streckt die Hand aus. »Carmen.«

»Wie eine Carmen sehen Sie nicht aus.«

»Weiß ich. Meine Mutter war ein Opernfan.«

Bobby lächelt, als sei ihm klar, was das eine mit dem anderen zu tun hat. Er ergreift ihre Hand. »Michael. Aber alle sagen Bobby zu mir.«

»Du liebe Zeit, warum?«

»Das ist eine lange Geschichte.«

»Könnten Sie mir die auf dem Weg zu meinem Wagen erzählen? Ich steh ein paar Blocks entfernt, und die Gegend hier ist nicht ganz ungefährlich.«

»Klar.«

Sie gehen zusammen den Bürgersteig hoch.

Es ist ein lauer Sommerabend, der nach bevorstehendem Regen riecht. Bobby begleitet Carmen zu ihrem Wagen. Einmal blickt er zur Seite, als sie ihn gerade mit einem verstohlenen Lächeln ansieht, und erwägt die Möglichkeit, dass das Gegenteil von Hass nicht Liebe ist. Sondern Hoffnung. Denn Hass braucht Jahre, um sich zu entwickeln, aber Hoffnung kann um die Ecke gefegt kommen, wenn man nicht mal hinsieht.

14

Das Telefon klingelt und klingelt. Mary Pat starrt es an, weiß nicht, wie lange sie schon da auf der Couch im Wohnzimmer sitzt, wie lange das Telefon schon klingelt. Es hört auf. Und fängt nach einer Minute wieder an. Hört nach neunmal Klingeln wieder auf. Eine Minute Stille. Vielleicht mehr. Vielleicht fünf Minuten. Dann klingelt es wieder. Einmal. Zweimal. Dreimal. Mitten im vierten Klingeln zieht Mary Pat sanft den Stecker.

Es muss Meadow Lane sein. Eigentlich müsste sie jetzt dort arbeiten. Dieser Gedanke durchbricht fast die Gefühllosigkeit, die sie beherrscht, seit sie Marty Butlers Tasche geöffnet hat. Aber die Gefühllosigkeit ist noch zu stark. Sie ist Novocain von Kopf bis Fuß. Es ist eine schwere Gefühllosigkeit, die nichts Sanftes oder Beruhigendes hat. Sie drückt auf die Haut, aufs Blut, aufs Hirn, die Nervenenden. Wie eine Hand, die sie im Genick packt und ihr Gesicht auf den Boden presst aus Angst, was passiert, wenn sie je wieder aufsteht.

Keine Bange. Sie kann sich nicht vorstellen, wieder auf die Beine zu kommen. Beim besten Willen nicht. Dass sie demnächst wieder arbeiten geht, ist völlig ausgeschlossen. Und ob noch Arbeit auf sie wartet, wenn sie wieder so weit ist, wagt sie zu bezweifeln. Ihr soll es recht sein.

Im Radio hat sie einen Sender gefunden – WJIB –, der nur klassische Musik spielt, und den hört sie ununterbrochen. Sie schaltet ihn nicht mal aus, wenn sie schlafen geht (nicht, dass sie viel Schlaf fände). Sie war ihr Leben lang eine Top-40-Hörerin, hatte nie eine Lieblingsband, mochte immer, was gerade aktuell war. Diesen Sommer sind es *Rock the Boat, Billy Don't Be a Hero* und ihr Favorit *Don't Let the Sun Go Down on Me*. Aber diese ganze Musik hört sich für sie jetzt albern an, weil sie nicht in Gedanken an jemanden wie sie geschrieben wurde. Selbst das »Losing everything is like the sun going down on me« erscheint ihr ungenügend, denn alles zu verlieren ist nicht, als ob für sie die Sonne untergeht, sondern, als wäre eine Atombombe in ihr explodiert und sie im Atompilz aufgegangen, tausend kleine Stückchen von ihr, die in tausend verschiedenen Richtungen ins All hinausfliegen.

Von klassischer Musik kennt sie weder die Titel noch die Komponisten (sofern sie der DJ am Ende eines Vier- oder Fünf-Stücke-Blocks nicht nachreicht, nur sind die ersten Stücke dann schon zu weit weg, um der Melodie einen Namen zuzuordnen), doch die Musik spricht sie in ihrer Trauer an wie nichts anderes. Die Musik gleitet *durch* den Nebel. Nicht so, dass sie ihr Herz erreicht, aber ihren Kopf. Mary Pat lässt sich von den Tönen tragen, als wären sie Strömungen in einem großen Gewässer – einem dunklen Gewässer, ja, einem breiten nächtlichen Fluss, und gelangt in einen Teil ihres Inneren, wo ihre ganze Geschichte und die der ihr vorausgehenden Familie und die der von ihr geschaffenen Familie ineinandergreifen. Sie spürt – ohne diese Ahnung, das Gefühl artikulieren zu können – eine Verbindung zwischen allen, die in ihrer Blutlinie gelebt haben und gestorben sind. Ein Teil der Verbindung ist natürlich ethnisches Erbe – alle waren Iren und haben nur andere Iren geheiratet, seit die Ersten, Damien und Mare Flanagan, 1889 in Long Wharf vom Boot gestiegen sind –, aber der andere Teil der Verbindung ist schwerer zu fassen. Und doch kann sie, umströmt von Beethoven, Brahms, Chopin oder Händel, einen Teil von sich erreichen, der viel wahrer anmutet als alles Faktische, eine Ur-Mary-Pat, eine Eva Mary Pat, eine weit, weit zurück verwurzelte Mary Pat, die ihren letzten Atemzug in einem Torfmoor in Tully Cross auf dem Landgut Gorteenclough im zwölften Jahrhundert getan haben könnte. Und dieser Ur-Mary-Pat sagt die Musik etwas über die Bande, die alle in der Familie zusammenhalten – von der erstgeborenen amerikanischen Flanagan (Connor) bis zur letztgeborenen amerikanischen Fennessy (Jules). Etwas, das die Geschichte dieser Blutlinie mit Sinn erfüllt. Die Mary Pat von heute kann nicht genau ausmachen, was es ist, aber sie lauscht der Musik im dumpfen Glauben, dass sie es eines Tages vielleicht kann.

Draußen vorm Fenster wird jemand einkassiert. Zwei Cops jagen einen der Phelan-Brüder (wer weiß schon, welchen, es gibt neun, alle seit der Entbindungsstation mit einem Fuß im Knast) nach Commonwealth hinein und stellen ihn auf dem Asphalt vorm Morris Building. Dass ein Phelan-Bruder festgenommen wird, ist keine große Sache – als ob ein Blatt vom Baum fällt –, aber einer der Cops ist schwarz. Das bewegt die Nachbarn, lauthals Nigger-dies und Nigger-das zu schreien, und dann klettern ein paar Kids auf die Dächer, und es regnet Flaschen und

Steine. Ziemlich bald rollen Polizeiautos und Gefängniswagen durch die schmalen Straßen, die sich zwischen den Gebäuden winden. Quietschend halten sie an. Autotüren schnappen auf und zu.

Die Eltern ziehen sich zurück, doch die Kids auf den Dächern holen volle Müllsäcke herauf und bewerfen die Polizei mit faulem Gemüse, leeren Dinty-Moore-Dosen und weichen Kartoffeln, die auf Autos und Köpfen zerplatzen. Nach einer Weile türmen die Kids, und alles beruhigt sich. Einer der Cops sieht sich den gelbweißen Kartoffelmatsch überall an, die zerschmissenen Fenster, die frischen Risse im Glas, die Scherben, Splitter, Steine und kaputten Flaschen am Boden und ruft zu den Fenstergittern rings um den Schauplatz des Scharmützels: »Das könnt ihr selber wegräumen. Die Stadtreinigung ruft dafür keiner, ihr Dreckschweine.«

Und sie ziehen ab wie eine von den zu Regierenden angewiderte Besatzungsarmee.

Später rücken die Frauen und die beteiligten Jugendlichen (etliche mit frischen Abschürfungen und Veilchen dank der Männer, die sie gezeugt haben) mit Besen, Schaufeln und Eimern an, um die Sauerei aufzuräumen. Normalerweise würde sich Mary Pat ohne mit der Wimper zu zucken daran beteiligen – Mitmachen ist für sie seit jeher die Grundlage einer Gemeinschaft –, aber sie kommt nicht von der Couch hoch. Es ist, als wäre sie darauf festgenagelt.

Und wo bleibt die Gemeinschaft für sie? Inzwischen hat es sich garantiert im ganzen Viertel herumgesprochen – seit sechs Tagen hat niemand mehr Jules Fennessy gesehen. Und dass man am besten keine Fragen dazu stellt, wird auch klar sein. Jeder weiß so gut wie sie, dass ihre Tochter tot ist.

Aber keiner besucht sie. Keiner meldet sich.

Big Peg war da. Hat ein paarmal an die Tür geklopft, aber Mary Pat hat nicht aufgemacht. Sie wusste, sie konnte ihrer Schwester noch so viele Beweise dafür liefern, dass Marty Butlers Leute Jules umgebracht hatten, Big Peg würde sie abschmettern. Marty ist nicht nur Southies Beschützer. Er ist nicht nur Southies liebster Sohn. Marty ist nicht nur stellvertretend für sie alle der Rebell, der dem Establishment draußen eine Nase dreht. Marty *ist* Southie. Wer glaubt, dass Marty böse ist – nicht bloß kriminell, nicht bloß ein Trickser und Schummler, nicht bloß der Boss einer Unterwelt, die ja von irgendwem geleitet werden muss, warum also nicht von ihm? –, der hält Southie für böse. Und das könnte Peg niemals. Anstatt also vor einer Schwester ihre Seele zu entblößen, die dieser Seele den Rücken zudrehen und sie bitten würde, sich im Namen von Sitte und Anstand was überzuziehen, machte Mary Pat nicht auf.

Als die SBT-Schwestern vorbeikommen, macht sie schließlich doch auf. Es sind ein halbes Dutzend, weder verwandt noch verschwägert, aber sie nennen sich so, weil sie seit mindestens zwanzig Jahren befreundet sind und sich als Erste gegen die Entscheidung des Schulausschusses formiert haben, die Gründe der farbigen Familien, die im Fall *Morgan gegen Hennigan* geklagt hatten, auch nur anzuhören. SBT steht für Southie-Frauen gegen Bustransfer. Mary Pat hatte 1971 an einem ihrer ersten Treffen teilgenommen, lange bevor jemand ernsthaft glaubte, irgendetwas davon könnte Wirklichkeit werden; sie war nur wegen der Donuts und dem Riunite-Lambrusco aufgetaucht. Damals bestand die SBT nur aus den sechs Frauen, die jetzt, am siebten Tag nachdem sie Jules zuletzt gesehen hat, vor ihrer Tür stehen – Carol Fitzpatrick, Noreen Ryan, Joyce O'Halloran, Patty Byrnes, Maureen Kilkenny und Hannah Spotchnicki (geb. Carmody).

Den Schwestern beigetreten ist Mary Pat 1973, als sich abzeichnete, dass, heilige Scheiße, diese Bustransfer-Verirrung wirklich *wahr* werden könnte, aber ein passioniertes Mitglied könnte man sie nicht nennen. Sie erklärt sich bereit, wenn man sie um etwas bittet, ergreift aber nie von sich aus die Initiative. Die meisten Frauen in der SBT – und inzwischen zählen sie einige Hundert – sind wie Mary Pat, aber die Gründungsschwestern, die ersten sechs, das sind Hundertfünfzigprozentige.

Das Gesicht ihrer Anführerin Carol Fitzpatrick erscheint in Mary Pats Türspion, versetzt dahinter die fünf anderen. Mary Pats Haare sind noch feucht von einer Dusche, an die sie sich nicht erinnern kann; sie steht da in einem Bademantel, der vor der Kennedy-Nixon-Debatte besser in Schuss war, und fühlt sich benommener denn je. Die Frauen auf der anderen Seite des Spions sehen aus wie einer Witzzeichnung entsprungen – wenn nicht harmlos, dann doch komisch. Carol muss nur ein paarmal klopfen, bis Mary Pat die Tür öffnet.

Sie wirken verblüfft, als hätten sie sie eigentlich nicht zu sehen erwartet. Oder wenn doch, dann in einem besseren Zustand.

»Mary Pat!«, sagte Carol und klatscht freudig in die Hände. »Wo hast du gesteckt?«

»Hier.« Mary Pat tritt zur Seite, um sie hereinzulassen.

Niemand scheint die übervolle Spüle und die übervollen Aschenbecher zu beachten, die leeren Bierdosen überall, die alkoholverklebten Gläser, die Pizzaschachteln, die Fish-and-Chips-Box, die zerknüllten McDonald's-Tüten auf der Küchentheke.

»Wir müssen dich fertig machen«, sagt Joyce.

»Fertig wofür?«, fragt Mary Pat, und alle lachen.

»*Wofür?*«, sagt Patty Byrnes. »Du bist mir ja eine.«

»Komm mit.« Maureen Kilkenny führt sie durch den Flur zu ihrem Schlafzimmer.

Einen Moment später kommt Carol nach, und Maureen und sie gehen Mary Pats dürftigen Kleiderschrank durch. Sie werfen ein Kleid aufs Bett, ein zweites hinterher. Dann eine Bluse-und-Rock-Kombination. Danach kommen die Schuhe. Mary Pat hat nur zwei Paar gute, eins mit, eins ohne Absätze, beide mit einer Fifty-fifty-Chance.

Sie halten erst die beiden Kleider, dann Rock und Bluse an Mary Pat, und die lässt sie gewähren und darüber schnattern, was ihr am besten steht und zu den Schuhen passt.

»Die Flachen müssen's sein«, sagt Carol; auf hohen Hacken kann keiner so lange stehen, wie es nötig ist, und sie senden eine widersprüchliche Botschaft aus. Mary Pat sieht sich in ihrem Schlafzimmer stehen, aber das ist nicht sie, das ist Novocain-Mary-Pat, die Verwirrte, die Betäubte, die Besiegte. Carol und Maureen entscheiden sich für die Bluse und den Rock. Die Bluse ist weinrot, der Rock kariert, in etwa Schottenkaro. Die Schuhe sind schwarz. Als sie angezogen ist, geht's im Bad an ihre Haare und ihr Make-up, und Mary Pat erblickt sich im Spiegel und ist eigenartig stolz darauf, dass sie aussieht wie ein Ghul, wie etwas ganz und gar blutleer Gesaugtes, das dennoch unter den Lebenden wandelt.

Sie bringen sie zurück ins Wohnzimmer, wo die vier anderen warten. Die Take-away-Schachteln und Bierdosen sind verschwunden, die Aschenbecher geleert, die Gläser trocknen im Abtropfgestell.

»Wo gehen wir hin?«, fragt Mary Pat.

Wieder lachen alle über die absurde Frage.

Aber dann platzt Hannah Spotchnicki heraus: »Zu der Demo!«

»An der City Hall«, sagt Carol.

»Ach so«, bringt Mary Pat heraus. »Gut.«

»Können wir doch nicht ohne dich hin, Dummchen!«, sagt Noreen Ryan viel zu fröhlich, wenn man die Angst in ihren Augen bedenkt.

»Wir brauchen jeden«, sagt Carol, »tot oder lebend.«

Wie absurd der Satz in ihrer Situation ist, entgeht Mary Pat nicht. Sie lächelt Carol an. »Tot oder lebend?«

»M-hm.«

»Und wenn sie nicht zu finden sind?«

»Bitte?«

»Die Toten oder Lebenden?«

Mary Pat hat keine Ahnung, wie lange die anderen sie stumm anstarren, ob eine Sekunde, ob fünf Minuten, aber die meisten sehen aus, als möchten sie am liebsten die Flucht ergreifen.

Vielleicht, denkt Mary Pat, *wird aus mir so eine Frau, die ihre Siebensachen im Einkaufswagen durch die Stadt schiebt und auf Spielplätzen schläft.*

»Du brauchst frische Luft«, sagt Carol. »Du musst dich an etwas Sinnvollem beteiligen. Du brauchst ein Ziel, Mary Pat. Jetzt mehr denn je.«

Jetzt mehr denn je.

Sie wissen also Bescheid.

»Okay«, hört Mary Pat sich sagen.

Sie schieben sie zur Tür raus, als stünde sie auf einer Sackkarre.

An der Straße vor der Sozialbausiedlung wartet ein Schulbus. Falls jemand die Ironie daran begreift, behält er es für sich. Der Bus war einmal jeansblau, und in dem alten Lack ist der Schriftzug *Franklin Middle School* noch zu erkennen. Die Reifen sehen blank aus. Rund zwanzig Frauen haben im Bus gewartet, bis Mary Pat fertig war. Sie haben die Fenster runtergedreht und lassen die Zigarettenarme raushängen. Einige fächeln sich Luft zu. Kochend heiß ist es noch nicht – keine Sonne, bewölkt –, aber verdammt schwül.

Die meisten Frauen kennt Mary Pat. Fast alle haben toupierte Hochfrisuren, das ist für Südboston nicht ungewöhnlich. Ungewöhnlich ist, dass die meisten sich kleine US-Flaggen oder, wie es scheint, Teebeutel mitten in die Frisur gesteckt haben. Sie sehen ihr kaum in die Augen, als sie vorne bei den SBT-Schwestern Platz nimmt, aber Mary Pat vergewissert sich in Ruhe, dass das in den Haaren tatsächlich Teebeutel sind. Als der Bus auf die Straße schaukelt, dreht sie sich nach hinten um und erkennt Mary Kate Dooley, Mary Joe O'Rourke, Donna Ferris, Erin Dunne, Tricia Hughes, Barbara Clarke, Kerry Murphy und Nora

Quinn. Alles alte Freundinnen. Und keine sieht sie an. Auf den letzten vier Sitzen und dahinter stapeln sich die Schilder, von denen sie vor Tagen bestimmt auch einige daheim auf dem Fußboden zusammengenagelt hat.

Sie fahren in dem schwülen Grau durch South Boston. Sie rauchen und plaudern, und mit jeder Kreuzung, über die sie fahren, rückt das Stadtzentrum näher.

»Ich will nicht über sie reden«, sagt Joyce O'Halloran gerade zu Carol, die Hände an den Ohren.

»Warum tust du's dann?«, fragt Carol.

»Mach ich doch gar nicht. Sie ist einfach nur richtig zum Schämen. Das kommt davon, wenn man sie verwöhnt, wenn im Fernsehen und in der Musik, die sie hören, die ganze Zeit Drogen und freie Liebe verherrlicht werden. So sind wir weiß Gott nicht erzogen worden, aber sie findet es okay, sich über alles Mögliche aufzuregen. Aber wirklich *alles*. Glaub ich an was, glaubt sie das Gegenteil. Und zwar nicht, weil sie dran glaubt. Sondern weil sie mir wehtun will.«

»Sie will dir wehtun«, stimmt Carol bei.

»Sie will dir wehtun«, schließt sich Hannah an.

»Um wen geht's?«, fragt Mary Pat.

»Meine Tochter«, sagt Joyce und wedelt mit der Hand. »Cecilia. Kleines Miststück. Mein Mann und ich ziehen fünf Kinder groß, davon sind vier nicht übel, aber die? Die Mittlere?«

»Die Mittlere ist immer eine Plage«, sagt Noreen Ryan.

»Sie ist ja noch ein Teenager«, sagt Maureen. »Die machen ihre Phasen durch.«

»Hmmm«, sagt Joyce, sichtlich nicht überzeugt.

Der Bus donnert über die Northern Avenue Bridge, biegt rechts ab auf die Atlantic, und jetzt sind sie offiziell raus aus dem Südteil und im eigentlichen Boston. Die City Hall ist nur anderthalb Kilometer entfernt.

»Zeit für uns, Kinder.« Carol langt in ihre Handtasche und holt eine Handvoll Fähnchen und Teebeutel heraus.

Mary Pat nimmt eine Flagge. Statt sie sich ins Haar zu stecken, schiebt sie den Stift in ein Knopfloch ihrer Bluse.

Joyce, Carol und Noreen nehmen auch Flaggen. Patty, Maureen und Hannah entscheiden sich für die Teebeutel.

Mary Pat sieht zu, wie sie sich gegenseitig helfen, die in die Haare zu stecken, und muss fragen: »Was hat's mit den Teebeuteln auf sich?«

»Weißt du nicht mehr? Das haben wir bei einer Versammlung besprochen.«

»Muss ich verpasst haben.«

»Die Tee-Party, Mary Pat. Die *Boston Tea Party*?«, sagt Hannah. »Wo sie den ganzen Tee in den Hafen gekippt haben?«

»Das ist mir bekannt«, sagt Mary Pat.

»Na, jetzt starten *wir* unseren Aufstand gegen die Tyrannei. Daher die Teebeutel.«

»Ob das jemand schnallt?«, sagt Mary Pat.

Einige Frauen werden bleich, und Mary Pat hört Gemurmel hinter sich, aber für Diskussionen ist es zu spät, sie biegen schon von der Sudbury auf die Congress Street, das JFK Federal Building am nordöstlichen Rand der City Hall Plaza erscheint schräg im Fenster, und jetzt bekommt Mary Pat das Meer von Menschen zu sehen, die aus scheinbar allen Richtungen auf den Platz strömen. Der Verkehr kriecht nur noch. Sie kriechen mit, und die Betonkanten des Rathauses kommen in Sicht. Es ist ein hässliches Gebäude, farblos bis auf die roten Ziegelreihen am Sockel, reizlos von oben bis unten. Innen ist es noch schlimmer. Man könnte meinen, es sei eigens so gestaltet worden, damit, wer mit der Stadt zu tun hat, schon vor dem Eintreten kapiert, dass die Stadt immer Sieger bleibt.

»Wie viele Leute erwarten wir?«, fragt Mary Pat die Gruppe.

»So fünfzehnhundert«, antwortet Carol.

Sie halten am Straßenrand. Als sie aussteigen, gibt die Busfahrerin allen noch einen Teebeutel. Sie öffnen die Hecktür, und jede schnappt sich ein Schild. Auf dem von Mary Pat steht KEINE JUSTIZ DIKTATUR! Auf dem, das die Frau neben ihr hochhält, steht BOSTON UNTER STRESS. Unwillkürlich wünscht sich Mary Pat, sie hätte dieses Schild erwischt – die Abkürzung ist besser.

Sie steigen die Treppe hinauf, die von der Rückseite des Gebäudes zur Plaza führt. Die Wolken haben sich verzogen. Die strahlende Sonne brennt Mary Pat augenblicklich ins Genick. Die Menschenmenge auf der Treppe – so dicht, dass Mary Pat und ihre Busgefährtinnen nur als Pünktchen in dem größeren Gedränge ringsum erscheinen –, gerät schon ins Schwitzen, Köpfe werden rot. Man sieht viele Fahnen – US-Fahnen, irische Fahnen, an Stangen befestigte Tücher mit Stadtteilnamen: Southie vor allem, aber auch Dorchester, Hyde Park, Charlestown und East Boston. Auf halber Höhe der Treppe fängt die Menge an, den Fahneneid zu rufen, und Mary Pat muss zugeben, dass es ein schönes Gefühl ist, besonders am Ende, als die Menge noch einmal kräftig aufdreht und die letzten Worte herausschreit: »Freiheit und Gerechtigkeit für ALLE!«

Ihr will scheinen, es sind mehr als fünfzehnhundert, und als sie oben an der Treppe ankommen und sich über den Platz ergießen, erkennt sie überwältigt, dass es *Tausende* sind.

Ihr Blick erfasst sie gar nicht alle. Es müssen neun-, wenn nicht zehntausend sein.

Carol führt die Gruppe zu einem Brunnen, wo sie ihre Teebeutel den vielen Hundert hinzufügen, die schon drinliegen und das Wasser rostbraun färben. Wieder fragt sich Mary Pat, ob jemandem der Sinn aufgeht. Sie stellt sich vor, wie nachher ein alter Bulle an dem Brunnen steht und sagt: »Eiei, wissen denn diese Schwachköpfe nicht, dass Tee besser schmeckt, wenn man kochendes Wasser nimmt?«

Ganz hinten, auf der anderen Straßenseite am 3 Center Plaza, wo es sicherer ist, sieht sie die Gegendemonstranten. Hauptsächlich von ihren Treuhandfonds lebende zottelige weiße Hippies, ein paar Schwarze mit provozierenden Afros und Dashikis und schließlich eine Gruppe Männer und Frauen, die aussehen wie Mary Pat und ihresgleichen – polnische, irische und italienische Arbeiter. Allzu viele sind es zwar nicht, aber sie sind da und halten Schilder hoch, auf denen Parolen stehen wie SCHLUSS MIT DER RASSENTRENNUNG (auch nicht gerade gut abzukürzen) und BILDUNG IST BÜRGERRECHT. In dieser Schar sieht Mary Pat zu ihrer Verblüffung einige ältere Leute, die sie kennt – Mrs. Walsh von der Old Colony, den alten Tyrone Folan aus der Baxter Street, die gesamte Familie Crowley aus der M Street.

Ehe sie noch andere ausmachen kann, treiben sie im

Meer, mitgerissen von einem unsichtbaren Polarstern, der sie bis auf vielleicht drei Meter ans Podium heranführt. Wo keine Gegendemonstranten sind. *Wer würde sich trauen?* Zu Hunderten drängeln sie sich da – nicht nur Leute aus Southie, dem weißen Dorchester, Hyde Park, Charlestown und East Boston, sondern aus der ganzen verdammten Stadt – Revere, Everett, Malden, Chelsea, Roslindale, ausgenommen (versteht sich) Mattapan, Roxbury und die inzwischen vollständig schwarzen Teile von Dorchester. In der sogenannten Phase 1 soll an neunundfünfzig der zweihundert öffentlichen Schulen Bostons die Rassentrennung aufgehoben werden, beginnend in nicht mal zwei Wochen. Innerhalb von zwei Jahren werden alle zweihundert Schulen betroffen sein. Und das erklärt den Andrang – das Problem kommt auf sie alle zu.

Die ersten drei Sprecherinnen sind diejenigen vom Bostoner Schulausschuss, die sich seit fast einem Jahrzehnt am unnachgiebigsten dafür einsetzen, dass die Schulen so bleiben wie gehabt. Die erste Sprecherin, Shirley Brackin von der St-William-Gemeinde in Dorchester, wiederholt, was alle Anwesenden bereits wissen – dass keiner derjenigen, die die Rassentrennung an den Schulen durch etwas so Bescheuertes wie den Bustransfer aufheben wollen, selbst in den Vierteln lebt, die sich nach ihrem Beschluss zu ändern haben; dass nicht einer dieser Leute seine Kinder auf öffentliche Schulen schickt, dass nicht einer dieser Leute – der Weißen jedenfalls – in einem integrierten Viertel lebt (denn es gibt so gut wie keine integrierten Viertel in Boston). Die nächste Sprecherin, Geraldine Guffy von der St-Augustine-Gemeinde in Southie, wettert gegen die unausweichliche

Zerstörung ihrer Lebensweise: Man führt ein Dorfleben innerhalb der Stadt, man kennt sich als Nachbarn, weil alle gemeinsam aufgewachsen sind, dieselben Schulen besucht, auf denselben Spielplätzen gespielt, in denselben Ligen Sport gemacht haben, jede die Eltern und Großeltern der anderen kannte, und zwar so gut, dass ein Kind, das aus der Reihe tanzte, auch von diesen anderen Eltern und Großeltern ermahnt werden durfte, sei es durch einen Klaps oder eine Standpauke. »Die behaupten, dass sich unsere Viertel zum Guten ändern werden«, sagt Geraldine Guffy und muss warten, bis die Buhrufe verebbt sind, »dass in irgendeinem Wünschewunderland unsere Kinder und die farbigen Kinder Freunde werden. Aber unsere Kinder und die farbigen Kinder kommen ja jeden Tag nach Haus zu ihren Freunden und Familien in ihrem Viertel. Die freunden sich nicht an, die gehen nur auf dieselbe Schule. Und unsere Bräuche, unsere Lebensweise, unser Gefühl von Sicherheit und Geborgenheit? Das bekommen wir für kein Geld zurück. Was erst mal weg ist, kann man sich nicht zurückkaufen. Und das alles verschwindet in dem Moment, wo ihr den allerersten Bus auf *unsere* Highschool zusteuern seht.«

Die Menge bricht in eine Art Jubelgeschrei aus, das gleichzeitig euphorisch und drohend ist. Mary Pat blickt hinter sich und kann nicht fassen, wie viele es sind. Sie steht mitten auf dem Platz, doch die Menschenmenge ist so ungeheuer groß, dass sie von den umliegenden Straßen nichts sieht.

Sie spürt ihre Kraft, ihre Empörung, ihre Traurigkeit und ist überrascht, dass sie plötzlich mit ihnen fühlt. Zum ersten Mal, seit sie die Tasche mit dem Geld geöffnet und begriffen hat, was das bedeutet, *empfindet* sie etwas. Sie dachte, nach dem Verlust ihrer Tochter sei ihr nichts mehr geblieben, und weitgehend stimmt das, aber sie sollte nicht vergessen, dass sie noch immer ihre Art zu leben hat. Sie hat noch ihr Viertel und alle, die dazugehören. Sie hat die Gemeinschaft. Und da wollen diese Sozialtechniker und Salonlinken mit der Abrissbirne ran. An ihre Art zu leben. Das einzige Leben, das sie kennt, und das Einzige auf der Welt, wofür sie noch kämpfen kann.

Als der dritte Sprecher, Mike Dowd von der Most-Precious-Blood-Gemeinde in Hyde Park, das Podium betritt, bringt er nur noch ein oder zwei Sätze heraus, bis ihn das Gebrüll der Menge übertönt. Er wartet, fügt zwei Sätze an, und sie brüllen wieder los. Mary Pat und das halbe Dutzend SBT-Schwestern machen mit und schreien sich heiser.

»Gott hat uns erschaffen«, blafft Mike Dowd. »Gott hat uns als Frauen und Gott hat uns als Männer erschaffen, und Gott macht keine Fehler, stimmt's?«

Das Publikum ist nicht mehr ganz so sicher, wie es antworten soll, aber die meisten rufen: »Stimmt!«

Mike Dowd geht dicht ans Mikrofon. »Und Gott hat uns weiß und schwarz und braun und quittengelb erschaffen. Und war *das* ein Fehler?«

Wieder ein kurzes Zögern, als wären die Leute verwirrt, weil ihnen niemand gesagt hat, dass ein Quiz stattfindet, aber schließlich grollt ein massives »Nein!« himmelwärts.

»Genau!«, ruft Mike Dowd. »Gott hat keinen Fehler gemacht. Er hat sich entschieden, uns weiß und schwarz und braun und gelb und auch indianerrot zu erschaffen. Das waren die Farben, die er haben wollte. Wollte er, dass wir uns vermischen, hätte er uns gemischt. Uns halb gelb, halb blau gemacht. Violett und weiß.« Beifälliges Lachen perlt durch die Menge. »Er wollte uns nicht in gemischten Farben. Weil er nicht wollte, dass wir uns mischen.«

Ja, und stimmt das denn nicht?, denkt Mary Pat. Ist das nicht das Entscheidende? Wir haben unsre Lebensart, die Farbigen haben ihre. Die Hispanos ihre. Die Chinesen haben Chinatown, Herrgott noch mal, und keiner zwingt sie, auseinanderzugehn und sich über die Stadt zu verteilen. Nein, sie wissen, wo sie hingehören. Und solange das so ist, lässt man sie in Frieden. Mehr wollen auch wir nicht.

Doch mit dem fortschreitenden Morgen und den lauter und eintöniger werdenden Ansprachen flaut Mary Pats Empörung allmählich ab, bis sie eine Frau mit dem gleichen apfelfarbenen Haar wie Jules durch das Gedränge laufen sieht. Das Gesicht der Frau ist runder und älter als das von Jules, aber die Haare sind fast gleich. Und plötzlich ist es, als hätte sie Jules noch einmal verloren. Als ob sie sie immer und immer wieder verliert. Als ob sie das Baby Jules, nackt und schreiend, in den Händen birgt, und dann läuft das Leben ihrer Tochter vor ihr ab wie ein vorbeibrausender Zug – das Zähnekriegen, der erste Schritt, die erste Erkältung, verschrammte Knie, Schneidezahnlücke, Zöpfe im ersten, Pferdeschwanz im zweiten Schuljahr, ein für immer gebrochenes Herz im vierten, als Mary Pat ihr sagt, dass Papa *nie mehr* wiederkommt, Akne mit zwölf, Brüste mit dreizehn, als sie gleichgültig gegenüber allem wird, Hauptschulabschluss, Highschool-Tanzabende, das Ende der Gleichgültigkeit zusammen mit Noels endgültigem Verfall, die Rückkehr ihres Schwungs, ihres Humors, ihres lauten, albernen Lachens – und dann ist sie weg, ihre Tochter ist weg, sie ist aus dem Leben heraus ins Leere getreten. In Mary Pats Herz fliegen Türen auf, die sie fest verschlossen zu haben glaubte, und Schmerz flutet herein. Sie weiß nicht mehr, was sie hier tut oder wieso es ihr nicht schnurzegal sein sollte, ob Schwarze oder Juden oder Asiaten über die Brücke nach Southie kommen.

Jules.

Jules.

Warum hast du mich verlassen?

Wo bist du hin?

Hat der Kummer aufgehört, Schatz?

Ist es warm in deiner Welt?

Wartest du, bis ich dich da finde?

Bitte warte.

Einen Moment lang möchte sie sich am liebsten niederwerfen, auf die Knie fallen und den Namen ihrer Tochter rufen. Und sie hätte es vielleicht getan, wäre nicht im selben Moment die Menschenmenge wie ein einziger Organismus nach rechts gewogt. Carol stößt einen Namen aus:

»Teddy.«

Mary Pat schaut in die Menge, und jetzt sieht sie ihn, flankiert von Sicherheitsbeamten und zwei MDC-Cops, das schwarze Haar zurückgestrichen, schwarz auch sein Anzug. Edward M. Kennedy. Bruder des toten Präsidenten, von dem das fünfzig Meter entfernte Bundesgebäude seinen Namen hat. *Senator* Edward M. Kennedy auf Bundesebene, aber hier in Boston heißt er Teddy. Hauptsächlich, weil er Ire ist und Iren von sich kein Aufhebens machen, weshalb Präsident Kennedy immer schlicht Jack und Justizminister Robert F. Kennedy immer Bobby war, aber vielleicht heißt er auch Teddy, weil er derjenige von den dreien ist, den alle etwas weniger ernst nehmen. So offensichtlich der Jüngste, der, der es nötig hat, der, der Beifall heischt. Und natürlich wissen auch alle, dass er wegen Betrug aus Harvard rausgeflogen ist und seine Geliebte in einem bei Martha's Vineyard ins Meer gestürzten Auto im Stich gelassen hat und immer noch nach Frauen schaut, mit denen er nicht verheiratet ist, insbesondere bei seinen Kneipentouren durch Beacon Hill und Hyannis Port. Das alles wäre seinen Wählern noch recht, den guten Leuten von Southie und Charlestown und halb Dorchester, denn schließlich ist er einer von ihnen, ein Hibernier, ein Mick, ein Paddy – nur ist Teddys Glaubwürdigkeit neuerdings zweifelhaft. Gerade in der Rassenfrage und ganz besonders in Sachen Bustransfer, den er in mehreren neueren Interviews ganz klar befürwortet hat.

Mary Pat spürt, wie sich das Publikum gegen ihn wendet, bevor er oder sie überhaupt den Mund aufgemacht haben. Was bildet er sich ein, dass er hier in seinem feinen Anzug, mit seiner adretten Frisur, dem teuren Schlips und den teuren Schuhen antanzt, um ihnen zu erklären, was Sache ist? Sie wissen, was Sache ist.

»Hey, Teddy«, ruft irgendjemand, »wo gehen deine Kinder zur Schule, Teddy?«

Teddy ignoriert die Stimme, obwohl der Mann die Frage etwa alle fünfzehn Sekunden wiederholt.

Inzwischen hat Teddy fast das Podium erreicht, doch die Leute schwärmen über die Treppe aus, sodass er nicht hochgehen kann. Er wendet sich an einen der Organisatoren, Bernie Dunn, der einen braunen, viel weniger teuren Anzug als Teddy trägt, und fragt ihn: »Lassen die mich hoch?«

»Sieht nicht so aus«, sagt Bernie. »Hören Sie mal, Teddy. Ich –«

»Die müssen mich aufs Podium lassen«, sagt Teddy.

»Müssen sie nicht. Ihr habt kein Ohr für uns. Es ist widerlich, was da läuft, Teddy.«

»Ich verstehe Ihren Standpunkt, aber –«

»Kein aber. Wir lassen uns nicht von irgendeinem Richter vorschreiben, wie wir unsere Angelegenheiten zu regeln haben, wo unsere Kinder hinmüssen.«

»Das verstehe ich, aber Sie geben ja wohl zu, dass etwas passieren musste.«

»Die reißen unseren Stadtteil auseinander, Gemeinde für Gemeinde, und Sie lassen das zu. Quatsch, Sie helfen denen.«

»Kann ich meine Rede halten?«, fragt Teddy.

»Nein.« Bernie wirkt selbst ein wenig überrascht. »Wir haben alles gehört, was Sie zu sagen haben.«

Und Bernie kehrt einem Kennedy den Rücken. Alle neben ihm tun dasselbe. Die nächste Menschentraube schließt sich an. Und so geht's weiter durch die Menge. Als die Welle bei den SBT-Schwestern und Mary Pat ankommt, dreht Mary Pat Senator Edward M. Kennedy vom Commonwealth of Massachusetts leicht schwindlig den Rücken zu. Es ist, als ob sie dem Papst den Rücken kehrt.

Die sich nicht von Teddy abwenden, wenden sich ihm zu, und Mary Pat hört, wie das im Nu unangenehm wird.

»Wo gehen deine Kids zur Schule, Teddy?«

»Wo wohnen Sie, Teddy?«

»Sie sind ein Ärgernis für Ihren Bruder und Ihre Leute.«

»Geh zurück nach Brookline, du Schwuchtel.«

»Sie sind keiner mehr von uns!«

»Fick dich, Nigger-Fan! Fick dich! Fick dich! Fick dich!«

Sie hören den Tumult hinter sich und sehen, als sie sich umdrehen, wie die MDC-Cops und die Sicherheitsleute Teddy eilig zu dem nach seinem Bruder benannten Gebäude bringen. Der Rücken von Teddys Anzug verblüfft Mary Pat. Er ist fast völlig weiß, als hätte ein Schwarm Vögel draufgeschissen. Es dauert einen Moment, bis ihr klar wird, dass das kein Vogeldreck ist.

Es ist Spucke.

Die Menge bespuckt einen Kennedy.

Mary Pat fühlt sich unwohl. *Gibt es keine Grenze, die wir nicht überschreiten?*, möchte sie die Leute fragen. *Nichts, das wir uns verbieten?*

Sie bespucken den Senator weiter, bis seine Personenschützer und die beiden Cops ihn im Bundesgebäude haben. Durch die verglaste Fassade kann Mary Pat sehen, wie sie ihn zu den Aufzügen bringen, und das war's doch eigentlich – alle hätten zur Besinnung kommen sollen –, aber dann zerbirst eine Scheibe von der Größe eines Sattelzugs. Die Menge bricht in Beifallsgebrüll aus. Freudenschreie gellen durch die Luft wie Vogelschrot.

Ein halbes Dutzend Polizeibeamte rennt vom Rand der Plaza in die Menge. Das dient zur Erinnerung daran, dass keinen Block entfernt eine ganze Polizeiwache steht, und so stürmt niemand das Gebäude. Die Cops schwingen keine Schlagstöcke oder so was, sie strecken nur die Hände vor sich aus, damit die Leute ein paar Schritte zurückgehen. Sie rufen immer wieder: »Langsam, langsam« und »Wir verstehen schon«, als sprächen sie mit Kindern, die einen Wutanfall haben.

Die Menge brüllt weiter – *Kennedy!* und *Gerrity!* aus mindestens hundert Kehlen und *Hier kriegt uns keiner weg!* –, aber die Gewalt bleibt, wenn man das Spucken nicht mitzählt, auf die eine Glasscheibe beschränkt.

»Gehört haben sie uns«, sagt Carol zu den anderen SBT-Schwestern. »Gehört auf jeden Fall.«

Joyce O'Hallorans Tochter Cecilia kommt mit finsterer Miene auf die Frauengruppe zu. Sie hat die spitzen Wangenknochen, die schmalen Lippen und das fliehende Kinn ihrer Mutter. Ihre Augen sind vom Weinen rot.

Joyce scheint sie zu bemerken, ohne sie richtig zu sehen, denn ihr Ton bleibt locker. »Oh, was haben wir denn da?«

»Hörst du das?« Cecilia deutet auf die Menschenmenge, und ihre Augen werden noch röter.

Joyce steckt sich eine Zigarette an und betrachtet ihr Problemkind. »Was denn?«

»*Das.*«

Jetzt fällt es auch Mary Pat auf. Die Sprechchöre sind miteinander verschmolzen. Zuerst war es ein Potpourri aus »Wehrt euch!«, »Schluss mit der Diktatur!« und »Southie macht nicht mit!«, aber jetzt ist der Sprechchor einheitlich:

»Nigger sind fürn Arsch! Nigger sind fürn Arsch! Nigger sind fürn Arsch!«

»Ich weiß immer noch nicht, wovon du redest«, sagt Joyce.

Das Kind macht große Augen. »Hörst du das nicht?«

Joyces schmale Lippen werden noch schmaler, und sie bläst den Rauch knapp am Gesicht ihrer Tochter vorbei. »Ich höre so einiges. Ich hör die Leute über dich und deine vorstehenden Nippel unter dem Hippie-T-Shirt lachen. Wenn du das nächste Woche in der Schule bei den Farbigen anziehst, lass mich wissen, wie sie dich behandeln.«

»Ich hab keine Angst vor der Roxbury High, Ma. Ihr Eltern macht da einen Albtraum draus, nicht wir. *Uns* geht's gut.«

»Zieh einen BH an«, sagt Joyce, und diesmal bekommt ihre Tochter den Rauch mitten ins Gesicht. Cecilia erstarrt. Sie presst die Zähne zusammen, und ihr Blick wird kalt. »Ich kann jederzeit einen BH anziehen. Kannst du aufhören, ein Arschloch zu sein?«

Joyce schlägt ihrer Tochter seitlich an den Kopf. Joyce ist groß, ihre Tochter ist klein, und Cecilia geht von dem Schlag zu Boden. Als sie aufstehen will, packt Joyce sie an den Haaren und holt mit der geballten Faust nach ihrem Hals aus, doch Mary Pat nimmt Joyces Arm in die Zange und bremst den Schlag ab.

Sie sieht Joyce in die Augen. Doppelte Wut ist da drin – für Cecilia, für Mary Pat.

»Nein«, sagt Mary Pat. »Schluss jetzt.«

Hinter ihr rappelt sich Cecilia hoch.

Mary Pat löst sich von Joyce, und jetzt stehen sie sich auf einen Meter gegenüber.

Die anderen SBT-Schwestern sind im Schock erstarrt.

»Mary Pat«, sagt Joyce, »geh da weg.«

Mary Pat schüttelt den Kopf.

»Geh da weg!«, sagt Carol.

»Geh da weg!«, kreischt Maureen.

»Mary Pat«, sagt Joyce flach atmend, »ich bestrafe mein Kind, wie es mir passt.«

Wieder schüttelt Mary Pat den Kopf.

»Lass sie verdammt noch mal durch!«, schreit Hannah Spotchnicki.

»Niemand rührt das Mädchen an«, sagt Mary Pat.

Joyce stürmt los und hat sofort das Nachsehen, da ihr Mary Pat die Faust in den Solarplexus rammt. Joyce knallt mit der Hüfte auf den Boden, liegt mit aufgesperrtem Mund da und ringt verzweifelt nach dem Atem, der noch gut zehn Sekunden entfernt ist.

Drei der fünf verbliebenen SBT-Schwestern – Hannah, Carol und Patty – greifen zusammen an. *Sie halten sich bestimmt für taff,* denkt Mary Pat, *weil sie aus Southie sind und seit Jahren ihre Männer und Kinder unter ihrer Schreckensherrschaft halten, aber aus Southie zu sein ist das eine; aus den Projects in Commonwealth zu stammen ist noch mal was anderes.*

Mary Pat hält den Kopf gesenkt wie ein Stier und geht auf alles Erreichbare los. Schlägt nicht nur, sondern quetscht, kratzt und zerrt auch. So hat sie nicht mehr gekämpft, seit sie in Old Colony damals an der Highschool von drei Mädchen überfallen wurde, reiner Straßenkampf. Sie reißt Ohrringe ab, haut gegen Mösen, reißt an Hängebrüsten, als ob sie eine Kuh melkt. Sie stampft auf Fußgelenke, tritt gegen Knie, beißt in eine Hand voll Finger, die nach ihrem Gesicht greifen. Sie büßt ein paar Haare ein, bekommt Gesicht und Ohren zerkratzt, aber schon bald liegen drei weitere

Tussis am Boden, während Mary Pat noch steht – nicht mal für eine Sekunde geschwankt hat – und sich das Blut aus den Augen wischt.

Sie schaut sich nach Cecilia um, doch das Mädchen ist längst verschwunden. Noreen und Patty haben die Hände oben, damit sie nicht auf sie losgeht. Beide sehen angewidert und wie gelähmt aus.

Mary Pat wendet sich wieder ihren Opfern zu, die zwischen Kleiderfetzen, Plastikfähnchen, Blutspritzern und platt getretenen Teebeuteln auf dem Gehsteig sitzen oder liegen. Carol hält sich die blutenden Finger und sieht in einer Art sprachlosem Zorn zu ihr hoch. Die Haut um ihr rechtes Auge wird bereits steinblau. Es dauert eine Weile, bis sie einen Satz zusammenkriegt, aber der kommt dann glockenklar heraus.

»Für uns bist du gestorben«, sagt sie. »Und wenn sich herumspricht, was du heute hier abgezogen hast, bist du für ganz Southie tot.«

Mary Pat zuckt die Achseln. Die Zeit zum Reden ist vorbei. Sie dreht sich um und geht durch die Menschenmenge hindurch, die sich vor jedem ihrer Schritte teilt.

15

Als Mary Pat nach Hause kommt, denkt sie zuerst, dass jemand bei ihr eingebrochen ist, während sie auf der Demo war. Alles sieht so anders aus. Sie überlegt, ob sie irgendwie in der falschen Wohnung gelandet ist – gleicher Schnitt wie ihre, doch die Arbeitsplatten in der Küche sind sauber, die Fußböden gefegt, die Aschenbecher geleert. Keine Bierdose, kein schmutziges Glas, keine Pizzaschachtel in Sicht.

Beim nächsten Atemzug fällt es ihr dann ein …

Die Weiber haben bei mir sauber gemacht.

War es deshalb so schön, ihnen die Hucke vollzuhauen?

Möglich. Gut möglich.

Sie läuft durch den Flur ins Badezimmer, geht zum Waschbecken und schaut in den Spiegel. Sie hat links ein anschwellendes blaues Auge, Kratzer auf der Stirn (nicht tief), einen am Hals (sehr tief, der Kragen ihrer Bluse ist blutgetränkt), eine dicke Oberlippe. Dazu kommt, was der Spiegel nicht zeigt, das laute Klingeln im rechten Ohr, wie ein Telefon, das keine Ruhe gibt. Außerdem hat sie sich ordentlich das linke Knie verdreht, und jemand ist ihr aufs linke Fußgelenk gestiegen.

Als Erstes bearbeitet sie die Wunde am Hals mit Wattetupfern und Wasserstoffperoxid und sieht dabei ihr Spiegelbild lächeln, obwohl sie vor Schmerz zusammenzuckt. »Wenn es schmerzt, wirkt das Peroxid«, hat ihre Mutter immer gesagt. »Sauber werden tut weh.«

Mary Pat klebt ein großes hautfarbenes Pflaster auf die gesäuberte Wunde. Sie hat einen Korb voll Heftpflaster, Verbandszeug, Mull, Jod, OP-Scheren und Antiseptika dort unter dem Waschbecken. Da sieht es aus wie in der Notaufnahme im Krankenhaus. Zu Dukies Profizeiten brauchte sie das natürlich. Nach seinem Tod bewahrte sie es für Noel auf, für den es keinen Streit gab, ohne dass die Fäuste flogen.

Wie die Mutter, so der Sohn.

Sie lächelt wieder. Die Wahrheit ist, sie hat sich immer schon gern geprügelt. Buchstäblich. Ihre erste konkrete Erinnerung ist die an Willie Pike, wie er vor dem Rasenstreifen, auf dem die vierjährige Mary Pat sich der Frisur ihrer Raggedy-Ann-Puppe widmet, mit seinem Rad durch eine Pfütze fährt. Sie sah das Frohlocken im Gesicht des kleinen Scheißkerls, als er die Pfütze anpeilte. Und er sah, dass sie es sah. Er radelte schneller, der Sack. Jagte seine Reifen durch die Pfütze und überzog Mary Pat und Raggedy Ann mit der schleimigen Brühe, die wahrscheinlich nicht vom Regen kam – solche Pfützen schossen überall in Commonwealth aus dem Boden, auch bei wochenlanger Trockenheit, und rochen nach Schwefel und Bleiche. An vier Häusern vorbei rannte sie Willie Pike nach, bis er in einer Kurve wegrutschte. Und als sie bei ihm war, zögerte sie nicht – ein Vorzeichen: Sie zögerte *nie* beim Prügeln – sie schlug zu. Er war sechs und ein Junge, gewinnen konnte sie also nicht, aber er blutete aus beiden Nasenlöchern und heulte jämmerlich, bis er sie in den Griff bekam. Er brachte einige Schläge an, ehe die alte Tante McGowan ihn von ihr runterzog und ihm obendrein ein paar Ohrfeigen verpasste. Sein Vater werde ihm hoffentlich den Hintern grün und blau versohlen dafür, dass er ein kleines Mädchen gehauen habe. Tante McGowan stieß ihm zur Unterstreichung noch ein paarmal den Daumen in die Schulter, ehe sie mit Mary Pat Raggedy Ann holen ging, die noch an der Pfütze lag. Als Mary Pat die Puppe aufhob, war es, als hielte sie eine Trophäe hoch.

Bis zur sechsten Klasse prügelte sie sich noch mindestens zwanzigmal – womit nur die Raufereien außer Haus gemeint sind. Bei den Flanagans daheim hieß es *Rock 'Em Sock 'Em Robot*s vom Aufwachen früh um sieben bis zum Licht aus abends um zehn. Die Jungs – John Patrick, Michael Sean, Donnie, Stevie und Bill – teilten sich ein Zimmer. In John Patricks letztem Jahr an der Southie High und Bills erstem in der zweiten Klasse wohnten sogar alle fünf gleichzeitig da drin. Mary Pats Vater, wenn er denn mal zu Hause war, sagte immer, das Zimmer riecht nach Fischarsch. Nach John Patricks Abgang – westwärts getrampt, zwanzig Jahre nichts mehr von ihm gehört – entspann sich ein Kampf um seine obere Koje im Etagenbett. Donnie, der stärker war als Michael Sean, bekam sie für die ersten sechs Monate, aber Michael Sean trainierte das ganze Jahr in der L Street, bis *er* stärker war. Nach einer Woche Klopperei und zwei gebrochene Nasen später bekam Michael Sean die Topkoje, aber weil Stevie, der den gruseligsten Blick draufhatte, den Mary Pat kannte, und noch nie ganz richtig im Kopf war, Michael Seans Schnarchen durch die gebrochene Nase ätzend fand, versuchte er, seinen Bruder mit einem

Kissen zu ersticken, und Mary Pat musste dazwischengehen. Stevie, damals dreizehn und klein und wild wie seine Mama, knallte Mutters Kopf gegen die prompt entzweigehende Fensterscheibe. Das war's dann für Stevie, er kam ins St.-Lukas-Heim für schwer erziehbare Jungen und wurde nie wieder erwähnt, auch nicht, als zehn Jahre später sein Name wegen des furchtbar schiefgelaufenen Überfalls in Everett durch die Zeitungen ging.

Die Nähte, alle sieben schwarz, dick und eisenhart, blieben drei Wochen lang im Kopf ihrer Mutter, und als sie gezogen wurden, änderte das wenig. Für den Rest ihres Lebens wuchsen Louises Haare um die Narbe herum, verdeckten sie aber nicht, sodass es aussah, als käme man über den roten Reißverschluss auf der Schädelrückseite an ihre sämtlichen Gedanken, Geheimnisse und Ängste ran.

Wobei ihre Mutter ebenso gut austeilen wie einstecken konnte. Bis heute kann Mary Pat keinen Holzlöffel sehen, ohne daran zu denken, wie weh es tat, wenn man eins damit auf die Hand, auf die Wange bekam oder den Stiel in die Magengegend. Und das war dann nur für die kleinen Vergehen. Für die großen – Weezies Schuh. Sie hatte drei Paar, alle von vor dem Krieg, gemacht für die Ewigkeit. Alle fünf oder sechs Jahre ließ sie sie neu besohlen, und dann gingen alle im Haus wie auf Eiern, um nicht fürs Einweihen herhalten zu müssen.

War der Alte da, musstest du dich vor seinen Händen in Acht nehmen – den Fingerknöcheln, hart und spitz wie Radmuttern, dem vom Daumen aus an deine Schläfe geflitschten Zeigefinger, dem raschen Griff nach deinen Haaren, um dich über den Boden zu seinem Gürtel zu zerren (wie an dem Abend, als Mary Pat mit lauter schlechten Zeugnisnoten nach Hause kam.) Den Gürtel liebte Jamie Flanagan am meisten. Der hing zu ebendiesem Zweck an einem Haken vor der Badezimmertür. Zum Hosenhalten nahm er einen anderen.

Dann gab es die Rangeleien untereinander – zwischen Bruder und Bruder, Schwester und Schwester, Bruder und Schwester oder schlimmstenfalls zwei Geschwister gegen eins. Nachdem der explosionsfreudige Steve aus dem Haus entfernt war, wurde vor allem um Donnie und Big Peg ein Bogen gemacht, da man nie wusste, woran man mit ihnen war. Aber bei Mary Pat und, als er größer wurde, Bill achtete man sehr darauf, sie nicht *vollends* in Rage zu bringen, denn sie hatten keinen Aus-Schalter.

Nach ihrer letzten Prügelei mit Big Peg hatte Mary Pat wegen einer Gehirnerschütterung und komplizierten Schädelfrakturen zwei Nächte im Krankenhaus verbracht, aber unvergessen blieb, dass Mary Pat vor dem Eintreffen des Krankenwagens die Besinnung wiedererlangt und den Scheißkampf zu Ende gebracht hatte, ehe sie wieder das Bewusstsein verlor.

»Ich hab dich mit einem Ziegelstein geschlagen«, sagte Big Peg, als sie sie im Krankenhaus zu Mary Pat aufs Zimmer rollten. »Mit einem Ziegelstein.«

»Nächstes Mal nimm einen aus Beton«, sagte Mary Pat.

Ihre Brüder hat sie seit Jahren nicht gesehen. Michael Sean ist zur Handelsmarine gegangen und schickt gelegentlich Weihnachtskarten aus Anlaufhäfen, von denen sie sonst nichts wüsste – Kap Verde, Malediven, Südliche Sandwichinseln. Donnie lebt in Fall River und montiert Dachrinnen.

Es herrscht kein böses Blut zwischen ihnen, nur die unausgesprochene Erkenntnis, dass ihr Blut seit jeher das Einzige ist, was sie verbindet. Von Bill hat sie zuletzt gehört, dass er wegen einer Messerstecherei zehn Jahre in New Mexico absitzt, und war überrascht. Nicht wegen der Messerstecherei, sondern wegen New Mexico. Hitze hat ihn immer reizbar gemacht, was im Grunde ja die Messerstecherei erklären könnte.

Mary Pat ist mit dem Säubern ihrer Wunden fertig, wirft die ganzen blutigen Tupfer in den Papierkorb und reinigt das Waschbecken mit einem Schuss Alkohol. Sie betrachtet sich im Spiegel. Ihr Gesicht sieht aus, als wäre sie von einem LKW auf einen Kieshaufen gekippt worden. Ihre Hände schreien – nicht nur die Fingerknöchel, auch die Gelenke. Ihre Rippen tun weh. Die Ohren klingeln immer noch. Knie und Fußgelenke brauchen Eis.

Sie holt welches aus dem Gefrierschrank. Legt ein Bein auf einen Küchenstuhl, kühlt den Knöchel mit einer Serviette voll Eis, ebenso das Knie. Vorm Fenster draußen ist Commonwealth unheimlich still. Alle müssen noch bei der Kundgebung oder in den Kneipen rings um die City Hall sein. Sie sitzt da und raucht, schnickt die Asche in einen blitzblanken Aschenbecher. Unfassbar, wie sauber ihre Küche ist. Das haben sie wirklich toll gemacht. *Profiklasse,* denkt sie grinsend.

Zum ersten Mal seit einer Woche gefällt ihr, wie sie sich fühlt – zerschrammt und verschorft, den Blutgeschmack im Mund, den manche bitter nennen, der sie aber schon immer an Butter erinnerte. Sie greift hinter sich und schaltet das Radio ein, und der gerade aus einer Werbepause kommende DJ lädt sie ein, es sich bequem zu machen und etwas Mozart zu hören, den Wunderknaben, der mit fünf zu komponieren anfing.

»Die Klaviersonate Nummer elf«, sagt der DJ mit toffeeweicher Stimme, »ist auch als *Rondo alla turca* bekannt. Als Spielerei komponiert, ist sie mit der Zeit weltweit zu einem seiner beliebtesten Stücke geworden.«

Die Stimme des DJ klingt, als käme sie aus einem stockdunklen Raum. Sie stellt ihn sich in der Schwärze vor, die tintenschwarzen Schatten von Bücherregalen um sich herum.

Die Musik beginnt, und Mary Pat schließt die Augen, schwebt auf den sanften Klängen des Klaviers.

Mozart wusste, was er zu tun hatte. Er ist dem, was er konnte, nicht nachgerannt – mit fünf war er nicht auf der Suche. *Sie* hat ihn gefunden. Die Größe. Genau wie sie den Arm und die Augen und Beine von Ted Williams gefunden hat. Wie sie die Feder von James Joyce gefunden hat. (Nicht, dass sie Joyce je gelesen hätte, aber sie weiß, dass er der größte irische Schriftsteller aller Zeiten ist.) Mit Arbeit kommt man nur bedingt weiter. Man muss sich an das halten, wozu man geboren wurde.

Mary Pat ist seit eh und je geschlagen worden, mal mehr, mal weniger. Sie ist getreten und zum Stolpern gebracht, mit Kleiderbügeln, Besenstielen, Wiffleballschlägern, den Holzlöffeln, den Schuhen ihrer Mutter und dem Gürtel ihres Vaters traktiert worden. Donnie hat ihr einmal ein Stück braune Seife an den Hinterkopf geworfen und sie glatt von den Füßen geholt. Auf der Straße hat sie sich mit Mädchen, Jungen und Rudeln von beidem geprügelt. Griff einer oder eine sie an, ist sie auf alle losgegangen, immer schon, ob jemand sie an den Haaren zog oder ihr ein Ohr oder eine Brustwarze verdrehte, sie anschrie oder anschnauzte, sie mit einem Gürtel oder einem Schuh schlug. Auf jeden, der ihr jemals das Gefühl gegeben hatte, ein verängstigtes kleines Mädchen zu sein, das nicht wusste, in was für ein Höllenfeuer sie hineingeboren worden war.

Sie erinnert sich nicht an dieses Mädchen, aber sie *spürt* es noch in sich. Sie spürt seine Verblüffung und sein Entsetzen. Über den Lärm und die Wut. Den Zornessturm, der sie umtobte und im Kreis herumwirbelte, bis ihr so verdammt schwindlig davon war, dass sie für den Rest ihres Lebens lernen musste, darin zu laufen, ohne hinzufallen.

Und sie hat gut gelernt. Sie ist am glücklichsten, wenn sie Gegenwind bekommt, entzückt, wenn ihr Unrecht getan wird.

Gerade hat sie vier Tage ihres Lebens mit Trauern vertan. Okay.

Das Trauern ist nicht vorbei – noch lange nicht –, aber als sie aufsteht und das Eis wegschüttet, sagt sie sich, dass es eine Weile ausgesetzt werden kann.

Sie reißt nacheinander die Bierdosen im Kühlschrank auf, leert sie ins Spülbecken und wirft sie in den Müll. Den Dosen folgen die Flaschen – Whiskey, Wodka und – *wer hat das denn angeschleppt?* – Pfirsichlikör. Sie spült das Becken aus, bis der Geruch weg ist, wischt mit den Servietten für das Eis nach und schmeißt auch die in den Müll.

Sie sieht sich die Arbeitsplatten an und beschließt, sie in Zukunft so zu lassen. Ab jetzt heißt es saubere Küche.

Saubere Küche und ein klarer Kopf.

Sie füllt die Flaschen mit Wasser aus dem Hahn und stellt sie in einen Karton. Legt Toilettenpapier, Tüten mit Chips und Erdnüssen und einen Laib Brot dazu. Mit einem anderen Karton geht sie durch die Wohnung und packt Kleider für die nächsten paar Tage hinein. Sie holt den Hausapothekenkorb unterm Waschbecken hervor, bringt die beiden Kartons und den Korb hinaus zu Bess und stellt sie in den Kofferraum.

Wieder im Haus, holt sie Dukies Werkzeugtasche hinten aus ihrem Kleiderschrank. So hat er die immer genannt – seine »Werkzeug«-Tasche. Sie ist aus grünem Segeltuch und hätte, wäre sie bei ihm gefunden worden, eine Strafe wegen Einbruchs um Jahre verlängern können. Sie enthält sein Arbeitsmittel: Dietriche, Glasschneider und Saugnapf, Isolierband, ein Stethoskop, zwei Bolzenschneider (groß und klein), mehrere Uhren (mit längst leeren Batterien), Nylonstrümpfe zum Maskieren, mehrere Paar Handschuhe, einen Zylinderbrecher, Klebeband, Fernglas und ein Paar Handschellen mit Schlüssel.

Herrje, Dukie, wundert sie sich, *wozu denn Handschellen?*

»Egal«, sagt sie laut. »Ich will's nicht wissen.«

Sie lässt die Uhren zurück, geht in die Küche und wirft sämtliche scharfe Messer in die Tasche. Sie holt Martys Geldtasche, bringt auch diese beiden Taschen hinaus zu Bess und stellt sie in den Kofferraum.

Bei ihrem letzten Gang in die Wohnung bleibt sie eine Weile stehen und schaut sich um. Sie hat hier gewohnt, seit sie zweiundzwanzig war. Vielleicht sieht sie sie wieder.

Vielleicht auch nicht.

16

Bobby kommt aus dem Hinterausgang des Bostoner Police Departments und sieht Mary Pat Fennessy direkt hinterm Parkplatz auf der Haube des hässlichsten Fahrzeugs sitzen, das er je erblickt hat. Er fährt mit der U-Bahn zur Arbeit, und vom Parkplatz führt ein Weg in einer trägen Kurve zur Station. Mary Pat und ihr »Auto« stehen ganz vorne am Weg und warten offensichtlich auf ihn.

Bobby bleibt neben dem Wagen stehen und zündet sich eine Zigarette an. »Ist das Ding straßentauglich?«

»Hundertprozentig«, sagt Mary Pat.

Bobby läuft einmal um den Wagen. Er sieht aus wie etwas, das, wenn man es auch nur anbläst, zeichentrickfilmmäßig auseinanderfällt. Er schmunzelt über den Auspuff – Metzgergarn ist als Halterung definitiv nicht erlaubt – und staunt über das gänzlich abwesende Profil der Reifen. Kein Babypo war je so glatt. Er bückt sich, schaut unters Fahrgestell, sieht keine Motorteile oder Bremsbeläge herunterhängen. Na, immerhin. Er geht wieder nach vorne zu Mary Pat. »Hundertprozentig, ja?«

Sie zeigt ihm ein kleines Lächeln. »Vielleicht auch neunzig.«

»Eher sechzig«, sagt er.

Als er näher herangeht, sieht ihr Gesicht aus, als wären

Bäume aus einem Märchen über sie hergefallen. Sie haben sie mit ihren dünnen Zweigen ausgepeitscht, bis sie zur anderen Seite des Zauberwalds kam. Ihren Hals ziert ein großer hautfarbener Schnellverband, der sich kaum abhebt. Ihre Hände sind zerschrammt, die Fingerknöchel geschwollen. Sie trägt eine ärmellose, gelbweiß karierte Bluse über einer an den Aufschlägen hochgerollten Jeans und flache Converse-Sneaker. Als sie ihn ansieht, glänzen ihre Augen für Bobbys Geschmack etwas zu sehr. So glänzende Augen kennt er von Menschen, an die man nicht rankommt.

Er beäugt ihre Schrammen, ihre Verbände und ihre blauen Flecke. »Was ist da passiert?«

»Sie sollten mal die anderen Frauen sehen.«

»Plural?«

Sie nickt. »Weiber, die nicht bedenken, dass Streit nur anfangen sollte, wer auch weiß, wie man ihn zu Ende bringt, konnte ich noch nie respektieren.«

Erst nach einer Sekunde denkt er daran, das Grinsen in seinem Gesicht abzustellen. »Was kann ich für Sie tun, Mrs. Fennessy?«

»Sagen Sie Mary Pat zu mir.«

»Was kann ich für Sie tun, Mary Pat?«

»Ich habe mich gefragt, ob Sie noch nach meiner Tochter suchen.«

»Aber unbedingt. Wissen Sie zufällig, wo sie steckt?«

Etwas verdrängt den Glanz ihrer Augen für einen Moment, Unsicherheit und Schmerz scheinen durch, verschwinden dann aber, und der Glanz kehrt zurück.

»Nein«, sagt sie.

»Warum sind Sie dann hier?«

»Es könnte mir helfen, sie zu finden, wenn ich wüsste – wirklich wüsste –, weshalb Sie sie gesucht haben.«

Er legt den Kopf schräg und wartet.

»Was ist denn?«, fragt sie.

»Sie wissen doch, weshalb ich sie suche.«

»Weil Sie denken, sie war auf dem Bahnsteig, als Auggie Williamson starb.«

»Das geht inzwischen über ›denken‹ ein bisschen hinaus.«

»Okay«, sagt sie. »Wieso ist dann niemand verhaftet worden?«

»Weil das Gesetz verbietet, Leute aufs Geratewohl ohne eindeutige Beweise zu verhaften.«

»Sie können sie aber zur Befragung vorladen.«

»Wer sagt, dass wir das nicht schon getan haben?«

»Wenn, dann hätten Sie jetzt Beweise.«

»Läuft das so?« Er lacht kurz und schnickt die Zigarette auf den Boden. »War Ihr erster Mann nicht Dukie Shefton?«

Jetzt legt sie den Kopf schräg. »Da hat jemand seine Hausaufgaben gemacht.«

»Und Dukie war ein Profi. Eine Legende unter Dieben.«

Mary Pat merkt, wie beim Gedanken an ihren ersten Mann und seinen Straßenruf etwas von dem alten Stolz in ihr hochkommt. »Mhm.«

»Und er war unabhängig, stimmt's?«, sagt Bobby. »Hat zu keiner Bande gehört.«

»Er war unabhängig, ja.« Jetzt steckt sich Mary Pat eine an.

»Und trotzdem«, hebt Bobby hervor, »hat er einen Teil seiner Einkünfte an Marty Butler abgedrückt.«

Sie zuckt die Achseln. »So ist das nun mal in Southie.«

»›So ist das nun mal in Southie.‹ Wir sind uns also einig, Mary Pat. Wenn ich nun Leute zur Befragung vorlade, aber nichts Beweiskräftiges aus ihnen herauskriege, weil wir uns keine fünf Minuten unterhalten können, ehe ein Anwalt an die Tür klopft – was sagt Ihnen das?«

Sie schaut ihn lange an und rollt dabei die Zigarette zwischen ihren Fingern rauf und runter. »Das sagt mir, dass diese Leute weit weniger Angst vor Ihnen haben als vor jemand anderem.«

»Yup.«

Nachdenklich nimmt sie einen Zug und stößt eine Reihe Rauchringe aus, die auf den Weg zutreiben, bevor sich einer nach dem anderen auflöst. »Sie meinen also, der Fall bleibt unaufgeklärt?«

»Nein, verdammt«, sagt er. »Den kehrt keiner unter den Teppich.«

»Weil ein junger Schwarzer gestorben ist?«

»Weil ein junger Schwarzer an der Grenze zwischen Southie und Dorchester gestorben ist, kurz bevor der Bustransfer zwischen schwarzen und weißen Schulen beginnen sollte. Solche Storys werden von der Presse liebend gern ausgeschlachtet.«

»Und doch sitzt niemand.«

»Weil wir die Blockade noch nicht durchbrochen haben. Werden wir aber. Und dann kommt der Dominoeffekt.«

»Oder das Reihensterben.«

»Bitte?«

Sie verlagert ihr Gewicht auf der Haube, zieht ein Bein zu sich hoch, umfasst das Fußgelenk. »Sie wissen so gut wie ich, wenn da irgendwas zu Marty Butler zurückführt, dass dann *alle* Kids, die an dem Abend auf dem Bahnsteig waren, so tot wie Auggie Williamson sind.«

»Warum drücken Sie das so aus?«

»Wie denn?«

»Sie haben ›alle‹ Kids gesagt, als müssten einige auf jeden Fall dran glauben.«

»Wenn Marty Butler mit seinen Anwälten nicht durchkommt«, sagt sie schließlich, »zieht er die Reißleine und zahlt für ihre Beerdigung.«

»Vielleicht halten wir uns deshalb noch etwas zurück.«

»Aber wenn Sie zu lange warten, sprechen die sich ab, Marty besorgt ihnen bezahlte Alibis, und Sie kommen zu nichts.«

»Die Gefahr besteht.« Er stellt einen Fuß auf die Wölbung des Radkastens.

»Sie glauben, meine Tochter war darin verwickelt, und ich weiß, dass sie es nicht war. Wenn wir beweisen können, was passiert ist, können wir ihre Unschuld beweisen.«

»Und dann taucht sie vielleicht wieder auf?«

Sie entschwebt ihm einen Augenblick. Als ob sie – simsalabim – ihren Körper verlässt und er vor einer Statue steht, die auf der Haube eines Autos hockt. Dann ist sie wieder da, aber mit kleiner, dünner Stimme. »Ja, dann taucht sie wieder auf.«

Er hat ihr Gesicht so genau beobachtet, wie er nur kann. »Sie ist also untergetaucht? Ja?«

Sie zupft an einem ihrer Schnürsenkel. »Sie ist ganz sicher untergetaucht.«

»Dann«, sagt er, »müssen Sie sich nur gedulden, Mrs. Fennessy.«

»Mary Pat.«

»Sie müssen geduldig sein, Mary Pat. Wenn das hinhauen soll, muss ich es richtig machen.«

Er sieht ihr an, dass sie glaubt, er belügt nicht nur sie, sondern auch sich selbst.

»Wie wär's, wenn ich mit ihnen rede?«, sagt sie.

»Mit wem?«

»Den Leuten, die nicht reden wollen.«

»Nein«, sagt er. »Schlechte Idee.«

»Warum?«

Er deutet auf ihre Hand und ihr Gesicht. »Ihre Verhandlungsweise nennt sich Nötigung. Das ist vor Gericht nicht zu verwerten.«

»Nur nicht, wenn ein Gesetzesvertreter eingeweiht war.«

»Was haben Sie denn gelesen, ein Gesetzbuch?«

»Ich war mit Dukie verheiratet. Er hat in der Stadt alles, was wertvoll und nicht niet- und nagelfest war, irgendwann geklaut, aber selten gesessen. Er *war* ein Gesetzbuch.«

»Was ist aus Dukie geworden?«, fragt Bobby.

»Er hat sich nicht hingekniet.«

»Vor wem?«

»Vor dem, der das erwartet.«

Wie er dasteht und sie ansieht, bekommt er plötzlich eine Ahnung von ihrer unerhörten Einsamkeit. Von der Abfolge großer und kleiner Traumen, die als ihr Leben durchgeht.

»Mrs. Fennessy, fahren Sie bitte nach Hause.«

»Und was mach ich da?«

»Was Sie sonst auch tun, wenn Sie nach Hause kommen.«

»Und dann?«

»Stehen Sie am nächsten Tag auf und tun es wieder.«

Sie schüttelt den Kopf. »Das ist kein Leben.«

»Wenn man das Glück auch im Kleinen erkennt, schon.«

Sie lächelt, aber aus ihren Augen leuchtet Schmerz. »Mein Glück im Kleinen ist weg.«

»Bestimmt?«

»Ganz bestimmt.«

»Dann suchen Sie sich neues.«

Sie schüttelt den Kopf. »Da ist nichts mehr zu finden.«

Bobby gewinnt den Eindruck, dass im Innersten dieser Frau etwas unrettbar Zerbrochenes wie auch nicht zu Brechendes liegt. Und diese beiden Eigenschaften gehen nicht zusammen. Ein gebrochener Mensch kann nicht gleichzeitig unzerbrechlich sein. Und doch sitzt hier Mary Pat Fennessy vor ihm, gebrochen, aber unzerbrechlich. Das Paradox macht ihm eine Heidenangst. Im Lauf der Jahre hat er Menschen kennengelernt, die seiner vollen Überzeugung nach lebten wie die alten Schamanen, mit einem Bein in beiden Welten: dieser und der jenseitigen. Begegnet man diesen Menschen, hält man sich am besten auf die Länge und Breite eines Fußballfelds von ihnen fern, damit man in ihrem Sog nicht gleich mit in die andere Welt gezogen wird, wenn sie gehen.

Denn gehen werden sie. Keine Frage. Sie sind schon dabei.

»Mary Pat«, sagt er sanft, und sie schaut ihn an, »haben Sie jemanden, mit dem Sie reden können?«

»Worüber denn?«

»Über das, was Sie gerade durchmachen.«

»Ich rede doch mit Ihnen.«

Stimmt auch wieder.

»Und ich höre zu.«

Mary Pat mustert eine Weile sein Gesicht. »Aber Sie hören's nicht.«

»Was höre ich nicht?«

Mit ihren für Bobbys Geschmack immer noch zu sehr glänzenden Augen sitzt sie auf der Motorhaube, dreht den Finger, mit dem sie zum Himmel zeigt, und antwortet ihm. »Die Stille.«

Bobby überlegt, wie er reagieren soll, aber ihm fällt nichts ein.

Mary Pat steht von der Haube auf, geht zur Tür ihres Blechhaufens und klemmt sich hinters Steuer. Sie setzt zurück, stößt vor und lässt nicht erkennen, dass sie ihn überhaupt sieht, als sie davonfährt.

17

Ein paar Stunden später isst Bobby mit Carmen Davenport im deutschen Restaurant Jacob Wirth im Theaterviertel zu Abend. Er wählt es, weil es gerade vornehm genug ist, um zwei Beamten etwas Besonderes zu bieten, aber nicht so vornehm, dass er zu einem Kredithai gehen müsste, um die Rechnung zu bezahlen. Seine Gedanken schweifen jedoch immer wieder ab; die seltsame Begegnung mit Mary Pat geht ihm nicht aus dem Kopf. Da möchte er bei seinem ersten Date seit zehn Monaten mit den Gedanken nicht sein. Aber er denkt weiter daran, wie sie den Finger gedreht und zum Himmel gezeigt und gesagt hat: »Die Stille.«

Was für eine Stille, verdammt?

»Also raus damit«, sagt Carmen.

»Bitte?«

»Was lenkt Sie ab?«

»Vielleicht bin ich einfach nervös.«

»Hmmm, nee.« Sie legt ihre Serviette auf den Schoß, richtet ihren Stuhl nach dem Tisch aus. »Sie sind nicht hier. In diesem Restaurant. Mit mir. Und ich sehe ganz nett aus, falls Ihnen das entgangen ist.«

Sie trägt eine weiße Bauernbluse überm Jeansrock und kniehohe Stiefel im gleichen Mahagonibraun wie die Bar.

Ihr Haar ist ein wenig anders gekämmt als am Abend ihres Kennenlernens, fällt etwas mehr in die Stirn, und sie trägt mehr Schmuck – ein Silberhalsband passend zu dem Reif an ihrem linken Handgelenk, schmale Weißgoldkreolen. Das Grün ihrer Augen ist fast durchscheinend hell und gibt Bobby das Gefühl, sie kann glatt durch ihn hindurchsehen.

Bobby sagt ihr, dass sie schön ist.

»Wird aber auch Zeit«, antwortet sie. »Okay, Sie brauchen sich nicht so zu winden – was beschäftigt Sie?«

»Sie.«

Sie lacht leise und zeigt ihm den Stinkefinger. »Mir wär's lieber, Sie sagen mir, was Sie in Anspruch nimmt, als dass es Sie in Anspruch nimmt, bis ich sauer werde.«

Ihre Getränke kommen – Rotwein für sie, Bier vom Fass für ihn –, und sie stoßen auf ihr erstes Date an.

Bobby erzählt ihr von Auggie Williamson und den vielen Zeugen, die ihn und seine vier jugendlichen Verfolger in der Nähe des Zugs gesehen haben. Und wie Auggie dann am nächsten Morgen tot auf den Gleisen gefunden wurde. Und wie einige Zeugen übereinstimmend aussagten, wer diese Jugendlichen gewesen sein könnten – vier Kids aus Southie, zwei Mädchen und zwei Jungen. Und wie, sobald sie zwei von ihnen hatten, mit Marty Butler in Verbindung stehende Anwälte auftauchten und sie rausholten.

»Und die beiden anderen Kids?«, fragt sie.

»Einer ist schwierig. Der schwierigste von den vieren, und da er in persönlicher Beziehung zu Marty Butler steht, hält er auf jeden Fall den Mund.«

»Und das Mädchen?«

»Keiner weiß, wo sie steckt.«

»Ist sie tot?«

»Gerüchten zufolge ist sie in Florida.«

»Sie hören sich nicht überzeugt an.«

»Ich bin unschlüssig. Mir leuchtet nicht ein, warum von den vier Kids ausgerechnet sie eine Bedrohung sein soll. Das stört mich daran.«

Carmen denkt darüber nach, während sie einen Schluck Wein trinkt, und sieht ihn mit einer ruhigen Eindringlichkeit an, die er so attraktiv findet, dass er sich sofort wegducken möchte. Eine familiäre Eigenart der Coynes – bist du glücklich, geh in Deckung. Denn aufs Glücklichsein kann nur Schmerz folgen. *Danke, Mom,* denkt Bobby. *Danke, Dad. Was für eine Weltsicht ihr euren Kindern mitgegeben habt. Was für zwei Pflaumen ihr wart.*

Carmen sagt: »Das Mädchen könnte ja einen Mord beobachtet haben.«

»Darin *verwickelt* gewesen sein.«

»Oder auch nicht.« Der Blick aus ihren hellen Augen unterstreicht den Einwand. »Sie ist nur bei ihnen, als sie es tun. Dann hat sie vielleicht ihr Gewissen überwältigt.«

»Das käme hin«, stimmt er zu. Er sieht Mary Pat vor sich. Der zu helle Glanz in ihren Augen, die jähen kleinen Ausbrüche von Qual und Verzweiflung.

Die Stille.

»Haben Sie Kinder?«, fragt er Carmen.

Sie nickt. »Einen Sohn. Er geht jetzt aufs College. Da hab ich mal nichts vermasselt. Ich hab ihn heil durch die ganze Highschool gebracht.«

Bobby mustert sie noch einmal. »Haben Sie ihn *bekommen,* als Sie auf der Highschool waren?«

Sie lächelt. »Was für ein silberzüngiger Teufel Sie doch sind. Nein, Bobby, ich hab ihn nicht auf der Highschool bekommen. Ich war neunzehn. Und jetzt ist er neunzehn – rechnen Sie's sich selbst aus.«

Bobby sperrt in gespieltem Entsetzen den Mund auf. »Sie sind vier Jahre älter als ich!«

»Ja, aber ich habe offensichtlich viel besser auf mich aufgepasst.«

Bobby lacht. Kann sich nicht erinnern, wann er das zuletzt so unbeschwert getan hat. Einen Moment später lacht Carmen auch. Sie nimmt seine Hand in ihre und fährt mit dem Daumen zur Mitte seiner Handfläche hinunter.

»Sollen wir bestellen?«, fragt sie.

»Gern.«

Aber sie tun es noch eine Weile nicht. Sie sitzen nur da und schätzen sich gegenseitig ein.

»Hast du Kinder?«, fragt sie.

»Einen Sohn. Er ist neun. Lebt wochentags bei seiner Mom.«

»Gut, dann hätte ich eine Frage – was würdest du tun, wenn jemand deinem Sohn was antut und die Polizei nichts unternimmt?«

Bobby sieht Brendan und seine hoffnungsvollen Augen, sein hoffnungsvolles Lächeln vor sich, wie freundlich er ist und wie sehr er möchte, dass alle um ihn herum glücklich sind, ein Wunsch, der Bobby ebenso sehr ängstigt, wie er ihn rührt. Wenn ihm etwas angetan würde, etwas wirklich Schlimmes – bliebe dann von Bobby noch etwas übrig, das man aufheben und wieder zusammensetzen könnte?

»Ich bin mir nicht sicher, was ich tun würde«, antwortet er Carmen. »Also ich will ehrlich sein – ich weiß, was ich *am liebsten* tun würde, bin aber offensichtlich jemand, der an Recht und Ordnung glaubt. Wäre ich, was weiß ich, irgendwo in der Wildnis, im vorigen Jahrhundert mit dem Wagenzug nach Westen unterwegs und jemand täte meinem Sohn was an? Ja, der wäre dann toter als Abe Lincoln.«

Sie nickt. »So sehe ich das meistens auch. Wer meinem Kind was antut, den bring ich um, ist leicht gesagt. Aber es gibt Gesetze. Und Konsequenzen. Bringst du jemanden um, kommst du ins Gefängnis. Dein Kind wächst ohne dich auf.«

»Die Rechtsstaatlichkeit ist das Einzige, was uns vom Tierreich trennt.«

»Denken die Eltern dieses Mädchens auch so?«

»Sie hat nur eine Mutter.«

»Und wie ist die?«

Bobby lacht leise. »Sie hat's in sich. Hätte ich am Anfang in Vietnam ein halbes Dutzend wie sie in meinem Zug gehabt, hätten wir wahrscheinlich den ganzen scheiß Krieg verhindert.«

»Wir sprechen hier von einer *Frau?*«

»Einer aus den Projects von Southie. Die ticken etwas anders.«

»Du magst sie.«

»Ja«, stimmt er zu. Als er dann ihre Augen sieht: »Nein, nein, nein. Nicht so. Nicht so wie dich.«

»Sondern?«

»Sie ist …« Er denkt darüber nach. Wie soll man Mary Pat Fennessy beschreiben? »Der Frau hat nie jemand gesagt, wie man aufhört. Wahrscheinlich hat ihr nie jemand gesagt, dass das okay ist.«

»Aufzuhören?«

»Runterzuschalten. Was weiß ich, zu weinen? Etwas zu empfinden?« Er denkt darüber nach. »Jedenfalls etwas anderes als Zorn zu empfinden. Wenn ich meinen Sohn sehe, drücke ich ihn jedes Mal so fest, dass er sich beschwert. Ich rieche an seinen Haaren und seiner Haut. Manchmal drücke ich mein Ohr an seinen Rücken, bloß, damit ich sein Blut kreisen und sein Herz schlagen höre. Ich meine, er ist in dem Alter, wo ihm das bald zu viel wird, deshalb hol ich es mir, solange ich kann.«

Sie nickt, ihr Blick ist sanft geworden, ihr Daumen noch sanfter auf seiner Hand.

»Jede Wette«, sagt er, »dass Mary Pat ihr Leben lang nicht so umarmt worden ist.«

»Ich glaube, du bist ein guter Vater.«

»Nenne niemanden einen guten Vater, bis er tot ist.«

Sie verdreht die Augen. »Das Zitat geht anders.«

Er lächelt sie an. »Kannst du Altgriechisch?«

»Bei den Klassikern kenne ich mich aus«, sagt sie. »Dafür haben die Nonnen gesorgt.«

»Ich mag keine Nonnen«, platzt er heraus.

»Ich auch nicht«, sagt sie. »So schwer sie's auch haben. Die Priester kriegen den Alkohol und die Anerkennung, und was bleibt den Nonnen? Ihr Kloster?«

Die Bedienung kommt, und sie ziehen ihre Hände zurück, damit sie sich die Speisekarte ansehen und bestellen können.

Als die Kellnerin geht, legt Carmen ihre Hand wieder

auf den Tisch und sieht ihn mit hochgezogener Braue an. Er gibt ihr seine Hand, und sie legt ihre andere Hand darauf.

»Hat die Frau noch andere Kinder?«

»Einen Sohn hatte sie noch, aber der ist gestorben.«

»Einen Mann?«

»Sie hatte zwei. Beide haben sie verlassen, der eine wurde für tot erklärt.«

Sie nimmt eine Hand weg, um noch einen Schluck Wein zu trinken. »Wenn also ihrer Tochter etwas zustieße, wofür hätte sie dann noch zu leben?«

Im selben Moment geht ein Geist durch Bobby hindurch. Er hat genau Bobbys Größe und berührt vom Scheitel bis zu den Fußsohlen jeden Zentimeter seines Körpers, ehe er durch seine Brust hinausfährt.

»Darauf weiß ich keine Antwort«, sagt er Carmen.

Nach dem Essen begleitet er sie nach Hause. Sie wohnt nicht weit entfernt – rund zehn Minuten zu Fuß –, aber sie schlendern, ziehen es in die Länge. Sie gehen unter Bäumen her, deren dichtes Laub nach der Hitze des Tages duftet, und als sie den Park Square durchquert haben, breiten sich die Straßen wie Canyons aus Licht und Dunkel vor ihnen aus.

Beim Essen hat er mehr über ihre Arbeit als Leiterin eines Frauenhauses in Roxbury erfahren, in dem misshandelte Frauen, oft mit Kindern im Schlepptau, Schutz vor ihren Partnern suchen. Auf dem Gang durch die Stadt an diesem ruhigen Sommerabend fragt er sie, warum sie tut, was sie tut.

Sie erzählt Bobby, dass sie als kleines Mädchen davon geträumt hat, Rechtsanwältin zu werden, eine Zeit lang sogar davon, Cop zu werden, aber auch mit einem Vollstipendium fürs College musste sie für Kost und Logis immer noch selbst aufkommen. Jemand vermittelte ihr einen Job in einem Heim für Ausreißer. Und dort, sagt sie Bobby, stellte sie fest, dass sie ein Händchen dafür hatte, anderen Menschen, wenn auch längst nicht allen, klarzumachen, dass sie in der Lage waren, den Lauf ihres Lebens zu ändern.«

»Und schon warst du süchtig.«

Sie gibt ihm einen Klaps auf den Arm. »Schon war ich süchtig.«

»Gibt sicher viel Kummer in dem Job«, sagt er. »Misshandelte Frauen? *Scheiße.*«

»Das sagt der Richtige.«

»Nein, nein, nein«, antwortet er. »Natürlich sehe ich viel Dreck, aber mein Job ist meist klar umrissen. Jemand stirbt, ich finde heraus, wer das zu verantworten hat. Manchmal kriege ich die, manchmal nicht, aber ich lebe nicht in der Hoffnung, dass sich durch mich das Leben von irgendwem bessert. Du, du musst dein Vertrauen in diese Frauen setzen, von denen die Hälfte doch wieder freiwillig zu den Arschlöchern zurückgeht oder von ihnen aufgespürt und zur Rückkehr bewogen wird. Wie oft läuft es auf eins von beidem hinaus?«

»In über fünfzig Prozent der Fälle«, gibt sie zu. »Sieht finster aus, da lüg ich nicht. Eine Zeit lang hab ich das Licht in der Nadel gesucht. Davon ging das Licht dann aber ganz aus.«

»Wo findest du's jetzt?«

»Im Glauben.«

»An Gott?«, fragt er.

»An die Menschen«, sagt sie.

»Au.« Er verzieht das Gesicht. »Das ist ein schlechter Tipp.«

»Du glaubst nicht, dass sich die Menschen ändern können?«

»Nein.«

Darauf legt sie den Kopf schräg und wandert ein paar Schritte von ihm weg. »Wie willst du mich mit so einer Scheißeinstellung jemals ins Bett kriegen, Bobby-der-eigentlich-Michael-heißt?«

»Ich weiß einfach nicht, was Hoffnung bringen soll«, sagt er schließlich.

Sie kommt wieder zu ihm. »Das glaubst du doch selber nicht. Du hast so viel Hoffnung in mich gesetzt, dass du mich zur Reha statt in den Knast gebracht hast. In die Mutter aus Southie setzt du so viel Hoffnung, dass du bei einem Date mit *mir* den ganzen Abend von ihr geschwärmt hast. Und ich sehe fan-tas-tisch aus.«

»Das stimmt«, gibt er zu.

Sie tritt näher, zieht ihn am Revers zu sich hin und küsst ihn zum ersten Mal – ein sanfter, leicht züchtiger, leicht feuchter Kuss auf die Lippen. »Du wünschst dir, du wärst nicht voller Hoffnung, bist es aber. Deshalb mag ich dich.«

Sie lässt sein Revers los und läuft weiter.

»Du magst mich?«, sagt er.

Ein Blick über die Schulter. »Sag es keinem.«

Sie bleiben vor ihrer Adresse in der Chandler Street stehen, einem Sandsteinhaus in der Mitte eines Blocks voller Sandsteinhäuser in einem Viertel, dem Bobby weder hohe noch niedrige Kriminalität bescheinigt hätte. Wie die übrige Stadt ist es momentan tektonischen Verschiebungen ausgesetzt, gefangen zwischen dem, was es einmal war, und dem, was es noch nicht ist und vielleicht nie werden wird. Carmen zeigt auf ein Licht im dritten Stock und sagt Bobby, es ist ihr Wohnzimmer.

Ungeachtet ihres ersten Kusses versteht es sich von selbst, dass er heute Abend nicht mit hochkommen wird, und ihm ist es recht so. Seine Zeit in Vietnam hat ihm in Bezug auf Frauen das Gehirn vernebelt – er kannte nur Bardamen, Taxigirls und die auf den breiten Gehwegen vorm Imperial City in Hué flanierenden Nutten, die in einem kaum verständlichen Sprachenmix aus Vietnamesisch, Französisch und dem knallharten Englisch amerikanischer Gangsterfilme ihre Anmachsprüche riefen. Zurück in den Staaten, hielt er die ersten Jahre bei der Polizei noch an Stripperinnen und Bardamen fest. Dann lernte er Shannon kennen, eine Frau, die er, wenn er jetzt zurückschaute, mit ziemlicher Sicherheit nie geliebt hatte. Shannon war kalt, herrisch und den Menschen nicht merklich zugeneigt; dass sie an ihm Gefallen fand, nahm er irrtümlich als Beweis dafür, ein wertvoller Mensch zu sein, denn macht es uns nicht einzigartig, wenn jemand, der sonst niemanden mag, uns mag? Es erfüllte ihn zwar nicht mit Freude, aber mit Stolz, eine so schöne und herzlose Frau am Arm zu haben. Schon bald nach der Heirat begriff Shannon allerdings, dass er sie nicht liebte. Das Dumme war, sie liebte ihn (soweit Shannon jemanden lieben konnte), und die Erkenntnis, dass er ihre Liebe nie wirklich erwidert hatte, verwandelte ihr ohnehin selbstsüchtiges Herz in einen Granitbrocken. Nur Brandon kam da rein (und Bobby fragte sich, ob das so blieb, wenn Brandon erst anfing, Widerrede zu geben). Nach Shannon kehrte Bobby zu völlig bedeutungslosem Sex zurück. Nicht unbedingt mit Prostituierten, aber mit Frauen, die sich von Sex das gleiche Geben und Nehmen erwarteten wie er.

Als er clean wurde, hielt er sich von allem fern, was seinem Hang zur Selbstzerstörung und zum Selbstekel entgegenkam, und lange Zeit hieß das, einen Bogen um die Art von Frauen zu machen, deren Gesellschaft er hauptsächlich gesucht hatte.

Jetzt, wo er unten vor Carmen Davenports Wohnung steht, ihre beiden Hände an den Fingern hält und sie ihm sagt, der Abend habe ihr gefallen, worauf er antwortet, ihm auch, und sie sich beide dümmlich lächelnd fragen, ob man sich noch einmal küssen sollte, wird ihm klar, was ihm an ihr wie an allen intelligenten Frauen solche Angst macht: Mit ihrem wachen Kopf wird sie im Nu merken, wie voller Schrott er ist. Er weiß nicht, was er tut. Hat's noch nie gewusst. Er weiß nicht, wo's langgeht; hatte nie einen Schimmer. Im Grunde hat er das Gefühl, ein vom Storch abgeworfenes Baby zu sein, das immer noch auf einen Schornstein zusteuert. Alles andere, was er der Welt präsentiert, ist Kostüm.

Sie wagen noch einen Kuss, intensiver diesmal, länger. Bobby geht ein leichtes Zittern durch den Körper, das ihm peinlich ist, und er hofft, dass Carmen es nicht mitbekommt. Wie alt ist er, zwölf?

Als er den Kuss beendet, sind ihre Augen noch geschlossen. Er sieht zu, wie sie sich öffnen, und das helle Grün, das ihn so ruhig und klug anschaut, jagt ihm eine Heidenangst ein.

»Ruf mich morgen an.« Sie geht die Treppe hoch.

»Wann?«

»Überrasch mich.«

Er wartet noch ein wenig, als sie drin ist, und geht dann zur U-Bahn.

Zu Hause ist er kaum zur Tür herein, als seine Schwester Erin, die Versicherungsfachfrau, aus dem Flur kommt und wissen möchte, wo er gewesen ist.

»Ich war aus. Warum?«

»Anruf von der Arbeit. Gut fünfmal.«

»Keine Nachricht?«

»Doch.«

Er wartet, aber Erin sieht ihn nur an.

»Was für Nachrichten denn?«

Dieser Blick. Erin hat Bobby nie verziehen, dass er sie mit ihrem Ex-Mann bekannt gemacht hat. Oder nachdem sie ihn verlassen hat, mit dem armen Kerl befreundet geblieben ist.

Sie geht weg. »Du sollst zurückrufen.«

Er geht zum Telefontisch und quetscht sich beim Wählen in den kleinen Sessel. Als er mit Pritchard verbunden wird, sagt er: »Was gibt's?«

»Der Junge, den wir neulich hergebracht haben – Rum Collins, weißt du noch?«

»Klar.«

»Der ist hier.«

»Was meinst du damit?«

»Damit meine ich, er kam mit blutiger Hose hier ange-
humpelt und sagte, er will uns erzählen, was mit Auggie
Williamson passiert ist.«

»Dann nimm seine Aussage auf.«

»Er will nur mit dir reden.«

»Bin schon unterwegs.«

»Hey, Bobby.«

»Ja?«

»Der Junge hat in die Hose gepisst. Buchstäblich. Er
sagt, wir müssen ihm nur eins versprechen, und zwar, dass
wir ihn nicht raus auf die Straße schicken.«

»Okay. Hat er gesagt, warum?«

»Ja. Weil *sie* da draußen ist.«

18

Um die Zeit, als Bobby und Carmen Davenport bei Jacob Wirth ihre ersten Getränke bestellen, beobachtet Mary Pat Fennessy, wie Rum Collins und ein anderer Supermarktangestellter hinten auf der Laderampe des Purity Supreme zusammen einen Joint rauchen. Mary Pat parkt unter einem Baum nebenan, wo früher ein Henry's-Hamburger-Imbiss war, bis '72 jemand ein paar dieser Burger untersuchen ließ und sich herausstellte, dass sie jede Menge Pferd und sehr wenig Rind enthielten.

Zwei Wagen auf dem Purity-Supreme-Parkplatz – Rums Duster und ein Chevy Vega, von dem Mary Pat annimmt, dass er seinem Kifferkumpel gehört. Alle anderen sind weg, auch der Wachmann. Die Alarmanlage ist eingeschaltet, und die runtergelassenen Gitter sind verriegelt; das sind die gesamten Sicherheitsmaßnahmen des Purity Supreme.

Rums Kumpel bringt eine Kippenklammer zum Vorschein, und sie paffen den Rest des Joints beieinandergluckend wie zwei Fische, klatschen sich dann ab und gehen zu ihren Wagen. Das ist der heikle Teil. Wenn Rums Kumpel an seiner Karre herumtrödelt oder zu lange braucht, um sie zu starten, fällt der ganze Plan ins Wasser. Alles hängt davon ab, dass Kifferkumpel davonfährt, ehe Rum den Motor anlässt.

Kifferkumpel steigt zuerst in seine Karre, startet sie aber nicht gleich. Und jetzt öffnet Rum seinen Schlag und macht Anstalten, sich hinters Steuer zu setzen.

Mary Pat springt aus ihrem Wagen und sucht herum, bis sie einen Stein von der Größe eines Matchboxautos findet. Sie wirft ihn wie einen Baseball in die Höhe und weiß einen Moment lang nicht, ob der Wurf halbwegs genau war. Doch dann hört sie den leisen Aufschlag des Steins auf dem Dach von Rums Duster.

Rum steigt aus. Kifferkumpel, der nichts mitgekriegt hat, lässt seinen Motor aufheulen. Er dreht das Fenster runter und fragt Rum etwas. Rum schaut auf sein Wagendach. Er sieht sich nach den nächsten Bäumen um. Hebt die Hand, um seinem Freund zu sagen, dass alles klar ist.

Und Kifferkumpel fährt davon.

Rum blickt sich weiter um. Einen Moment scheint er sogar rüber zum alten Parkplatz von Henry's Hamburgers zu schauen. Aber er sieht nicht lange und nicht genau hin.

Er steigt wieder in den Duster. Dreht den Schlüssel in der Zündung. Der Motor erwacht brummend zum Leben.

Und stirbt.

Neuer Versuch. Diesmal springt der Motor erst nach einer merklichen Pause an.

Und stirbt sofort ab.

Die nächsten vier Versuche bringen nichts. Nur ein helles, surrendes Geräusch, da der Motor mit leerem Tank zu starten versucht. Nachdem sie das ganze Benzin abgesaugt hat, hat Mary Pat obendrein ein Pfund Zucker hineingekippt. Rum Collins' orangefarbener Plymouth Duster wird

diesen Parkplatz nur mithilfe eines Abschleppwagens verlassen.

Rum steigt aus. Schaut unter die Haube. Nach einer
Weile klappt er sie zu. Steckt den Kopf ins Auto. Kommt
dann wieder hoch. Geht nach hinten und legt sich drunter.
Er legt das Ohr an den Tank und klopft mit der Faust dagegen.

Er steht auf und runzelt die Stirn. Bleibt erst mal so.
Guckt ein paarmal auf den Tank und wieder weg.

Schaut rüber zu Henry's Hamburgers. Zugenagelt. Unkraut in der Einfahrt. Unkraut auch unter der Telefonzelle
neben der alten Eingangstür. Es ist aber eine Telefonzelle,
und sie ist beleuchtet.

Rum greift in seine Tasche. Schaut auf die, wie sie annimmt, Münzen in seiner Hand.

Er stapft über den Purity-Parkplatz, steigt über den
durchhängenden Zaun, der nichts mehr trennt, und geht
auf die Telefonzelle zu. Mary Pat, die ganze Zeit im Leerlauf, legt den Gang ein, lässt Bess langsam ohne Licht
aus der Parklücke kommen und steigt mit zunehmendem
Druck aufs Gaspedal, sodass sie fast bei Rum ist, bis er den
Wagen hört und auf die Idee kommt, sich umzudrehen. Sie
gibt Gas und prescht an seine rechte Seite, der Vorderreifen
verfehlt ihn um höchstens eine Fußlänge, doch die Fahrer-
tür fliegt auf und trifft seinen Körper mit solcher Wucht,
dass er von den Beinen geholt und über ein Grasstück hinweg auf die alte Drive-in-Spur (die erste im Viertel, Riesen-
ding damals) geschleudert wird.

Bis er wieder hochkommt, hat sie ihn am T-Shirt ge-
packt. Er stolpert und taumelt, als sie ihn über einen Bord-

stein und durch die Seitentür des Restaurants zerrt, die sie vor Stunden aufgestemmt hat. Sie wirft ihn in der ehemaligen Küche zu Boden. Als er aufstehen will, landet sie eine Vierschlagkombination in seinem Gesicht, die durch ihr brutales Tempo statt durch ihre Wucht seinen Willen brechen soll. Und auch bricht. Er liegt da, stöhnt, deckt sein Gesicht und nimmt die Hände erst runter, als er merkt, dass sie seine Jeans aufknöpft. Ehe er sie aufhalten kann, hat sie seine Jeans und seinen Slip auf die Knie runtergezogen und sich rittlings mit einem Teppichmesser auf ihn gesetzt, das dünn wie ein Kaugummistreifen ist, aber, wie er aus seiner Supermarkterfahrung wissen dürfte, einen Kartondeckel abtrennen kann, als wäre die Pappe Seidenpapier.

Noch ehe er glauben kann, dass sie ihm wirklich die Hose ausgezogen hat, hat sie schon seinen Hodensack zu sich hingezogen und kurz die Klinge darunter entlanggeführt.

Sie würde wetten, so laut und so schrill hat er noch nie geschrien. Das Blut strömt aus der Wunde.

»Erzähl mir alles über den Abend auf dem Bahnsteig in der Columbia Station.«

Er redet. Hört nicht auf, bis sie ziemlich sicher ist, dass er ihr alles gesagt hat, was er weiß. Er erzählt ihr sogar die Sachen, die kein gutes Licht auf Jules werfen, sie überhaupt nicht gut aussehen lassen.

Als er fertig ist, setzt sie ihm die Knie auf die Schultern. Sieht ihn sich ein bisschen an. Wie nebenbei, als wollte sie nur mal sehen, was passiert, schnippt sie ihm die Messerklinge ein paarmal über die Kehle und den Hals. Die Tränen – heiß wie Tee, nimmt sie an – laufen ihm aus den Augenwinkeln und in die Ohren.

»Sie bringen mich um.«

»Überleg ich mir noch.« Sie zuckt die Achseln. »Wo ist Jules?«

»Das weiß ich nicht.«

Sie führt das Messer über die Haut unter seinem Kinn. »Aber du weißt, dass sie tot ist.«

Er kneift die Augen zusammen, und die Tränen strömen daraus hervor. »*Ja.*«

»Woher?«

»Weiß doch jeder«, sagt er einfach.

»Mach die Augen auf.«

Er öffnet sie.

»Du rufst die Polizei an. Und du sagst ihnen, was du mir gesagt hast. Wenn nicht, Rum – hörst du zu? Sag, dass du zuhörst.«

»Ich hör zu.«

»Sonst komm ich noch mal zu dir. Nichts kann mich davon abhalten. Nichts wird dich retten. Egal, wen du kennst oder was du meinst, wer dich beschützen kann, keiner kann's. Nicht vor mir. Ich krieg dich, genau wie heute Abend. Und ich schneid dir die Eier ab. Und ich schneid dir den Schwanz ab. Dann in den nächsten Kanal damit, und die Ratten können's fressen, während du verblutest, wo ich dich liegen lasse.« Sie steht auf. »Geh raus in die Telefonzelle, ruf die Polizei an, und sag, du möchtest zu Auggie Williamsons Tod aussagen.«

Sie geht Richtung Tür und bleibt stehen. Dreht sich um.

Von allen Überzeugungen, die sie im Herzen bewahrt, ist ihr die teuerste die, die sie jetzt durch eine schlichte Frage in Gefahr bringen könnte. Es ist der Glaube, dass Jules das

Beste an ihr war. Dass Jules besser war als sie, Dukie oder Noel. Und dass ihre Seele, wohin sie auch gegangen sein mag, bei den guten gelandet ist.

Sie räuspert sich. »Was du da von Jules erzählt hast – hat sie das wirklich getan?«

Rum macht ein Gesicht, als hätte er gewusst, dass er diesen Teil der Geschichte hätte ändern sollen.

»Hat sie das getan?«, wiederholt Mary Pat und betont jedes einzelne Wort. »Lüg mich jetzt nicht an, ich merk das.«

»Ja«, sagt er.

Sie bleibt lange mit zitternder Unterlippe in der Tür stehen.

»Na ja, ich hab sie großgezogen«, sagt sie. »Da fällt das wohl auf mich zurück.«

Sie geht.

19

Bobby ist noch nicht ganz durch die Tür des Reviers, da hält Pete Torchio, der Diensthabende, ein Telefon hoch und sagt: »Für Sie.«

»Wer denn?«

Pete zwinkert. »Sagt, er heißt *Special*.«

»Was?«

»*Special* Agent Stansfield.«

Pete hält sich für umwerfend komisch. Deshalb ist er schon zum dritten Mal verheiratet. Mit dreiunddreißig. »Sie können ihn durchstellen.«

»Erfüllt mich mit tiefer Freude, Bobby. Ich fühle mich geschmeichelt. Sie wissen schon.«

Bobby geht zu seinem Schreibtisch, und das Telefon klingelt, der Knopf für Leitung zwei blinkt. Er drückt ihn und hält den Hörer ans Ohr. »Giles?«

»Bobby. Was macht die Kunst?«

»Ach, na ja. Und bei Ihnen?«

»Haben Sie gehört, dass die Busgegner an unserem Gebäude ein Fenster eingeschmissen haben?«

»Ja.«

»Die haben über eine halbe Stunde ›Nigger sind fürn Arsch‹ gerufen, Bobby.« Etwas in seinem Ton legt nahe, dass Bobby entweder a) dafür verantwortlich ist oder

b) das Verhalten erklären kann. »Eine halbe *Stunde, Mensch.*«

»Immer denselben Spruch, das ist lange«, sagt Bobby. »Man sollte meinen, sie hätten noch einen dazugenommen.«

»Solche Leute gehören eingesperrt.«

Giles Stansfield ist in Connecticut aufgewachsen. Studium an der Brown, dann an der Yale Law. Bis er zum Bureau kam, hat er wahrscheinlich keine Schwarzen kennengelernt, die nicht dienstleistend für die Familie Stansfield oder in Yale tätig waren. Arme Weiße auch nicht.

»Was gibt's, Giles?«

»Ich hab gehört, Sie schnüffeln bei den Butler-Leuten herum.« Sein Ton war plötzlich locker, als plauderten sie beim Punsch auf einer Gartenparty.

»Wo haben Sie das gehört?«

»Ich dachte nur, Sie möchten sich vielleicht mit uns verständigen, damit keine Signale durcheinandergeraten.«

»Was für Signale könnten denn durcheinandergeraten?«

»Na, Signale eben.« Giles' Tonfall war immer noch locker, aber auch ein bisschen gereizt, als liefe die Unterhaltung nicht so, wie er sich das vorgestellt hatte.

»Sagen Sie mir doch, um was für Signale es geht, dann weiß ich, ob meine denen in die Quere kommen können.«

Er hört Giles' unterdrücktes Seufzen. »Ich schieb's auf Nixon.«

»Ich weiß nicht, was Sie meinen.« Bobby legt seinen Dienstrevolver in die Schreibtischschublade und, da er schon mal dabei ist, auch die Wagenschlüssel.

»Er hat sich die scheiß Drug Enforcement Administration ausgedacht. Sie mit dem Bureau of Narcotics zusammengeschmissen. Dann haben sie einen Haufen Cowboys und Nichtsnutze aus Bezirken im ganzen Nordosten hergenommen, und jetzt nennen sie's Agentur.«

»Administration, dachte ich.« Bobby weiß nicht, warum er sich so gern mit den Bureau-Typen kabbelt, aber er tut es.

»Wie immer sie's nennen, auch diese bewaffneten Würmlein, diese Rennmäuse mit Dienstausweis sind offenbar hinter den Butlers her, was wir erst wissen, seit sie einen seiner Jungs verhaftet haben.«

»Was ist denn daran verkehrt?«

»Der hat *uns* gehört. Wir sind seit einem halben Jahr an Martys Autoläden dran, und das DEA geht hin und vermasselt die Kiste.«

»Das ist Pech.« Bobby klopft seine Taschen nach Zigaretten ab und stellt erschrocken fest, dass keine da sind. Er sieht sich rasch um und erblickt sie vor sich auf dem Schreibtisch, wo er sie rund dreißig Sekunden zuvor hingelegt hat.

Auf der anderen Seite des Großraumbüros steckt Vincent den Kopf aus Vernehmungsraum B und morst Bobby mit großen Augen ein unmissverständliches *Hierher, Mann!* Er guckt böse und schließt die Tür wieder.

»Ja, das ist Pech«, sagt Giles. »Doppelter Aufwand hilft keinem. Ein Führungsteam auswählen ist die Lösung.«

Bobby sammelt seine Zigaretten und Streichhölzer auf. »Prima Idee«, sagt er und grinst von einem Ohr zum andern. »Wir übernehmen das.«

»Nein, nein«, sagt Giles schnell, »ihr habt schon genug auf der Pfanne. Überlasst uns doch die Leitung.«

»Besprechen wir das mal bei einem Treffen.«

»Gern, aber bis dahin könnten wir doch so verbleiben …«

»Meine Sekretärin meldet sich bei Ihrer Sekretärin. Wir setzen ein Treffen an.«

»Okay, aber Bobby –«

»Muss Schluss machen, Giles.« Bobby legt auf.

Meine Sekretärin meldet sich bei Ihrer Sekretärin. Wie kommt er bloß auf den Scheiß?

In Vernehmungsraum B sitzt Ronald »Rum« Collins auf der anderen Seite des Tischs, und sein Gesicht sieht aus, als hätte es jemand zum Golftraining benutzt. Einige Verletzungen sind älter – Bobby weiß, dass Mary Pat sich den Jungen vor etwa einer Woche schon mal in einer Bar vorgeknöpft hat. Die neuen Verletzungen umfassen einen Riss in der rechten Augenbraue, ein geschwollenes linkes Ohr, eine schwarz-blau verquollene Augenhöhle (zusätzlich zu der gelb verfärbten älteren Prellung aus der Vorwoche), blutgeschwärzte Zähne und Schnittwunden am Hals, die aussehen, als stammten sie von einer Rasierklinge oder einem extrem scharfen Messer.

Aber Vincent hat Bobby schon darauf hingewiesen, dass das Schlimmste unterhalb der Gürtellinie kommt. Rum riecht nach Pisse und auch etwas nach Scheiße, und seine Jeans klebt vor Blut an ihm.

»Was liegt an, Rum?« Bobby setzt sich ihm gegenüber und bemüht sich, nicht über die absurde Frage, die er gerade gestellt hat, zu grinsen. Warum ist heute Abend alles so lustig? Dann wird's ihm klar: *Weil es – im Moment jedenfalls – jemanden in meinem Leben gibt. Hellt alles ein bisschen auf.*

Und der nächste Gedanke: *Gott, mach, dass es dieses Mal hält.*

Rum beißt sich innen auf die Unterlippe, als wäre das sein Job. Bobby mag nicht mal daran denken, wie es da drin aussieht. »Die bringt mich um.«

»Wer denn?«

»Darf ich nicht sagen.«

»Dann rat ich mal drauflos: Mary Pat Fennessy.«

»Ich *darf* nicht! Ich *sag* das nicht!«

Bobby beugt sich über den Tisch und sieht sich den blutigen Schritt von Rums Jeans an. »Was hat sie mit Ihnen gemacht, Junge? Hat sie ihn abgeschnitten?«

»Nein!« Rum schaut erst mal weg und kaut jetzt auf seiner Unterlippe wie ein Kaninchen. »Hat's aber angedroht.«

»Und wo kommt das Blut her?«

»Sie hat ihn angeschlitzt.«

»Ihren Schwanz?«

»Unter den Eiern.«

»Wir sprechen hier von Mary Pat Fennessy?«

Rum nickt beinahe, besinnt sich dann aber, und ein Schwall von Angstgeruch – ranzig und metallisch – bricht ihm aus den Poren. »Ich sag das nicht, egal, wie oft Sie fragen.«

»Okay.« Bobby bietet ihm eine Zigarette an. »Was wollen Sie denn sagen?«

Rum nimmt die Zigarette an und lässt sich von Bobby Feuer geben. »Ich sage Ihnen, was an dem Abend auf dem Bahnsteig passiert ist.«

Hinter Rum sieht Vincent Bobby mit hochgezogenen Brauen an, als wollte er sagen: *Siehste?*

Bobby stellt einen Aschenbecher vor Rum hin. »Was dagegen, wenn mein Partner sich Notizen macht?«

Rum schüttelt ohne aufzublicken den Kopf. »Okay.«

Hinter ihm strahlt Vincent, die Augen groß wie Scheinwerfer.

Als die Jugendlichen gegen Mitternacht auseinandergingen, machten sich Rum, George Dunbar, Brenda Morello und Jules Fennessy auf den Weg nach Carson Beach. Aber kurz vorm Day Boulevard, wo sie zum Strand hinüberwollten, merkte Brenda, dass sie ihre Schlüssel irgendwo im Park hatte liegen lassen. Es war ein Ring mit Schlüsseln, Hasenpfote und einem Flaschenöffner, der an dem Abend einige Dutzend Mal zum Einsatz gekommen war.

Also kehrten sie zum Park zurück, um die Schlüssel zu suchen. Sie wollten schon aufgeben, da fiel Jules etwas Weißes unter einem Sitzplatz auf, und voilà: Brendas Schlüssel. Der Columbia Park war jetzt leer, und sie setzten sich wieder, knackten noch vier Flaschen Bier, und George ließ einen Joint rumgehen. Das sei guter Shit, versicherte er ihnen, nicht das mexikanische Grünzeug, das er den Deppen verkaufte, sondern echtes Sinsemilla aus Südkalifornien. In Wahrheit schmeckte Rum Collins keinen Unterschied, aber er nahm an, der Alkohol beeinträchtigte seine Geschmacksknospen.

In dem Moment sagte George Dunbar, der hinaus

auf die Straße sah: »Genau – glotz mich verdammt noch mal nicht an.«

Zuerst begriff keiner, mit wem er sprach, aber dann sahen sie alle das Auto mit dem rülpsenden Auspuff und den Niggerjungen hinterm Steuer, der zu ihnen rüberschaute.

»Guck weg, du Scheißnigger«, sagte George so leise, dass es kaum zu hören war. »Sonst weiß ich nicht, was ich gleich mache.«

Der junge Schwarze sah tatsächlich weg, ob zufällig oder dank eines sechsten Sinns für drohende Gefahr, und der Wagen spuckte und spotzte weiter an ihnen vorbei, fast so langsam, als triebe er im Wasser. Er fuhr unter dem Expressway durch, wo sie ihn im weiten Schatten der Überführung aus den Augen verloren, und sie hörten ihn auch nicht mehr.

Jules, die sich gerade heiser und hektisch mit Brenda unterhielt, sagte: »Ich ruf ihn an.«

»Nein«, erwiderte Brenda. »Warte bis morgen. Beruhig dich.«

»Er braucht es ja nicht anzuerkennen, er muss nur zahlen.«

Bobby unterbricht Rum kurz. »Wollen Sie damit sagen, Jules Fennessy war schwanger?«

»Bitte?«

»Sie hat gesagt: ›Er braucht es nicht anzuerkennen, er muss nur zahlen.‹«

Rum denkt darüber nach. »Damit kann doch alles Mögliche gemeint sein.«

»Zum Beispiel?«

»Weißnich. Ein Haustier. Ein Auto.«

So ein Schwachkopf darf wählen, erschüttert es Bobby. *Und sich vermehren.*

»Na gut«, sagt er zu Rum, »sie sagt also, sie will ihn anrufen – wen eigentlich?«

Rum zögert eine ganze Weile, bevor er damit herausrückt. »Na ja, Frankie.«

Bobby braucht ein paar Sekunden, aber dann weiß er irgendwie, auf welchen von allen Frankies dieser Welt der Junge sich bezieht. »Frank Toomey?«

»Ja.«

Heilige Scheiße. Bobby dreht sich zu Vincent, schaut ihm in die Augen. Vincent sieht so entgeistert aus, wie Bobby es ist.

»Jules Fennessy war mit Frank Toomey zusammen?«

»Ja.«

»Und das erzählen Sie uns jetzt, weil …«

»Weil sie gesagt hat, sonst bringt sie mich um.«

Bobby vergewissert sich mit einem Blick über den Tisch, dass Vincent den letzten Teil nicht ins Protokoll aufgenommen hat. Vincent bestätigt das, indem er seinen Stift hochhält.

Rum nicht mehr fragen, warum er redet, ermahnt sich Bobby. *Einfach reden lassen.*

»Erzählen Sie weiter«, sagt Bobby dem Jungen.

Jules entschloss sich, Frankie zu Hause anzurufen. Wo er mit Frau und Kindern wohnte. Eine Viertelstunde nach Mitternacht. Niemand hielt das für eine gute

Idee. Alle versuchten, es ihr auszureden. Aber sie mar-
schierte mit einem Zehncentstück in der Hand über
die Columbia Road, hielt vor der Telefonzelle an und
warf die Münze ein. Die Jungs blieben, wo sie waren,
doch Brenda lief über die Straße zu Jules und stand
neben ihr, während sie in den Hörer sprach und zum
Schluss etwas schrie, das sich anhörte wie: »Na, dann
bezahl es auch!« Sie knallte den Hörer so fest auf die
Gabel, dass sie es auf der anderen Straßenseite mit-
bekamen.

Rum und George Dunbar wären zu den Mädchen
gegangen, sahen aber an Jules' flatternden Händen
und ihrem zerknautschten Gesicht, dass sie weinte,
und wer will sich das schon antun? Dann kam der
Niggerjunge, der in dem abkratzenden Auto an ih-
nen vorbeigefahren war, zu Fuß aus dem Schatten der
Überführung, und was der im Sinn hatte, weiß man
nicht, aber da er die Mädchen anzugaffen schien, lie-
fen Rum und George über die Straße und hörten ihn
sagen: »Alles okay?«

»Wir haben kein Geld«, sagte Brenda.

»Wer hat denn Geld verlangt?«, fragte Bobby jetzt Rum.

»Was? Keiner.«

»Wieso hat Brenda dann gesagt, sie hätte kein Geld?«

Rum zuckt die Achseln. »Warum hat er sie sonst angesprochen?«

Selbst Vincent, kein Freund des schwarzen Mannes, ist
verblüfft. »Um zu hören, ob's ihr gut geht?«

»Scheiß drauf«, sagt Rum. »Das hat er nicht zu fragen.«

»Wieso nicht?«

»Weil es ihn nichts angeht. Wir wissen doch alle, wie das läuft. Ihr vielleicht nicht, aber wir. Man redet nicht miteinander. So einfach ist das. Ich will keine Scherereien im Leben, wirklich nicht, aber wenn ich so blöd wäre, irgendwelche farbigen Frauen am Mattapan Square anzuquatschen, und ihre Stecher kämen an, dann würde ich verdammt noch mal damit *rechnen,* dass sie mich windelweich prügeln. Nichts Persönliches. So läuft es nun mal. Aber das unterscheidet mich von diesem dämlichen Kaffer – ich fahr keinen Niggerfrauen nach und sprech sie an. Wegen gar nichts. Weil ich keinen Streit suche.«

»Im Gegensatz zu Auggie Williamson?«

»Ja, genau.«

Bobby und Vincent tauschen einen Blick.

»Reden Sie weiter.«

»Hat der Nigger dich um Geld angehauen?«, fragte George Dunbar Brenda.

Brenda sah George in die Augen und spürte sofort einen entscheidenden Stimmungsumschwung auf dem Gehsteig. »Mach, dass du hier wegkommst!«, sagte sie zu dem Farbigen.

Er versuchte ihren Rat zu befolgen, aber George verstellte ihm den Weg. »Wolltest du meiner Frau Geld abknöpfen?«

»Nein«, sagte der Typ leise, mit einem kleinen Lächeln, das ihm vielleicht nicht bewusst war. »Ich habe nur gefragt, ob es ihrer Freundin gut geht.«

»Was interessiert dich ihre Freundin?« Georges

Stimme war so leise, dass man ihn kaum hören konnte. Und sie alle wussten, was das bedeutete.

»Sie interessiert mich nicht mehr.« Der Schwarze nahm die Hände hoch und versuchte sich an George vorbeizudrängen.

»Lass ihn verdammt noch mal gehn«, sagte Jules.

»Du hast recht«, stimmte George zu. »Siehst ihn ja wahrscheinlich nächste Woche in der Schule.«

Jules warf den Kopf hoch, und etwas Unvernünftiges trat in ihre Augen. »Ich hab doch gesagt, du sollst abhauen!«

»Versuch ich ja«, sagte der junge Schwarze.

Er hörte sich so ängstlich an. Erschrocken. Vor ihnen. Es überraschte Rum. Und kränkte ihn gleichzeitig. Vielleicht ging es allen so, denn was dann passierte –

»Jetzt zufrieden?«, schrie Jules. Zuerst wusste niemand, wen sie anschrie. »Ihr habt eure Busse, ihr habt unsre Schule, zieht ihr als Nächstes in unser Viertel?«

Der schwarze Junge legte einen Zahn zu.

George grinste breit und trank sein Bier aus. Praktisch mit derselben Bewegung warf er die Flasche nach dem Schwarzen. Sie zerbarst mit einem lauten Knall.

Brenda lachte. Jules auch. Rum hatte noch nie jemanden lachen sehen, der dabei so unglücklich aussah. Den Gesichtsausdruck vergaß er tagelang nicht.

»Hey, warte«, sagte George, als der Schwarze nach einer der Bahnhofstüren griff. »Wart doch mal.«

Jetzt kam echt Bewegung in den Schwarzen.

»Wir wollen nur mit dir reden«, sagte George.

Und alle schlossen sich ihm an, als er halb auf die

Bahnhofstüren zuhechtete. Wie immer es ausging, jetzt war es in Gang gebracht. Ein Zurück gab es nicht. Im Bahnhof hatte der Schwarze bereits das Drehkreuz übersprungen. Alle sprangen hinter ihm her.

Brenda rief: »Du läufst langsam für einen Nigger.«

Jules sagte: »Ja, ich dachte, ihr wärt alle Sprintstars und so'n Scheiß.«

»Hey«, rief George noch mal dem Jungen nach, »wir wollen nur mit dir reden.«

Auf dem Bahnsteig hörten alle den heranrasenden Zug, und George warf noch eine Flasche. Sie zerschellte vor den Füßen des Schwarzen, und der drehte sich mit erhobenen Händen um und sagte: »Vergessen wir das doch alles.«

»Was denn?«, sagte George.

Der Schwarze stolperte über die eigenen Füße und fiel auf den Rücken, und George und die beiden Frauen fanden das zum Schießen. Dann –

»Halt mal«, sagt Bobby zu Rum Collins. »Wo sind Sie denn in dem Ganzen?«

»Hä?«

»Wo sind Sie in der Story?«

»Ich … ähm, ich seh doch zu.«

»Und wer hat die zweite Bierflasche geworfen, du taube Nuss?«, fragt Vincent.

Rum sieht sie beide mit leerem Blick an.

»George hat vor dem Bahnhof eine leere Bierflasche nach Auggie Williamson geworfen, ja?«

Ein Nicken.

»Diese Flasche ist also weg. Jetzt sollen wir Ihnen glauben, dass er *im* Bahnhof noch eine nach ihm geworfen hat.«

»Genau.«

»Wo hat er die her?«

Rum wird um ein, zwei Töne bleicher. Seine Lippen teilen sich, aber kein Wort kommt heraus. Irgendwo in diesem Leichtgehirn buddelt er wie verrückt.

»*Sie* haben die zweite Flasche geworfen«, sagt Bobby.

»Nein.«

»Dann hast du die erste geworfen«, sagt Vincent.

»Nein.«

»Such dir eine aus.«

»Nein.«

»Du sollst dir eine aussuchen!« Vincent wirft einen harten Plastikaschenbecher nach dem Kopf des Jungen. Der Aschenbecher fliegt vorbei, aber die Botschaft kommt an.

»Ich hab die zweite geworfen«, sagt Rum.

»Es geht voran«, sagt Bobby.

»Was sollen wir vergessen?«, fragte George Dunbar den am Boden liegenden Auggie Williamson.

»Was auch immer«, sagte Auggie, und alle konnten das Zittern in seiner Stimme hören und es an seinen Händen sehen. »Vergesst, was hier passiert ist.«

»Das geht nicht«, sagte George, »weil ihr dauernd in unser Scheißviertel kommt.«

Jules trat als Erste zu.

»Jules Fennessy hat ihn getreten?«

Rum nickt. »Sie war besoffen, Mann. Nicht ganz bei

sich. Man merkte, dass er ihr leidtat. Und je mehr er ihr leidtat, desto wütender wurde sie. Ich kam da nicht mit.«

Brenda trat den Jungen als Nächstes. Dann George.

»Dann du«, sagt Vincent zu Rum Collins.
Rum schaut sie eine Weile an, dann nickt er.

Den auf dem Rücken liegenden Schwarzen zu treten war für Rum ein so schönes Gefühl, wie er es vielleicht seit seinem neunten Geburtstag nicht mehr erlebt hatte, als er das Dreigangrad geschenkt bekam, das er schon mit sieben hatte haben wollen. Rum wusste, was er wegtreten wollte – das ihm bevorstehende Leben in Southie, in dem jeder Tag genau so aussah wie der vorige. Vielleicht würde er im Supermarkt aufsteigen, es vom Gemüse zur Feinkost schaffen, aber wie ging es dann weiter? Er hatte keinen Kopf für Zahlen, er war kein Anführer, so viel stand fest. Damit war jede leitende Stellung vom Tisch. Er würde sein Leben beim Gemüse, bei der Feinkost oder den Milchprodukten verbringen. Sein Leben. Von jetzt bis fünfundsechzig. Eine fleißige Alte heiraten und vier, fünf kleine Rums raushauen und zusehen, wie ihnen das einzig Gute abhandenkam, das ihr Vater erlebt hatte – als Rum klein war, kannte man immerhin noch seine Nachbarn. Man aß, man feierte, man hörte Musik zusammen. Nichts änderte sich. Das war verdammt noch mal das Einzige, das sie einem nicht nehmen konnten.
Konnten sie aber. Würden sie auch. Sie waren schon

dabei. Zwangen einem ihre Ideen, ihre Art zu leben und ihre Lügen auf. Lügen, weil sie behaupteten, der Wandel würde dich glücklicher machen, reicher machen, Licht in dein Leben bringen.

Von wegen Licht. Es war zappenduster. Er trat und trat, bis er vorbeizielte, sodass er auf den Hintern fiel, und prompt lachten seine »Freunde« ihn aus, und der Schwarze war auf den Beinen und rannte –

Direkt in den einfahrenden Zug.

»Der Zug hat ihn also erfasst.« Vincents Stift schwebt über seinen Notizen.

»Eher umgekehrt«, sagt Rum.

»Erklär mal.«

»Er ist davon abgeprallt. Wahrscheinlich wollte er auf die Gleise springen und türmen. Aber wo erst nix war, war auf einmal der Zug, und er ist voll dagegengerannt. Rumgewirbelt und von der Wand abgeprallt. Da, wo das Schild mit den Bahnstrecken ist, ja? Und dann, dann ist er auf den Bahnsteig geknallt.«

»Und hat sich gedreht und ist hinter die Gleise gestürzt?«, fragt Bobby hilfsbereit.

»Yep.«

Bobby und Vincent nicken sich zu. Klingt vollkommen plausibel.

Bobby lächelt Rum an. »Wissen Sie, wie viel Platz zwischen einem U-Bahn-Wagen und der Bahnsteigkante ist?«

Rum zuckt die Achseln. Er ahnt die Bombe, bevor sie platzt.

»Zwanzig Zentimeter. Das ist offenbar die Industrienorm. Und wir haben nachgemessen.«

Rum scheint nicht mehr zu atmen. So still ist er.

Bobby hebt die Hand, damit Vincent aufhört mitzuschreiben. »Also Rum«, sagt er, »wenn ich mir Ihr Gesicht ansehe und bedenke, dass Sie hierhergekommen sind, um uns die Wahrheit zu sagen, scheint es mir nicht angebracht, dass Sie jetzt anfangen, uns Quatsch zu erzählen. Um uns den zu verkaufen, sind Sie nicht schlau genug, und wenn Sie uns nicht reinen Wein einschenken –«

»Und zwar etwas plötzlich«, fügt Vincent ein.

»– dann lassen wir sie laufen und sorgen dafür, dass sich herumspricht, wie wenig hilfsbereit Sie uns gegenüber waren. Das verschafft Ihnen natürlich rund um den Broadway ein bisschen Ansehen. Aber ob Sie sich damit auch bei Mary Pat Fennessy beliebt machen?«

Rum kaut wieder auf seiner Unterlippe, als wären seine Zähne die Rädchen einer Uhr.

»Mit welchem Ei sie wohl anfängt?«, fragt Vincent Bobby.

Bobby sagt: »Kommt drauf an, ob sie rechts- oder linkshändig ist.«

Vincent fragt Rum: »Ist sie Rechts- oder Linkshänderin? Hast du drauf geachtet?«

Rum schweigt. Es ist, als verfiele er in einen Schock.

»Er hat nicht drauf geachtet«, sagt Vincent.

»Wenn sie Rechtshänderin ist«, sagt Bobby, »müssen wir davon ausgehen, dass die linke Seite seines Hodensacks für sie am leichtesten zu packen und zu behacken ist.«

Vincent zuckt zusammen und kreuzt die Beine.

»Ist sie Linkshänderin, nimmt sie zuerst das rechte Ei.«

»Und sein Schwanz?«

»Also da müsste man sich erst mal ganz in sie reinversetzen. Ich meine, will sie ihn vielleicht einfach nur packen und dran ziehen wie an einer Karamellstange und dann an der Wurzel abschneiden?«

»Hören Sie auf«, sagt Rum leise.

»Oder setzt sie oben an und säbelt ihn längelang durch wie eine Banane?«

Rum gibt ein würgendes Geräusch von sich, und als sie hinschauen, ist sein Kopf weit vorgereckt, und die Zunge schießt ihm aus dem Mund. Er würgt weiter.

Doch er übergibt sich nicht. Zum Glück. Denn die Scheiße und Pisse genügen. Noch eine weitere abstoßende Körperflüssigkeit, und selbst der Zigarettenqualm nützt nichts mehr.

Jetzt kommen die Tränen. Sie steigen ihm in die Augen und machen ihn fünf Jahre jünger. »Wenn sie mir den Schwanz abschneidet«, sagt er, »heißt das ja nicht einfach, dass ich ohne Schwanz rumlaufe. Dann geh ich doch drauf, oder?«

»Je nachdem, wie weit es zum nächsten Krankenhaus ist«, sagt Vincent.

»Und was Sie zum Blutstillen dabeihaben«, sagt Bobby.

»Na, das versteht sich von selbst«, sagt Vincent.

»Meinst du? Dem Jungen ist der Schwanz ja noch nie abgeschnitten worden, da kennt er sich vielleicht nicht aus.«

Noch ein Schwung Würgelaute. Sie warten ab.

»Können Sie sie aufhalten?« Die Tränen fließen.

»Wir können sie festnehmen«, sagt Bobby. »Klar. Sie machen eine Aussage und schwören, dass sie Sie bedroht hat, und wir schnappen sie uns.«

»Und dann?«

Bobby schiebt ihm eine Schachtel Papiertücher zu. »Kommt sie vor Gericht.«

»Kommt sie auch ins Gefängnis?«

Bobby blickt fragend zu Vincent.

»Zweifelhaft«, sagt Vincent.

»Wieso denn, verdammt noch mal?« Der Junge heult jetzt beinahe. »Sie hat gesagt, sie schneidet mir die Eier ab. *Und* den Schwanz. Sie hat mich verprügelt.«

»Also falls wir hier von Mrs. Fennessy reden – sie ist nicht vorbestraft.«

»Musterbürgerin«, sagt Vincent.

Bobby legt noch eine Schippe drauf. »Stütze der Gemeinschaft.«

»Heißt, sie bekommt eine niedrige Kaution.«

»Wenn überhaupt.«

»Wohl wahr. Sie ist eine FZ, wie sie im Buch steht.«

»Was heißt FZ?« Das Schluchzen ist zu einem Schniefen verebbt.

»Freilassung gegen bestimmte Zusagen.«

»Und das bedeutet?«

»Sie kommt ohne Kaution frei.«

»Und verbringt keine Nacht hinter Gittern.«

»Sie hat mich aber doch massiv bedroht.«

»Wer denn? Wer ist diese ›Sie‹, vor der Sie solche Angst haben, Rum? Nennen Sie uns einen Namen.«

Er schüttelt den Kopf.

»Dann erzählen Sie mal fertig, was am Abend von Auggie Williamsons Tod passiert ist.«

»Und komm uns nicht mit einem Haufen Kacke, wie dass er erst vom Zug und dann von der Wand abgeprallt und auf die Schienen geknallt ist, denn wir wissen, das ist Blödsinn.«

»Woher?«

»Zeugen. Der Bericht des Gerichtsmediziners. Und zehn Jahre Scheißpolizeiarbeit.«

»Sie können uns die Wahrheit sagen.« Bobby gibt Rum noch eine Zigarette und zündet sie ihm an. »Sie können aber auch rausgehen und es drauf ankommen lassen.«

»Und wenn ich Ihnen die Wahrheit sage und sich rausstellt, dass ich was Schlimmes gemacht habe?«

»Dann nehmen wir Sie fest.«

»Und ich muss nicht wieder rausgehen?«

»Erst wenn Sie eine Kaution zahlen.«

»Sie bleiben wohlbehalten in einer gemütlichen Gefängniszelle. Wir spendieren Ihnen sogar ein Kissen.«

Rum nimmt einen langen Zug, stößt noch länger den Rauch aus und schaut an die Decke. Dann sagt er: »Er ist gegen den Zug gerannt, er ist von der Wand abgeprallt. Das hat ihn ausgeknockt, und er lag zitternd und alles auf dem Bahnsteig, und als er dann aufhörte zu zittern, dachten wir, er ist tot.«

»War er aber nicht?«

Er schüttelt den Kopf. »Ich meine, wir dachten das zwar, aber …«

Sie warten.

Nach einer Weile sagt Bobby: »Helfen Sie uns mit dem ›aber‹.«

Als der Schwarze mit dem Gesicht gegen den Zug krachte, lachten sie alle, George Dunbar am lautesten. Als der Typ dann rückwärts gegen die Wand flog und wie vom Hubschrauber abgeworfen auf den Bahnsteig fiel, lachten sie noch lauter. Als sich dann aber die U-Bahn-Türen öffneten, sahen sie, dass er einen merkwürdigen Anfall hatte. Als hätte ihn ein Stromschlag getroffen, trommelten seine Fersen auf den Boden, seine Arme schlugen aus, sein Kopf wippte hin und her, und die Augen verdrehten sich so weit nach hinten, dass sie wie Eiweiß aussahen.

Die vier stellten sich so um ihn herum, dass es für Vorübergehende schwer auszumachen war, um was sie da herumstanden.

Der Zug verließ den Bahnhof.

»Was gibt's zu glotzen?«, fuhr George ein Pärchen an, und die beiden eilten vom Bahnsteig.

Der Schwarze lag still. Ein weißer Schaumstreifen rann ihm aus dem Mundwinkel. Blut lief ihm aus den Ohren.

Rum sah vom gegenüberliegenden Gleis einen Zug abfahren und bemerkte, wie ein Typ mit gesenktem Kopf von dort wegging. Großer Kerl, keiner, mit dem man sich angelegt hätte, aber er wusste offensichtlich Bescheid – siehst du's nicht, kann dich keiner zwingen zu sagen, du hättest es gesehen.

Plötzlich schrien sie sich alle gegenseitig an. Rum

erinnert sich bis heute nicht genau, was gesagt wurde, nur, dass er sich wegen der Zeugen sorgte, und Brenda befürchtete, ihre Eltern könnten etwas erfahren, und Jules schrie – schrie wirklich laut, es sei alles ihre Schuld, sie kämen ins Gefängnis. Rum weiß noch, wie er erklärt hat, sie hätten den Typ nur getreten, ihn aber nicht ernsthaft verletzt. Verletzt hätte er sich von allein. Da Rum schon so einige Kids vermöbelt hatte, kannte er den Unterschied.

Brenda gab Jules eine Ohrfeige, damit sie zu schreien aufhörte. Dann nannte George Rum einen verdammten Schwachkopf und sagte: »Hauen wir ab.«

Sie ließen den Schwarzen rücklings auf dem Bahnsteig liegen, liefen die Treppe zum Ausgang Columbia Road hoch, und als sie die Tür aufstießen, stand Frankie Toomey da an seinem Wagen und wartete auf sie. Frank beachtete nur Jules. Keine Frage. Brenda gegenüber hatte Jules behauptet, er könne lustig und erstaunlich zärtlich sein, aber wenn das stimmte, dann hob er diesen Teil von sich fürs Private und für die Knirpse auf, die er den Broadway rauf und runter entzückte. Sonst war er so kalt und hart, wie sein Spitzname »Tombstone« nahelegte. Sein Körper war hart, sein Gesicht war hart, seine Augen so tot wie die einer GI-Joe-Action-Figur. Er öffnete die Wagentür, und Jules stieg ein. An dem Punkt trennten sie sich – George und Brenda fuhren mit Georges Wagen weg, Frankie und Jules mit dem von Frankie. Und Rum, fünftes Rad wie immer, ging zu Fuß nach Hause.

»Gehen wir noch mal zurück«, sagt Bobby.

Rum nimmt einen großen Schluck Wasser aus dem Becher, den sie ihm gebracht haben, und macht ein Gesicht, als wüsste er genau, dass keiner ihm seinen Quatsch abnehmen wird. »Na klar, klar.«

»Wie ist denn Auggie Williamson *unter* den Bahnsteig geraten?«

»Weiß ich nicht. Vielleicht ist er irgendwie gerollt?«

»Okay …«

»Wir haben ihn liegen lassen, wo er lag.«

»Auf dem Bahnsteig, mit weißem Schaum vor dem Mund?«

»Nur aus dem einen Mundwinkel.«

»Ihr geht also rauf«, sagt Vincent, »und Frank Toomey wartet auf euch?«

Ein Nicken.

»Wie ist er drauf?«

Achselzucken.

»Komm schon. Was strahlt er aus?«

Rum wirkt äußerst unbehaglich, als ob sich an der Wunde unter seinen Eiern schon eine Entzündung ankündigt. Entweder das, oder er stellt sich auf eine neue Angstquelle ein. »Ich weiß es nicht. Ich kenne ihn nicht. Ich kann nicht beurteilen, was er ›ausstrahlt‹.«

»Doch, Sie kennen ihn«, sagt Bobby. »Schon seit Sie klein waren. Da hat er immer Süßigkeiten gekauft und sie an die Kinder verteilt. Der Lieblingsonkel aller Kleinen auf dem Broadway.«

»Ja, gut, das war mal.«

»Und du bist sein Deckmantel«, sagt Vincent.

»Wohl wahr«, sagt Bobby.

»Sein *was?*«

»Sein Deckmantel«, wiederholt Vincent. »Du hast Jules Fennessys Freund gespielt, damit Franks Frau nicht erfährt, dass er eine Sechzehnjährige bumst.«

»Jules ist siebzehn.«

»Ah.« Bobby droht ihm mit dem Finger. »War sie aber nicht, als das mit Frankie anfing, oder?«

Rums Augen rollen in den Höhlen wie Murmeln in einer Schale. »Ich bin nicht hier, um über Scheißfrankie zu reden.«

»Und doch reden wir gerade über ihn.«

»Was er ›ausstrahlt‹, wollen Sie wissen? Er ist der Tod. Das ist seine verdammte Ausstrahlung. Er ist der kälteste, unheimlichste Typ, den ich je kennengelernt habe.« Rum nimmt die Hände hoch. »Ich sag nichts über Frankie Toomey.«

»Nichts?«

Rum schaltet auf harter Hund – gesenkte Lider, kleines Hohngrinsen – und schüttelt langsam den Kopf. »Kein Sterbenswort.«

»Ja, dann«, Bobby läuft zur Tür und hält sie auf, »dürfen Sie gehen.«

Rum sieht zu, wie Vincent sein Notizbuch zuklappt und den Stift wieder in sein Kunstledersakko steckt.

»Hackedihack«, sagt Bobby zu Rum. »Ab nach Hause.«

»Ihr habt doch gesagt, ihr nehmt mich fest.«

»Weswegen denn?« Vincent steckt sich mit dem pseudogoldenen Feuerzeug, das nur jedes dritte Mal klappt, eine Zigarette an.

»Wegen dem, was passiert ist.«

»Sie haben uns nicht gesagt, was passiert ist«, sagt Bobby. »Sie haben uns irgendwelchen Quark über einen Zug erzählt, in den Auggie Williamson gelaufen ist, und da er von Ihnen verfolgt wurde, ergäbe sich daraus vielleicht eine Anklage wegen Totschlag dritten Grades …«

»Mit der kein Bezirksstaatsanwalt seine verdammte Zeit verschwendet.« Vincent bleibt neben Bobby an der Tür stehen. »Ich schau mal bei JJ's rein. Und du?«

»Ich komm vielleicht auch.«

»Nickel 'Gansies von zwölf bis zwei.«

»Vom Fass?«

»Klar.«

Bobby verzieht das Gesicht. »Von gezapftem Narragansett krieg ich am nächsten Tag die Scheißerei.«

»Ich auch, aber was soll's? Morgen hab ich frei.«

Sie verlassen den Vernehmungsraum. Wandern ins Großraumbüro. Bobby sieht, dass drei Nachrichten für ihn am Schirm seiner kleinen Banker-Lampe stecken. Er liest sie durch.

»Kommen Sie zurück!«, ruft Rum aus dem Vernehmungsraum.

»Willst du wirklich zu JJ's?«, fragt Bobby.

»Denke dran. Hunger hab ich auch. Hol mir unterwegs vielleicht noch ein Spuckie. Und du?«

»Eigentlich hatte ich heute Abend frei«, sagt Bobby. »Ich will nur nach Hause.«

»Kommen Sie zurück!«

Vincent senkt leicht die Stimme. »Kennst du die Kleine in Immobilien? Die mit den großen braunen Augen? Den Lippen?«

Bobby lacht.

»Was?« Vincent fährt auf. »Du weißt, von wem ich rede?«

»Deb DePitrio?«, sagt Bobby.

»Hallo! Kommen Sie zurück!« Bobby steht jetzt im Eingang.

»Deb, genau.«

»Die datet nur Ärzte.«

»Sie ist *Sekretärin*.«

»Sieht aber aus wie Raquel Welch. Willst du mich auf den Arm nehmen? Du kriegst eher ein Date mit der echten Raquel als mit Deb.«

»Was denn, kennt ihr euch?«

»Irgendwie schon.«

»Und deshalb meinst du, du hast Chancen bei ihr.«

Bobby schnaubt das weg. »Ich bin ein aus der Form geratener Cop und zehn Jahre älter als sie. Ich hab null Chancen. Und ich weiß das. Deshalb unterhält sie sich auch manchmal mit mir. Du hingegen klatschst dir bestimmt Aqua Velva ins Gesicht, hängst dich in ihren Schalter und plärrst: ›Was für einen Lippenstift tragen Sie?‹«

»Leck mich.«

»Hast du was mit deinen Haaren gemacht?«

»Schluss jetzt. Leck mich.«

»Officers, bitte!«

»Wir sind *Detectives,* verdammt noch mal«, ruft Vincent. Zu Bobby dann: »Nichts zu holen, was?«

Bobby schüttelt den Kopf. »Würdet ihr zwei auf einer einsamen Insel stranden, würde sie bestimmt trotzdem noch mindestens zwei, drei Jahre an sich halten für den Fall, dass Rettung kommt.«

»Du bist so ein Arschloch.«

Bobby denkt darüber nach. »Da liegst du nicht falsch.«

»Bitte!«

Beide schauen zu Rum rüber. Er lehnt am Türknauf, möchte ungern einen Raum voller Schwerbewaffneter betreten, die ihn, wenn überhaupt, mit Verachtung ansehen. Seine blutverkrustete Jeans klebt fest an seinen Oberschenkeln und in seinem Schritt. Er hat wieder Tränen in den Augen. »Ich kann nicht da rausgehen.«

Bobby und Vincent sehen ihn an, ohne ihn zu sehen.

»Wir haben keinen Grund, Sie festzuhalten«, sagt Bobby.

»Geh mit Gott«, sagt Vincent.

»Arrivederci«, sagt Bobby.

»Via con dios«, sagt Vincent.

»Das hast du gerade schon gesagt«, teilt ihm Bobby mit.

»Hab ich nicht. ›Geh mit Gott‹, hab ich gesagt.«

»Frank Toomey«, sagt Rum, »hat uns zurück in den Bahnhof geschickt.«

Jemand im Mannschaftsraum stößt einen langen, leisen Pfiff aus. Alle schauen jetzt auf Rum Collins.

Rum sieht Bobby an wie jemand, der weiß, dass sein Leben nie mehr dasselbe sein wird. »Er hat uns gesagt, wir müssten den Job zu Ende bringen.«

20

Rum zufolge blieb Frank Toomey bei seinem Wagen, nachdem er ihnen gesagt hatte, sie sollten noch mal reingehen und »den Job zu Ende bringen«.

»Er ist also nicht mit euch gegangen?«

»Nein.«

»Und er hat nicht erläutert, wie ›den Job zu Ende bringen‹ gemeint ist?«

»Nein.«

»Er ist nicht konkreter geworden?«

Rum schüttelt den Kopf. »M-m.«

Bobby hörte im Geist schon Franks Verteidiger: »›Den Job zu Ende bringen‹ konnte also heißen, Feierabend machen, die Scherben von den Flaschen wegräumen, die ihr zerdeppert habt, und sogar, ruft einen Arzt für Auggie Williamson.«

Den Job zu Ende bringen, weiß auch Bobby, kann *alles Mögliche* heißen.

Gefragt, was sie gemacht haben, als sie wieder auf dem Bahnsteig waren, war sich Rum sicher, dass jemand Auggie Williamson auf die Schienen gewälzt hat, aber irgendwie nicht so sicher, wer dieser Jemand gewesen sein könnte.

Und wie kam das?

»Ich war pinkeln«, teilt Rum ihnen mit.

So ein Scheißjob, denkt Bobby. Du hast sie, sie hängen zum Reden bereit in den Seilen, und dann bohrt sich der Pestkeim irgendeines Geisterblitzes in ihr Hamsterhirn, und sie denken: *Ich komm hier raus.*

Und man ist wieder am Nullpunkt.

Bobby ist zu müde – und das an seinem freien Abend –, um noch mal bei null anzufangen.

»Rum«, sagt er, »nur zu zweit kann man einen Menschen herumwälzen. Sonst rollt er nach rechts, wenn er nach links soll, oder nach links, wenn er nach rechts soll, so ist es nun mal. Sie und George haben Auggie Williamson vom Bahnsteig gewälzt. Und er ist runtergefallen, mit dem Hinterkopf aufgeschlagen und gestorben. Sie wollten es nicht, aber es ist passiert.«

»So war das nicht«, sagt Rum.

»Doch.«

»Okay, vom Bahnsteig gewälzt haben wir ihn, das schon.« Bobby nickt.

»Aber dann ist er aufgestanden.«

»Was?«

»Er ist aufgestanden. Hat sich erhoben?«

Vincent hört auf zu schreiben. Sie beobachten Rum Collins. Er schaut nicht mehr nach oben und nach rechts – ein klarer Hinweis darauf, dass jemand lügt. Sein Blick ist nach innen gerichtet – ein klarer Hinweis darauf, dass sich jemand erinnert.

»Er ist aufgestanden. Und wieder hingefallen. Hat sich irgendwie hingekniet. Und die Mädchen haben geheult, man konnte schon Mitleid kriegen. Da sind wir zu ihm runter.«

»Sie alle?«

Rum schaut sie an. Nickt.

»Und was dann?«

»Jemand hat einen Stein geholt.«

»Wer?«

Rum schaut sie an und schweigt.

»Wer hat den Stein geholt?«

»Ich nicht«, sagt Rum.

»Sondern?«

Rum beißt die Zähne zusammen. »Ich nicht.«

Bobby beobachtet ihn ein wenig. Sieht Vincent an, der kaum merklich den Kopf schüttelt – sie sind bei dem Teil des Tanzes angelangt, wo ihnen der Junge entgleiten könnte.

»Vergessen wir erst mal, wer den Stein hat«, sagt Bobby. »Sagen Sie mir einfach, was die Person damit gemacht hat.«

Rum denkt eine Weile darüber nach. Er ahnt in seiner Dummheit nicht, dass er mittlerweile bereits ein halbes Dutzend Verbrechen zugegeben hat, unter anderem versuchten Mord.

Er öffnet den Mund und bindet sich für immer an den Satz, den er dann ausspricht. »Die Person hat ihm den Stein auf den Hinterkopf geschlagen.«

»Auggie Williamson auf den Hinterkopf geschlagen.«

»Ja.«

Und das war der Teil, der in den Geschichten, die sie gehört, und in den Theorien, die sie über die Ereignisse jener Nacht aufgestellt haben, immer gefehlt hat – wie kam Auggie Williamson zu dem Bruch an der Schädelbasis?

Jetzt wissen sie es.

»Und was ist dann mit Mr. Williamson passiert?«

»Mister wem?«

Das regt Bobby aus irgendeinem Grund auf. Willst du jemanden umbringen, merk dir wenigstens, wie er heißt. »Williamson«, sagt Bobby schmallippig. »Dem Schwarzen.«

»Der fiel aufs Gesicht. Hat sich nicht mehr gerührt.« Rum betrachtet eine Weile seine Daumen, ehe er im Neonlicht blinzelnd Bobby und Vincent ansieht. »Können Sie jetzt, wo ich Ihnen erzählt hab, was passiert ist, die Sache mit ihr regeln?«

»Mit wem?«

»Äh, mit der … mit der Alten, die gedroht hat, mir den Schwanz abzuschneiden.«

»Wegen der«, sagt Bobby, »brauchen Sie sich glaub ich keine Sorgen mehr zu machen.«

Rum stößt einen lauten Seufzer aus. »Ich scheiß mich an.«

»Ronald Collins«, sagt Vincent, »wir beschuldigen Sie des Mordes zweiten Grades an Augustus Williamson.«

Rum, der an einem Niednagel kaut, sagt: »Was?«

»Sie haben das Recht zu schweigen. Alles, was Sie sagen –«

»Moment mal! *Was* ist los?«

»– kann und wird vor Gericht gegen Sie verwendet werden –«

Rum sieht Bobby an. »Ich war das nicht.«

»Sie waren dabei«, sagt Bobby, »und Sie haben es nicht verhindert. In den Augen des Gesetzes sind Sie damit genauso schuldig wie derjenige, der den Stein erhoben hat.«

»Nein«, sagt Rum. Und dann noch mal eindringlicher: »Nein.«

Vincent sagt: »Deine einzige Chance, vor – was weiß ich – zweitausendvier noch mal durch die Straßen von Southie zu spazieren, besteht darin, uns zu sagen, wer mit dem Stein zugeschlagen hat.«

»Ich verlange meinen Anwalt.«

»Sagen Sie's uns.«

»Ich verlange meinen Anwalt.«

»Sagen Sie's uns!«

»Ich verlange meinen Anwalt.« Er sieht sie mit tränenüberströmtem Gesicht, aber unheimlich ruhig an. »Auf der Stelle.«

Bobby und Vincent stehen auf. »Okay.«

»Du bistn harter Kerl?«, sagt Vincent. »Das ist gut. Denn dich erwartet eine harte Zeit mit jeder Menge harter Kerle.« Er fasst sich an den Schritt. »Hart wie Bohrmeißel.«

»Wegen einem Nigger?« Rum starrt sie fassungslos an.

Bobby nickt. »Darauf können Sie Ihren dummen weißen Arsch wetten, Sie Scheißkerl.«

21

Zwei von George Dunbars wichtigsten Dealern – Joe-Dog Fitz aus der H Street und Quentin Corkery vom Old Colony – arbeiten für ihn am Aussichtspavillon des Marine Park. Aber George selbst lässt sich nicht blicken. Am zweiten Tag, nach einem großen Mittagsansturm von Bauarbeitern und etlichen Truckern aus Boston-Buffalo, führen sie vor dem Pavillon ein dringendes und hektisches Gespräch mit ihren Springern. Zwanzig Meter entfernt kann Mary Pat von Bess aus bei runtergedrehtem Fenster ein paar Wörter und Sätze aufschnappen, vor allem »brauchen Beautys und Pepsi«, was nach ihrem Verständnis bedeutet, dass ihnen Speed und Kokain ausgehen. *Jesses, denkt sie, mit Heroin seid ihr aber hoffentlich noch gut versorgt, ihr Lieben.*

Quentin Corkery verlässt den Treff. Er geht den Hang des Marine Park hinunter und springt in einen gelben Datsun 7, der nicht weit vom Denkmal parkt. Mit quietschenden Reifen schält er sich vom Bordstein. Mary Pat folgt ihm den Day Boulevard entlang, von dem er nach drei Kilometern in die Old Colony abbiegt. Die beiden Projects in diesem Teil von Southie – Old Colony und Old Harbor – sind Schwestern von Commonwealth. Alle drei entstanden innerhalb von zehn Jahren, alle sind gleich angelegt. Mary Pat lässt sich zurückfallen und tuckert langsam hinter Quentin her zu einem Parkplatz auf der Rückseite. Er hält direkt vor einem kleinen schwarzen Treppenaufgang, springt aus dem Wagen und läuft in das Gebäude. Mary Pat war mal mit einem Typ zusammen, der da wohnte – Paul Bailey, jetzt für acht bis zehn Jahre in Walpole, hat sie gehört –, und weiß, dass es den gleichen Grundriss wie Commonwealth hat: durchgehender Flur in der Mitte, links und rechts Türen zu den Wohnungen. Mary Pat kann sich nicht rechtzeitig in Stellung bringen, um zu sehen, wo er reingeht, hat von der Treppe aus aber freie Sicht durch das gelbe Türfenster und sieht ihn etwas später zur vierten Tür links wieder herauskommen. Sie hockt sich auf das kurze Treppengeländer, dreht sich, springt auf der anderen Seite herunter und klebt schon an der Seitenwand des Gebäudes, als Quentin das Haus verlässt, in seinen Datsun steigt und im Davonfahren erneut so viel Gummi verbrennt, dass Mary Pat sich fragt, ob er nur Drogen dealt, damit ihm die Reifen nicht ausgehen. Mary Pat kehrt zu Bess zurück, die in einer Ecke des Parkplatzes auf sie wartet. Sie öffnet den Kofferraum, kramt in Dukies Tasche, bis sie findet, was sie sucht, und schließt die Klappe wieder.

An der Haustür zieht sie Handschuhe an. Drinnen fällt ihr auf, dass der Flur etwas anders riecht als die in Commonwealth. Lysol, verschüttetes Bier und die Kartoffeln mit Kohl und Corned Beef, die in mindestens einem Viertel der Wohnungen sonntags gekocht werden, sind es auch hier. Dazu kommt aber noch etwas anderes, ein Hauch von Schimmel vielleicht? Der Geruch eines feuchten Gehsteigs im April oder eines nahen Swimmingpools, nur dass es hier garantiert keine Swimmingpools gibt. Die vierte Tür links ist Nummer 209. Sie klopft an und wartet, das Ohr an der Tür. Nichts zu hören. Zur Sicherheit klopft sie noch einmal. Sie hat den Zylinderbrecher hinten unterm Hemd, für alle Fälle, doch Dukies Dietrich öffnet das Schloss wie ein Schlüssel. In weniger als dreißig Sekunden ist sie drin.

Die Wohnung riecht nach Pot, Zigarettenrauch und mangelnder Hygiene. Im hinteren Zimmer findet sie ein Klappbett ohne Laken, mit einem von altem Schweiß verfärbten Kissen. Im Wohnzimmer eine zerrissene Couch, mehrere Strandstühle aus Plastik und einen Schwarz-Weiß-fernseher auf einem Fünferstapel Gelber Seiten. Das Bad sieht aus, als wäre es noch nie geputzt worden; der Schimmelgeruch im Hausflur stammt möglichweise von hier, denn die Wand hinter dem Waschbecken ist schwarz, und vom Wannenrand sprießen wollige graue Schimmelfinger an den Kacheln empor.

Sie kontrolliert den Spülkasten, doch da ist nichts verstaut. Unterm Waschbecken auch nicht. Weder das Schlafzimmer noch die Küche geben etwas her. Doch als sie im fünften Versuch die abgehängte Decke im Flurschrank mit einem Besenstiel bearbeitet, purzeln Ziplockbeutel aufs oberste Regal oder fallen gleich auf den Boden. Sie steigt auf einen Stuhl, um mit der Hand ganz nach hinten zu kommen, und zieht die restlichen Plastikbeutel heraus. Danach ertastet sie dort noch etwas anderes, den Rand von etwas Hartem. Sie macht sich lang, fährt die Finger aus und weiß, dass es eine Knarre ist, sobald sich ihre Finger um den Griff schließen. Der Revolver ist eine 38er Smith & Wesson Snubnose mit stark zerkerbtem Griff, von dem der Gummi abfällt. Sie klettert vom Stuhl und öffnet die Trommel. Das geht leicht, die Waffe ist also wenigstens geölt und vielleicht auch sonst gepflegt. Sechs Patronen stecken drin. Sie steigt noch einmal hoch, fährt noch einmal den Arm aus und bringt eine Schachtel zum Vorschein, in der es klappert. Ein weiteres halbes Dutzend Patronen.

In der Kochnische breitet sie die ganzen Tüten auf dem speckigen Resopaltisch aus, der mehr Scharten aufweist als ihr eigener. Die extragroßen Beutel enthalten Gras, teils grün und kräftig im Geruch, teils weniger grün und krümelig, mit vielen Stängeln; in den großen Ziplocks ist braunes Pulver, das sie mit einem Stich im Herzen sofort erkennt, und ein weißes Pulver, von dem sie annimmt, dass es Koks ist. Bei einem Beutel mit Black Beautys ist sie sich auf Anhieb sicher (Dukie stand auf Amphetamine), und die anderen Tabletten sehen ihr nach Ludes, LSD und Meskalin aus. Allzu viele Drogen sind das nicht für einen Dealer; sie würde tippen, dass sie rund zwei Drittel ihres Bestands verkauft haben. Den Rest zu verlieren wird ihnen auf lange Sicht nicht wehtun, morgen aber schon.

Sie nimmt alles mit.

Auch die Waffe.

Ein paar Stunden später taucht einer der Springer auf, geht ins Haus, kommt dann mit verzweifelter Miene wieder heraus und düst davon.

Eine Viertelstunde später erscheinen Quentin und Joe-Dog in Quentins Datsun Z. Sie laufen rein. Bleiben etwas länger drin als der Springer. Als sie wieder rauskommen, sehen sie erschöpft aus. Und erschrocken. Sie setzen sich auf die Motorhaube von Quentins Wagen, rauchen Zigaretten und sagen kein Wort.

Etwa eine halbe Stunde später – *Warum hat das so lange gedauert, George?* – hält George Dunbar vor dem Haus. George fährt einen beigen Endsechziger Impala. Ein Auto, das man sofort wieder vergisst. George hat sich offenbar als Einziger in der Crew klargemacht, wie vorteilhaft es ist, nicht aufzufallen, wenn man regelmäßig kriminellen Geschäften nachgeht. Er und seine beiden Dealer üben sich in Schuldzuweisungen – George zeigt auf Quentin und Joe-Dog, Quentin und Joe-Dog aufeinander.

George stürmt ins Haus. Die beiden anderen hinterher.

Mary Pat startet Bess, während sie drin sind. Ist Bess erst im Leerlauf, kommt sie klar, aber das Anspringen fällt ihr schwer. Der Auspuff stößt Rauchwolken aus, die im Rückspiegel aufsteigen, und erst nach mehrmaligem Räuspern beruhigt sich der Motor. Wenn sie das nächste Mal rauskommen, hauen sie mit ziemlicher Sicherheit ab. Da ist dann auch Bess möglichst schon auf Losfahren eingestellt.

Sie hört die Tür gegen die Hauswand schlagen, als sie das Haus verlassen. Am Datsun angekommen, macht George ihnen noch einmal die Hölle heiß und zeigt mit gestrecktem Finger erst auf Quentin, dann auf Joe-Dog.

Er springt in den Impala und lässt die Reifen quietschen. Quentin und Joe-Dog bleiben länger, als Mary Pat gehofft hat. Als sie die Köpfe senken, um ihre Zigaretten anzuzünden, geht sie aufs Ganze und fährt stur geradeaus schauend hinten am Parkplatz entlang.

Falls sie das sehen, interessiert es sie wohl nicht weiter.

Sie entdeckt George Dunbar drei Blocks entfernt in der Telefonzelle vor einem Schnapsladen. Seine Lippen bewegen sich nicht groß, er nickt vor allem. Ausgiebig. Mary Pat würde wetten, dass ihm gerade selbst jemand die Hölle heißmacht.

Er legt auf, als könnte der Hörer beißen. Steigt ein und fährt los, drei Wagen dahinter folgt ihm Mary Pat.

Wenig später fährt er auf den Southeast Expressway, nach ein paar Kilometern schon wieder runter, am Rand von Dorchester entlang und über die Neponset River Bridge. Von dort folgt sie ihm nach Squantum, einer Landzunge, die von der Hand North Quincys absteht wie ein Daumen nach einem Betriebsunfall. Squantum ist bis auf den Daumenansatz vom Meer umgeben, und sie folgt George und seinem unauffälligen Impala zu einem Haus an der Bayside Road, nördlich von Orchard Beach. Es ist ein kleines Cape-Haus mit dunkelbraunen Schindeln und weißen Zierrahmen, einem kleinen Garten und einem grandiosen Blick auf den Hafen direkt gegenüber.

George parkt vor dem Haus, und noch ehe er ausgestiegen ist, steht sie da – seine Mutter. Lorraine Dunbar persönlich. Gar nicht so ein Hingucker, ehrlich gesagt, ein schmales Falkengesicht unter einer Fülle feuerroten Haares, zu eng stehende Augen und ein so scharfkantiges Kinn, dass es wie von einer Amputation übrig geblieben aussieht. Aber die Figur einer sechzehnjährigen Cheerleaderin hat sie immer noch – straffe Beine, einen Hintern, als könnte man Conga darauf spielen, und Brüste, die der Schwerkraft, der Logik und der Zeit zu trotzen wissen. Lorraine erzählt jedem geneigten Ohr, dass es an ihrer Diät – Magerfleisch! Gemüse! Null Süßigkeiten! – und am Joggen liegt. Wie sie auf »Joggen« kommt, weiß kein Mensch, aber Mary Pat hat sie schon x-mal mit fast bis zum Kinn hochgerissenen Knien über den Broadway oder um die Sugar-Bowl-Schleife rennen sehen, die Wangen aufgeblasen und Luft durch die geschürzten Lippen ausstoßend, weiß paspelierte Hosen und Oberteile mit Reißverschluss, dazu noch ein Stirnband in passender Farbe. Wenn sich die Frauen von Commonwealth darüber unterhalten, sagt irgendeine immer, dass sie für so einen Hintern, solche Brüste vielleicht alle ein wenig joggen könnten, doch der Vorsatz hält sich nie länger als der Rauch der nächsten Zigarette.

Lorraine umarmt ihren Sohn und blickt dann hinaus auf die Straße. Als Frau von Marty Butler wird ihr alles Ungewöhnliche als Gefahr erscheinen. Mary Pat und Bess wären ihr wahrscheinlich aufgefallen, wenn Mary Pat nicht sofort zurückgesetzt hätte, als sie George vor dem Haus halten sah. Sie steht eingangs einer rund dreißig Meter entfernten Kurve, unter einem Baum, der einen hübschen Spätnachmittagsschatten wirft. Um sie zu sehen, müsste Lorraine auf der Straße stehen und das Licht genau richtig erwischen.

Lorraine und George gehen ins Haus.

Mary Pat macht es sich gemütlich.

Einmal dreht sie den Kopf und sieht Jules neben sich auf dem Beifahrersitz. Jules gähnt und lächelt sie schläfrig an.

Das Geräusch des Außenbordmotors weckt sie.

Es ist dunkel. Insekten versammeln sich unter der einzigen Straßenlaterne. Als sich knarrend eine Fliegengittertür öffnet und dann ins Schloss fällt, dreht sie den Kopf und sieht George Dunbar, der aus dem Haus kommt und über die Straße zu dem schmalen Küstenstreifen geht. Er trägt Shorts und keine Schuhe. Mary Pat nimmt das Fernglas aus Dukies Werkzeugtasche und richtet es auf das Boot, als sein Motor verstummt und es aufs Ufer zu dümpelt. Brian Shea springt aus dem Boot, George watet ihm entgegen, und gemeinsam ziehen sie es an Land. Brian löscht das Licht auf dem Boot, und jetzt nützt das Fernglas nichts mehr.

Mary Pat schaltet die Innenraumbeleuchtung aus, öffnet und schließt dann leise die Tür von Bess und überquert die Straße. Ein einziger Baum, hinter dem man sich verstecken kann, dann nur noch eine nicht mal kniehohe Strandmauer. Der Baum steht mindestens zwanzig Meter von Brian und George entfernt. Aber sonst ist da niemand und auch nicht viel Geräuschdämpfendes, nur den Mund müssten sie halt aufmachen. Sie stellt sich hinter den Baum und spitzt die Ohren.

Brian Shea sagt zu George: »Ihr müsst schon ...« und »Wir wollten verdammt noch mal ...« und »... geschenkt wird keinem was«.

George steht mit dem Rücken zu ihr, und er spricht gegen den Wind. Er ist viel schwerer zu verstehen. Ein paarmal sagt er anscheinend »Ich weiß«. Und etwas wie »konkret«, aber das kommt ihr schief vor. »Diskret« ist es auch nicht, aber »kret« sagt er auf jeden Fall.

Ein jäher Windstoß trägt ihr Brian Sheas deutlichste Sätze zu: »Du stehst schon in unserer Schuld. Jetzt erst recht. Lustig findet das keiner.«

Der Wind legt sich.

»Ich –«, sagt George.

»Mach schon … Blue Hill Avenue … mir scheißegal.«

»… mein ja nur.«

»… Ausreden kannst du dir sparen. Komm.«

Sie holen etwas aus dem Boot. Tragen es mit etwa einem Meter zwanzig zwischen sich durch die Dunkelheit. Beim Überqueren der Straße streifen sie den Lichtkreis der Laterne, und Mary Pat sieht, dass sie einen Seesack tragen. Er ist dunkelgrün und ähnelt dem, den Noel vom Militär mitgebracht hat, nur dass der Reißverschluss bei diesem offenbar der Länge nach durch die Mitte geht. George öffnet den Kofferraum des Impala, und sie legen ihn hinein.

Der Wagen ist nur fünf, sechs Meter entfernt; Mary Pat hört sie jetzt ziemlich gut, als Brian George die Hände auf die Schultern legt.

»Sag diesen zugekifften Moreland-Affen, ich erwarte einen ordentlichen Schlag für mein Geld.«

George nickt.

Brian ohrfeigt ihn. Unsanft. »Hörst du zu?«

»Ja. Ja.«

»Mach ihnen klar, dass wir ihre ganze verdammte Pipeline trockenlegen, wenn sie nicht was abziehen, das Schlagzeilen macht.«

»Okay.«

»Und dann holst du den restlichen Scheiß.«

»Ja, klar.«

»Nicht nächsten Monat, nicht nächstes Jahr. Sofort. Verstanden?«

»Verstanden.«

»Du gehörst nicht zur Familie, Mann.« Brian tritt vor

ihn und tut, als wolle er ihn wieder ohrfeigen, tätschelt ihm stattdessen aber die Wange. »Du bist nur der Sohn der Alten, die mein Boss vögelt.«

»Ich weiß.«

»*Wie* bitte?« Brians Tonfall ist scharf.

»Ich weiß, hab ich gesagt. Ich weiß.«

Brian Shea starrt ihn eine Weile an, bevor er über die Straße zurückgeht. Unter etwas Geplätscher und Gestöhn zieht er sein Boot ins Wasser, wirft den Motor an und brummt davon.

Als George eine Stunde später vom Expressway runterfährt, denkt Mary Pat, er hätte sich vertan – statt rechts nach Southie abzubiegen, biegt er links ab nach Roxbury. Sie nimmt an, er dreht bei nächster Gelegenheit, doch er fährt immer tiefer nach Roxbury hinein, durch Straßen, die sie noch nie gesehen hat, Stadtteile, die ihr so fremd vorkommen wie Paris. Aber Paris liegt auf der anderen Seite des Atlantiks; die Straßen hier sind keine zehn Kilometer von Commonwealth entfernt. Es ist Sonntag, um Mitternacht, doch mancherorts ist so viel los wie bei einem Straßenfest – Farbige unterhalten sich auf ihrer Veranda oder stehen auf dem Gehsteig um ihre Autos herum. Andere Straßen sind totenstill, nicht mal eine streunende Katze miaut. Überall fühlt sie sich beobachtet. Fragt sich, ob nicht im nächsten Moment jemand vor ihren Wagen tritt und »Eine Weiße!« schreit, worauf sie alle rauskommen und sie in Stücke reißen.

So sind sie doch hier, oder? Warten auf die nichts ahnende Weiße, die falsch Abgebogene, die naive Blonde. Damit sie ihr zeigen können, wer die wahren Herren dieser Straßen sind und wie groß ihr Zorn ist.

Sie hat keine Ahnung, warum sie sie so hassen, aber sie spürt ihren Hass – in den Blicken, auf die sie nicht reagiert, den Blicken, die sie nicht direkt sieht und doch wahrnimmt, Blicke aus der Deckung dichter gesenkter Augenlider, Blicke, die ihr auf Schritt und Tritt folgen.

Sieh dich um, fordert eine Stimme sie heraus.

Sie nimmt die Herausforderung an. Schaut auf die Veranden und Hauseingänge. Keiner sieht sie an. Niemand nimmt sie auch nur zur Kenntnis.

Und niemand sieht George an. Denn ...

George ist nicht mehr da. Einen Block vor ihr leuchtet gelb eine Ampel, aber auch da steht Georges Wagen nicht. Sie fährt schneller, die Angst lässt plötzlich Zimbeln in ihrer Brust erklingen: Sie hat keine Ahnung, wie sie hier wieder rauskommt. An einer Kreuzung sieht sie sich die Schilder zu ihrer Linken an. Sie ist auf der Warren Street, die sich mit der St James schneidet. Sie weiß nicht, ob George nach links oder rechts gefahren ist. Sieht seine Rücklichter nicht. Noch einmal schaut sie nach den Straßenschildern, diesmal rechter Hand, und wie dankbar ist sie Jesus, dem Heiligen Geist und auch Petrus, dass in einer so beschissenen Gegend die Straßenschilder tatsächlich intakt sind, denn die Warren Street führt mitten durch zwei andere – links die St James, rechts aber die Moreland.

Sag diesen zugekifften Moreland-Affen, ich erwarte einen ordentlichen Schlag für mein Geld.

Sie biegt rechts in die Moreland Street ein und beschleunigt. Einen Block weiter, kein George. Zwei Blocks weiter, kein George. Sie widersteht dem Drang, aufs Gas zu steigen, und behält ein mäßiges Tempo bei. Am nächsten Stoppschild schaut sie nach rechts und sieht den Impala. Der Wagen steht einen halben Block weiter gegenüber einem Spielplatz. Hinter einem weißen Transporter, dessen linke hintere Tür offen steht. Drei Schwarze stehen mit George daneben. Einer ist groß und dick, einer klein und dürr, der dritte mittelgroß und mittelschlank. Alle drei haben hohe Afros und Bärte. Alle tragen Brille und Rollkragenpullover. George reicht ihnen Sachen aus dem Kofferraum, wieder und wieder.

Mary Pat ist zwar keine Expertin, und ihre Sicht ist begrenzt, aber ein Gewehr erkennt sie auf Anhieb.

Wieso händigt ein weißer Dealer aus Southie vor Beginn des Bustransfers drei Schwarzen in Roxbury Gewehre aus?

Mary Pat drückt den Kopf an die Rückenlehne ihres Sitzes.

Was ist da verdammt noch mal los?

22

Wieder in Southie, folgt sie George durch die verlassenen dunklen Blocks der Taxiunternehmen und Speditionslager. Inzwischen ist es nach eins, und Mary Pat fährt ohne Licht, damit George sie nicht hinter sich bemerkt. Offenbar ist hier niemand außer ihnen beiden, die im Dunkeln über die alten Kopfsteinpflasterstraßen rumpeln. Ein paar funktionierende Straßenlaternen, eine bis elf geöffnete Kneipe für LKW-Fahrer. Mary Pat fährt Schritttempo. Wenn er das Fenster runterdreht, kann George sie wahrscheinlich auch ohne Licht hinter sich über das Pflaster poltern hören. Sie lässt sich zwei ganze Blocks zurückfallen und weicht Schlaglöchern aus, so gut es geht.

Er fährt auf einen Parkplatz vor einer langen Reihe niedriger Einzelgaragen. Steigt aus. Schließt die dritte Garage von rechts auf und stemmt das Tor hoch. Kramt in seinen Taschen und läuft zum Heck eines Chevy Nova. Er öffnet den Kofferraum. Kommt wieder raus, holt den Seesack aus dem Kofferraum des Impala. Ohne die Gewehre ist er viel leichter als vorhin, als Brian Shea und er ihn über die Bayside Road geschleppt haben, aber noch immer zieht er seine Schulter etwas nach unten, und George legt den Kopf schräg, als er ihn zum Nova trägt und ihn in den Kofferraum legt.

Er klappt den Kofferraum zu und schließt ihn ab. Schließt auch das Garagentor. Sperrt es ab. Und wieder geht es auf die Straße.

Die Fahrt ist kurz. George parkt den Impala an der East Second, oberhalb des amtlichen Wohnsitzes seiner Mutter. Mary Pat sieht ihn zwischen zwei Häusern hindurchlaufen und nimmt an, dass er durch Gärten flitzt und über Zäune springt, um hintenherum zum Haus zu kommen. Der Verdacht bestätigt sich, als wenige Minuten später im Eckzimmer im zweiten Stock von Lorraine Dunbars Haus das Licht angeht.

Eine halbe Stunde später erlischt es.

Mary Pat wartet noch zehn Minuten für den Fall, dass er wieder rauskommt. Nein. Sie ist sich ziemlich sicher, dass er schlafen gegangen ist. Es ist zwei Uhr morgens. Jeder, der seine Sinne beisammenhat, liegt jetzt im Bett.

Sie steuert Bess die East Second hoch zurück zu der Garage.

Der Parkplatz und die umliegenden Straßen sind noch so dunkel und still, wie sie sie verlassen hat, und so stellt sie Bess vor der Garage ab in der Annahme, dass wer um diese Zeit hier aufkreuzt, nichts Gutes im Schilde führen kann: Besser also, Bess steht fluchtbereit in der Nähe.

Das Vorhängeschloss, das George am Garagentor angebracht hat, ist denkbar schlicht, widersteht aber trotzdem Dukies Dietrichen. Oder zumindest ihrem Umgang damit. Dabei wollte sie sich gerade auf ihre Schlossknackerqualitäten etwas einbilden und Dukie selig für seine ewige Leier zusammenstauchen, Schlossknacken sei eine »Kunst«, die der Durchschnittsmensch nicht zu würdigen wisse. Nach vier vergeblichen Versuchen gibt sie auf und greift zum Bolzenschneider.

Als der untere Teil des Schlosses klappernd auf den Boden fällt und der obere zwischen den Schneidbacken stecken bleibt, denkt sie: »*Scheiß auf die Kunst.*«

Denkt aber gleich wieder um, als sie das Kofferraumschloss des Nova auf Anhieb knackt.

»Ich hab's noch drauf, Dukie«, sagt sie ihm, als sie die Haube hochklappt und hineinleuchtet. Der Reißverschluss des Seesacks ist geöffnet, und sie kann den Inhalt gut erkennen, aber was sie da sieht, ergibt keinen Sinn. Es sollte zwar – was sonst hatte sie da drin vermutet? –, aber es kommt nicht hin. Es gab einen Kodex in Southie. Dinge, die man nicht tat.

Man petzte nicht.

Man wandte sich nie von Familienmitgliedern ab (auch wenn man sie nicht ausstehen konnte).

Man erzählte keinem Außenstehenden, was im Viertel abging.

Und …

Man handelte nicht mit Drogen.

Niemals.

Nie, niemals.

Die Tasche war voll mit Drogen. Kiloweise braunes Pulver, kiloweise weißes Pulver, gepresster Shit, Plastikröhrchen mit Tabletten.

Die Drogen gehören nicht George Dunbar. Sie wurden

ihm zugeteilt. Anvertraut. Von Brian Shea. Es sind Marty Butlers Drogen.

All die Jahre hat man sich gefragt, wieso es Marty und seiner Crew nicht gelingt, die Drogen aus Southie herauszuhalten.

Und jetzt kennt sie die Antwort – weil sie diejenigen sind, die sie hereinschaffen.

Sie bringen die eigenen Leute um. Sie haben eine ganze Teenagergeneration zu Sklaven gemacht, von Tabletten, von Spiegel und zusammengerolltem Geldschein, von Nadel und Löffel.

Die Drogen haben Noel nicht umgebracht.

Die Butler-Crew hat Noel umgebracht. Wie schon seinen Vater. Wie jetzt seine Schwester. Die Butler-Crew hat Mary Pats Familie umgebracht. Sie lehnt sich gegen die Rückwand der Garage und denkt darüber nach. Aus irgendeinem Grund lacht sie nur trocken auf, statt in Tränen der Wut auszubrechen. Sie sieht Marty Butlers Modekataloggesicht vor sich schweben.

»Du hast meine Familie ermordet«, sagt sie leise in der Stille der Garage.

Er lächelt sie an.

»Dafür bringe ich deine um«, verspricht sie ihm.

George Dunbar kommt morgens um acht an der Garage an. Das fehlende Schloss bemerkt er sofort. Er starrt auf die Stelle, wo es hing. Durch Dukies Fernglas sieht sie, dass er sich etwas zusammenreimt – die gestern gestohlenen Drogen und jetzt das. Ihm geht auf, dass ihn 1 + 1 = jemand im Visier hat.

Er legt die Hand auf die Außenwand der Garage.

Er übergibt sich. Zweimal.

Als er fertig ist, wischt er sich den Mund ab. Er bückt sich und zieht langsam das Garagentor hoch. Sein Gesicht entspannt sich etwas, als er sieht, dass der Nova noch so dasteht, wie er ihn zurückgelassen hat. Er läuft nach hinten.

Mary Pat legt den Gang ein und rollt mit Bess bis auf etwa sieben Meter an das Garagentor heran. Sie steigt aus. Lehnt sich an die Haube. Wartet. Sie hört, wie er in dem weitgehend leeren Kofferraum herumwühlt. Er gibt hektische Quieklaute von sich.

Er klappt den Kofferraum zu. Kommt vor sich hin murmelnd nach vorn zum Garagentor. Dann fällt sein Blick auf sie.

Und er weiß Bescheid.

Er weiß noch nicht, woher er es weiß, aber er weiß es. Die Arme ausgestreckt wie Frankensteins Monster, rennt er auf sie zu.

Sie richtet seine eigene Waffe auf ihn und setzt ihm die Mündung mitten auf die Brust. »Wenn ich jetzt abdrücke, verurteilt mich kein Gericht in den Staaten dafür. Eher krieg ich einen Orden. Also George, wie soll's weitergehn?«

Er nimmt die Hände runter.

Bei geschlossenem Garagentor klopft sie ihn nach einer Waffe ab, doch an diesem Morgen trägt er keine. In einer Ecke sieht sie eine orangefarbene Arbeitsleuchte hängen, die an eine Verlängerungsschnur angeschlossen ist. Sie holt die Leuchte, hängt sie an einen Haken über der Motorhaube und sieht, dass George etwas von seinem Selbstvertrauen zurückgewinnt. Das zeigt sich zuerst in den Augen, und es ist eher ein Zurückweichen als ein Aufblühen – sie werden ausdruckslos, nur die Selbstachtung bleibt. Sein Selbstvertrauen fiel ihr schon auf, als er und Noel beste Freunde waren und er ständig zu Besuch kam, lange vor den Drogen, sogar vor den Mädchen. Als es noch in einer Tour um Sport ging und sie sich um Sammelkarten stritten. Schon damals fand sie bemerkenswert, wie dieses Kind in sich ruhte. Was andere über ihn dachten, schien ihn nicht zu kümmern, und er hielt es nicht für nötig, sich zu artikulieren. Mangelndes Ausdrucksvermögen war bei Teenagern aus Southie nicht ungewöhnlich, doch Georges Schweigsamkeit ging auf kein Unvermögen zurück. Mary Pats Gefühl nach war sie gewollt – eine Sache des Willens und der Arroganz. Seit sie sich erinnern konnte, schien George fest überzeugt zu sein, dass er besser war als alle anderen – klüger, gerissener, weniger empfindlich. Mit seinen schlanken Zügen, dem kurzen blonden Haar und den Augen, die so grün und kühl waren wie das Land seiner Vorfahren, gab George Dunbars Haltung den meisten, die ihn kannten, das beunruhigende Gefühl, dass er wirklich klüger und schlauer war. Wirklich besser.

George, begreift sie, gibt sich schon so lange so, dass er selbst daran glaubt.

»Das hat Ihnen sicher Spaß gemacht«, sagt er.

Sie schaut ihn fragend an.

»Sich vorzustellen, wie das hier ablaufen würde.«

»Und wie habe ich mir vorgestellt, dass es abläuft?«

»Sie stehlen meine Ware, und ich sage Ihnen, was ich über Ihre Tochter weiß.«

»Das ist meine Wunschvorstellung?« Sie tut, als ob sie ernstlich darüber nachdenkt.

»Aber jetzt verrate ich Ihnen, wie es wirklich abläuft.«

Sie wartet mit freundlich lächelndem Gesicht.

Er lehnt sich aller Sorgen ledig gegen sein Auto und legt den Kopf in den Nacken. »Sie geben mir meine Ware zurück, sonst machen meine Lieferanten Sie bis heute Abend kalt. Dann spielt es keine Rolle mehr, was Sie über Ihre Tochter herausfinden.«

»Du sagst immer ›Ihre Tochter‹, als wüsstest du nicht, wie sie heißt.«

Er seufzt. »Wenn Sie mir meine Ware zurückgeben, erfahren meine Lieferanten kein Wort.« Er stößt sich vom Wagen ab, sieht sie unfreundlich an. »Dann können Sie Ihr … Leben weiterleben.«

»Mit den ›Lieferanten‹ meinst du Marty.«

Er verzieht das Gesicht. »Und wenn schon.«

»Du bietest mir also an, mich am Leben zu lassen und Marty nicht zu erzählen, dass ich deine Drogen kassiert habe, weil … du ein netter Kerl bist?« Sie kommt ein Stück auf ihn zu. »Oder vielleicht doch, weil dein Leben vorbei ist, wenn Marty und seine Leute erfahren, dass du zwei Lieferungen an einem Tag vergeigt hast?« Sie lacht leise.

George antwortet mit einem ebenso leisen Lachen, wenn auch sein Blick dabei etwas hin- und herhuscht. »Gut, ich gebe zu, dann wäre ich meinen Job los. Geh ich eben wieder aufs College.«

»Ach George, George.« Sie schüttelt langsam den Kopf. »Du hast Marty zweimal enttäuscht. Und du kannst der Polizei helfen zu beweisen, dass er der *Grund* dafür ist, dass

Drogen nach Southie kommen. Du kennst seine Routen, seine Zulieferer, nehme ich an. Wahrscheinlich kennst du zumindest einige Cops auf seiner Gehaltsliste.« Sie sieht, dass ihre Worte wie Faustschläge getroffen haben. Sie stellt sich so dicht vor ihn, dass er ihren Atem auf dem Gesicht spürt. »George, wenn sich herumspricht, dass du Martys neueste Lieferung vergeigt hast, und du danach noch vierundzwanzig Stunden lebst, verstehe ich die ganze weite Welt nicht mehr.«

»Meine Mutter ist –«

»Martys Honigbiene, ja. Ich weiß. Das allein rettet dich nicht. Marty vögelt zwar gern, aber Geld mag er noch lieber.«

Er schweigt erst mal. Er schaut auf ihre Hände. »Wenn Sie nicht die Knarre hätten ...«

Sie tritt einen Schritt zurück. Hält sie hoch. »Die hier?« Sie steckt sich den Revolver am Kreuz in den Hosenbund. »Keine Knarre mehr.«

Er blickt zur Tür hinter ihr. Rührt sich nicht.

»Du musst nur an mir vorbei.«

Er wägt seine Optionen ab.

»Schieb mich doch einfach weg, George.«

»Meinen Sie, ich kann das nicht?«

Sie muss laut lachen. Sie kann nicht anders. »Genau das denk ich, George. Dir läuft die Zeit davon.«

»Warten Sie.«

»Nein«, sagt sie. »Komm schon. Räum mich aus dem Weg.«

»Geben Sie mir meine Ware.«

»Scheiß auf deine Drogen.«

»Ich will meine –«

Sie stellt sich wieder vor ihn. »Du kriegst deine Drogen erst, wenn ich mit allem, was ich haben will, hier rausspaziere. Also schlag dich jetzt mit mir, oder lass das Theater, und wir sehen zu, dass wir vorankommen.«

George macht wieder seine toten Augen. Sie stellt sich vor, wie er den Blick jahraus, jahrein im Haus seiner Mutter vor dem Spiegel übt.

»Ich bin Geschäftsmann«, sagt er. »Verhandeln wir.«

»Du bist noch ein Kind«, sagt sie. »Hast du gesehn, was in deinem Kofferraum lag?«

»Meine Ware mal nicht.«

»Stimmt, die Drogen waren nicht drin. Aber hast du gesehen, was drinlag?«

Er denkt nach. »Eine Sporttasche.«

»Was hast du damit gemacht?«

»Weiß ich nicht.«

Sie deutet mit dem Kopf. »Du hast sie rausgeschmissen, George. Sie liegt direkt hinter dir. Hol sie.«

Er verzieht verächtlich das Gesicht. »Holen Sie sie doch selbst.«

Sie zieht den Revolver hinterm Kreuz hervor und schlägt ihm den Griff vor die Stirn.

Wasser schießt ihm in die Augen, und er taumelt nach hinten. »Heiliger Scheißdreck!«

»Denk an deine edle Nase.«

Er holt die Tasche.

»Stell sie auf die Haube, und mach sie auf.«

Das tut er. Schaut hinein. Wird nicht schlau aus dem, was er sieht. Nach einer Weile ist sie aber ziemlich sicher, dass er nicht aus Verwirrung zögert, sondern weil er genau weiß, was die Sachen in der Tasche bedeuten.

In dem plötzlichen grellen Licht nehmen die Gegenstände einen fahlen, harten Glanz an –

Eine Nadel, ein Löffel, ein Feuerzeug, ein Stück Gummischlauch, eine Pipette mit Wasser und ein Plastikbeutelchen mit braunem Pulver.

»Dein Warenangebot wirst du wohl kennen.«

»Und?«

Sie seufzt. »Ich dachte immer, du hast Grips. Ein Herz vielleicht nicht, aber Grips.« Sie zeigt mit dem Revolver auf die Gegenstände. »Du verkaufst das Zeug. Jetzt probierst du's mal. Sonst siehst du deine ›Ware‹ niemals wieder.«

Er lacht. Das soll höhnisch klingen, hört sich aber erschrocken an. »Kommt nicht infrage.«

Sie schießt vor seine Füße. Er springt auf. Hält sich die Ohren zu.

Sie hält sich ihre nicht zu, hört aber keinen Ton mehr. So ist das nun mal, wenn man in einem Kasten von sechseinhalb mal vier Meter mit Metalltür einen Schuss abgibt. *Blöd, Mary Pat. Blöd, blöd, blöd.*

Vielleicht ist es mit dem Reden aber auch vorbei, denn George greift in die Tasche. Er wickelt den Gummischlauch um seinen Bizeps, bindet ihn ab. Auf der Suche nach einer Vene klopft er auf das Fleisch in seiner Armbeuge. Besonders gut macht er das nicht, denn er hat keine Erfahrung damit, außer dass er seit Jahren den armen Typen zusieht, mit denen er sein Geld verdient.

Schließlich lässt das Ohrenklingeln so weit nach, dass sie sprechen kann. »Lass dir helfen.«

Sie schiebt sich den Revolver wieder ins Kreuz. Verteilt das Pulver auf dem Löffel, gibt das Wasser hinzu und kocht es mit dem Feuerzeug auf. Gegen Ende, nachdem sie ihn aus dem noch nicht ganz leer geklauten Haus geworfen hatte, hat sie Noel einmal dabei zugesehen. An dem Punkt war ihm schon alles egal, und er saß im Schein der halb kaputten Straßenlaterne auf der Spielplatzbank. Sie beobachtete ihn von der anderen Seite des Platzes aus, für ihn nicht sichtbar an die Wand des Jefferson Building gelehnt, und wusste, dass sie einem Selbstmord beiwohnte. Vielleicht dauerte es Monate, vielleicht auch nur Wochen (es dauerte irgendwas dazwischen), aber es war die vorsätzliche Ermordung der eigenen Person. Er hatte mehrere Entzüge hinter sich, hatte sie bestohlen, seine Schwester bestohlen, Ken Fen bestohlen, jeden seiner Freunde bestohlen, bis er keine Freunde mehr hatte.

Außer George. Seinen Lieferanten.

Sie sieht, dass George wieder an seiner Ellenbeuge herumdrückt, langt hin und kneift die Haut so fest, dass er aufschreit. »Hey!«

»So kriegt man eine Vene.«

Er nimmt die Nadel und zieht das Gemisch vom Löffel. Als die Spritze voll ist, hält er sie ihr hin. Sie schüttelt den Kopf. »Ich helf dir doch nicht, dir dein eigenes Gift zu spritzen.«

Viermal stochert er zögerlich, ehe er die Luft einzieht und die Nadel in die Vene treibt. Mit dem Daumen auf dem Kolben sieht er ihr in die Augen, und sie wartet ab.

Er drückt den Kolben runter.

Er zieht die Nadel raus. Gibt sie ihr. »Und jetzt?«

»Warten wir.«

Als Noel noch bei ihnen wohnte und zum Fixen ins Bad ging, redete er in den frühen Phasen eines Rauschs über alles Mögliche. Entspannt und mit verträumtem Blick kam er raus, setzte sich zu ihr an den Küchentisch und quasselte ungehemmt drauflos, bis sie nicht mehr mitkam. Auf diesen idealen Punkt – etwa fünf Minuten nach dem Schuss bis höchstens eine Viertelstunde danach – wartet sie.

»Was ist mit Jules passiert, nachdem ihr Auggie Williamson umgebracht habt?«

Er zuckt die Achseln.

»George«, sagt sie, »was ist passiert?«

Achselzucken. »Keine Ahnung. Sie ist mit Frank weg.«

»Und danach?«

»Wie ich sag – keine Ahnung.«

Sie starrt ihn an. Ist er so aalglatt, dass er nach seinem ersten Schuss Heroin lügen kann? Hat er – hat irgendjemand – so viel Willenskraft?

Er lächelt sie an. Ein verträumtes, fernes Lächeln. Wissend, aber nicht arrogant.

»Wissen Sie, wie man Beton gießt?«, fragt er sie.

»Man mischt ihn, man gießt ihn.«

Er seufzt. »Sie haben das noch nie gemacht, oder?«

»Nein, George.«

»Man stellt sich das so einfach vor. Sack Zement, bisschen Wasser dazu, mit der Kelle drüber und trocknen lassen.«

Sie spürt, dass das hier kein Zufallsthema ist. Und sie weiß, das von seinen Onkeln und seinem verstorbenen Vater kurz nach dem Zweiten Weltkrieg gegründete Familienunternehmen ist eine Zementfabrik.

»Aber es ist *nicht* einfach?«, tippt sie an.

Langes, langsames Kopfschütteln. »Wenn man sich nicht auskennt und es noch nie gemacht hat, nicht. Schon gar nicht an einem Sommertag bei dreißig Grad in einem Kellergeschoss, wenn er auch noch falsch gemischt ist und fünf Minuten nach dem Trocknen reißt und fünf Minuten nach dem Verstreichen trocknet. Dann hast du eine Sauerei. Du kommst nicht an das ran, was du versiegeln willst, hast es aber auch nicht ganz versiegelt. Was du wegbetonieren wolltest, guckt dich an wie ein im Eis gefangenes Insekt. Und die Dämpfe hauen dich um.«

Er rutscht an der Karosserie runter, lehnt sich gegen einen Reifen und schaut ins Leere. »Ich hatte mal so ein Dreirad. Aus Metall. Schwer. Mit einem roten Sitz.«

Sie wartet auf mehr – eine Pointe vielleicht –, aber mehr kommt nicht.

»George«, sagt sie.

»Hmmmm?«

»Du sagst, ihr wolltet in einem warmen Kellerraum was versiegeln.«

Er driftet weg, und dann ist es, als seien ihre Worte am Ende eines langen Tunnels endlich zu ihm durchgedrungen. »*Ich* hab's nicht vermasselt.«

»Nein?«

Wieder ein langsames Kopfschütteln. »Mit Beton mach ich keine Fehler. *Die* waren das.«

»Wer?«

Er leckt sich mehrmals die Lippen. »Wissen Sie doch.«

»Nein, ich-«

»Marty und Frank.« Er sieht sie aus halb geschlossenen Augen an.

»Was ist mit ihnen?«

»Sie wollten sie im Keller begraben, haben aber den Beton falsch gemischt und mussten alles noch mal machen.«

Zwei dicke Adern links und rechts von Mary Pats Kehlkopf fangen an zu pochen. »Sag ihren Namen.«

»Jules.« Ein träges Lächeln für sie, während das Heroin seinen Körper im Inneren von Kopf bis Fuß badet. »Sie mussten sie zweimal begraben.«

23

Es dauert ein paar Augenblicke, bis sie etwas sagen kann.

Sie erinnert sich an den Tag, an dem sie sich ins Fields gedrängt hat. Larry Fields und Weeds in schmutzigen T-Shirts, verschwitzt und stinkend. Dazu Brian Shea mit kreidigen Schmierstreifen auf der Haut, weil er angeblich geholfen hatte, Martys Haus zu »renovieren«. An einer Werkzeugkiste in der Grotte hinten lehnte ein Vorschlaghammer. Brian hatte sich darüber aufgeregt, dass sie zu ihm nach Hause gefahren war und seine Frau zum Verschwinden ihrer Tochter befragt hatte. Er hatte ihr gedroht. Eine Zigarette nach ihr geschnickt.

Hatte angedeutet, sie sei eine schlechte Nachbarin.

Hatte sich *selbstgerecht* verhalten.

Und dabei lag die ganze Zeit die Leiche ihrer Tochter sieben Meter entfernt in einem Keller.

Brian Shea, mit dem sie zu Highschool-Zeiten im Schlafzimmer seiner Mutter eine leicht zu vergessende klamme Nummer geschoben hatte. Brian Shea, für den Dukie ein gutes Wort eingelegt hatte, als er nur einer von vielen Kids war, die bei Marty Butler reinkommen wollten.

Brian Shea, dem Dukie einmal Geld geborgt hatte, nur um seinem Geld dann hinterherlaufen zu müssen.

Brian Shea, der auch zur Party nach Jules' Taufe gekommen war.

Bei ihnen zu Hause gewesen war, an ihrem Tisch gegessen, ihren Schnaps und ihr Bier getrunken hatte.

Scheiß Brian Shea.

»Warum weinen Sie?« George Dunbar, den Rücken am Nova, beobachtet sie entspannt und schläfrig.

»Weine ich denn?« Sie wischt sich mit dem Handrücken die Augen.

Er hört sie gar nicht. Er schwimmt schon wieder.

Sie hockt sich hin und schnippt vor seinem Gesicht mit den Fingern. »Hast du sie gesehen?«

»Wen?«

»Jules.«

»Wann?«

»Als ihr den Kellerboden neu gemacht habt.«

»Welchen?«

»Den von Marty.«

»Nee, nee, nee. Wir, äh, wir haben das Quikrete reingebracht. Das hätten sie mal von Anfang an nehmen sollen. Zement, aber mit Sand. Gutes Zeug, das schnell trocknet.« Er lässt den Kopf hängen, als würde er einschlafen.

Sie ohrfeigt ihn. Er reißt die Augen auf und schaut in ihre. »Du hast Jules nicht gesehen?«

»Nein, nein. Sie ... also im Boden war ein Loch, das hatten sie abgedeckt und die schlechte Betonmischung draufgekippt. Die musste also wieder raus, und wir haben das Quikrete eingebracht, und da liegt sie jetzt.«

»Unter dem Quikrete.«

Er antwortet nicht. Wieder eingenickt.

Sie ohrfeigt ihn.

»George! Liegt sie unter dem Quikrete?«

»Ja. Da liegt sie.« Seine Worte sind jetzt ein schwerfälliges Genuschel. »Da liegt sie.«

»George«, sagt sie schnell, um ihn nicht gleich wieder zu verlieren, »kommt außer dir noch jemand zu dieser Garage?«

Er lächelt und legt den Kopf in den Nacken. »Von der weiß keiner was.«

»*Keiner?*«

»Keine Menschenseele«, nuschelt er.

Falls er mitbekommt, wie sie ihn mit den Handschellen an den Griff der Autotür fesselt, scheint er nichts dagegen zu haben.

Sie schläft eine Runde auf dem Rücksitz des Nova. Das Garagentor gab die Hitze, die auf die Außenseite prallte, nach innen weiter, und als sie aufwacht, ist es höllisch heiß. George rüttelt mit der Handschelle am Türgriff. Sie sieht auf die Uhr – halb drei. Die Wirkung von Heroin lässt nach sechs Stunden nach. George ist pünktlich.

Sie schlingt den Sicherheitsgurt um die Lehne des Beifahrersitzes. Macht George los, geht mit ihm rüber und drückt ihn auf den Sitz. Er stöhnt ein paarmal und fragt sie, was sie macht, aber sie beachtet ihn nicht. Sie muss kräftig ziehen, um die Gurtschnalle an seine Hüfte heranzubringen, aber dann lässt sich der Gurt ohne Weiteres schließen.

»Weißt du, was ich nicht kapiere?«, sagt sie.

Er schüttelt immer noch etwas benebelt den Kopf.

»Du und Brenda. Ihr kommt mir nicht wie ein Pärchen

vor.« Das hat ihr beim Einschlafen im Fond keine Ruhe gelassen.

»Sind ja auch keins.«

Sie schließt einen Moment lang die Augen und fragt sich, wo das alles hinführt.

»Wenn Rum also Frankie Toomey gedeckt hat, wen hast du denn gedeckt?«

»Was meinen Sie wohl?«

Im dunklen Hitzebad des Wagens schweigt sie einen Moment lang. Und dann: »Marty.«

Er nickt nicht. Schüttelt aber auch nicht den Kopf. Er hält nur ihrem Blick stand.

»Und George, eine letzte Frage – wann haben die eigentlich mit den Mädchen angefangen?«

Er braucht ein wenig, um seine Gedanken in Worte zu fassen. »Frankie meint immer, bei den Erstis ist alles am frischesten.«

Dass sie ihn in dem Moment nicht umgebracht hat, wird sie noch eine Weile wundern.

Sie fährt mit ihm in die Innenstadt.

»Was weißt du darüber, wie sie gestorben ist?«

George ist unansprechbar und mürrisch. Immer wieder versucht er, mit der gefesselten Hand seine Augen vor der Sonne zu schützen. Dann versucht er's mit der linken Hand, aber die Sonne ist immer noch zu stark. »Frankie war sauer, weil sie nach Mitternacht bei ihm zu Hause angerufen und gedroht hat, es rumzuerzählen.«

»Was rumzuerzählen?«

Er sieht sie vorsichtig an.

»Dass sie schwanger war, weiß ich schon von Rum«, sagt sie ihm.

»Ja, gut, damit hat sie ihm gedroht.«

Sie gerät in den Gegenverkehr und muss jäh einem entgegenkommenden Taxi ausweichen. Nicht George hat sie abgelenkt, sondern ein Stück Erinnerung an ihren letzten Tag mit Jules. Sie waren die Old Colony entlanggelaufen, und mit einem Mal war Jules in eine so düstere Stimmung verfallen, dass Mary Pat sie genervt gefragt hatte, ob sie ihre Tage bekomme. Und Jules hatte geantwortet:

Nein, Ma. Bestimmt nicht.

Damit wollte sie es mir sagen, denkt Mary Pat. *Und ich hab's nicht gehört; nicht gesehen und nicht gehört. Weil ich nicht wollte. Weil die Wahrheit wehtut, weil sie dich was kostet und deine Welt auf den Kopf stellt.* An der Broadway Bridge müssen sie wenden, weil die Brücke wegen einer Anti-Bus-Demo gesperrt ist. Auf der Umleitung durch die A Street begegnen ihnen Menschenschlangen, die mit »Busse raus«-, »Gerrity raus«- und »Schwarze raus«-Schildern unterwegs zur Brücke sind.

Sie halten an einer Kreuzung und lassen eine dichte Reihe von Demonstranten vorbeiziehen.

»Warum hat er sie umgebracht?«, fragt sie ihn leise und staunt, dass ihr das über die Lippen kommt, denn letztlich konnte kein Grund genügen.

»Sie wollte Geld, um ihr Kind großzuziehen.«

»Er hat doch jede Menge Geld.«

»Heißt nicht, dass er was davon abgeben will. Und anscheinend hat sie viel verlangt. Ihr Kind solle nicht so aufwachsen wie sie.«

Mary Pat versuchte sich den Stich, den ihr das gab, nicht anmerken zu lassen. »Und wenn sie das Geld nicht bekäme?«

»Würde sie sagen, dass es von ihm war.«

»Wer hat dir das erzählt?«

»Larry Foyle. Er war ziemlich fertig deswegen. Meinte, das sei doch nicht richtig. ›Bringen wir jetzt kleine Mädchen um?‹, hat er gesagt.«

»Wie fandest du das denn?«

»Wirklich traurig.«

Sie sieht ihn sich an. Er bemüht sich immer noch, der Sonne auszuweichen, bewegt den Kopf unter der Hand.

»Nein«, sagt sie.

Er seufzt. »Nein.«

»Empfindest du überhaupt etwas, George? Das hab ich mich schon immer gefragt.«

Er beäugt sein Spiegelbild im Fenster. »Die Vorstellung ist hübsch, aber ehrlich gesagt, nein. Abgesehen von meiner Mom hab ich noch nie für irgendwen etwas empfunden.«

»Wenigstens bist du ehrlich.«

Er zeigt auf die Demonstranten, eine immer noch stattliche Anzahl von Nachzüglern auf der A Street. »Sehen Sie sich diese Idioten an. Ob der Nigger schon dieses Jahr durch die Hallen der Southie High zieht oder nicht, die haben längst verloren. Der Araber sagt uns gerade, wir können ihn mal und sollen uns wieder ans Laufen gewöhnen, bis er uns mehr Öl gibt. Aber die legen sich mit den Niggern an, die genauso arm und angeschissen sind wie wir, und bilden sich ein, sie stehen für was.«

Der Verkehr rollt. Sie schaffen es noch über die Kreuzung, ehe die Ampel von Gelb auf Rot springt.

»Wenn dir alles egal ist, George, warum bist du dann auf Auggie Williamson los?«

»Der war schwach«, sagt er. »Man hat's ihm an den Augen angesehen.«

»Vielleicht hatte er einfach nur Angst.«

»Angst ist eine Schwäche.« Er hält wieder die Hand vor die Sonne. »Schwäche mag ich nicht.«

»Vielleicht ist das keine Schwäche. Vielleicht ist es nur ein gutes Herz.«

Er guckt, ob sie das ernst meint. Als es ihm so aussieht, stößt er ein bellendes Lachen aus.

»Na, dann scheiß drauf.«

Sie sieht ihn eine Weile an und versteht ihn endlich, nach all den Jahren. »Jetzt wird's mir klar. Du hast keine Wut in dir, George. Nur Hass.«

Zwei Ampeln lang schweigen beide.

Als sie in die Congress Street einbiegt, sagt Mary Pat: »Warum haben sie ihre Leiche aufbewahrt?«

»Hm?«

»Wenn Frank Toomey meine Tochter in dem Haus umgebracht hat, warum hat er dann ihre Leiche dagelassen?«

»Es wird beobachtet.« Er zuckt die Achseln. »Hat man jedenfalls Marty gesagt.«

»Von wem wird's beobachtet?«

»Von der DEA.«

»Woher weiß das Marty?«

»Er hat jemanden beim FBI.«

»Echt?« Sie merkt, wie sie große Augen bekommt, und hört sich spontan pfeifen.

»Ja«, sagt George. »Deswegen ist er unantastbar.«

Das lässt sie sich eine Weile durch den Kopf gehen.

»Wo fahren wir hin?«

»Ich bring dich zu deinen Drogen.«

»So?« Er glaubt ihr nur halb.

»Wir hatten eine Abmachung. Meinen Teil erfülle ich.«

»Ich hab nicht versprochen, dass ich nichts sage.«

»Zu Marty, meinst du? Dass ich deine Drogen gekapert hab?«

»Ja.«

»Und wenn schon. Es ist alles gut, George.«

Daraus wird er offenbar nicht schlau.

»Auf geht's«, sagt sie und hält auf der Congress Street Bridge am Hafen. Er schaut auf das rote Schindelgebäude am Ufer. Auf die Gangway, die zum Hafen hinunterführt. Auf das gelbe Schiff am Ende der Gangway. »Was machen wir hier?«

»Weißt du, was für ein Schiff das ist?«

»Ja«, sagte er gereizt.

»Sag's mir.«

»Es ist eine Nachbildung.«

»Wovon?«

»Wo sind wir, in der Grundschule?«

»Sei so lieb, George.«

Er verdreht nach Teenagerart die Augen. »Es ist eine Nachbildung des Schiffs, auf dem die Söhne der Freiheit siebzehnhundertixundsiebzig den ganzen britischen Tee über Bord geschmissen haben.«

»*Sehr* gut!« Sie klatscht ihm aufs Knie. »Und warum haben sie das getan, George?«

»Aus Protest gegen die Steuern. Können Sie mal –«

»Nicht einfach Steuern«, sagt sie. »Steuern ohne Repräsentation. Das war der Knackpunkt. Sie haben den Briten Geld gezahlt, aber die haben einen Dreck dafür getan. Deshalb haben sie ihren kostbaren englischen Tee kurzerhand in den Hafen befördert. Sollte heißen, George, nimmst du von mir, nehm ich verdammt noch mal von dir.«

Er sieht sie vom Beifahrersitz aus an. »Wovon reden Sie?«

Sie deutet mit dem Kinn aufs Wasser. »Da sind Martys Drogen, George.«

Er kommt nicht mit. »Auf dem Boot?«

Sie schüttelt den Kopf. »Im Wasser.«

Georges Mund öffnet sich zu einem großen O. Er starrt durch die Windschutzscheibe und blinzelt wiederholt. Auf dem Gehsteig draußen vor dem Wagen gehen Leute vorbei, ohne von der Zerstörung im Inneren etwas zu ahnen.

»Ach was«, sagt George schließlich. »Nein.« Seine Stimme ist klein und flehend und kippt beim letzten Wort.

»Ich stand gestern Abend da oben mitten auf der Brücke …«

»Bitte nicht.« George starrt durch die Frontscheibe auf den Hafen.

»Und hab einen Beutel nach dem andern aufgeschnitten.«

»Hören Sie … auf«, sagt er leise.

»Und ich hab sämtliche Pillen und sämtliches Pulver ins Wasser geschüttet.«

Er flüstert etwas.

»Was, George. Ich hör dich gar nicht. Sprich lauter.«

Er gibt einen Laut von sich, der zwischen einem Grunzen und einem Stöhnen liegt. »Ich bin tot.«

»Ohne deine Drogen?«

»Mausetot bin ich.«

»Ja«, stimmt sie zu, »allerdings.«

Sie drückt ihm den 38er in den Bauch und greift über ihn hinweg, um die Handschelle vom Schloss des Sicherheitsgurts zu lösen. Sie drückt die Mündung tiefer und sieht ihm in die Augen, ihre Nasen berühren sich beinahe. Sie nimmt sein Handgelenk, schwingt es über sie beide hinweg und klemmt die Handschelle ans Steuer. Sie lehnt sich zurück und steckt den Revolver unters Hemd. »Wenn ich dich jetzt anseh, George, seh ich einen verängstigten kleinen Jungen, der eine zweite Chance möchte. Für Erwachsene gibt es aber keine zweiten Chancen hier in der Gegend. Als Mutter möchte ich dich in die Arme nehmen. Dir ›Scht‹ zuflüstern und dir sagen, es wird alles gut.«

Er sieht sie verwirrt an, als hätte sie all das vielleicht vor. »Dann, dann *helfen Sie mir*, Mrs. Fennessy. *Bitte*.«

»Würd ich gerne, George. Wirklich.« Sie streichelt ihm den Hinterkopf und drückt kurz ihre Stirn an seine. Sie spricht freundlich und mütterlich. »Aber dann, dann fällt mir ein, dass du meinem Sohn die Drogen verkauft hast, die ihn umgebracht haben, dass du den armen schwarzen Jungen ermordet hast, der nur nach Hause wollte, und dass du mitgeholfen hast, meine Tochter in einem Keller zu begraben.« Sie löst ihre Stirn von seiner, begegnet seinem hasserfüllten Blick mit ihrem. »Deshalb interessiert es mich einen Scheißdreck, ob du heute Nacht stirbst oder ein langes, elendes Leben hinter Gittern verbringst. Ich weiß nur, dass es ein Geschenk Gottes wäre, wenn ich dein Gesicht nie wieder zu sehen bekäme.«

Er zerrt wiederholt an der am Steuer befestigten Handschelle, als sie aussteigt.

Sie geht in eine Telefonzelle beim Tea Party Museum und wählt die Nummer auf der Karte, die sie vorige Woche bekommen hat.

Er meldet sich beim dritten Klingeln. »Detective Coyne.«

Sie sagt ihm, wo er George Dunbar findet, und legt auf.

24

Obwohl das Ölembargo der OPEC offiziell fünf Monate vorher zu Ende gegangen war, besteht ein wesentlicher Nebeneffekt der Benzinknappheit von 1973 darin, dass niemand mit einem weniger als halb vollen Tank herumfährt. Man weiß nie, wann die Araber wieder das Öl zurückhalten, und niemand möchte stundenlang in so einer verdammten Schlange festhängen.

Daher sitzen die Autos, die an dem Abend vor dem Fields of Athenry parken, alle auf mindestens zweidrittelvollen Tanks. Die meisten, so auch der von Marty Butlers AMC Matador, sind bis obenhin gefüllt. Wenn jemand ein Herrenhemd – die Brandermittler werden es später der Ausgehuniform eines Gefreiten der U.S. Army zuordnen – in Streifen reißt, die Streifen jeweils mit einem kleinen Stein beschwert und sie in die Tanks aller vor dem Fields parkenden Autos hängt, braucht es nur ein Streichholz, eine ruhige Hand und Eier groß wie Straußeneier, um ein flammendes Inferno auszulösen.

Und das geschieht.

Den Männern in der Bar fällt das in den Fenstern spielende Licht auf. Es sieht fast wie Weihnachtsbeleuchtung aus, vielleicht eine zwischen zwei Straßenlaternen angebrachte, sich im Winterwind hebende Girlande. Nur ist es nicht Winter, und es ist keine Weihnachtsbeleuchtung. Bis sie alle draußen auf dem Gehsteig sind, sieht es nach Weltuntergang oder so einem Scheiß aus. Sechs Autos hintereinander – ein halber Straßenzug – brennen lichterloh. Rauch und Hitze wabern in öligen Schwaden um die Skelette.

Man zieht die Schläuche hinterm Tresen hervor und schnappt sich jeden greifbaren Feuerlöscher, damit die Flammen nicht auf die Bar selbst übergreifen, doch die Hitze ist wie der Höllenschlund, und als die Wagenfenster zu platzen anfangen, werden die Leute mit Glaskörnern beschossen. Der arme Weeds bekommt eine Ladung ins rechte Ohr, die es in Schweinehack verwandelt, als wäre sein Gesicht nicht schon schlimm genug, sodass man ihn schnell wieder reinholt und jemand eine Pinzette suchen geht.

Bis die Feuerwehr eintrifft, regnet's Funken vom Dach, und dicke blaue Flammen tanzen um die Außenwände der Kneipe. Alle werden evakuiert. So stehen sie dann auf der Straße – Marty, Frankie und Brian Shea und ungefähr fünfzehn andere Jungs aus der gefürchtetsten Bande des Südens der Stadt –, und alle sind rußbedeckt und durcheinander, und die Feuerwehr hält sie zurück wie ganz normale Bürger, Zweibeiner von nebenan.

Brian Sheas Blick geht dann übers Kneipendach hinaus zum Dach des Gebäudes dahinter, und er sagt: »Ach du lieber Gott!«

Die Feuerwehrleute sehen es auch, brüllen los, zeigen hin und rufen Verstärkung.

Alle hatten gedacht, die Kneipe brennt, aber sie hat nur mit ein paar Funken und Flammen zu kämpfen, Flammen, die unter der Wucht des auf sie treffenden Wassers schon wieder erlöschen. Aber das Haus hinter der Kneipe – das Haus, in dem Marty seine Deals getätigt, seine Mädchen angeboten und seine Casino-Abende für die Mafiosi ganz Neuenglands veranstaltet hat –, aus dem schießen vier Meter hohe Flammen empor.

Sie wollen hin, doch die Feuerwehr drängt sie zurück. Jetzt sind auch Polizei und Rettungsdienste da und, verfluchte Hacke, sogar Berichterstatter von Kanal 4, 5 und 7, vom *Globe,* vom *Herald,* von *Argus* und vom *Patriot Ledger.*

Marty sieht das alles brennen und sagt zu Frankie: »Wenn das von der kommt, an die ich denke, fällt es auf dich zurück, Tombstone. Auf dich allein.«

Bobby findet am nächsten Morgen eine Nachricht an seiner Schreibtischlampe:

An: *Det. Sgt. M. Coyne*

Von: *Ein Southie-Weib*

Nachricht: *Tut mir leid, dass ich den Toast verbrannt habe. Sie ist nicht bis Florida gekommen. Sie hat den Keller nie verlassen.*

Bobby sieht an der Handschrift, dass Cora Sterns die Nachricht entgegengenommen hat. Er findet sie in Straßenkleidung vor der Frauenumkleide. Da sie keine Sekunde länger als nötig am Arbeitsplatz sein möchte, muss er im Laufschritt neben ihr her zum Parkplatz wetzen.

»Wann kam der Anruf?«

»Heute Nacht um drei.«

»Sie hat sich ›Southie-Weib‹ genannt?«

»›*Ein* Southie-Weib‹ hat sie sich genannt.«

»Und sie sagte, sie hat den *Toast* verbrannt?«

Cora eilt durch die Tür zum Parkplatz. »Sie hat drauf bestanden, dass das reinkommt. Ich sag: ›Gute Frau, wenn Sie dem Beamten sein Frühstück vermasseln, klingt mir das nach was Privatem, das nicht über die Dienstleitung zu laufen hat.‹ Aber sie hat's mir diktiert.«

»Danke.«

»Geben Sie Ihren Flittchen nicht Ihre Dienstnummer, Detective, leiten Sie sie an Ihre Schwestern weiter.«

»Gut, Cora.«

Sie zeigt ihm einen freundschaftlichen Nichtstinkefinger, ehe sie zu ihrem Wagen geht.

Zwanzig Minuten später hört Bobby von dem nächtlichen Brand in Southie, und der Groschen fällt.

Als Ausgangspunkt des Feuers haben die Brandermittler den Keller ausgemacht. Sie geben Bobby eine Sauerstoffmaske mit Flasche und erklären ihm, der Kellerboden sei kürzlich erneuert worden, der Beton aber noch nicht ganz trocken, die Dämpfe also giftig. Man führt ihn eine rußgeschwärzte Treppe hinunter und beleuchtet ein dunkelbraunes Oval in der Mitte des Bodens. Der übrige Boden ist schimmernd blaugrau. Ein Hauch davon überzieht auch das braune Oval.

Die Stimme des Brandermittlers dringt durch die Maske wie aus einer Badewanne. »Ist es das, wonach Sie suchen?«

Bobby nickt.

Sie brauchen einen halben Tag, um die Leiche heraufzuholen. Alle sind da unten und schwitzen sich kaputt in Masken und weißen Schutzanzügen, während die Feuerwehr das Kellergeschoss provisorisch abstützt, damit es nicht über ihren Köpfen zusammenkracht. Zum Ausgraben der Leiche muss in einem Lager in Canton ein Spezialwerkzeug besorgt werden, das wie ein Presslufthammer mit Spachtelklinge aussieht, aber ein perfektes und passenderweise sargähnliches Rechteck in den Boden schneidet.

Sie laufen immer wieder kurz nach oben und raus in die Grotte, weil einem dort unten trotz Maske und Sauerstoff leicht schwindlig wird. Brian Shea und ein halbes Dutzend Butler-Jungs schauen ihnen von den kleinen Tischen hinter der Kneipe aus zu und fragen, warum sie nicht irgendwo echte Verbrechen bekämpfen und zum Beispiel die Nigger hochnehmen, damit sie sich nicht ab Donnerstag hier breitmachen und die Schulen und alles andere zugrunde richten können.

Gregor, einer der Kriminaltechniker, raucht eine mit Bobby, und Bobby fragt ihn, was sie bewogen hat, die Leiche mitsamt der Erde und dem halb trockenen Beton um sie herum zu bergen.

»Die Beweislage. Wir wissen nicht, was da hineingelaufen sein könnte.«

Leute von der Gerichtsmedizin tragen die Leiche in einem schwarzen Sack raus, während sie da sitzen, und als sie in den Institutswagen geladen wird, treten Bobby und Gregor zur Seite. Bobby sieht, dass Brian Shea zu ihnen rüberschaut. Brian ist kalt wie ein Fisch, ein Wahnsinnspokerspieler, hat Bobby immer gehört, aber jetzt sieht er ziemlich krank aus, als ob sich sein Magen mit Säure füllt.

Bobby schickt ihm ein breites Lächeln und winkt ausladend.

In der Leichenhalle schneiden sie den Beton und die Erde um den Leichnam weg und tüten alles ein. Dann säubern sie die Leiche und strecken die Arme und Beine, so gut es geht.

»Todesursache?«, fragt Bobby.

Drew Curran, der diensthabende Gerichtsmediziner, verzieht das Gesicht. »Ich seh sie grad zum ersten Mal. Krieg ich noch n Moment?«

Bobby seufzt und greift nach einer Zigarette.

»Sie können hier drin nicht rauchen, Detective.«

Ein paar Minuten später sagt Drew: »Ah ja, alles klar.«

Bobby steht auf.

Drew zieht ein zusammengeschnurrtes Loch links unter dem Rippenbogen auseinander. »Jemand hat ihr eine dreizehn Zentimeter lange Klinge unter den Rippen hindurch direkt ins Herz gestoßen. Er könnte sie dabei angesehen haben.«

Bobby sieht sie sich jetzt an, das Kind, das vor nicht einmal achtzehn Jahren aus Mary Pat Fennessys Schoß kam. Auch wenn der Verwesungsprozess schon eingesetzt hat, ist nicht zu übersehen, wie hübsch sie war. Nicht nur hübsch, sondern … zart. Die Mutter hat Ecken und Kanten, ihr Kinn ist ein einziges »Bin dagegen«, die dünnen Lippen sind meist nur ein Kräuseln vom Hohn entfernt. Sie ist auf Kampf geeicht. Die Tochter hingegen scheint noch im Tod einem Märchen zu entstammen. Als ob sie gar nicht tot ist, sondern nur auf den erlösenden Kuss des Prinzen wartet, der sich, während Bobby und Drew dort stehen, dem Gebäude und dem Ende seiner Suche nähert.

Für Prinzessinnen sind wir hier nicht gemacht, denkt Bobby.

»Was haben Sie gesagt?«, fragt Drew.

»Nichts«, antwortet Bobby. »Nichts.«

»Haben Sie, was Sie brauchen?«

»Ja«, sagt Bobby und geht.

Das nächste Mal ruft sie mitten in seiner Schicht an.

»Wir waren bei Ihnen zu Hause und wollten Sie sprechen.«

»Da bin ich zurzeit nicht«, sagt sie.

»Das ist wahrscheinlich gut so.«

»Ich höre, Sie haben vor Kurzem eine Leiche aus einem abgebrannten Gebäude geborgen.«

»Das stimmt.«

»Ist sie schon von den nächsten Angehörigen identifiziert worden?«

»Auf die nächsten Angehörigen warten wir noch.«

»Müssten die nächsten Angehörigen mit einer Festnahme rechnen?«

»Weswegen denn?«

»Sagen Sie mir das.«

Beide schweigen erst mal.

»Mein Dad«, sagt er ihr schließlich, »war der beste Anstreicher, den man sich denken kann. Innen, außen, ganz egal. Mit Pinsel und Roller konnte er zaubern. Die Leute haben ihn aber auch nach Holzfäule und tragenden Wänden, sogar nach der Elektrizität gefragt. Denen hat er gesagt: ›Ich mach eins besser als jeder andere, weil ich mich mit *nichts* anderem abgebe.‹«

»Hört sich cool an, der Mann«, sagt Mary Pat.

»Wenn er nüchtern war, sicher.« In dem Moment wird Bobby klar, wie sehr ihm der alte Scheißkerl fehlt. »Ich bin Mordermittler. Brandstiftung untersuche ich nicht. Das ist Sache der Brandermittler. Körperverletzung untersuche ich auch nicht. Gewaltanwendung und tätliche Beleidigungen untersuche ich auch nicht. Ich befasse mich nicht mit jemandem, der behauptet, man habe ihn mit vorgehaltener Schusswaffe gezwungen, sich Heroin zu spritzen.«

»Na, das hört sich ja verrückt an«, sagt Mary Pat.

»Nicht wahr?« Bobby lacht leise. »Sie sollten erst mal die Story von dem jungen Mann hören, dem man mit Kastration gedroht hat.«

»Hier?«, sagt Mary Pat. »In den Vereinigten Staaten von Amerika?«

»Wir nehmen es an.«

»Was ist nur los mit dieser Welt, Detective?«

»Ich weiß es nicht, Mrs. Fennessy. Wahrhaftig nicht.«

Die Stille in der Leitung ist angenehm, bis Bobby das Heftpflaster abreißt.

»Können wir uns in zwei Stunden an der städtischen Leichenhalle, 212 Hester Street, treffen?«

Ihr Ton wird rabenschwarz. »Bis dann.«

Er steht neben ihr im Gang, als Drew Curran die Bahre mit dem von Kopf bis Fuß verhüllten Leichnam ans Sichtfenster rollt. Drew kommt um die Bahre herum nach vorn, legt den Finger auf die Ecke des Lakens und sieht durch die Scheibe Bobby an.

»Sind Sie so weit?«, fragt Bobby sie.

»So weit ist nie einer.« Sie zieht die Luft ein. »Okay. Okay. Machen Sie.«

Er nickt Drew zu.

Drew zieht das Laken zurück, hält bei den Schultern inne.

»Oh«, sagt Mary Pat. »Ohhhhhhh. Ohhhhhhhh. Ohhhhhh.«

Erst zieht sich ihr Gesicht zusammen, dann verliert sie den Halt, und Bobby fängt sie ab, ehe sie am Boden aufkommt. Immer wieder sagt sie das eine klagende Oh.

Sie starrt durch das Glas auf die Leiche ihrer Tochter und drückt dann mit einer so heftigen Bewegung ihr Gesicht an die Scheibe, dass Bobby mitgezogen wird. Sie schüttelt ihn ab, legt die Hände flach aufs Glas und weint und flüstert den Namen ihrer Tochter.

Bobby sieht sie nicht weggehen. Sie füllt die Formulare aus, sagt, sie muss zur Toilette, und irgendwann wird ihm klar, dass er sie nicht hat rauskommen sehen. Eine Labortechnikerin schaut nach, aber sie ist nicht da. Ihr Wagen steht nicht mehr auf dem hinteren Parkplatz.

Das »Oh« hallt in seinem Kopf nach. Er fragt sich, ob es je wieder weggeht.

Das Haus hinter dem Fields of Athenry, stellt sich heraus, läuft nicht auf Martys Namen. Es läuft auf einen Mann, dessen Leiche 1969 im Kofferraum eines Wagens auf dem Langzeitparkplatz am Amtrak-Bahnhof in Pawtucket gefunden wurde. Der Mann hieß Lou Spiro, und da er keine Angehörigen hinterließ, hat sich nie jemand seinen Nachlass angeschaut. Aber Lou saß auf etlichen Goldminen – einem Spirituosenladen in Southie, einer Autowaschanlage in Medford, einem Metallveredelungsunternehmen in Somerville und zwei Stripclubs in Revere –, die alle im Besitz von Marty Butler gewähnt hatten.

Die Polizei Boston kann zwar die Leiche aus dem Keller nicht direkt an Marty oder Frank Toomey festmachen, aber sie kann sämtliche Vermögenswerte des toten Lou Spiro einfrieren und anfangen, seine Besitztümer zu beschlagnahmen. Das macht den Brand des Hauses hinter dem Fields of Athenry zur mit Abstand größten Katastrophe, der die Butler-Crew jemals gegenüberstand.

»Sie müssen raus aus der Stadt«, sagt Bobby zu Mary Pat, als sie das nächste Mal anruft. »Vielleicht auch aus den Staaten.«

»Aber warum denn?«, fragt sie, ganz gespielte Unschuld.

»Sie sind eine wandelnde Zielscheibe.«

»Aha.« Sie zieht an einer Zigarette.

»Rum und George haben gestanden. Das kommt morgen oder übermorgen in die Zeitung. Wir sind jetzt dabei, die Einzelheiten zu prüfen. Gewonnen haben Sie schon.«

Das bringt ihm ein zorniges Prusten vom anderen Ende. »Einen Scheiß hab ich. Die laufen frei herum.«

»Wir haben George Dunbars Aussage, dass Frank und Marty ihn beauftragt haben, den Kellerboden mit Quikrete zu befestigen.«

»Und?«

»Das bringt sie mit der Leiche in Verbindung.«

»Dann kommen die mit zwanzig Alibis an, aber mindestens. Und mit Zeugen, die sie in Persien gesehen haben. Sie können denen nichts.«

»Wir haben eine Order von Frank gegen Auggie Williamson.«

»Von der ›Order‹ hab ich gehört. ›Bringt den Job zu Ende‹ kann alles Mögliche bedeuten. Das werden die auch vor Gericht sagen. Wissen Sie doch.«

Er weiß es.

»Damit kommen die genauso ungeschoren davon wie mit allem anderen.«

»Mary Pat«, sagt er, »ruinieren Sie Ihr Leben nicht mit etwas, das zum Scheitern verurteilt ist.«

»Mein Leben«, sagt sie, »war meine Tochter. Sie haben mir das Leben genommen, als sie es ihr genommen haben. Ich bin kein Mensch mehr, *Bobby*. Ich bin ein Testament.«

»Was?«

»Gespenster sind doch genau das – Testamente für etwas, das nie hätte geschehen dürfen und bereinigt werden muss, ehe ihr Geist aus der Welt scheidet.«

»Mary Pat, Sie brauchen Hilfe.«

Ein leises, dunkles Lachen. »Die Hilfe wird jemand anders brauchen, glauben Sie mir.«

»Sie haben ihnen bereits das Drogengeschäft verdorben, Sie haben ihr Hauptquartier in Flammen aufgehen lassen und nach meiner letzten Zählung fünf ihrer Firmen ruiniert. Das Schlimmste aber ist, Sie haben sie in Verlegenheit gebracht. Sie schlicht wie Deppen aussehen lassen.«

»Sie laufen immer noch frei rum!«

Ihre Stimme ist so laut, dass er den Hörer kurz vom Ohr weghalten muss. Als er wieder hinhört, spricht sie ruhig.

»Hat George Ihnen von den Gewehren erzählt, die er ein paar Schwarzen in Roxbury übergeben hat?«

Bobby schnappt sich sein Notizbuch. »Nein.«

»Sie waren in der Moreland Street nicht weit von der Warren, so ein kleiner Park mit Spielplatz. Drei Typen mit großen Afros und Ziegenbart.«

Bobby kennt diese Arschlöcher. Es ist eine schizopolitische Gruppe, die sich Global Liberian Liberation Front nennt, auf der Straße aber die Moorlocks heißt. Ein Mischmasch aus widerstreitenden Ideologien – Stokely Carmichael und Malcolm X gekreuzt mit Back-to-Africa gekreuzt mit dem Weather Underground und der Roten Armee-Fraktion, all das kostet natürlich, und deshalb überschütten sie genau die Leute mit Drogen, die sie angeblich »befreien« wollen.

»Wissen Sie, wofür die Waffen sind?«

»Brian Shea sagte, sie sollen gefälligst ein bisschen Krach damit machen.«

Verdammt, denkt Bobby, *hätte ich Mary Pat vor fünf Jahren kennengelernt und sie wäre so auf der Straße aufgetreten, hätte ich sie inzwischen zum Lieutenant befördert.*

»Verlassen Sie die Stadt«, sagt er ihr.

»Ach, Bobby«, antwortet sie ein wenig verblüfft, »aus meiner Heimatstadt vertreibt mich niemand.«

Und sie legt auf.

25

Bobby und Carmens erstes Mal miteinander fängt linkisch und unbeholfen an. Ihnen fehlt der Rhythmus; wie wenn man tanzt, nachdem jemand die Musik ausgeschaltet hat. Er hat keine Ahnung, worauf ihr Körper anspricht, und tappt ein paarmal daneben. Aber dann hört er ein leises »Ja, genau da«, und ihr Atem wird schneller an seinem Ohr. Ihre Ferse gleitet an seiner Wade entlang, er bewegt die Hüfte einen Tick nach links, und sie sagt »Yup« auf eine Art, dass er die ganze Woche nichts lieber hört als *yup*.

Und dann funktioniert es. Ein Feuerwerk ist es nicht, aber vielversprechend. Das Feuerwerk kommt vielleicht schon hinter der nächsten Kurve. Sie werden sehen.

Danach liegen sie in Carmens Bett und lauschen den Geräuschen der Chandler Street drei Stockwerke tiefer an einem feuchtwarmen Abend Ende August, und Bobby überlässt sich einem Gefühl, das er seit seiner Rückkehr aus dem Krieg nicht leid geworden ist – *Es ist herrlich, am Leben zu sein.*

Sie steht auf. »Möchtest du ein Glas Wasser?«

»Gern.«

Sie geht nackt in die Küche. Als sie mit zwei Gläsern Wasser wiederkommt, fällt ihm auf, dass ihre eine Brust etwas größer als die andere ist und ihre grünen Augen im Halbdunkel glänzen. Sie setzt sich aufs Bett und reicht ihm das Wasser, und sie sehen sich eine Weile schweigend an.

»Mir gefällt, wie aufmerksam du bist«, sagt sie.

»Wann?«

»Allgemein«, sagt sie. »Aber im Bett auch. Du hast auf meinen Körper gehört. Viele Männer tun das nicht.«

»Hattest du schon viele Männer?«

»Klar«, sagt sie einfach. »Und du?«

»Männer? Nein. Frauen schon.«

»Wir urteilen also beide nicht über die Vergangenheit des anderen.«

»Dabei kommt nie was Gutes raus.«

Sie gleitet neben ihm unters Laken und hält ihr Glas hoch, während sie ihm einen langen Kuss gibt. Ihre Haare kitzeln ihn an der Wange. Der Kuss ist warm und ruhig. *Auch so eine Segnung des Lebens,* denkt er. *Der gemächliche Kuss.*

Als Carmen sich von ihm löst, schaut sie auf die Nachttischuhr. »Hast du nicht gesagt, du bist heute Abend im Fernsehen?«

»*Vielleicht,* hab ich gesagt. Sie haben uns gefilmt, als wir mit den Kids zur Anklageverlesung sind.«

Sie rutscht ans Fußende und schaltet den kleinen Schwarz-Weiß-Fernseher auf ihrer Kommode ein.

Der WCVB-Vorspann endet gerade. Schnitt zum Studio, dann Schnitt zum Tisch des Moderators, und plötzlich erscheint Bobby in einem kleinen Kasten rechts neben Chet Curtis' Schulter. (*Aufmacher,* denkt er. *Verdammt.*) Bobby und Vincent sowie, mit gesenkten Köpfen, Rum Collins und George Dunbar bleiben im Bild, während Chet vom großen Durchbruch im Fall des jungen Schwarzen erzählt, der am Vorabend der kontroversen Aufhebung der Rassentrennung zu Tode kam.

Und dann blenden sie mal eben über zu Aufnahmen vom letzten Anti-Bustransfer-Protest an der Broadway Station.

»Mein neuer Freund«, sagt Carmen, »ist ein Fernsehstar.«

»Ich bin dein neuer Freund?«

»Etwa nicht?«

»Ich wusste nicht genau, ob ich diesen Status erreicht hatte.«

»Den Status hast du, mein Lieber.«

Die Demo auf dem Bildschirm wird, wie vorauszusehen, gewalttätig. Die Kamera wackelt ein paarmal. Ein stämmiger Mensch vom Schulausschuss greift zum Megafon und wirft mit Wörtern wie »Tyrannei« und »Knechtung« um sich.

»Hätte der Schulausschuss vor Jahren mal mitgespielt, statt sich von Anfang an querzustellen«, sagt Carmen, »wären wir jetzt vielleicht nicht hier.«

»Da könntest du recht haben«, sagt er, »aber wieso wird immer von den Armen verlangt, dass sie essen, was gut für sie ist, egal, wie es schmeckt. In den besseren Stadtteilen beschäftigt sich kein Mensch damit.«

»Weil sie kein Teil des öffentlichen Schulsystems sind.«

»Stimmt. Sie wollen nicht zum öffentlichen Schulsystem gehören, und sie wollen nicht, dass U-Bahn- oder Buslinien durch ihre Stadtteile führen, weil sie nicht mit den

Armen allgemein und den Schwarzen im Besonderen verkehren wollen. Jedenfalls scheint es so.«

»Nicht alle Vororte sind weiß.«

»Nenn mir einen, der es nicht ist. Nur einen.«

Sie versucht es. »Äh …«

Er wartet.

»Ich spüre deinen Blick«, sagt sie. »Er ist sehr selbstzufrieden.«

»In unseren Vororten«, sagt er, »will man dem Melting Pot entkommen. Aber jetzt erklären sie allen, die sie dort zurückgelassen haben, wie sie miteinander klarkommen sollen.«

»Die Schulen sind aber doch nach Rassen getrennt«, sagt sie.

»Ja«, antwortet er, »und sie sollten es nicht sein. Dafür fällt mir einfach kein Argument ein. Das ist rassistischer Mist und unverzeihlich. Aber die Busse sind nicht die Lösung.«

»Was denn dann?«

Noch im Takt der Diskussion will er etwas sagen und öffnet den Mund. Dann besinnt er sich. »Ich habe keine Ahnung.«

»Und das ist das Problem. Wenn niemand eine Lösung präsentieren kann, aber eine Lösung hermuss, dann sind die Busse, weil sie wenigstens einen Ansatz bieten, automatisch die beste Lösung.«

Er schweigt eine Weile.

»Du siehst nicht überzeugt aus«, sagt sie.

»Ganz gleich, was wir öffentlich von uns geben, insgeheim wissen wir alle, dass es nur ein Gesetz und nur einen

Gott gibt, das Geld. Hast du davon genug, hast du keine Konsequenzen zu befürchten und brauchst für deine Ideale nicht zu leiden, du drückst sie einfach jemand anderem auf und freust dich an deinen edlen Absichten.«

»Puh«, sagt sie. »Du bist zynisch.«

»Skeptisch höre ich lieber.«

»Man kann die öffentlichen Schulen hier nicht mit den Privatschulen in den Vororten vergleichen. Es geht nicht um Äpfel und Birnen.«

»Wieso nicht?«

»Die Leute zahlen doch für das Recht auf ...« Sie dreht sich im Bett um und sieht ihn an. »Aaaah, du Scheißkerl.«

»Siehst du?«

»Du hast mich reingelegt.«

»Hab ich nicht.«

Kurz darauf sagt sie: »Aber irgendwas musste passieren.«

Prompt fällt ihm Mary Pat Fennessy neulich in der Leichenhalle ein. *So kann's gehen, wenn jemand glaubt, dass ohne Rücksicht auf Verluste etwas passieren muss. Jesus.*

»Ja, es musste was passieren«, stimmt er zu.

»Denn wenn nicht jetzt, wann dann?«, sagt sie.

Er seufzt und stupst seine Zigarette aus. »Da liegt der Haken.«

»Darf ich dich was Heikles fragen?«

»Ich wappne mich.«

»Du bist ein irischer Cop aus Savin Hill«, fängt sie an.

Das kennt er schon. »Wieso bin ich dann kein Rassist? Ist das die Frage?«

»So ungefähr. Ja.«

Er trinkt einen Schluck Wasser. »Meine Eltern waren,

ich sag mal, schwierige Leute. Da sie beide bis zur Hochzeit ihre Träume schon aufgegeben hatten, war es, äh, kein Vergnügen, ihr Kind zu sein. Sie waren sauer und hassten einander und konnten sich nicht eingestehen, dass sie sauer waren und einer den anderen hasste. Also tranken und stritten sie und fanden zigtausend Wege, uns Kinder als Ersatzsoldaten aufs Schlachtfeld zu schicken. Dann wurde meine Mutter krank und starb. Und meinem Vater ging auf, dass er sie ebenso sehr geliebt wie gehasst hatte. Und das hat ihn erst recht fertiggemacht. Wenn ich also sage, meine Eltern waren keine Heiligen, wahrscheinlich nicht mal gute Menschen, dann kannst du mir das glauben.«

Sie beobachtet ihn mit einem leisen, neugierigen Lächeln. »Okay.«

»Aber Rassisten waren sie auch nicht. Etwas an dieser Einstellung – die bare Unvernunft – stieß sie ab. Nicht, dass du mich falsch verstehst, sie hielten Schwarze nicht unbedingt für gut, sie gingen nur davon aus, dass unabhängig von der Hautfarbe wahrscheinlich jeder ein Arschloch war, und es störte sie, wenn sich jemand wegen seiner helleren Hautfarbe für ein weniger großes Arschloch hielt. Man war dann ein umso größeres.« Er lächelte im Gedanken an ihren unumstößlichen *Widerspruchsgeist*. »In dem Haus in der Tuttle Street gab es nur zwei schwere Sünden – Selbstmitleid und Rassismus, zwei Seiten derselben Medaille, wenn man es recht bedenkt.«

»Ich glaube, deine Eltern hätten mir gefallen.«

»Bis zum fünften Glas«, räumt er ein, »konnte es sehr lustig sein mit ihnen.«

»Was hatten sie für Träume?«

»Hmm?«

»Du sagst, sie hätten ihre Träume aufgegeben.«

»Mein Vater war ein Maler. Nicht nur ein Anstreicher – das war er ja auch –, sondern ein echter Künstler.«

»Und was wollte deine Mutter sein?«

»Alles, nur keine Mutter. Und keine Hausfrau. Ich glaube, sie wollte einfach frei sein.« Er spürt, dass sie tiefer in ihn hineinschaut als irgendjemand sonst in den letzten Jahren. »Wie ist es mit deinen Eltern?«

»Sie wollten, dass ich gut heirate. Und in der Vorstadt lebe. Und nicht zu arbeiten brauche. Ich war mir immer ziemlich sicher, dass ich sie enttäuscht habe. Aber kurz vor ihrem Tod hat meine Mutter zu mir gesagt: ›Wir waren zwar nie einverstanden, aber immer stolz.‹ Ist es nicht seltsam, deinem Kind so was zu sagen?«

Er denkt darüber nach. »Eigentlich ist es schön. Sie sagt damit, dass du deinen Weg gegangen bist und dass sie den nicht gewählt hätte, du es aber gut gemacht hast.« Wieder kommt ihm Mary Pat Fennessy in den Sinn, eine Frau, die um beide Kinder gebracht worden ist. *Herrgott*, denkt er, *was gibt ihr bloß die Kraft, morgens aufzustehen?*

Wut.

Schmerz.

Zorn.

»Du kommst aus der oberen Mittelschicht«, sagt er zu Carmen, »aber du hast dich von ihr verabschiedet, um Menschen zu helfen. Um wirklich was auszurichten auf der Welt. Wäre ich dein Vater, wäre ich stolz auf dich.«

Sie tippt ihm mit dem Zeigefinger an die Nase.

»Wäre ich deine Mom, wäre ich auch stolz auf dich.«

»Das ist eine merkwürdige Unterhaltung in nacktem Zustand.«

»Nicht wahr?«

Sie wälzt sich auf ihre Seite, und er schmiegt sich eng an sie, und sie schlafen bei nachtoffenen Fenstern und noch laufendem Fernseher ein.

26

Mary Pat verbringt eine Nacht in einem Motel an der Huntington Avenue, direkt gegenüber der Christian Science Mother Church. Das Motel akzeptiert Bargeld, fragt nach keinem Ausweis und hat vor allem eine Tiefgarage, wo sie Bess in einer nach Öl riechenden dunklen Ecke abstellen kann. Sie sitzt in dem dämmrigen Hotelzimmer und schaut über die Straße zum Kirchenvorplatz. Sie weiß nichts über die Architektur oder über die Christian Scientists, aber die Mutterkirche ist eindrucksvoll angelegt. Zwei Gebäude – das kleinere, eckigere mit dem spitzen Granitturm würde sie vielleicht eher in Paris erwarten, bei dem größeren dahinter denkt sie an Bilder von Rom, die sie gesehen hat: eine große Kuppel obenauf, mit weiten Bögen und dicken Säulen drum herum, gespiegelt in dem langen schmalen Wasserbecken, das sich über die Länge des Platzes erstreckt.

Wäre Jules vor gerade mal zwei Wochen zu ihr gekommen und hätte gesagt, sie wolle zur Christlichen Scientology übertreten, oder wie immer sich das nennt, dann hätte Mary Pat sie verstoßen. Die Fennessys und Flanagans waren römisch-katholisch. Schon immer und für immer, basta. Jetzt aber findet Mary Pat den Gedanken lächerlich, jemanden zu verstoßen, weil er einer anderen Gottesvorstellung den Vorzug gibt. Wenn Jules jetzt in der Umarmung des Gottes der Christian Science liegt oder des Buddhagottes oder woran sonst die Episkopalen glauben, Mary Pat interessiert nur, dass es eine Umarmung ist. Und dass ihre Tochter nichts mehr von Angst weiß. Oder von Hass.

Sie schaltet den kleinen Fernseher auf der Kommode ein und findet nach einigem Antennengefummel das beste Bild auf Channel 5. Sie erwischt die letzte halbe Stunde einer *Harry*-O-Folge, die sie schon gesehen hat, driftet vorm Bildschirm weg, ahnt nicht, wohin oder ob sie wirklich weg war, bis sie plötzlich wieder da ist und sieht, dass die Nachrichten laufen.

Dieses spurlose Abtauchen in sich selbst erlebt sie in letzter Zeit oft. Sie schläft nicht ein, döst nicht mal, aber Zeit verschwindet trotzdem. Und scheint sie mitzunehmen. In einem Nachrichtenblock kurz vor dem Sport kommt der Hinweis, dass »morgen früh in der Third Baptist Church der Trauergottesdienst für den jungen Afroamerikaner stattfindet, der auf tragische Weise in der Columbia Station ums Leben kam und die Spannungen im Vorfeld der Rassentrennung an unseren Schulen weiter verschärft hat«.

Sie erinnert sich an den Brief, den Dreamy ihr nach Noels Tod schrieb. Könnte sich Mary Pat auch nur halb so gut ausdrücken wie Dreamy, würde sie vielleicht erwägen, ihr zu schreiben. Aber sie kann es nicht. Ihre Grammatik ist schlecht und ihre Handschrift abscheulich.

Ohne es zu wollen, schaut sie wieder zu den beiden erstaunlichen Gebäuden hinüber, die sich zusammen mit mehreren anderen in dem langen Wasserbecken spiegeln.

Wir vergehen, und die Gebäude bleiben. Und schließlich verfallen auch solche majestätischen Bauwerke.

Ich hab keine Angst zu sterben, sagt sie den Gebäuden, dem Zimmer, Gott. *Kein bisschen.*

Wovor hast du dann Angst?

In einer Welt ohne sie zu leben.

Vielleicht geht es ihr genauso.

Jules?

Nein, du Dummkopf. Dreamy.

Die Third Baptist Church of the Blue Hills steht auf einem kleinen Flecken Land in der Hosmer Street im Herzen von Mattapan. Als Mary Pat klein war, lebten dort die Juden in wackligem Waffenstillstand mit den ärmeren Iren. Dann tauchten die Schwarzen auf, und die Juden zogen in die Vororte oder Teile von Brookline, während die Iren in Dorchester Fuß fassten oder nach Southie hineinwanderten. Synagogen und Bäckereien wichen Hähnchenrestaurants und Friseursalons. Auf der Suche nach einem Parkplatz in der Morton Street kann Mary Pat die Friseursalons, an denen sie vorbeifährt, gar nicht zählen. Geschweige denn die Plakate zur Rekrutenanwerbung, die für Mentholzigaretten und die Schnapsläden. Southie übertrifft Mattapan an Kneipen, aber wenn man sich Alkohol für zu Hause kaufen will, hat Mattapan die Nase vorn. Ein Parkplatz ist genauso schwer zu finden wie in Southie, und auch hier parken die Leute gern in zweiter Reihe. Die Wände und Schaufenster sind allerdings bunter – viele pulsierende Wandgemälde, wie man sie in Southie nirgends sieht, hellbunte Markisen und Männer wie Frauen gekleidet in tropischen Farben:

leuchtendes Gelb, Mangogrün, Zuckerwattenrosa. Bevor ihr zu *kumbaya* wird – hier könnt ich doch wohnen und glücklich sein, wär nur meine Hautfarbe nicht –, fallen ihr die vielen Gitter über den Ladenfronten auf, die vielen vergitterten Fenster, die vielen Risse und Schlaglöcher in den Seitenstraßen und die vielen Vorgärten, die so zugewuchert sind, dass man die Zäune nicht sehen könnte, wären sie nicht umgekippt und würden aus dem Unkraut ragen.

Ein bisschen Selbstachtung bitte, denkt sie auf einmal mit trotzigem Stolz.

Wir sind nicht gleich. Sie trägt ihren Fall einem unsichtbaren Richter vor, als sie rückwärts in eine Parklücke setzt. *Sind wir einfach nicht.*

Als sie die Zündung ausschaltet, starrt ein schrankbreiter junger Schlägertyp im Vorbeigehen zu ihr rein, der vielleicht überlegt, wie viel Geld sie dabeihaben könnte, oder noch finsterere Gedanken hegt.

Sie ahnt nicht, warum sie tut, was sie als Nächstes tut – Panik? –, aber sie tut es: Sie lächelt. Strahlend freundlich, und schickt ein kleines Winken hinterher.

Der junge Mann – so schrankbreit auch wieder nicht, auch kein Schläger, nur arm, seine Klamotten sitzen nicht richtig – erwidert ihr Lächeln. Es mag ein etwas verwirrtes Lächeln sein, ein wenig zögernd, aber es ist freundlich, und für ihr Winken bekommt sie ein Nicken von ihm. Dann geht er weiter, eigentlich noch ein Junge, er konnte nicht älter als vierzehn sein.

Ein ungewohntes Entsetzen vor sich selbst überkommt sie. Ihre Tochter ist tot, Auggie Williamson ist tot, das Leben mehrerer Teenager, die an dem Abend auf dem Bahnsteig waren, ist zerstört, und sie grapscht immer noch in plumper Verzweiflung nach Möglichkeiten, sich ihnen überlegen zu fühlen.

Jemandem überlegen zu fühlen. Irgendwem.

In der Kirche setzt sie sich auf eine Bank ganz hinten. Etwas erstaunt stellt sie fest, dass sie nicht die einzige Weiße auf Auggie Williamsons Beerdigung ist; noch neun oder zehn andere sind unter den rund hundert Trauergästen. Das ist beeindruckend, doch als sie sich umschaut, erkennt sie an der Kleidung, dass viele der Trauernden Politiker oder Aktivistinnen sein müssen. Es geht ja durch alle Zeitungen, dass der vermeintliche Unfall jetzt nach der rassistischen Gewalttat von vier rassistischen Teenagern aus dem rassistischen Brutherd South Boston aussieht.

Der Leiter des Aktionskomitees der Urban People of Color hat die Frage in den Raum gestellt, ob Auggie Williamsons Tod vielleicht der Vorbote der »Lynchmorde« sei, mit denen sie zu rechnen hätten, wenn ihre Kinder ab kommendem Freitag per Bus nach South Boston geschafft würden. Ein prominenter Gemeinschaftsorganisator fragte, ob der Hass jemals ein Ende nehme, und ein Sprecher der Roxbury Crossing Small Business Cooperative hat eine Petition verfasst mit dem Vorschlag, die Columbia Station in Augustus Williamson Station umzubenennen oder wenigstens eine Gedenktafel für ihn am Bahnhofseingang anzubringen.

Die Kirche füllt sich weiter, und viele dieser Leute sehen klar nach Arbeitern oder unterer Mittelschicht aus in ihren bei Sears oder Zayre und nicht etwa bei Filene's oder Jordan Marsh gekauften Sachen. Mary Pat hat die letzte Bank rechts gewählt für den Fall, dass sie schnell und unauffällig verschwinden muss, doch eine Gruppe Hinzukommender fordert sie ohne Worte auf durchzurutschen, damit eine Frau mit Gehgestell noch Platz findet. Mary Pat rutscht durch, und fast sofort setzen sich fünf Leute von der anderen Seite in die Bank, und sie ist in der Mitte gefangen. Als sie sich erneut umschaut, ist die Kirche voll besetzt. Ganz hinten stehen sogar ein paar Leute und fächeln sich mit Gesangbüchern oder dem Programm für die heutige Beerdigung Luft zu.

Kurz vor Beginn des Gottesdienstes kommt Detective Bobby Coyne die linke Seite hoch und stellt sich zwischen zwei Buntglasfenstern an die Wand. Sein Blick fällt auf sie, und nach einem überraschten Blinzeln lächelt er freundlich und sieht sie aus leicht zusammengekniffenen Augen an – ein Blick, der besagt: *Gehen Sie nicht weg, wenn das hier vorbei ist.*

Die Angehörigen kommen mit dem Sarg herein. Mary Pat sieht den Jungen im Sarg und ihre Tochter in der Leichenhalle vor sich und fühlt sich von Kummer und Trauer überschwemmt, aber auch von einer Sünde, die sie weder benennen oder auch nur genau bezeichnen kann. Dennoch ist es Sünde. Einen Moment lang hat sie Angst, in Ohnmacht zu fallen. Irgendwie ist die Luft gleichzeitig zu dünn und zu dicht geworden. Sie packt die Lehne der Kirchenbank vor ihr und hält sich daran fest, bis das Schwindelgefühl vorbei ist.

In der katholischen Kirche dauert die Messe nur zu Weihnachten und bei Hochzeiten länger als bei Beerdigungen, aber damit ist Mary Pat noch keineswegs darauf vorbereitet, wie lang sich eine baptistische Beerdigung hinziehen kann. Vier Spirituals werden gesungen, ehe man auch nur zu den Lesungen kommt. Und danach erinnert der Prediger, ein Reverend Thibodaux Josiah Hartstone III, die Gemeinde daran, dass sein Name auf die Kleinstadt Thibodaux in Louisiana zurückgeht, wo vor weniger als hundert Jahren weiße Bürgerwehren die Häuser der für gerechten Lohn streikenden schwarzen Zuckerrohrarbeiter wie Reverend Hartstones Großvater und Großmutter stürmten, und dass diese weißen Bürgerwehren mehr als einhundertfünfzig schwarze Männer, Frauen, Kinder und Älteste wie Reverend Hartstones Großvater und Großmutter mit dem Tod bestraften für die Sünde, gerechten Lohn und genügend Geld zum Leben zu verlangen. Mary Pat hört ein vielstimmiges »Amen«, hier und da ein lautes Stöhnen, »Hilf uns, Jesus!« und »Hilf uns, Herr!«.

»Und wer waren diese vier weißen Kinder aus South Boston, wenn nicht eine weitere Bürgerwehr?«, fragt Reverend Thibodaux Josiah Hartstone III seine Gemeinde. »Worin unterscheidet sich die Bürgerwehr von einst denn von diesen vier irregeleiteten Schlägern, die unseren geliebten Sohn Augustus für das Verbrechen ermordet haben, nach Hause zu wollen? Für das Verbrechen, ein Auto zu fahren, das liegen geblieben ist? Für das Verbrechen, sich in Zayres Management-Programm weiterzubilden? Für das Verbrechen, *ihre* Straßen zu überqueren, *ihre* Gehsteige entlangzulaufen, *ihren* U-Bahnsteig zu betreten? Ist das die Milch der Menschenliebe, von der unser lieber Herr Jesus sprach?«

Mary Pat fühlt sich wieder schwindlig. Und ihr ist übel.

Die Trauerrede für Auggie Williamson wird in gewisser Weise zu einer Trauerrede für Jules. Zu einer Trauerrede auf ihr Vermächtnis als Elternteil.

»Nein!«

»Nein!«, brüllt der Reverend, die eine Hand zum Dachgebälk erhoben. »Nein! Denn, Brüder und Schwestern, es ist nicht *ihre* Welt. Es ist unsere Welt. Es ist Gottes Welt. Und sie hatten kein Recht, ein Kind Gottes aus Gottes Welt zu reißen, weil ihnen die Farbe der Haut nicht gefiel, die Gott ihm gab!«

Mary Pat senkt den Kopf und schluckt wiederholt Galle hinunter. Schweißtropfen laufen ihr an den Ohren entlang und in den Hemdkragen. Einer wandert ihr übers Rückgrat. Sie hält den Kopf gesenkt. Sie atmet tief durch.

»Aber Gott ist gut!«, sagt er.

»Gott ist gerecht!«

»Mmm-hmm!«

»Gott sagt, Augustus ist jetzt bei mir!«

»Gelobt sei Jesus!«

»Und ich, der Herr und Erlöser, werde richten über die, die unserem Bruder Augustus Leid zugefügt haben. Denn ich bin der Herr.«

»Lobet den Herrn!«

Zum Abschluss seines Fegefeuers stimmt Reverend Thibodaux Josiah Hartstone III eine Version von *The Day is Past and Gone* an, und die Gemeinde fällt wie im Fieber ein, mit einer Mischung aus Freude, Wut und Gottesliebe, Kummer und Leidenschaft, die anders ist als alles, was Mary Pat je gehört hat. Der Boden bebt, die Bänke beben, die *Wände* beben.

Nach *The Day is Past and Gone* erhebt sich Auggies Vater Reginald von der vorderen Bank und tritt hinter das Lesepult. Er ist ein großer, eleganter Mann. Mary Pat ist ihm über die Jahre mehrmals begegnet und war immer von seinem Ernst und seinem Respekt beeindruckt. Was ihr jetzt sogar von ganz hinten in der Kirche auffällt, ist die unerreichbare Verzweiflung in seinem Gesicht. Das ist nicht die Verzweiflung der Hoffnungslosen, sondern die der Verlorenen. Erstere ist Schwäche, Letztere ein Messer. Diejenigen, die aufgeben, sind Opfer, die Verlassenen sinnen auf Rache.

»Auggie war ein typischer Junge«, beginnt Reginald leise am Mikrofon. »Als Teenager schon mal aufsässig, aber nie so, dass wir uns wirklich Sorgen gemacht hätten. Seine Mama hat er geliebt. Mit seinen Schwestern hat er sich gezankt. Ach, und wie.« Er lacht ein wenig. »Highschool-Abschluss, aber nicht mit den Noten, die einem schwarzen Jungen ein Collegestipendium einbringen, also fing er in einem Kaufhaus an, wollte ins Management, hoffte, eines Tages Bezirksleiter für ganz Neuengland zu werden.« Sein Blick schwebt einen halben Meter oder mehr über der Gemeinde. »Immer schick, der Auggie.«

Ein leises Lachen geht durch den Saal.

»Nicht wahr?«, sagt Reginald. »›Zwirn‹ hat er seine Sachen genannt. Schon als kleiner Junge war er so *pingelig* damit. Stand auf seine Mützen, seine blanken Schuhe – glänzen mussten die wie ein nagelneuer Dime –, seine Hemden mit den Flatterkragen. Vor ein paar Wochen hat er sich die Hose am Türpfosten eingerissen. Den Riss hat er selbst geflickt. ›Junge‹, sag ich, ›kauf dir doch eine

Latzhose, dann passiert so was nicht.‹ Und er: ›Latzhosen würd ich im Leben nicht anziehn, das weißt du doch, Alter.‹«

Reginald schweigt ein wenig. Mary Pat spürt, dass die ganze Kirche wartet und gespannt ist, was kommt.

Er beugt sich zum Mikrofon vor. »Eine Latzhose hätte er im Leben nicht angezogen.« Er atmet schwer durch den Mund. »Aber er hat sein Leben in South Boston gelassen. Sie haben ihn sich lebend geschnappt. Aber dann haben sie ihn umgebracht. Und der Herr sagt: ›Vergebt dem Sünder, vergebt nicht die Sünde‹, aber mal ehrlich: *Scheißt* auf den Sünder!«

Viel Gemurmel in den Bänken, Leute, die sich umschauen. Oben auf dem Altar zeigt Reverend Thibodaux Josiah Hartstone iii ein angespanntes Lächeln, beugt sich aber vor wie zu einem Hechtsprung ans Mikrofon.

»Was wird sich ändern?«, sagt Reginald Williamson leise. »Wann wird sich's ändern? Wie wird sich's ändern? Menschen töten keine Mitmenschen. Nicht ohne Weiteres. Das tun sie einfach nicht.« Er tritt vom Pult zurück und hält sich die Hand vor den Mund. So bleibt er einen Augenblick, die Hand auf dem Mund, als wollte er die Worte für immer drin behalten. Dann geht er ans Pult zurück und sagt: »Sie töten nur andere Menschen ohne Weiteres. Es … es … Es kann sich also nichts ändern, wenn sie uns nicht als Mitmenschen ansehen. Es kann sich nichts ändern, wenn sie uns nur als Andere ansehen.« Er lässt den Kopf hängen. »Dann geht das nicht.«

Ihr seid aber doch anders, denkt Mary Pat, ehe sie den Gedanken wegdrücken kann. Und noch während sie die

Worte, die ihr ins Hirn stürmen, aufzuhalten versucht, brechen die nächsten durch: *Ihr seid es einfach.*

Die Galle, die sie runtergeschluckt hat, kommt wieder hoch, ein Schwall heißer Körner, die die Speiseröhre raufklettern. Sie neigt noch einmal den Kopf und atmet langsam durch.

Als der Sarg aus der Kirche getragen wird, leeren sich die Bänke der Reihe nach, von vorn nach hinten, sodass Auggie, bis Mary Pat herauskommt, schon im Leichenwagen ist und Dreamy und Reginald in einer der Limousinen dahinter sitzen. Ihnen kurz ihr Beileid aussprechen und schnell weitergehen, wie sie es vorhatte, kann sie also nicht. Sie sieht Bobby Coyne mit seinem Partner sprechen, der ein Zivilfahrzeug aufs Geratewohl am Straßenrand abgestellt hat und hektisch auf ihn einredet. Bobby nickt und sieht sich irgendwann um, womöglich nach ihr, aber sie nutzt das Gedränge zu ihrem Vorteil, und wenig später eilt er mit seinem Partner zu dem Zivilfahrzeug, und sie fahren davon.

Auf dem Friedhof stehen Reginald, Dreamy, ihre Angehörigen und engsten Freunde sowie die politischen Aktivisten direkt am Sarg. Mary Pat und die meisten anderen Weißen stehen ganz hinten an der Straße.

Die Williamsons haben ein eigenes Haus in Mattapan. Ein kleines niederländisches Kolonialhaus in der Itasca Street. Es sieht aus wie die Häuser der Weißen, die Mary Pat sich als Zuhause vorstellen könnte. Sauber. Gepflegter Rasen. Die Zierleisten kürzlich gestrichen. Glänzende helle Eichenböden. Das ganze Haus riecht nach Holzseife. Der Vorraum dekoriert mit Fotos von Auggie, seinen Schwestern und einem weißhaarigen Paar, in dem Mary Pat die Großeltern vermutet. Wohnzimmer rechts ab durch einen Türbogen. Links ein kleines Esszimmer mit Buntglasfenstern, das zur Küche führt. Hinter der Küche eine braune Holzveranda mit Blick auf den kleinen Garten. Auf der Veranda und im Garten sind die meisten Trauergäste versammelt.

In der Küche angelangt, sieht sich Mary Pat nach Dreamy um. Sie möchte nur ihr Beileid ausdrücken und verschwinden. Aber der Erste, auf den sie stößt, ist nicht Dreamy, sondern Reginald.

»Ich möchte nur sagen –«, setzt sie an.

»Was zum Teufel wollen Sie mir sagen?«, erwidert er.

Sie sieht genau hin, ob es auch wirklich der Reginald ist, mit dem sie schon mehrmals gesprochen hat. Sie ist sich gar nicht so sicher. Bis zu seiner Trauerrede hat sie ihn nie Schimpfwörter benutzen hören. Und angenommen, er sei nicht der Typ dafür.

»Was Sie Miststück mir sagen wollten, hab ich gefragt.«

Sie hält sich an seine Krawatte – die ist ihr aufgefallen, als er beim Hinausgeleiten des Sargs an ihrer Bank vorbeikam. Dunkelblau mit hellblauen Kreuzen darauf. Er ist es eindeutig.

Hat er gerade Miststück zu mir gesagt?

»Ich, äh, wollte mein Beileid ausdrücken.«

»Oh«, sagt er freundlich. »Oh. Gott sei Dank. Das bedeutet uns sehr viel.« Er berührt ihren Arm mit seiner großen schwarzen Hand. Drückt ihn ein wenig.

»Was dachten Sie denn, was ich wollte?«, fragt sie.

Er drückt ihren Arm etwas fester. »Ich dachte, Sie wollten mir erklären, warum Ihre schwachsinnige, niggerhassende Tochter meinen intelligenten, unschuldigen Sohn umgebracht hat.«

»Würden Sie bitte meinen Arm loslassen?«

Er drückt noch fester zu. »Ach, halte ich Ihren Arm fest?«

»Ja.«

»Sind Sie sicher?«

»Ja.«

»Sicher, dass es nicht nur so aussieht? Dass Sie mir nicht zum Beispiel Ihren Arm aufgedrängt haben und mir nichts anderes übrig blieb, als zuzudrücken? Wäre das nicht möglich?«

»Nein.«

»Nein?« Er legt den Kopf schräg. »Und ich behaupte, doch. Ich behaupte, dass, was immer mir in den Sinn kommt, Mrs. Fennessy, verdammt noch mal Gesetz ist in diesem Haus. Sie möchten sich beschweren? Dann machen Sie das doch gleich hier mit mir ab. Meinen Sie, ich erkenne ein zähes Miststück nicht, wenn es vor mir steht? Ich weiß, dass Sie ein zähes Miststück sind. Dass Sie eine Menge Männer fertigmachen können, zu denen gehör ich aber nicht, und hier können Sie's schlecht auf einen Versuch ankommen lassen. Würde ich nämlich hier und jetzt der Mutter von einem der Teufel, die mein Kind umgebracht haben, die Luftröhre zerquetschen – einer Frau, die am Tag der Beerdigung meines einzigen Sohnes in mein Haus eindringt –, wenn ich das täte, Mrs. Mary Pat Fennessy, dann würde ich zwar nicht unbestraft bleiben, aber dafür, dass ich Sie abgemurkst habe, genug Freunde im Knast gewinnen, um für den Rest meiner Tage wie ein Fürst zu leben.«

Weit schlimmer als der schmerzhafte Griff seiner Finger um ihren Arm, wie die Backen von fünf Schraubenschlüsseln, ist der Hass in seinem Blick. Mit Hass kennt sie sich ziemlich aus – sie hat ihn immer schon erlebt –, und sein Hass ist wirklich bodenlos.

»Reginald!«

Sie drehen sich um und sehen Dreamy in die Küche kommen.

»Lass sie sofort los.«

Mary Pat werden diese Sekunden als die gefährlichsten ihres Lebens in Erinnerung bleiben. Sie weiß, dass sich Reginald für eine von nur zwei Möglichkeiten entscheiden wird – auf seine Frau hören oder extrem schnell etwas extrem Gewalttätiges tun. Sie ist sich sicher, wenn er jetzt beschließt, sie umzubringen, zieht er es auch durch.

Er lässt ihren Arm los. »Schaff sie mir aus den Augen«, sagt er und geht an seiner Frau vorbei auf die Veranda.

Da sich vor dem Haus ein paar Trauergäste unterhalten, läuft Dreamy mit Mary Pat zum Ende des Blocks. An einem Briefkasten, dessen Blau durch die Witterung verblasst ist und abblättert, bleiben sie stehen.

Dreamy sagt: »Es tut mir leid, dass –«

»Dafür brauchen Sie sich nicht zu entschuldigen. Er ist wütend. Er wusste nicht, was er sagt.«

Dreamys Augen werden schmal. »Ich entschuldige mich nicht für Reginald. Ich habe ihn davon abgehalten, Ihnen etwas anzutun, damit meine Töchter ihren Vater zu Hause haben und er nicht in irgendeinem beschissenen Knast sitzt.«

Dreamy flucht auch?, denkt Mary Pat unwillkürlich.

»Ich wollte mein Mitgefühl wegen Ihres Verlusts zum Ausdruck bringen«, sagt Dreamy. »Ganz gleich, was ich von Ihrer Tochter oder von Ihnen halte, Mrs. Fennessy, ich glaube, keine Mutter hat es verdient, ein Kind zu verlieren, schon gar nicht zwei.«

»Und ich bedaure Ihren Verlust zutiefst«, bringt Mary Pat hervor.

»Bitte nicht.« Dreamy hält die Hand hoch. »Sprechen Sie nicht von meinem Sohn. Er ist Ihretwegen tot.«

Jetzt aber, denkt Mary Pat. *Mach mal halblang.*

»Ich habe Ihren Sohn nicht umgebracht«, sagt sie.

»Nein?«, antwortet Dreamy. »Sie haben ein Kind großgezogen, das dachte, Menschen zu hassen, die eine andere Hautfarbe haben, sei okay. Sie haben diesen Hass zugelassen. Ihn wahrscheinlich gefördert. Und Ihr kleines Kind und seine rassistischen Freunde, allesamt großgezogen von rassistischen Eltern wie Ihnen, wurden wie kleine rassistische Handgranaten des Hasses und der Blödheit in die Welt hinausgeschickt, und … und … und Sie, Mary Pat, können sich ins Knie ficken, wenn Sie auch nur eine Sekunde denken, dass ich damit einverstanden bin. Oder Ihnen verzeihe. Ich verzeihe nicht. Gehen Sie also zurück in Ihr Viertel, glucken Sie mit Ihren Monsterfreunden zusammen, und setzen Sie alle Hebel in Bewegung, um uns von euren kostbaren Schulen fernzuhalten. Aber wir kommen, Miststück, ob es euch passt oder nicht. Und wir kommen und kommen so lange, bis ihr euch verzieht, nicht umgekehrt.

Bis dahin machen Sie, dass Sie aus meinem Teil der Stadt verschwinden.«

Und das war's. Weg ist sie. Mary Pat steht neben dem Briefkasten und stellt beschämt fest, dass sie weint – echte, heiße Tränen laufen ihr das Gesicht hinunter –, während sie zusieht, wie Calliope Williamson wieder den Block entlangläuft und in ihrem sauberen, gepflegten Haus verschwindet.

27

Das Hauptquartier der Global Liberian Liberation Front befindet sich in einer ehemaligen Synagoge in der Dudley Street in einem Teil von Roxbury, der aussieht wie der Aschehaufen des Traums von der amerikanischen Stadt. Die drei Anführer der GLLF tragen Hornbrillen, Power-Tower-Afros, schwarze Rollis und karierte Hosen, dazu passende Van-Dyke-Bärte und geben sich als Intellektuelle, doch Bobby weiß, dass sie erst im Knast zu lesen angefangen haben. Ob die GLLF den Drogenhandel aufgezogen hat, um ein »höheres Ziel« zu finanzieren, oder das »höhere Ziel« als Deckmantel für den Drogenhandel erdacht wurde, spielt keine Rolle. Sie sind in erster Linie verdammte Dealer.

Die Jungs und Mädchen, die unter den Anführern arbeiten, verkörpern die Wahrheit der Organisation, und von ihnen kommt angeblich auch der authentische und mehr nach Gang klingende Spitzname »Moorlocks«. Die meisten sind Jugendliche, die weder auf Rollis noch Van-Dyke-Bärte noch Hornbrillen stehen. Sie tragen schwarze Lederjacken, breitkrempige Hüte und Schuhe mit acht Zentimeter hohen Absätzen. Sie dealen in ganz Roxbury, Mattapan und Jamaica Plain mit Drogen und machen jeden fertig, der ihnen in die Quere kommt. Es sind

Cowboys (und Cowgirls), die nichts juckt. Diese Rücksichtslosigkeit macht sie gefährlich, umgekehrt aber auch berechenbar, wenn sich jemand ernsthaft ihrer annehmen will.

Vincent, der viel zu viele Filme guckt und *Guns & Ammo* so liest wie andere Typen den *Hustler,* will einen pseudoparamilitärischen Überfall auf das GLLF-Gebäude inszenieren. Reingehn, es krachen lassen und das einen Plan nennen. Etliche große Waffenhersteller liefern seit Jahren frisierte Waffen in Militärqualität an städtische Polizeidienststellen. Neue Strafverfolgungsphilosophien aus L. A. und New York plädieren für die Ausbildung kampfbereiter Spezialeinheiten bei der Polizei. In L. A. hat die erste davon bereits einen Namen, SWAT, und sie hat sich mit den Black Panthers und der SLA die anhaltenden Feuergefechte geliefert, von denen Sessel-John-Waynes glauben, dass sie der Ordnung in »Recht und Ordnung« wieder zu ihrem Recht verhelfen. Tatsächlich, weiß Bobby, haben diese Schießereien wenig bewirkt außer einer Menge Sachschäden und zu einer neuen Mikrogeneration zweitklassiger Polizisten geführt, die glauben, mangelndes Gespür, mangelnde Menschenkenntnis und mangelnde Intelligenz durch leistungsstarke Waffen ersetzen zu können.

Eines Tages, auch das weiß Bobby, werden die Vincents der Abteilung Gelegenheit bekommen zu beweisen, ob ihre Theorien hinhauen oder nicht. Aber egal, wie, der Geist ist dann raus aus der Flasche, und es wird schwierig, wenn nicht unmöglich sein, ihn wieder reinzukriegen. Noch aber ist Bobby Vincents Vorgesetzter. Er entwirft einen Plan für die Operation Moorlock, die ein Team von Drogenfahndern einbezieht, während eine aus der ganzen Abteilung zusammengestellte Gruppe von Detectives die Überwachung des GLLF-Hauptquartiers übernimmt, um sicherzustellen, dass niemand verloren geht, bis die Operation Moorlock die Lage im Griff hat.

Am Donnerstagmorgen regelt Bobby alles Nötige mit der Drogenfahndung, dann klopfen er und Vincent mit zwei anderen Detectives, Colson und Ray, bei der GLLF an und werden von Rufus Burwell hineingebeten. Die beiden anderen von der Mastspitze, Ozzie Howard und Simeon Shepherd, warten in einem großen Arbeitszimmer mit einem übersichtlichen Bestand an Büchern, das nach Räucherstäbchen und Pot riecht.

»Wir kommen wegen der Gewehre«, sagt Bobby, als sie alle sitzen.

Rufus streicht seinen Van-Dyke-Bart, als hätte er in jungen Jahren zu viele Charlie-Chan-Filme gesehen. »Wir haben keine Gewehre.«

»Aber sicher«, sagt Bobby. »Hören Sie, wir können hin und her machen und Sie dann auf die Wache schleppen und für ein paar Tage Ihre Festnahmescheine verschusseln, während wir den Laden hier und noch ein paar andere, die mit Ihnen zu tun haben, auf den Kopf stellen. Das können wir. Oder Sie rücken einfach die Waffen raus, die Brian Shea und Marty Butler Ihnen besorgt haben, sagen uns, warum sie die Ihnen besorgt haben, und wir verlieren kein Wort mehr darüber. Sie verbringen keine Nacht im Gefängnis. Sie werden für nichts belangt.«

Rufus, Ozzie und Simeon wechseln träge, selbstzufriedene Blicke, ehe sich Rufus wieder an Bobby wendet. »Mir fehlt der Glaube an Ihre Ehrlichkeit und, offen gestanden, an Ihre Macht.«

»Okay.« Bobby greift in seine Tasche. Er zieht die Fotos von Rufus' Neffe, Ozzies Freundin und einem gelbäugigen Jungen hervor, bei dem es sich um Simeons Freund handeln soll. Er legt die Fotos in den Koksstaub auf dem Tisch. »Die sind eine halbe Stunde alt. Wir haben alle vier auf frischer Tat beim Dealen ertappt. Handel, nicht Besitz, Rufus. Auch nicht Besitz in Handelsabsicht, Ozzie. Oder in Weitergabeabsicht, Simeon. Ganz einfach guter alter, gottverdammter Rauschgifthandel made in America. Das sind schon ohne ihre Vorstrafen zu bedenken fünf Jahre strenge Haft für jeden.«

Rufus und die beiden anderen wechseln ein paar Blicke.

»Sie sind im Keller«, sagt Rufus.

Während Vincent, Colson und Ray mit Ozzie und Simeon in den Keller gehen, unterhält sich Bobby mit Rufus.

»Was sollten Sie mit den Gewehren machen?«

»Wir bewegen uns immer noch im straffreien Bereich, Detective?«

»Ja.«

»Sie wären nicht der erste Cop, der sein Wort bricht.«

»Für mich wäre es aber das erste Mal. Rufus, ich kannte Sie schon, als Sie für Red Tyler Drogen verteilt haben. Hab ich Ihnen je was getan?«

»Gibt immer ein erstes Mal.«

Bobby könnte den Arsch schon dafür drankriegen, dass er auf einer Kiste illegaler Schnellfeuergewehre sitzt, und

Rufus meint tatsächlich, Bobby braucht mehr, um einen vorbestraften Schwarzen ans Messer zu liefern?

»Die Gewehre«, sagt Bobby ganz langsam, »wofür waren die?«

Rufus sieht etwas in Bobbys Augen, das seine Antwort beschleunigt. »Sie wollen, dass wir in der Highschool rumschießen.«

»In welcher Highschool?«

»South Boston High School.«

»Wann?«

»Morgen.« Rufus kaut ein wenig an einem Niednagel. »Wenn uns danach wär, könnten wir ein paar weiße Kids abknallen.«

»Hätten Sie das gemacht?«

»Darauf antworte ich nicht, Detective.«

»Und was wollten Sie euch zahlen?«

»Zwei Kilo Mexican Brown.«

»Und wer hat Sie für den Job angeheuert?«

Rufus schnaubt. »Das haben Sie nicht mal gefragt.«

»Ich kann eine Menge Druck machen, um meine Antwort zu bekommen.«

»Nur zu, Detective. Lieber sterb ich, geh für zehn Jahre nach Walpole oder sonst was. Einen Scheiß sag ich.«

»Wir haben gesehen, wie einer seiner Angestellten Ihnen die Waffen übergeben hat.«

»Und was sagt dieser Angestellte, für wen er arbeitet?«

Bobby schweigt.

Rufus sagt: »Aha.«

Colson, Ray und Vincent kommen die Treppe herauf, jeder mit einer M16.

»Sind das die?«

»Yup«, sagt Vincent. »Seriennummern abgefeilt, vollautomatisch. Was sollten die damit machen?«

»Einen Rassenkrieg anzetteln.«

»Ja Scheiße«, sagt Vincent, »wenn wir den nicht schon haben, was denn dann?«

28

Über Frank Toomey sagt man in Southie, dass der Mann nicht allzu schwer zu finden ist, denn wer würde ihn schon suchen, der seine Sinne beisammenhat? Aber jetzt, wo alle wegen Mary Pat in Alarmbereitschaft versetzt worden sind, kann sie sich in der Nähe von Franks bekannten Treffpunkten und Anlaufhäfen unmöglich blicken lassen. Und auch die Straße, in der er wohnt, ist tabu, seit sie wissen, dass sie es auf ihn abgesehen hat.

Aber seine Frau Agnes, eine dünne Person mit spitzem Gesicht und Schultern, ist ziemlich aktiv im ROAR, der Schwestergruppe der SBT. *Rettet & organisiert angestammte Rechte* wurde von Louise Day Hicks, einem Mitglied des Bostoner Schulausschusses, gegründet, um die »schwindenden Rechte weißer Bürger« zu schützen. Der einzige Grund, warum die SBT und ROAR sich nicht zusammengeschlossen haben, ist der, dass Carol Fitzpatrick, die Leiterin der SBT, und Louise Day Hicks, die Anführerin von ROAR, sich seit einem Streit in Kindergartentagen nicht ausstehen können. Gerüchten zufolge wegen eines zerbrochenen Buntstifts, aber das ist nie bestätigt worden. Im Moment zeigt die SBT ohnehin gewisse Abnutzungserscheinungen, nicht zuletzt, weil Mary Pat da ein paar Zähne ausgeschlagen und mindestens ein Nasenbein gebro-

chen hat, die Damen also nicht besonders »einsatzfähig«
aussehen, wie ihr Großvater zu sagen pflegte. Aber ROAR
hat seine Demo einen Monat lang geplant. Und Agnes hat
sämtliche Unterlinge in der Butler-Crew dazu benutzt, um
die Trommel zu rühren. Also wird Agnes, die ihr Leben
im Schatten ihres gefürchteten Mannes verbringt, heute
Abend im Mittelpunkt der Kundgebung stehen. Und da die
Butler-Crew endlose Arbeitsstunden mit dem Rühren der
Trommel verbracht hat, ist es möglich – nicht wahrscheinlich, wohlgemerkt, aber möglich –, dass Frankie auftaucht,
um der Sache ein bisschen Gewicht zu geben.

Mary Pat geht mit dem Blutgeld von Marty in Filene's
Basement einkaufen. Sie kauft eine Sonnenbrille mit großen
ovalen Gläsern, die sie an Jackie O. erinnert. Eine schwarze
Perücke und ein hellbraunes Kopftuch kommen dazu. Sie
kauft einen taubenblauen Hosenanzug aus Gabardine, eine
weiße Bluse und ein Paar weiße Pflegeschuhe. Sie gönnt
sich einen Lippenstift, Rouge, Foundation und falsche
Wimpern passend zum Schwarz der Perücke. Sie prasst und
legt noch eine neue Handtasche für ihren Revolver dazu.

Nachdem sie bezahlt hat, geht sie mit den Sachen in
die Ankleidekabine und verwandelt sich. Dass die Pflegeschuhe an den Fersen drücken, wundert sie etwas, hat sie
doch immer gehört, dass gerade Pflegeschuhe bequem sind
und man sie nicht einzulaufen braucht. Davon abgesehen
ist ihre Shoppingtour ein Riesenerfolg. Sie guckt in den
Spiegel der Kabine in Filene's Basement, und eine Fremde
schaut sie an. Es ist ein wenig beunruhigend, wie schnell sie
verschwunden ist. Sie nimmt die Brille ab, und bitte sehr,
da ist sie wieder; wenn man nah rangeht, sind das eindeutig

Mary Pats Augen. Mit Brille aber muss sie ihr Profil schon sehr genau betrachten, um sich zu erkennen. Und von vorn kann man's vergessen – sie ist jemand ganz anderes.

Voriges Jahr kurz vor ihrer Trennung haben Ken Fen und sie sich im Bug House am Broadway einen Spaghettiwestern angesehen, *Mein Name ist Nobody* mit Henry Fonda und Terence Hill. Das ist sie jetzt, wenn sie in den Spiegel sieht: Nobody.

Ein Geist.

Mit einer Schusswaffe.

Von Filene's aus läuft sie ein paar Blocks und biegt in die West Street ein zu ihrem Termin in der Kanzlei von Anthony Chapstone, besser bekannt als Tony Chap. Tony Chap war Dukies Anwalt gewesen und hatte sich ihm gegenüber anständig verhalten, ihm nie auch nur eine Büroklammer berechnet, wenn er nicht die damit zusammengehefteten Papiere vorweisen konnte. Tony Chap hatte ihr auch geholfen, Dukie rechtmäßig für tot erklären zu lassen, damit sie und Ken Fen sich kirchlich trauen lassen konnten, und seine laut Dukie stets angemessenen Honorare bargen keine unwillkommenen Überraschungen.

Als sie ihn jetzt nach einem halben Dutzend Jahren in seinem kleinen Büro vor sich sieht, wird ihr wieder bewusst, was für eine seltsame und einsame Erscheinung er immer schon war. Sie weiß von keiner Frau, keiner Familie. Die einzigen gerahmten Fotos im Büro zeigen kleine Hunde und Orte, die er vermutlich besucht hat – grün und bergig. Er ist wie immer tadellos gekleidet, aber in Sachen, die seit mindestens fünfzehn Jahren aus der Mode sind: schmale Revers an der Anzugjacke, Hosenträger darunter, seidene Fliege. Er ist höflich, hat freundliche Augen, und sie fragt sich längst nicht mehr, ob er integer ist, aber in ihn reinsehen kann man nicht. Sie weiß nicht einmal, wie alt er ist – geschätzt zwischen vierzig und fünfundfünfzig, das Gesicht noch so glatt und faltenlos wie eine Glühbirne.

Er führt sie zu einem Sessel und drückt ihr sein Beileid wegen Jules aus. Er versichert ihr, dass alles Schriftliche vorbereitet ist, und ruft als Zeugin seine Sekretärin herein, die alte Maggie Wheelock, die seine ganze Laufbahn hindurch bei ihm war.

Als sie fertig sind – alles in dreifacher Ausfertigung unterschrieben und mit Initialen versehen –, nimmt Mary Pat ein paar Scheine für sich aus der Tasche mit dem Blutgeld und lässt diese dann bei Tony Chap zurück.

Sie hätte gedacht, dieses Geld zurückzulassen würde sie nachdenklich stimmen. In Wahrheit fühlt sie sich hundert Pfund leichter. Und reiner. Als hätte sie in einem Taufbecken gebadet.

Die Demo gegen die Tyrannei beginnt um sieben, als die Sonne über dem Bezirksgericht Suffolk County am East Broadway in South Boston zu sinken beginnt. Das Gericht liegt unmittelbar östlich der Kreuzung East und West Broadway, und diese Kreuzung ist bereits vollgestopft mit Menschen. Da kein Verkehr durchkommt, säumen sie die Straße und die Gehsteige vor dem Gerichtsgebäude, und die einzelnen Redner sprechen von den Stufen des Gerichts aus.

Agnes Toomey, die als Fünfte dran ist und die kaum je mehr als geflüstert hat, verschafft sich mit dem Megafon mühelos Gehör. Es sei gegen Gottes Plan, sagt sie der Menge, einem Stadtteil, einer Kultur, einem Ort des Stolzes und der Ehre Veränderungen aufzuzwingen, um denjenigen entgegenzukommen, die zu schwach oder zu faul sind, sich selbst zu helfen.

Mary Pat, die sich auf der anderen Straßenseite am Rand der Menge entlang bewegt, ertappt sich bei dem Gedanken, dass eine Frau, deren Mann seinen Lebensunterhalt mit dem Töten von Menschen verdient, nicht unbedingt das Wort »Gott« im Mund führen sollte.

Dem Publikum entgeht diese Ironie.

»Wenn sie bessere Schulen wollen«, ruft Agnes durchs Megafon, »sollen sie sich welche bauen. Niemand hält sie davon ab.«

Den Broadway rauf und runter wird gehupt.

»Wenn sie ein besseres Leben wollen«, sagt Agnes, »sollen sie mal in die Puschen kommen und was dafür tun.«

In die Puschen?

Beifallsrufe. Das Hupkonzert geht weiter.

»Den amerikanischen Traum gibt's nicht gratis.«

Das Publikum überschlägt sich.

»Der amerikanische Traum heißt, Ärmel hoch und macht was aus euch. Ohne Sozialhilfe.«

Stürmischster Applaus.

»Ohne staatliche Unterstützung, staatliche Einmischung!«

Eine Gruppe von Männern geht mit blassweißen Körpern unter den Armen an Mary Pat vorbei, wie es scheint, bis Mary Pat genau hinsieht und erkennt, dass die kräftigen Männer offensichtlich federleichte Puppen in den Armen halten. Die Zuschauer lassen die Männer durch. Einer von ihnen ist Terror McAuliffe, Big Pegs Mann. Er sieht Mary Pat direkt an und mustert sie vom Gesicht zum Busen, vom Busen zum Gesicht, dann geht er weiter.

Nicht erkannt.

»Francis und ich haben vier Kinder«, sagt Agnes gerade, »drei davon an der Southie High. Aber morgen gehen sie nicht in die Schule. Denn ich lasse sie nicht gehn. Southie lässt sie nicht gehn. Hab ich recht? Southie macht nicht mit!«

Die Losung rollt über den Broadway. »Southie macht nicht mit! Southie macht nicht mit! Southie macht nicht mit!«

Agnes tritt strahlend zurück, und ihr Blick schweift zu jemandem im Publikum hinüber, der etwa fünfzig Meter rechts von Mary Pat steht. Mary Pat erhascht einen Blick auf schwarzes Lockenhaar.

Mary Pat läuft durch die Menge. Das ganze Vertrauen in ihre Verkleidung kommt ihr plötzlich falsch vor. Jeden Moment könnte sich jemand umdrehen, ihr Profil direkt vor der Nase haben und …

Was?

Ihren Namen schreien.

Das wär's dann wohl.

Tom O'Rourke hat jetzt das Megafon. Tom sitzt im Schulausschuss, aber er ist ein öder Redner, ein Mittel gegen Schlaflosigkeit, der Mann, und obwohl er die üblichen Hits durchklappert – Tyrannei, umgekehrter Rassismus, Zerstörung von Gemeinschaft und Kultur –, fallen allen fast die Augen zu. Da geht ein Jubel durch die Menge.

Mary Pat dreht mit zig anderen den Kopf und sieht, wie die Männer mit den Puppen Stricke über die Straßenlaternen und Fahnenmasten am Gerichtsgebäude schwingen. Sie haben keine Übung darin – nur ein Strick bleibt auf Anhieb hängen –, aber die Menge unterstützt sie so lautstark, dass Tom O'Rourke Feierabend macht. Was den Jubel noch mal aufbranden lässt.

Mary Pat nähert sich der Stelle, wo sie Frank Toomey gesehen zu haben glaubt, doch inzwischen ist die Sonne untergegangen. Ganz dunkel ist es noch nicht, aber tiefe Schatten haben sich in gezackten Bahnen über die Menge gelegt. Gesichter sind nur schwer zu erkennen, und die Sonnenbrille hilft schon gar nicht. Jemand mit schwarzen Haaren geht dicht an ihr vorbei, kommt hinter dem Paar hervor, das sie trennt, und hat einen Bart und ein Doppelkinn. Es ist einer der Clarks aus der I Street. Sie dreht sich im Gedränge um, und da hält er direkt auf sie zu, Auge in Auge, ganz rohe Kraft und Old Spice, während er mit einem schroffen »'tschuldigung, 'tschuldigung« vorwärtsdrängt, das sich weniger nach einer Bitte als nach einem Befehl anhört. Mary Pat kann nicht weg, zu eng sind sie eingepfercht zwischen den drängelnden Leuten, die sehen wollen, was sich da gerade am Gericht tut. Längst hätte sie in ihre Handtasche greifen sollen, die hinten auf ihrer rechten Hüfte sitzt, denn Frankie ist so nah, dass sie seinen Atem riecht, als sein Mund sich zu einem grausamen Lächeln verzieht und er sagt: »'tschuldige, Süße, muss grad schnell durch.«

Sie macht ihm so gut es geht Platz, und er streift sie mit seinem großen, bärenhaften Körper, sodass sie die winzigen Grausprengsel in seinen Koteletten sehen kann, ehe er vorbei ist. Und direkt hinter ihm, die Hände in den Jackentaschen an einem unschuldigen Sommerabend, sind Johnny Polk und Bubsie Gould, zwei Totschläger, die den South Shore Sand- und Kiestransport und mehrere Pornoläden in der Combat Zone betreiben.

Ehe die Menschenmenge sie einschließt, tritt sie in ihr Kielwasser und bleibt den Männern dicht auf den Fersen, während Frankie, zwei Schritte vor ihnen, die Menge teilt wie der Bug eines Bootes. Sie wünschte, sie hätte sich keinen taubenblauen Hosenanzug ausgesucht – an solche Details, scheint ihr, erinnert man sich später –, aber dann macht sie sich klar, dass es kein Später geben wird. Ihr Ziel ist nicht, Frank Toomey umzubringen und zu entkommen. Es ist schlicht, Frank Toomey umzubringen. Das könnte sie wohl auch jetzt gleich tun – einfach den Revolver ziehen und den drei Arschlöchern in den Rücken schießen. Aber wer wäre dann wirklich das Arschloch? Kugeln könnten durch die Getroffenen durchgehen; bei einer Panik könnten Menschen totgetrampelt werden; sie könnte vorbeischießen. Nein, das hier war nicht der richtige Ort.

Die Menge drängt geschlossen nach vorn, und Mary Pat wird halb herumgeworfen, sodass sie sich ungewollt wieder dem Gerichtsgebäude gegenübersieht. Die lebensgroßen Puppen hängen jetzt mit Schildern um den Hals an den Fahnenstangen und Laternenpfählen. Auf einem steht SEN. KENNEDY, auf dem nächsten RICHTER GARRITY, auf dem dritten BÜRGERMEISTER K. WHITE und auf dem vierten WILLIAM TAYLOR, ein Name, der ihr nichts sagt. Die Männer, die die Puppen gebracht hatten, stehen mit Feuerzeugen in den Händen unter ihnen. Vom Publikum lautstark angefeuert, stecken sie die Puppen in Brand.

Es dauert einen Moment. Die Flammen, teils blau, teils gelb, tanzen am Rand der Puppen entlang. Die für Garrity erlischt und muss neu angezündet werden. Doch dann …

Der Feuerschein erfasst die vor dem Gericht Stehenden. Er taucht sie in rotes, gelbes und blaues Licht, das ihre Köpfe und Gesichter wie Flüssigkeit überschwemmt. Die Luft riecht nach Feuerzeugbenzin und Wut. Die Puppen zappeln an ihren Stricken und brennen.

Die Menge ruft: »Southie macht nicht mit!«

Die Menge ruft: »Nigger sind fürn Arsch!«

Die Menge ruft: »Wir sind eins!«

Einen Moment lang verengt sich Mary Pats Sicht, und sie sieht nichts als die andrängenden Gesichter auf schmerzhaft vorgereckten Hälsen, spuckefeuchte rote Münder, wie Mistgabeln in die Luft stoßende Schilder, auf elterliche Schultern und Brustkörbe gedrückte Kinderbeine. Sich durch diese geballte Menge und ihre geballte Wut zu kämpfen ist, als wollte man sich zwischen den Steinen einer frisch gesetzten Mauer durchzwängen. Ihre Lunge ächzt, als hätte sie ein halbes Dutzend Zigaretten hintereinander geraucht, und ihr wird schwindlig.

Als sie schon denkt, sie klappt zusammen, ist sie raus. An der Ecke West und East Broadway taucht sie aus dem Gewühl.

Auf der anderen Straßenseite geht Frank Toomey zu einem kirschroten Wagen mit weißem Kunststoffdach. Er unterhält sich ungezwungen mit Johnny Polk und Bubsie

Gould. Zieht eine Grimasse, und alle drei Männer lachen. Dann sagt Frankie etwas, das die beiden anderen den Kopf schief legen lässt. Er nickt mehrmals, um seinen Worten Nachdruck zu verleihen. Dann steigt er in den Caddy und holpert vom Bordstein runter. Er dreht und fährt den West Broadway hinauf.

Abzuwarten, was Johnny und Bubsie machen, ist eine Quälerei. Es scheint, sie überlegen selbst noch. Dann nicken sie und gehen drei Türen weiter in eine Kneipe.

Mary Pat spurtet zwei Blocks, springt hinter Bess' Steuer und steigt aufs Gas. Bess tuckert aus der Parklücke. Beschleunigt. Nähert sich einem Stoppschild. Mary Pat reckt den Hals – niemand zu sehen – und überfährt das Stoppschild. Sie überfährt auch das nächste und erreicht mit einigem Tempo den West Broadway. Hier kann sie nur raten. Hätte Frank nach Hause gewollt, hätte er eine Nebenstraße parallel zur Dorchester genommen und sich von dort zu seinem Haus in der West Ninth vorgearbeitet. Hat er aber nicht. Er ist den Broadway rauf, Richtung Brücke. Mary Pat setzt alles auf eine Karte und tippt, er ist unterwegs in die Innenstadt.

Hätte nicht jemand ein Auto angezündet und an der Kreuzung Broadway und E stehen lassen, hätte sie Frank Toomey jedoch verloren gehabt. Aber sie erreicht die Kreuzung gerade, als sich der Verkehr an dem brennenden Fahrzeug vorbeizuschlängeln beginnt, und sieht das weiße Dach und das kirschrote Fahrgestell in der Schlange. *Brennt denn heute Abend alles?*, denkt sie und behält den Wagen im Blick, bis er an der Auffahrt zur I-93 rechts abbiegt.

Sie ist drei Wagen hinter ihm, als Frank Toomey an der

North Station runter- und dann über die Brücke nach Charleston hineinfährt. Da die beiden Wagen zwischen ihnen am City Square halten, geht sie auf Nummer sicher und lässt Frank ein ganzes Stück vorfahren. Zu weit, wie sich herausstellt, doch sie gerät nicht in Panik. Lässt nicht zu, dass die Angst sie beherrscht. Es ist Charlestown – anderthalb Quadratkilometer und nicht bekannt für geschlossene Garagen. Wenn er hierbleibt, wird sie ihn finden.

Und sie findet ihn.

Jedenfalls seinen Wagen. Der steht vor einem Friseursalon gegenüber dem Training Field an der Common Street. Der Friseursalon ist geschlossen und nicht beleuchtet. Ringsum stehen Wohnhäuser, manche noch aus Revolutionszeiten, die meisten von Anfang des 19. Jahrhunderts. Es sind Reihenhäuser – Backstein, Sandstein oder Schindel – mit keinem Daumenbreit Luft dazwischen. Er könnte in jedem davon sein. Oder in keinem. Könnte irgendwo geparkt haben und davonspaziert sein. Sie erwägt, zu Fuß nach ihm zu suchen, aber noch cliquenhafter als Southie ist nur Charlestown, und wenn sie hier anfängt, durch die Fenster zu gucken, kommt sie keinen halben Block weit, bis Frank das erfährt.

Also hofft sie, dass er irgendwann seinen Caddy holen kommt. Hinterm Training Field, das so heißt, weil während des Bürgerkriegs dort die Truppen gemustert und ausgebildet wurden, findet sie eine Stelle mit freier Sicht auf den Caddy und prüft im Rückspiegel ihr Make-up und den Sitz ihrer Perücke. Sie macht sich's bequem und redet sich ein, dass sie nicht erschöpft ist. Sie weiß nicht mehr, wann sie zuletzt richtig geschlafen hat, auch im Motel gestern Nacht waren es höchstens drei Stunden. Sie kneift sich in den Oberschenkel, so fest sie kann. Ohrfeigt sich ein paarmal. Raucht eine Zigarette nach der anderen …

Sie erwacht gegen Mitternacht ohne einen Schimmer, wann sie eingeschlafen ist. Sie kneift fünf-, sechsmal die Augen zusammen, ohrfeigt sich erneut und hat freie Sicht über das Training Field. Der Caddy steht noch da, wo Frank Toomey ihn abgestellt hat.

Herrje.

Verdammtes Glück. Weiter nichts.

Sie beschließt wach zu bleiben, selbst wenn sie sich dafür verletzen muss, doch schon nach der nächsten halben Zigarette flattern ihre Augenlider. Sie steigt aus. Raucht an der klebrigen Luft, die Unterarme auf Bess' Dach gestützt. Einen halben Block weiter, an der Ecke, sieht sie eine Telefonzelle. Perfekter Winkel zu Franks Wagen, also stapft sie hin, stellt sich rein und zieht die Tür hinter sich zu. Sie überlegt, wen sie so spät noch anrufen kann – oder wen überhaupt, fragt sie sich in dem schmerzhaften Gefühl, verbannt zu sein. Dann wirft sie das Zehncentstück ein und wählt.

»Mary Pat«, sagt er, als er mit ihr verbunden wird. »Woher wussten Sie, dass ich Spätschicht habe?«

»Irenglück, Detective.«

»Wir haben heute Morgen drei üble Schnellfeuergewehre von der Straße geholt.«

»Ah ja?«

»Und ob. Vielen Dank.«

»Wieso arbeiten Sie denn immer noch, wenn Sie heute Morgen gearbeitet haben?«

»Ich war zum Schlafen zu Hause«, sagt er. »Bin dann

aber wieder her. Alle machen Extraschichten. Die Hälfte aller Cops in der Stadt rüstet sich für morgen. Bei euch waren sie heute Abend auch, damit's da friedlich bleibt.«

»Ich hab Sie auf der Beerdigung von Auggie Williamson gesehen.«

»Ich Sie auch.«

»Warum sind Sie da so schnell weg?«

»Wegen eines Haftbefehls, auf den wir gewartet hatten. Mussten einen Scheißkerl festnehmen, der seine Freundin umgebracht hatte, und zuschlagen, bevor er noch eine Frau umbringt.«

»Das war sicher befriedigend.«

»Eigentlich nicht. Meistens komme ich mir wie die Müllabfuhr vor.« Er kann ein Gähnen vor lauter Erschöpfung nicht unterdrücken. »Ich höre, Sie haben ein paar Worte mit Auggies Eltern gewechselt.«

»Mhmmm«, bringt sie hervor.

»Ich wette, das war nicht angenehm.«

»War es nicht.«

Er führt dieselbe Entschuldigung an wie sie zuvor. »Sie haben einen Sohn verloren. Gewaltsam. Sie können nicht klar denken.«

»Doch.« Sie zieht so tief die Luft ein, dass ihr Atem in der engen Zelle rasselt. »Sie denken sehr klar.« Durch das verschmierte Glas schaut sie auf den Platz, wo Soldaten sich einst auf die Sklavenbefreiung vorbereiteten. Jung und beeinflussbar stellt sie sich die vor. Außer sich vor Angst. Das Gras auf dem Platz ist durch die Sommerhitze fast weiß geworden – es hat nicht geregnet, keinen Tropfen –, und unter der Straßenbeleuchtung und durch die verschmutzten Scheiben sieht es wie Schnee aus. Noch nie ist sie sich so verloren vorgekommen.

Nein, wird ihr klar, nicht verloren.

Heimatlos.

Sie räuspert sich und versucht, Detective Michael »Bobby« Coyne, einem völlig Fremden, wenn man es genau nimmt, etwas zu erklären, was sie selbst nicht ganz versteht. Sie hat das Bedürfnis, angehört zu werden, ob das, was sie sagt, einen Sinn ergibt oder nicht. »Wenn du ein Kind bist und sie dir mit den ganzen Lügen kommen, sagen sie nie dazu, dass es Lügen sind. Sie sagen dir nur, so ist das. Ob sie vom Weihnachtsmann, von Gott, von der Ehe reden oder davon, was du aus dir machen und nicht machen kannst. Sie sagen dir, Polacken sind soundso, und Spaghettifresser sind sound*so,* und von den Panchos und Niggers fangen wir am besten gar nicht erst an, aber trauen kannst du denen bestimmt nicht. Weil das eben so ist. Und du, du bist noch ein Kind, und du denkst, *Ich will dazugehören. Auf keinen Fall will ich ausgeschlossen sein. Ich muss mein ganzes Leben mit diesen Leuten verbringen.* Es ist warm bei ihnen. Schön warm. Der Rest der Welt ist so verdammt kalt. Also entscheidest du dich für sie.«

»Ich weiß«, sagt Bobby.

»Und du bleibst dabei, denn jetzt hast du Kinder und möchtest, dass die es auch warm haben. Und du gibst die Lügen an sie weiter, pumpst sie ihnen ins Blut. Bis aus ihnen Leute werden, die einen armen Jungen in einen Bahnhof hetzen und ihm mit einem Stein den Schädel einschlagen.«

»Es ist schon gut«, sagt er sanft.

»Überhaupt nicht!«, schreit sie in der engen Telefonzelle. »Meine Tochter ist tot, und Auggie Williamson ist auch tot, weil ich meiner Tochter Lügen verkauft hab. Und sie wusste Bescheid, bevor sie sie dann doch geschluckt hat. Sie *wissen immer Bescheid!* Mit fünf sehen sie klar. Aber du wiederholst die Lügen, bis du sie zermürbt hast. Das ist das Allerschlimmste. Du bearbeitest sie, bis du ihnen alles Gute ausgetrieben hast, und ersetzt es durch Gift.«

Sie hat keine Ahnung, wie lange sie weint. Außer, dass sie irgendwann noch mal ein Zehncentstück nachwerfen muss und immer noch nicht aufhören kann zu weinen.

Bobby bleibt die ganze Zeit in der Leitung.

Als aus dem Schluchzen ein Schniefen geworden ist, hört sie seine Stimme: »Was immer Sie vorhaben, ich möchte, dass Sie sich einen Tag freinehmen.«

Sprechen kann sie noch nicht. Ihr Hals ist voller Tränenflüssigkeit und Schleim.

»Mary Pat? Bitte. Warten Sie vierundzwanzig Stunden. Tun Sie nichts. Ich treffe mich mit Ihnen, wann Sie möchten. Ohne Dienstausweis. Als Freund einfach.«

»Wieso sind Sie mein Freund?«, bringt sie schließlich heraus.

»Weil wir beide Eltern sind.«

»Ich nicht. Nicht mehr.«

»Doch. Sie sind immer noch Mutter. Sie werden es immer bleiben. Und alle Eltern kennen das Versagen. Wie nichts anderes. Also gut, Ihre Tochter hatte einige Fehler, die Sie an sie weitergereicht haben. Okay. Aber alle, mit denen ich über sie gesprochen habe, haben mir erzählt, wie freundlich sie war. Wie witzig. Was für eine tolle Freundin sie sein konnte.«

»Worauf wollen Sie hinaus?«

»Diese Eigenschaften hat sie auch von Ihnen, Mary Pat. Wir sind nicht eingleisig. Wir sind Menschen. Im Schlechtesten von uns steckt Gutes. Der Beste von uns trägt das reine Böse im Herzen. Wir kämpfen. Mehr können wir nicht tun.«

»Im Kämpfen bin ich gut.«

»So ein Kämpfen meine ich nicht.«

»So ziemlich das Einzige, worin ich gut bin.«

»Ich wette, da gibt es noch jede Menge mehr.«

»Jetzt schmeicheln Sie mir, damit ich am Telefon bleibe.«

»Sie haben mich angerufen.«

»Und?«

»Deshalb nehme ich an, Sie möchten, dass ich Ihnen ausrede, was immer Sie vorhaben.«

Sie lacht, und dass es ein trockenes Lachen ist, kränkt ihn. »Sie sollen mir überhaupt nichts ausreden.«

»Warum rufen Sie dann an?«

»Damit es irgendwann jemand versteht.«

»Worauf bezieht sich das ›es‹?«

»Auf das, was ich vorhabe.«

»Tun Sie's nicht!«

»Und ich möchte, dass Sie weitergeben, was ich Ihnen gesagt habe.«

»Ich will's nicht hören.«

»Ich habe Ihnen gesagt, Detective Coyne, dass man jemandem nicht *alles* nehmen kann. Irgendwas muss man ihm lassen. Einen Krümel. Einen Goldfisch. Etwas Schutzbedürftiges. Etwas, wofür es sich zu leben lohnt. Was in Gottes Namen hat einer sonst noch zu verlieren?«

Gerade als Bobby denkt, er hätte den Anruf vor fünf Minuten zurückverfolgen lassen sollen, legt sie auf.

Er sitzt da, starrt auf das Telefon und erinnert sich, warum er damals mit dem Heroin angefangen hat. Wenn du auf H bist, erscheint die Welt dir großartig. Wenn nicht, ist sie ein heilloses Durcheinander.

Mary Pat hängt den Hörer ein, lehnt sich in der Zelle zurück und sieht mit fassungslosem Staunen, wie Frank Toomey direkt an ihr vorbeifährt.

Sie folgt ihm zurück nach Southie, wieder in der Annahme, dass sie weiß, wo er hinwill, ihm also nicht allzu nah auf den Fersen bleiben muss.

Und er dankt es ihr, indem er vor seinem Haus in der West Ninth anhält. Die Straße ist so still, man hätte hören können, wie sich im nächsten Block jemand die Nase putzt. Als Frank die Tür des Caddy öffnet, hört sie die Angeln knarren.

Bess rollt schon. Mary Pat hat den Fuß nicht auf dem Gas und überlässt die ächzende Kiste ihrem eigenen Schwung. Sie wartet darauf, dass Frank die Caddytür zuwirft und sich vorbeugt, um sie abzuschließen.

Das war's, denkt sie. *Das ist das Ende. Ich fahr ihn kaputt, leg den Rückwärtsgang ein, wenn's sein muss, überfahr ihn noch mal und mach mich davon. Ich fahr so weit, wie ich mit meinem Geld und meinem Glück komme. Wird ehrlich gesagt nicht so weit sein. Und ich sterbe durch Polizeikugeln oder Butler-Kugeln, weil ich nicht ins Gefängnis und nicht dem Butler-Pack in die Hände fallen will.*

Aber Frank dreht sich um, sieht den Wagen kommen und wirft sich auf den Boden. Er wälzt sich unter den Caddy und schafft es beinah, doch die Reifen überrollen ein Bein. Sein Schrei gellt unter dem Caddy hervor.

Sie hält mit quietschenden Bremsen an und steigt aus.

Licht geht an – erst im Nachbarhaus und dann bei Frank. Frank ist unter dem Caddy hervorgekrochen und versucht, mit einem Bein auf den Gehsteig zu treten. Er will seine Waffe aus dem Jackett ziehen. Mary Pat kommt aber schon mit auf ihn gerichtetem Revolver und halb nach rechts verrutschter Perücke vorn um den Caddy herum, und sie schießt. Der Schuss geht vorbei, trifft dem Scheppern nach eine Mülltonne weiter unten in der Straße. Franks Hand kommt mit irgendwas drin aus dem Jackett. Sie zielt genauer, schießt noch einmal und hört Franks »Scheiße!«. Er lässt eine Pistole fallen, krümmt sich, und im hellen Licht der Straßenlaterne schießt ihm das Blut aus einem Loch im Bauch, quillt ihm durch die Finger und läuft ihm an der weißen Hose herunter.

Trotz der Kugel im Bauch will er auf sie losgehen, doch sein kaputter linker Fuß spielt nicht mit. Er macht den Fehler, sein Gewicht darauf zu verlagern, und schreit auf – oder kreischt viel mehr –, fällt auf die Knie und landet auf allen vieren vor ihr, die ihm den Revolver an den Scheitel drückt.

»Daddy!«

Mary Pat blickt auf und sieht das Mädchen auf der Eingangstreppe. Hinter ihr hockt Agnes und hält sie zurück. Es ist Franks jüngste Tochter – Caitlin, die vor ein paar Monaten Erstkommunion hatte.

»Tun Sie meinem Daddy nichts!«, schreit Caitlin. »Bitte, bitte nicht!«

Frank grapscht nach ihren Beinen. Mary Pat schlägt ihn mit dem Revolvergriff.

»Tun Sie ihm nicht weh!«, heult Caitlin.

Der Mann von nebenan, Rory Trescott, kommt mit erhobenem Baseballschläger auf sie zugerannt. Mary Pat zielt weit an ihm vorbei, feuert, und Rory wirft sich auf den Boden.

Frank kippt auf die Seite, das Blut schwappt aus dem Loch in seinem Bauch wie eine kleine Fontäne.

Mary Pat hebt seine Pistole vom Gehsteig auf und steckt sie in ihren Hosenbund.

Caitlin Toomey kommt die Treppe herunter, ehe ihre Mutter sie zurückhalten kann.

»Halten Sie sie fest, verdammt noch mal!«

Agnes greift sich ihre Tochter.

Mary Pat versenkt beide Hände in Franks nassen, fettigen Haaren und packt fest zu. Sie schleift ihn über den Asphalt zu Bess – er ist verdammt schwer, als ob man einen Kühlschrank schleppt –, und dabei fällt ihr die Perücke runter und landet auf der Straße in einer Spur von Franks Blut.

»Ich hab Sie erkannt, Mary Pat!«, ruft Agnes. »Ich kenne Sie!«

Mary Pat öffnet die hintere Tür. Sie zerrt Franks Hände – erst die rechte, dann die linke – hinter seinen Rücken und legt ihm die Handschellen an. Sie schiebt Frank auf den Rücksitz, als wäre er ein zusammengerollter Teppich. Drückt und drückt, bis er drin ist. Sie knallt die Tür zu und läuft um den Wagen herum.

»Ich kenne Sie!«, ruft Agnes wieder. »Ich kenne Sie! Ich kenne Sie!«

Mary Pat setzt sich hinters Steuer, legt den Gang ein und fährt die Straße hoch. Nach ein paar Blocks stöhnt Frank auf dem Rücksitz. »Ich blute stark.«

»Das weiß ich«, sagt Mary Pat.

»Ich könnte verbluten«, sagt Frank.

»Ja Scheiße, Frank«, sagt Mary Pat. »Ob mir das nicht das Herz bricht?«

29

Castle Island in South Boston ist keine Insel, wenn es auch mal eine war. Es ist eine Halbinsel mit einer Hauptstraße, dem Day Boulevard, der als Sackgasse an einem Parkplatz endet, und den beiden Spazierwegen hinaus zur Sugar Bowl, die Mary Pat endgültig verleidet ist als der Ort, an dem Marty Butler ihr durch eine Tasche voll Geld mitgeteilt hat, dass kein Kind von ihr mehr auf der Erde wandelt. Genau wie die Insel keine Insel ist, ist das Schloss kein Schloss, es ist ein Fort. Die heutige Anlage, Mitte des 19. Jahrhunderts am Standort zweier früherer Forts aus der Pilgerzeit errichtet, besteht aus Granit.

Edgar Allan Poe war hier einmal stationiert. Die Erfahrung soll ihn zu einer seiner berühmtesten Kurzgeschichten inspiriert haben, da Mary Pat aber nie etwas von Poe gelesen hat, fällt ihr dazu nichts ein. Aus ihrer Schulzeit weiß sie, dass vom Fort Independence weder in seiner Zeit als Pilgerfeste noch als britisches noch als amerikanisches Fort noch zu guter Letzt als historisches Bauwerk jemals ein Schuss im Rahmen einer Militäraktion abgegeben wurde. *Trotzdem,* denkt Mary Pat, *ist es wie alles in Southie so gebaut, dass es im Handumdrehen gefechtsbereit wäre.*

Frank war ein paar Minuten bewusstlos, bis sie bei Sullivan's Imbisshütte am Ende des Parkplatzes über den Bordstein fährt. Er erwacht mit einem Schrei. Er ist desorientiert und wegen des Blutverlusts wahrscheinlich nur halb da. Sie hört die Handschellen klirren, als er merkt, dass er gefesselt ist. Sie kurvt den Weg auf der Nordseite des Forts entlang. Der ist holprig. Frank ächzt viel.

Da Bess für das nächste Stück jede erdenkliche Hilfe brauchen wird, drückt sie das Gaspedal stetig durch. An der Nordwestecke des Gemäuers kommt sie ganz vom Sitz hoch und stellt sich aufs Pedal. Bess schlingert, und Frank fällt mit einem Aufschrei vom Rücksitz. Mary Pat steigt und steigt auf das verdammte Pedal und treibt Bess knurrend und zähneknirschend den Hang hinauf. Als sie fast oben sind, geben die Hinterräder nach, und sie weiß, sie schaffen es nicht. Sie werden abrutschen, wahrscheinlich umkippen, dann nur noch kullern, purzeln und sich überschlagen.

»Wir gehen zusammen unter, Frank!«, ruft sie. Frank schreit etwas zurück, das sich anhört wie »Du irre Fotze, Mary Pat!«. Aber Bess, gesegnet sei ihr großes Alte-Damen-Herz, findet einen letzten Atemstoß in ihrem Motor, ein letztes Aufbäumen, und die Hinterräder erwischen Erde statt Gras, und der Wagen prescht über die Kuppe.

Mary Pat ist nicht darauf vorbereitet, dass vier profillose Reifen an einem feuchten Sommerabend bei voller Beschleunigung auf nasses Gras treffen, und sie schlittern wie verrückt über die ganze Wiese hin zum Eingang des Forts. Kurz bevor sie ins Tor krachen, bekommt sie den Wagen unter Kontrolle, und genau in dem Moment, wo sie zum Stehen kommen, gibt Bess den Geist auf. Der Motor schüttert, kleine metallische Klopfer und Seufzer zirkeln unter der Haube, und das Fahrgestell zittert und wuppt, als hätte es einen Herzanfall. Braune Rauchfahnen schießen hinten aus dem Wagen und quellen vorn unter der Haube hervor.

Einen Moment lang ist es wie der Verlust eines Haustiers. Mary Pat tätschelt Bess beim Aussteigen. Sie sucht nach geeigneten Worten, doch letztlich fällt ihr nur ein schlichtes »Danke« ein für das einzige Auto, das je ganz ihr gehört hat.

Während Bess noch im Todeskampf liegt, knackt Mary Pat das rostige alte Schloss der Hauptpforte und stößt das Tor auf. Sie geht Frank holen und zieht ihn wiederum an den Haaren hinten aus dem Wagen.

Sie hätte mehr Wut von ihm erwartet. Schlägergetön. Drohungen. Aber er ist wehleidig. Überrascht von ihrer Unmenschlichkeit, wie es scheint. »Komm! Bitte! *Bitte, Mary Pat! Mir fallen bald die Gedärme raus!«* Sie zieht ihn hoch und stößt ihn durch das Tor, und als er wild taumelnd das verletzte Bein belastet, stürzt er gleich wieder hin und vergräbt den Kopf im Gras.

Das Innere des Forts ist ein Oval – Exerzierplatz und Lagerräume unten, Zinnen und Geschützscharten oben.

Sie zerrt Frank in den ersten Raum, den sie sieht. Die vom Exerzierplatz abgehenden Kammern kann man kaum Räume nennen. Sie haben keine Türen, keine Möbel, nichts. Wie Kerkerzellen sehen sie aus, aber sie meint ziemlich sicher gehört zu haben, dass dort einst Schießpulver, Waffen und Lebensmittel gelagert wurden. Sie setzt Frank mit dem Rücken zur Wand ab und stellt fest, dass er schon wieder ohnmächtig geworden ist.

Weichling.

Sie sieht sich die Waffe an, die sie ihm abgenommen hat. Eine 45er Colt-Pistole 1911, fast identisch mit der, die Mary Pats Onkel Kevin aus dem Zweiten Weltkrieg mitgebracht hatte. Als sie klein war, zeigte Onkel Kev ihr die manchmal und ließ sie bei sich zu Hause damit auf seinem Schoß sitzen, nachdem er sie auseinandergenommen und die Kammer kontrolliert hatte. Er behalte sie aus zwei Gründen, sagte er ihr: erstens, um nicht zu vergessen, zu welcher Barbarei der Mensch gegenüber seinen Mitmenschen fähig war, und zweitens für den Fall, dass eines Nachts die Nigger über sie herfielen.

Am Weihnachtsmorgen 1962 schließlich richtete er die Waffe gegen sich selbst.

Sie durchsucht Frank. Findet einen Ersatzladestreifen für die 45er in seiner Tasche und steckt ihn ein. Sie zieht ihm das Jackett aus, knüllt es zusammen und drückt es ihm auf die Wunde. Er murmelt etwas, wacht aber nicht auf, und sie benutzt ihr Klebeband, um das Jackettbündel so fest wie möglich auf die Wunde zu pressen.

Ihr Blick fällt auf sein Bein, und sie übergibt sich fast. Himmel. Kein Wunder, dass er nicht auftreten kann. Der Fuß zeigt in die entgegengesetzte Richtung, und an der Wade stehen die Knochen heraus wie zerbrochene Stöcke. Das bringt sie allerdings auf die Idee, ihm den anderen Stiefel auszuziehen.

In dem sie ein Messer findet.

Sie schaut es sich an. Ist das *das* Messer? Das er ihrer Tochter unter die Rippen und ins Herz gestoßen hat?

Als sie aufsieht, sind seine Augen offen. Er atmet sehr flach. »Ist dir klar, dass du eine tote Frau bist?«

Sie zuckt die Achseln. »Du wanderst – ups, pardon, du krabbelst – vor mir in die Hölle, Frank. Verlass dich drauf.«

»Nicht, wenn du mich ins Krankenhaus bringst.« Er hört sich freundlich an. Vernünftig.

Sie zeigt mit dem Daumen hinter sich. »Kein Wagen, Frank. Der ist auch tot.«

»Geh einfach den Hang runter zu der Telefonzelle bei Sullivan's.« Ein hilfsbereites Lächeln gesellt sich zu der freundlichen Stimme.

»Äh … weswegen noch mal?«

»Ruf mir einen Krankenwagen. Oder ruf Marty an.«

Sie lässt sich etwas Zeit mit der Antwort. Bis sie die Hoffnung in seinen Augen aufblühen sieht. »Frank«, sagt sie so sanft wie möglich, »du stirbst heute Nacht.«

Er öffnet den Mund, um etwas zu erwidern, aber sie schneidet ihm das Wort ab.

»Es gibt keinen Ausweg für dich«, erklärt sie. »Keine Drohung, kein Versprechen, keine Bestechung kann dir noch einen Lebenstag bringen.«

Bis zu diesem Augenblick hatte er geglaubt, noch eine Chance zu haben. Jetzt wird ihm klar – begreift er endgültig –, dass er seinen eigenen Albtraum lebt. Jede Sekunde hellwach.

Er sucht in ihren Augen, und sie öffnet sich ihm völlig. Irgendwo hinter den Mauern des Forts schreit ein Seevogel.

Frank Toomeys Gesicht wird dunkel und kalt vor Empörung. »Nein!« Er reißt an den Handschellen. »Hörst du, du Schlampe? Nein! Du rufst –«

Sie schlägt ihm den Handballen vor die Stirn, rammt seinen Hinterkopf gegen die Granitmauer. »Wie kommt's«, sagt sie, während er versucht, die Zwitschervögel aus seinem elenden Hirn zu verscheuchen, »dass du noch Wut für mich in deiner Seele übrig hast? Du hast mir mein Kind genommen. Mein *Kind*, Frank. Und das Baby in ihr. Du hast sie benutzt. Das Leben aufgezehrt, das sie hätte leben können, und ihr ein Messer hinter die Rippen und in ihr *Herz* gejagt. Und du willst ein Mensch sein?« Sie hält ihm die Klinge vors Gesicht. »Ist das das Messer?«

Frank starrt sie mit seinen toten Augen an.

»Verschon mich mit deinem Geglotze«, sagt sie. »Als wärst du zu cool für meinen Schmerz. Hier hast du ihn.« Sie schlitzt ihm die Wange auf.

»*Jesus!*«

»Ich hab gesagt, du sollst mich nicht so anglotzen.«

Er schaut kurz auf sein eigenes Blut an der Messerklinge und dann in seinen Schoß.

»Du lebst nur noch, weil ich wirklich eine Antwort haben möchte. Wie kannst du deine Kinder großziehen? Wie kannst du etwas von Liebe wissen und trotzdem ein Kind umbringen?«

»Ich hab in meinem Leben schon viele Leute umgebracht, Mary Pat.«

»Das weiß ich. Aber ein Kind, Frank?«

Er zuckt die Achseln über den gefesselten, an die Wand gedrückten Händen. »Ich denk nicht darüber nach.« Das Blut fällt ihm in dicken Tropfen von der Wange. *Plopp. Plopp. Plopp.*

»Worüber?«

»Über das alles. Jemanden umbringen ist wie Schneeschaufeln – ich mach's nicht gern, aber es muss passieren, also wird's gemacht. Und meine Kinder haben nichts damit zu tun. Das sind meine Kinder. Eine Sache für sich. Deine Tochter –«

»Sag ihren Namen.«

»Jules«, sagt er. »Sie war ein Problem. Hat herumerzählt, sie würde meiner Frau sagen, dass sie schwanger ist, und sie hat den Jungen umgebracht –«

»Sie hat ihn nicht umgebracht. Sie war dabei, als –«

Er schüttelt den Kopf. »Sie hat ihm den Stein übergezogen. Sie war das.«

Sie knallt ihm die Faust auf das zerschmetterte Bein. Der Schrei, den er ausstößt, kommt aus dem Tierreich, das Kreischen des bei lebendigem Leib im hohen Gras gefressenen Beutetiers. Er kippt auf den Boden. Liegt da mit offenem Mund, schreckgeweiteten Augen.

»Sie hat nicht zugeschlagen«, sagt sie. »Das erfindest du doch jetzt nur. Du warst gar nicht auf dem Bahnsteig.«

»Warum sollte ich das erfinden?«, keucht er. Dann, mit Tränen in den Augen: »Schlag mir bitte nicht noch mal aufs Bein, aber warum sollte ich das erfinden? Was hätte ich davon? Und *natürlich* war ich auf dem Bahnsteig.«

Sie sagt lange nichts. Im Licht des Halbmonds schaut sie hinaus auf den Exerzierplatz.

»Ich glaube …«, bringt er hervor, als er sich mühsam wieder aufrecht setzt, »ich glaube, für sie war das ein Akt der Gnade.«

Ihr Blick kehrt zu ihm zurück. »*Was?*«

»Möglicherweise«, sagt er.

»Wieso Gnade?«

Er antwortet nicht gleich.

»Wieso Gnade?«

»Ich sagte ihnen, sie sollten ihn grillen.«

»Hm?«

»Ihn auf die Stromschiene werfen«, erklärt er. »Grillen. Den anderen Niggern in der Stadt zeigen, was passiert, wenn sie in unserer Viertel kommen.« Er sieht auf das Blut, das langsam sein Jackett und das Klebeband drum herum durchtränkt. Seine Haut ist blauweiß wie eine Makrele. »Jules war dagegen. Sagte dauernd, wir sollten ihn laufen lassen.« Er schnaubt. »Den konnten wir nicht laufen lassen. Nein. ›Scheiß drauf, grillt ihn‹, hab ich ihnen gesagt. Die Jungs haben auf mich gehört – Jungs hören auf einen. Sie haben den Kerl aufgehoben und wollten ihn zwischen die zweite und dritte Schiene schmeißen, und in dem Moment hat sie zugeschlagen. Weshalb von Unfall nicht mehr die Rede sein konnte, vielen Dank auch. Er war tot, als er am Boden ankam.«

Sie beobachtet ihn ruhig. Findet es seltsam, dass die Schlimmsten von uns nicht anders aussehen als die Besten. Wie irgendein Sohn, ein Ehemann, ein Vater. Geliebt. Fähig zu lieben. Menschlich.

»Und das konntest du ihr nicht verzeihen, was?«, fragt sie. »Die Gnade?«

Er zischt gegen die Schmerzen an. »Wenn sie da schwach wurde, wo dann noch? Bei der Polizei? Vor Gericht? Tut mir leid, Mary Pat, aber du weißt, es gibt hier einen Kodex. Nach dem leben wir und sterben wir.«

Sie greift in ihre Tasche, holt ihren 38er heraus und ist drauf und dran, sein Scheißgehirn über den Granit hinter ihm zu verspritzen, da hört sie einen Wagen kommen.

Der Wagen kommt direkt ins Fort gefahren. Die Türen stehen offen. Die Scheinwerfer fegen über den Exerzierplatz.

»Zeit abzurechnen, Mary Pat«, ruft Marty Butler.

30

B obby hat die gesamte Abteilung wissen lassen, dass er
gern informiert werden wollte, falls in den nächsten
ein oder zwei Wochen etwas Gewalttätiges im Zusammenhang mit der Butler-Crew passierte.

Es dauert nicht lange.

Bobby erscheint vor Frankie Toomeys Haus in der
West Ninth und hört sich die Aussagen der Zeugen an –
ein Nachbar, Franks Frau und Franks achtjährige Tochter.
Sowohl der Nachbar wie auch Agnes Toomey identifizieren eindeutig Mary Pat Fennessy als die Angreiferin und
Entführerin. Die Entführung ist problematisch. Eigentlich
müssten sie sofort das FBI verständigen und den Fall abgeben.

Mal sehen, entscheidet Bobby. *Heute Abend nicht.*

Sie finden Blut auf dem Gehsteig und Franks Stiefel auf
der Straße. Außerdem Blut, wo das Auto Franks Bein erwischt und wo Mary Pat ihn langgeschleppt hat. Mit Ver-
spätung erkennt Bobby, dass der geköpfte Mopp, der da in
einer Blutlache liegt, eine Perücke ist.

Bobby ruft über Funk die Zentrale, lässt sich mit Vincent verbinden und bittet ihn, alle zu informieren, die eine
Quelle in Southie haben. Irgendwer muss doch da eine
durchgeknallte blonde Frau gesehen haben, die in einem

schrottreifen 59er Ford Country mit einem angeschossenen Killer auf dem Rücksitz durch die Nacht rast.

Bobby ist wieder auf dem Revier, als ein Streifenpolizist vom City Point meldet, dass er vor zwanzig Minuten ein anscheinend mit Butler-Jungs voll besetztes Auto den Day Boulevard hat hinaufrasen sehen.

Am Ende des Day Boulevards gibt es nur ein mögliches Ziel.

»Die wollten zum Schloss?«

»Also eigentlich ist das ein Fort, Detective.«

Bobby schließt die Augen und schlägt sie wieder auf. Atmet durch. »Die wollten zum *Fort*, Officer?«

»Ja, Detective.«

»Danke.« Bobby legt auf und marschiert zum Büro seines Leutnants.

Marty ruft noch einmal. »Je länger du uns warten lässt, desto länger tun wir dir weh.«

Frank öffnet den Mund, um zu antworten, und sie setzt ihm die Mündung des 38ers an die Nase. Zieht die Brauen hoch. Er schließt den Mund.

Dem Licht der Scheinwerfer, der Lautstärke von Martys Stimme und dem vereinzelten Scharren nach, das sie von draußen hört, sind sie ziemlich nah. Fünfzehn Meter noch, schätzt sie. Mehr nicht. Vier auf- und zuklappende Wagentüren hat sie gezählt, sie sind also mindestens zu viert oder, wenn der Wagen voll besetzt ist, zu sechst. Aber das wäre auffällig, und Marty ist nicht dafür bekannt aufzufallen.

Vier also.

Sie hört, wie sie sich verteilen, hört Schritte unterschiedlich weit entfernt auf der platt gestampften Erde des Exerzierplatzes. Und dann kommen Schritte ganz nah heran.

Sie hilft Frank auf den gesunden Fuß und führt ihn zum Eingang.

Die Schritte draußen verstummen. *Der hat uns gehört,* denkt sie.

Mit ihrem Revolver an Franks Hals tritt sie hinaus.

Brian Shea, nur einen Meter von Mary Pat entfernt und überrascht, hebt seine Waffe.

»Nein, nein, nein«, sagt Mary Pat.

Brian wirft einen Blick auf Frank Toomey – das lädierte Bein, die um seine blutige Taille drapierte blutige Jacke – und lässt seine Waffe sinken.

»Wirf sie auf den Boden«, sagt Mary Pat. »Eine zweite Warnung gibt's nicht.«

Er sieht ihr in die Augen. Sieht Frank in die Augen. Lässt die Waffe fallen.

Die drei anderen stehen in einem Halbkreis etwa zehn Meter hinter Brian. Larry Foyle ist am weitesten weg, am linken Ende des Halbkreises. Marty steht in der Mitte des Bogens wie ein fauler Zahn in einem fiesen Grinsen, und Weeds lungert rechts außen. Alle halten Pistolen locker an der Seite.

»Alles in Ordnung mit dir, Frank?«, fragt Marty.

»Glaube nicht, Marty«, sagt Frank.

»Wir flicken dich wieder zusammen.«

»Das weiß ich, Marty. Danke.«

»Bist du dir da sicher?« Mary Pat drückt ab und sprengt einen Tunnel von einer Seite von Frank Toomeys Hals zur anderen.

Obwohl Gewalt für sie zum Alltag gehört, scheint keiner der Männer auf diesen Moment vorbereitet zu sein. Larry und Weeds reißen schockiert die Münder auf.

Marty schreit »Neeeeiiiin!«, als ob ihm gerade zum ersten Mal im Leben das Herz bricht.

Brian Shea greift nach seiner Pistole.

Frank fällt zu Boden, sein Körper ist nur noch ein Sack kaputter Organe, seine Seele schon auf halbem Weg zur Hölle.

Sie schießt Brian irgendwo in die Körpermitte und hört ihn schreien.

Marty hebt gerade seine Pistole, als sie auf ihn feuert – *Peng! Peng! Peng!*

Sie hat keine Ahnung, ob sie ihn trifft, nur dass die beiden anderen das Feuer erwidern, die Kugeln hoch oben in der Wand hinter ihr einschlagen und Larry und Weeds schnell hinter dem Wagen in Deckung gehen.

Sie packt Brian Shea hinten am Kragen. Er macht einen Buckel und trommelt mit den Fersen auf den Boden, jault und kreischt laut. Sie bleibt unten, hält seinen Körper vor sich, so gut sie kann, und zieht ihn mit sich zurück in den Lagerraum. Sobald sie drin sind, schlingt er die Arme um ihre Knie und rammt ihr seinen Kopf in den Bauch. Mit dem schweren 38er in einer Hand boxt sie ihm auf die Ohren, und er lässt los.

Sie stößt ihn in die Ecke und tritt ihn zusammen. Buchstäblich. Immer wieder, schnell, gemein und wild drauflos. Erst lange nachdem sie weiß, dass er keine Gefahr mehr darstellt, hört sie auf.

»*Kapiert* ihr Drecksäcke nichts anderes?«, faucht sie ihn an. »Ist das das Einzige?«

Er kauert sich zusammen, und sie lässt ihm etwas Zeit, falls er kotzen muss. Dann setzt sie sich auf ihn, zieht ihn fest an sich und umklammert ihn mit ihren Beinen. Sie wirft den draußen geleerten 38er zur Seite und holt Franks 45er aus ihrer Tasche. Sie entsichert sie und legt den Ersatzladestreifen neben sich auf den Boden. Raus kann sie nicht mehr, aber es führt nur ein Weg rein. Wenn sie sie kriegen wollen, müssen sie die Köpfe durch diese Tür stecken. Sie hält Brian vor sich und richtet die 45er auf den Eingang.

»Du hast ihn einfach abgemurkst«, sagt Brian Shea schließlich, als ob die Tragik von Frank Toomeys Tod über seinen Verstand geht. Als ob er gerade sämtlicher Illusionen von einer freundlicheren Welt beraubt worden ist.

»Ja, hab ich.«

»Und du hast mir die Scheißhüfte weggepustet.«

»Tja, Brian, wenn du hier heil rauskommst, hast du ein böses Hinkebein und eine gute Story.«

Draußen hört sie wieder scharrende Geräusche. Der Entfernung nach nimmt sie an, sie sind am Wagen.

»Du hast ihn einfach abgemurkst.«

»Warum schockiert dich das so? Ihr bringt die ganze Zeit Leute um.«

»Wir«, sagt er. »Du nicht.«

Draußen vorm Eingang öffnet jemand den Kofferraum des Wagens.

Sie schlingt den Arm um Brians Unterleib und setzt ihm die Mündung der großen 45er auf den Schritt.

»Scheiße, was machst du?«

»Wo warst du, als meine Tochter umgebracht wurde?«, flüstert sie ihm ins Ohr.

»Ich war nicht dabei«, sagt er müde. »Mich haben sie nachher angerufen.«

Sie hört einen dumpfen Aufschlag draußen, dann klappert Metall gegen Metall. Um nachzusehen, müsste sie Brian loslassen, den Kopf zum Eingang rausstecken und riskieren, dass er ihr weggeschossen wird, nein danke, da lässt sie sie doch lieber gewähren. Sie gesteht sich aber ein, dass sie neugierig ist.

»Wer *war* denn dabei, als meine Tochter gestorben ist?«, fragt sie Brian.

»Frank. Marty war in einem anderen Zimmer.«

»Und was ist passiert?«

»Sie und Frank fingen an sich zu schlagen, hab ich gehört; sie ging immer wieder auf ihn los, er hat ein Messer gezückt und na ja.«

»Und na ja«, sagt sie bitter.

»Ja.«

Sie nimmt die Pistole aus seinem Schritt.

Draußen scharrt und klimpert es weiter, dann sagt Marty: »Her mit dem Dreibein.«

Dem *Dreibein*?

Brian atmet schwer durch die Nase aus. Sie nimmt an, so versucht er, seine Schmerzen zu bewältigen.

»Weißt du noch, in der Zehnten«, setzt er an. »Wie wir –«

»Und los gehts. Alte Hüte.«

Er lacht leise. »Nein, nein. Es war lustig. Wir haben sämtliche Klos in der Lehrertoilette mit –«

»Mit Krachern ausgestattet«, sagt sie. »Ja, das weiß ich noch.«

»Was haben wir gelacht damals.«

»Stimmt«, sagt sie. »Meinst du, das rettet mich?«

Er ist still.

Sie nickt. »Warum zum Teufel soll es dich dann retten?«

Sein Gesicht wird wieder ausdruckslos. »Marty kann dich jetzt nicht am Leben lassen. Er hat Frank wie einen Bruder geliebt.«

»Wie einen *Bruder*?«, sagt sie.

»Klar. Was denn sonst?«

»So wie er geschrien hat, als ich Frank umgebracht habe? Sag du's mir.«

Er denkt darüber nach, und panischer Schrecken tritt in sein Gesicht. »Du bist krank.« Er spuckt an die Wand gegenüber. »Total pervers.«

Sie lacht. »Ihr überschwemmt eure Gemeinde mit Heroin. Vermietet Frauen an Fremde zum Sex gegen Bares. Ihr missbraucht Kinder. Macht andere Kinder schlimmer, als ihr selbst seid. Ihr stehlt. Und ihr tötet. Aber *ich* bin krank. *Ich* bin pervers. Na danke, Brian.«

Irgendwo aus der Dunkelheit ruft Marty: »Mary Pat, Schätzchen.«

»Marty, Schätzchen!«, ruft sie zurück.

Sein Lachen weht im leichten Wind herüber.

»Lass meinen Freund Brian gehen, und wir lassen dich hier raus.«

»Lasst ihr nicht.«

Einen Moment lang ist nur die Nacht zu hören.

»Nein, wohl eher nicht.« Noch ein Lachen. »Darf ich dich was fragen?«

»Klar.«

»Du hast eine Menge Geld von mir bekommen.«

»Ja.«

»Warum bist du damit nicht einfach abgehauen?«

»Und dann?«

»Und hast dir ein schönes Leben gemacht?«

»Ich hatte mein schönes Leben. Frank hat es zerstört.«

»Aber ich doch nicht«, sagt er, ganz arglose Unschuld.

»Und trotzdem bist du gleich auf meine ganze Organisation losgegangen.«

»Ach, Marty«, sagt sie. »Ach, Marty.«

»Was denn, Mary Pat?«

»Das bist alles du. Diese ganze kranke Hässlichkeit. Du treibst sie und sie treibt dich an.«

»Ich komm nicht mit – was treibt mich an, Schätzchen?«

»Angst«, sagt sie.

»Angst?«, höhnt er. »Wovor sollte ich Angst haben, Mary Pat?«

»Scheiße, Marty, das ist zwischen dir und Gott, aber es dürfte eine lange, traurige Liste sein.«

Danach ist es eine ganze Weile still. Leise hört sie die fernen Wellen ans Ufer schlagen.

Marty fragt: »Weißt du, was ich im Krieg gemacht hab, Herzchen?«

Was immer da kommt, Mary Pat weiß, es kommt bald.

»Nein, Marty.«

»Ich war Schütze«, ruft er.

»Aha …«

»Genauer gesagt war ich Scharfschütze.«

Sie hört den Knall des Gewehrs erst, nachdem die Kugel das Gewebe und den Knochen ihrer rechten Achselhöhle durchschlagen hat. Sie dreht sich blitzschnell weg, ein Überlebensreflex so alt wie ihr Körper selbst, und der nächste Schuss verwandelt Brian Sheas Gesicht in Kirschkuchen.

Er gibt keinen Laut von sich. Wahrscheinlich hat er gar nicht mitbekommen, dass er stirbt.

Sie hechtet zurück in die Ecke, und jetzt übernehmen die Handfeuerwaffen, und sie sieht, wie Brian Shea von zwei weiteren Schüssen getroffen wird – erst in die Brust, und der zweite zerfetzt ihm die Kniescheibe.

»Feuer einstellen«, ruft Marty.

Larry und Weeds hören auf zu schießen, aber Mary Pats Ohren klingeln weiter.

Marty ruft noch einmal. »Weißt du, was du gerade abgekriegt hast, Schätzchen?«

Sie kann nicht sprechen. Sie kann nicht atmen. Alles in ihr hat sich verkrampft, als ob eine große, kalte Hand ihr das Herz zusammendrückt.

»Das war ein 7,62mm-Stahlmantelgeschoss, unterwegs mit neunzehnhundert Stundenkilometern, Mary Pat. Sobald der Schock und das Adrenalin abklingen – dürfte bald so weit sein –, wird dein Körper auf die Verletzung reagieren. Das Atmen wird schwieriger. Dein Blut wird kalt. Das Sprechen fällt schwer. Und das Denken. Aber ich möchte, dass du da liegen bleibst und es versuchst. Dass du über all deine Fehler nachdenkst – zuerst und vor allem über deinen vollkommenen Mangel an Wertschätzung für meine Großzügigkeit und meine *Freundschaft*. Das sollst du dir einmal durch den Kopf gehen lassen. Denn abschießen werde ich dich nicht. Ich bleib hier sitzen und genieße eine Zigarette und die Nachtluft, bis du verblutet bist, du hinterhältige Scheißkuh.«

Mary Pats Kehle füllt sich plötzlich mit heißem Schleim. Sie hustet ihn raus und stellt fest, dass es gar kein Schleim ist. Es ist Blut.

Tja, Scheiße.

Sie wusste von dem Moment an, als Marty ihr die Tasche mit dem Geld in die Hand drückte, dass sie nicht ruhen würde, bis sich jeder, der in den Tod ihrer Tochter verwickelt war, für seine Sünden verantwortet hatte. An Marty selbst ist sie nicht rangekommen, und das ist schade, aber an einen König kommt man schlecht ran. Es war schon immer schwer, an einen König ranzukommen.

Aber was, dem Hof hat sie's gezeigt!

Und jetzt will er, dass sie hier liegen bleibt. Verblutet. Auf die Ratten wartet.

Wie schön, bald Dukie wiederzusehn (auch wenn sie sich die ganze Zeit nach Ken Fen sehnen wird). Vielleicht können sie ein paar Bier trinken und daran denken, wie viel Spaß sie in der ersten Zeit ihrer Ehe hatten.

»He, Marty«, ruft sie, bestürzt darüber, wie schwach sie sich anhört.

»Ja, Herzchen?«

Sie steht auf, und der Raum dreht sich, und sie fällt seitlich gegen eine Wand. »Wie kommst du zu der Annahme …?« Sie reißt sich zusammen. Ihre Lunge fühlt sich an, als hätte sie jemand in Leim getaucht.

Und Noel. Ist das nicht schön, ihren Noel wiederzusehen?

»Was sagst du?«

»Zu der Annahme«, wiederholt sie, »ich würde mir jemals was vorschreiben lassen …«

»Ich hör dich nicht«, ruft er.

»… mir jemals was vorschreiben lassen von einem feigen Nichts wie dir?«

Ich komm nach Hause, Jules. Ich komm zu dir, Kleines.

Sie tritt durch den Eingang in das Halbmondlicht und hebt die Pistole. Kann sogar einen Schuss abgeben, wenn nicht zwei, ehe sie das Feuer erwidern.

32

Die Aufhebung der Rassentrennung an Bostons öffentlichen Schulen tritt am Morgen des 12. September 1974, einem Donnerstag, in Kraft. Die Busse, die schwarze Schüler zur South Boston High School befördern, werden von Polizeieskorten begleitet. Die Polizei trägt Schutzausrüstung. Als sich die Busse der Schule nähern, säumen mehrere Hundert weiße Protestierende – Erwachsene und Kinder – die Straßen. Die Sprechchöre wechseln von »Nigger raus« zu »Nigger sind fürn Arsch« und »Uns kriegt hier keiner weg«. Etliche Demonstranten halten Affenbilder hoch. Einer schwingt eine Schlinge.

Die Ziegel kommen von einer Baustelle am West Broadway. Andere Leute werfen Steine. Aber die Ziegel machen den meisten Krach und richten den größten Schaden an, wenn sie die Busfenster treffen. Die Kinder in den Bussen begreifen schnell, dass sie während des Beschusses unter den Sitzen am sichersten sind, und verletzt wird nur ein Mädchen, das Glas ins Auge bekommt; sie muss ärztlich versorgt werden, verliert aber das Auge nicht.

In der South Boston High erleben die schwarzen Schüler etwas, das sie aus ihren eigenen Schulen seit jeher kennen, hier aber nicht erwartet hätten: keine weißen Kinder.

Am ersten Schultag erscheint kein einziger weißer Schüler zum Unterricht an der South Boston High School.

Als sich das unter den Demonstranten herumspricht, schalten die Sprechchöre auf »Sie-hi-ieg. Sie-hi-ieg.«.

Wenige Stunden zuvor, um vier Uhr früh, wird Mary Pat Fennessys Leiche vom Exerzierplatz des Fort Independence auf Castle Island abgeholt und zum Gerichtsmedizinischen Institut Suffolk überführt.

Bobby, Vincent und ihr rasch zusammengestellter Trupp aus Detectives und Streifenpolizisten treffen etwa fünf Minuten nach Mary Pats Tod ein, als Marty Butler und seine Leute noch dabei sind, ihre Patronenhülsen einzusammeln. Sie leisten keinen Widerstand. Die benutzten Schusswaffen sind registriert. Mary Pat Fennessy hat auf sie geschossen, nachdem sie Frank Toomey getötet hat. Brian Shea fiel, wie Marty es nennt, einem »Eigenbeschuss« zum Opfer.

Bobby nimmt sie fest und beschlagnahmt die Waffen und das Dreibein, auf das Marty sein Gewehr gestützt hat, hegt aber wenig Zweifel, dass die Tatortuntersuchung den Ablauf des Geschehens genau so bestätigen wird, wie Marty ihn dargestellt hat – sonst würde er nicht so verdammt überheblich auftreten. Bobby *könnte* es unter Umständen schaffen, den Fall vor Gericht zu bringen, und sei es nur, weil Brian Shea durch drei Bürger zu Tode kam, die das Gesetz in die eigene Hand genommen haben. Die Wahrscheinlichkeit, dass dieser Fall vor eine Jury kommt, ist aber ungefähr so groß wie die, dass Brian Shea ein neues Gesicht wächst.

Am Gerichtsmedizinischen Institut werden fünf Geschosse aus Mary Pats Körper entfernt. Sofort tödlich war eine 7.62-Millimeter-Kugel mitten ins Herz, doch Drew Curran versichert Bobby, dass auch eine zweite Kugel wie die, die durch die rechte Achselhöhle eingedrungen war, ihr in weniger als zehn Minuten den Tod gebracht hätte.

»Es musste schon ein Herzschuss sein«, sagt Bobby ein paar Tage später zu Carmen. »Von allem anderen wäre sie doch wieder aufgestanden.«

Am Tag nach Mary Pats Tod bekommt Bobby einen Anruf von Calliope Williamson. Sie bringen sich auf den neuesten Stand, und Bobby entschuldigt sich dafür, dass er nach Auggies Beerdigung nicht noch mit zu ihnen nach Hause kommen konnte.

»Das macht nichts«, sagt sie. »Sie sind ein guter Mensch.«

Bin ich das?, denkt Bobby.

»Stimmt es«, fragt Calliope, »dass sie Ihnen geholfen hat, die Jugendlichen zu kriegen, die meinen Sohn umgebracht haben?«

»Mrs. Fennessy?«

»Ja.«

»Wo haben Sie das her?«

»Von der Arbeit. Die Frauen, mit denen sie befreundet war, bezeichnen sie jetzt als Petze und sagen, sie hat die eigenen Leute verraten.«

»Ich hab gehört, Sie hatten Streit mit ihr«, sagt Bobby.

»Stimmt, und ich entschuldige mich für kein einziges Wort.«

»Sollen Sie auch nicht. Sie hat sicher jedes einzelne verdient.«

»Und trotzdem hat sie geholfen, die Mörder meines Sohnes zu finden?«

»Sie hat noch viel mehr getan«, sagt Bobby.

»Versteh ich nicht.«

»Der Hauptverantwortliche für das, was mit Ihrem Sohn passiert ist, wird so etwas nie wieder jemandem antun können.«

»Wegen ihr?«

»Ja. Ich behaupte nicht, dass es ihr Anliegen war, Gerechtigkeit für Auggie zu erlangen. Aber erreicht hat sie's trotzdem.«

Stille, während sie die Information verarbeitet.

»Gehen Sie zu ihrer Beerdigung?«, fragt Calliope Williamson.

»Kommt drauf an, wann sie stattfindet. Wenn ich Dienst habe, nicht. Sonst ja.«

Wieder ein langes Schweigen. Dann: »Vielleicht sehen wir uns da.« Sie legt auf.

Big Peg McAuliffe verbringt den Tag nach dem Tod ihrer Schwester damit, Verwandtschaft für die Beerdigung aufzuspüren. Donnie unten in Fall River sagt, er kommt, und teilt ihr mit, dass Bill nicht mehr in New Mexiko ist, aber in Hartford sein könnte. Big Peg erreicht ein paar Cousins und Cousinen, die versprechen, nach Möglichkeit zu kommen.

Es nagt an ihr, dass sie sich nicht an die letzten Worte erinnern kann, die sie mit ihrer Schwester gewechselt hat. Sie weiß noch, wann sie sich zum letzten Mal gesehen und worüber sie gesprochen haben – Jules' Verschwinden. Sie weiß, dass sie sie zur Tür gebracht hat, aber nicht mehr, mit welchen Worten. Und das wurmt sie ohne Ende; die letzten Worte, die man zu jemandem gesagt hat, sollte man immer behalten. Einige Leute in Commonwealth sehen sie komisch an, als könnte der Virus, den ihre Schwester sich in den letzten Wochen ihres Lebens eingefangen hat, auch Big Peg befallen. Es stinkt Peg, was Mary Pat da mit dem Ruf ihrer Familie gemacht hat. Es wird lange, vielleicht sehr lange dauern, bis der gute Name wiederhergestellt ist.

Als sich Donnie wieder meldet, sagt sie zu ihm: »Ja, sicher, sie waren brutal zu Jules, aber sie hat eben mit dem Feuer gespielt und sich verbrannt.«

»Sie war noch ein Kind«, sagt Donnie.

Das regt Peg mächtig auf, aber sie geht drüber weg.

»Was will man machen?«, sagt Peg.

»Genau«, sagt Donnie. »Gegen die City Hall kommst du nicht an.«

»So ist es nun mal.«

»Du sagst es.«

»Und wir wissen ja, was für ein Dickkopf Mary Pat sein konnte.«

Donnie lacht schnaubend. »Wenn sie diesen Blick bekam, waren die Schotten dicht.«

»Und wie.«

»Billie will jedenfalls kommen.«

»Ah ja?« Peg zündet sich eine Zigarette an und staunt, wie schön sie die Aussicht findet, nach all den Jahren zwei ihrer Brüder wiederzusehen. »Wird ein richtiges Familientreffen.«

»Genau.«

»Genau.«

»Alles klar dann«, rundet Donnie das Gespräch ab.

»Alles klar«, stimmt Big Peg bei.

Sie legen auf.

Big Peg setzt sich für eine Weile ans Fenster, raucht und schaut hinaus auf die Projects. Sie erkennt ein Stück des Gehsteigs, auf dem sie und Mary Pat als Kinder Jacks oder Himmel und Hölle gespielt haben und Seil gesprungen sind. Besonders nahgestanden haben sie sich nie, aber schon auch Schönes erlebt. Jetzt sieht sie sich mit ihr da draußen; für gerade mal eine Sekunde hört sie ihr gemeinsames Lachen und Plaudern von den Häuserwänden widerhallen. Ein heftiger Schmerz erfasst ihren Körper – Herz, Lunge, Magen. Eine Explosion der Verlassenheit, die sich emporschraubt und schließlich ihr Gehirn erreicht.

Wie hat sie ihre Schwester verloren?

Wo ist Mary Pats Seele jetzt?

Wie ist es so weit gekommen?

Sie konzentriert sich auf eine Taube auf der anderen Seite des Wegs. Die Taube pickt auf einer Fensterbank herum. Wonach genau (Kaugummi? Fremde Taubenkacke?), ist nicht zu erkennen, aber sie hält den Kopf gesenkt. Sie macht ihren Job.

Der Schmerz in der Brust geht vorbei, die Schockwellen lassen nach.

So weit gekommen ist es, ruft sich Big Peg in Erinnerung, weil Mary Pat es zwar gut gemeint hat, ehrlich gesagt aber nie eine gute Mutter war. Die Kinder hatten im Haus das Sagen, weil Mary Pat sie verzogen hat. Ganz einfach. Ließ sich Widerreden gefallen, hat ihnen kaum je den Hintern versohlt, ihnen ihre letzten zehn Cent gegeben, wenn sie sie haben wollten. Wenn du andere verwöhnst, danken sie es dir nicht. Sie bilden sich ein, es stehe ihnen zu. Sie fangen an, Sachen zu verlangen, auf die sie keinen Anspruch haben.

Wie bei den Farbigen und der Schule.

Wie bei Noel und den Drogen.

Wie bei Jules und dem Mann einer anderen.

Peg kann sich die Fehler ihrer Schwester nicht vorwerfen, kann nicht in Schuldgefühlen schwelgen, weil sie sich wie eine gute Bürgerin an den schmalen und geraden Weg gehalten hat, während Mary Pat davon abgekommen und ins Dickicht und in den Sumpf geraten ist.

Und jetzt fällt Peg auch endlich ein, was sie als Letztes zu ihrer Schwester gesagt hat. Es ging um die Kinder und mutet in der Rückschau prophetisch an.

Du darfst sie nicht dein Leben bestimmen lassen.

Am Tag, bevor Mary Pat zur letzten Ruhe gebettet wird, landet Bobbys Sohn Brendan mit einem dreifachen Beinbruch im Krankenhaus. Den hat er sich beim Skateboarden mit seinen Freunden auf einer steilen Straße nicht weit vom Haus seiner Mutter zugezogen. Wollte einem Schlagloch ausweichen, krachte in einen Buick, flog über die Motorhaube. Linke Ferse, linkes Fußgelenk und linkes Wadenbein gebrochen.

Alles glatte Brüche, zum Glück. Die Operation verläuft problemlos.

Bobby und Shannon sitzen im Carney bei ihm. Der Gips sieht überdimensional aus, ein großes weißes Anhängsel, das vom Knie abgeht und am Fußende an einem umgedrehten U aus Metall aufgehängt ist. Brendan ist gut gelaunt, leicht benommen von den Medikamenten und lächelt verwirrt à la *Wie bin ich hierhergekommen?* Seine Tanten und Onkel Tim besuchen ihn und bringen ihm Spielzeug, Karten und Bücher mit. Schreiben ihm alberne Sprüche auf den Gips. Sie machen so viel Lärm da drin, dass die Schwestern sie immer wieder um Ruhe bitten müssen. Schließlich werden alle rausgescheucht bis auf Shannon, Bobby und Brendan.

Brendan schnarcht leise, und Shannon blickt an ihm vorbei zu Bobby und sagt: »Unser Junge«, wobei in ihrer Stimme etwas bricht, weil auch bei Brendan zum ersten Mal etwas kaputtgegangen ist. Er war kaum jemals krank, musste noch nie genäht werden, hatte sich noch nie etwas gebrochen. Nie auch nur den Fuß verstaucht.

Bobby nickt, strahlt Gelassenheit und Mitgefühl aus.

Shannon wirkt erschöpft. Sie hat Brendan hierhergebracht. War schon zwei Stunden bei ihm, als Bobby eintraf. Er schlägt ihr vor, nach Hause zu fahren, sich auszuruhen, wenigstens aber zu duschen, sich frisch zu machen.

Sie zögert, doch da Brendan schläft und der Abend sich hinzieht, liest sie ihre Sachen zusammen, küsst ihren Sohn auf die Stirn und winkt Bobby mit feuchten Augen und verschrecktem Blick zu.

Als sie geht, lässt Bobby das seit seiner Ankunft wie angeklebte Lächeln, das Cheerleader-Lächeln, das Dad-hat's-im-Griff-Lächeln, das Alles-wird-gut-Lächeln sein. Er stellt sich das schwarz-violette Bein unter dem Gips vor, geschwollen und entstellt durch Reihen schwarzer Nähte.

Die Haut seines Sohnes aufgeschnitten wie ein Weihnachtsschinken, damit die Chirurgen ihre Instrumente in seinen Körper einführen und Knochen zusammenfügen konnten, die zerbrochen waren wie Salzstangen. Und obwohl Bobby dankbar, wirklich verdammt dankbar ist, dass die Medizin dazu in der Lage ist, empfindet er das Ganze doch als Übergriff.

Es hätte so viel schlimmer sein können. Brendan hätte über den Buick fliegen und auf dem Kopf landen können. Auf dem Genick. Auf der Wirbelsäulenbasis.

Es könnte *immer* schlimmer sein. Das war das Familienmantra, mit dem Bobby aufgewachsen ist. Und er stimmt dem zu. Er muss sich aber auch mit dem auseinandersetzen, was er seit dem Moment, als er seinen Sohn auf der Entbindungsstation des St Margaret zum ersten Mal in den Armen hielt, verstandesmäßig begriffen hat und erst jetzt in sein Herz vordringen lässt. Nicht, weil er es möchte, sondern weil der Gips ihn dazu nötigt.

Ich kann dich nicht schützen.

Ich kann mein Bestes tun, dir alles beibringen, was ich weiß. Aber wenn die Welt sich holen will, was ihr zusteht, und ich nicht da bin – und selbst wenn ich da bin –, gibt's keine Garantie, dass ich es verhindern kann.

Ich kann dich lieben, ich kann dich unterstützen, aber beschützen kann ich dich nicht. Und das macht mir eine Heidenangst. Jeden Tag, jede Minute, jeden Atemzug.

»Dad?« Brendan sieht ihn groß an.

Bobby schaut vom Gips zum verschlafenen Gesicht seines Sohnes hoch. »Ja, Kid?«

»Es ist nur ein Bein.«

»Ich weiß.«

»Warum hast du dann Tränen in den Augen?«

»Eine Allergie?«

»Du bist gegen nichts allergisch.«

»Halt die Klappe.«

»Echt reif.«

Bobby grinst, sagt aber nichts. Nach einer Weile rückt er seinen Stuhl näher ans Bett und umfasst die Hand seines Sohnes. Er führt sie an die Lippen und drückt einen Kuss auf die Fingerknöchel.

Die Beerdigung von Mary Patricia Fennessy findet am 17. September um neun Uhr morgens statt. Sie ist spärlich besucht. Calliope Williamson steht hinten in der Kirche und sieht vorn eine große, dicke Version von Mary Pat mit einer Reihe ungebärdiger Kinder stehen, die alle ein Bad gebrauchen könnten. In einer nahen Kirchenbank zwei alte Männer mit schütterem Haar und ähnlichen Gesichtszügen wie die dicke Frau und Mary Pat.

Familie also.

Ein paar Nonnen vom Meadow Lane Manor sind da, aber keine Kolleginnen. Noch ungefähr ein Dutzend andere Trauergäste verteilen sich auf eine Kirche, die gut und gern Platz für tausend hat.

Detective Bobby Coyne erscheint nicht. Sie weiß, dass er gekommen wäre, wenn er gekonnt hätte – da ist er wie Reginald, ein Mann, der Wort hält.

Calliope direkt gegenüber, in der Bank auf der anderen Seite, steht ein gut aussehender Riese mit freundlichen Augen. Er trägt einen schlecht sitzenden Anzug und eine faltige, verzogene Krawatte. Er hält ein Taschentuch in der Hand und weint leise, aber oft.

Sie kennt ihn vom Sehen, er hat Mary Pat manchmal von der Arbeit abgeholt. Er ist ihr Mann. Sie weiß, dass er Kenny heißt, auch wenn sie nie miteinander bekannt gemacht worden sind, und dass ihn alle Ken Fen nennen.

Nach der Messe stellt sie sich auf der Kirchentreppe vor und drückt ihr Beileid über den Verlust nicht nur seiner Frau, sondern auch seiner Stieftochter aus.

»Sie sind Dreamy«, sagt er.

Sie schüttelt den Kopf. »So nennt mich niemand.«

»Ich dachte –«

»Die Frauen auf der Arbeit – so ungefähr das Einzige, was sie von mir behalten haben, ist, dass mein Vater mich Dreamy genannt hat, als ich klein war. Hab nie gesagt, dass mich sonst mal jemand so genannt hätte, aber das hat sie nicht geschert. Sie sind wohl bei dem Namen geblieben, damit ich mir mehr wie ihr Haustier vorkomme.«

Er seufzt. »Gut. Mein herzliches Beileid für *Ihren* Verlust.«

Ihre Augen weiten sich, als hätte ihr gerade jemand einen Metallspieß seitlich durchs Herz gezogen, aber sie schweigt.

»Es gibt viel zu trauern«, sagt sie.

Die anderen Trauergäste gehen hinaus. Niemand hält inne, um ihm sein Beileid kundzutun. Sie laufen um die beiden herum, als hätten sie Lepra.

Sie bleiben noch auf der Treppe, als längst alle fort sind. Sie sagen nichts, und doch ist es seltsam wohltuend.

»Möchten Sie was trinken, Calliope?«

»Wahnsinnig gern.«

Sie gehen in die nächste Kneipe, vorbei an Schildern und Graffiti, die Calliope nicht beachtet. Sie muss die Worte nicht sehen, um zu erfassen, wie hässlich sie sind. Die Hässlichkeit ist hier jetzt überall, sie liegt in der Luft, sie hängt an den Laternenmasten. Sogar schmecken kann sie sie, wie ein Bällchen Alufolie im Mund.

Die Kneipe, sagt ihr Ken Fen, ist jeden Tag achtzehn Stunden geöffnet, um die in drei Schichten arbeitenden Leute vom E-Werk zu versorgen. Für zehn Uhr morgens ist sie schon gut besucht; zwei Barmänner stehen hinter der Theke, eine Kellnerin bedient die Tische.

Sie sitzen zehn Minuten da. Kein Mensch beachtet sie. Ein Riese und eine Schwarze in einer Southie-Kneipe, und sie könnten genauso gut unsichtbar sein. Die Kellnerin kommt viermal an ihnen vorbei. Die Barmänner sehen sie an. Aber keiner nimmt ihre Bestellung auf. Auch als die Kellnerin das letzte Mal vorbeikommt, winkt er zögernd und wird von ihr gesehen. Sie fegt glatt an ihm vorbei.

Er wendet sich wieder Calliope zu und schaut sie müde mit hochgezogenen Augenbrauen an. »Gut, dass ich mir selbst was mitgebracht habe.« Er greift in sein Jackett und zieht einen Flachmann hervor.

Calliope erwidert sein müdes Lächeln. »Ich auch.« Sie greift in ihre Tasche und bringt ebenfalls einen Flachmann zum Vorschein, ein Geschenk von Reginald zu ihrem neunten – oder war's der zehnte – Hochzeitstag.

Sie erheben die Flaschen über dem Tisch.

»Worauf trinken wir?«

»Auf unsre Toten«, sagt Calliope. »Versteht sich.«

»Versteht sich.«

Sie stoßen an und trinken.

»Noch einen«, sagt Ken Fen.

»Oh, ich trink bestimmt noch mehr als einen.«

Er lacht leise. »Einen Toast. Noch einen Toast.«

Sie beugt sich zu ihm hin.

»Auf unsre Lebenden«, sagt Ken Fen.

»Auf unsre Lebenden«, stimmt Calliope bei.

Sie trinken.

Nach der Freigabe ihrer sterblichen Überreste durch das Gerichtsmedizinische Institut Suffolk wird der Leichnam von Julia »Jules« Fennessy auf dem Forest Hills Cemetery in Jamaica Plain bestattet und gemäß dem Letzten Willen ihrer Mutter in einem Mausoleum auf einem kleinen Hang in der Südecke des Geländes beigesetzt. Der Eingang des Mausoleums wird jeden Monat neu mit aus dem Nachlass bezahlten Blumen geschmückt. Und auch für die Erfüllung eines besonderen Wunsches steht Geld bereit. Einmal an jedem Wochentag soll der Hilfsküster, Winslow Jacobs, eine halbe Stunde mit einem auf den lokalen Klassiksender WJIB eingestellten Transistorradio in dem Mausoleum verbringen.

Winslow Jacobs hat in seinem Erdenleben schon manchen seltsamen Job übernommen, aber das ist vielleicht der merkwürdigste. Er beklagt sich jedoch nicht – der Küster, Gabriel Harrison, zahlt ihm dafür fünfzehn Dollar extra die Woche (heißt, Gabriel kriegt dreißig), und die Wahrheit ist, nach einem Monat möchte Winslow die Arbeitsunterbrechung nicht mehr missen. Und die Musik wächst ihm ans Herz.

Mit der Zeit wird es ihm zur Gewohnheit, sich nachmittags mit Julia Fennessy zu unterhalten. Er erzählt ihr von seinem Sohn, der bei einem Straßenbauunternehmen in Kalifornien arbeitet, von seinen beiden Töchtern, die nicht weit von ihrem Heimatort eigene Familien haben, und von der Küche seiner Frau, die zwar nicht preisträchtig sein mag, aber nach Zuhause schmeckt, und das genügt ihm. Er erzählt Julia von seinem Vater, der ihn seiner festen Überzeugung nach nie geliebt hat, und von seiner Mutter, die ihn dafür doppelt geliebt hat, erzählt Julia Fennessy fast alles, was er vom Leben mit seinen Höhen und Tiefen, seinen zerstörten Träumen und überraschenden Freuden, seinen kleinen Tragödien und kleinen Wundern erzählen kann.

Danksagung

Unendlichen Dank

meinem Lektor Noah Eaker, der mich angehalten hat, genauer und ökonomischer zu schreiben

den frühesten Lesern – Kary Antholis, Bradley Thomas, Richard Plepler und David Shelley

den späteren Lesern – Michael Koryta, Gerry Lehane und David Robichaud.

Meiner Frau Chisa.

Der größte Teil dieses Romans entstand in New Orleans, während ich, begleitet von häufigen Covid-Ausbrüchen und Blitzeinschlägen, im Hochofen eines Louisiana-Sommers eine Fernsehserie produzierte. Ach, und ein Hurrikan kam auch noch. In der ganzen Zeit hast Du mir mehr Liebe, Unterstützung und klugen Rat gewährt, als ich je zu hoffen gewagt hätte. Das Buch ist für Dich, Baby.